《 자연시조: 자연미의 실현 양상 》

권정은 지음

보고사

머리말

　자연문학은 박사과정부터 줄곧 관심을 가져왔던 주제이다. 그리고 이 책은 학위논문을 비롯한 몇몇 논문을 바탕으로 구성을 새롭게 하고 내용을 다시 정리·집필한 것이다. 적지 않은 시간을 고민하고 주무른 끝에 책을 내게 되어서 내심 후련한 것이 지금의 솔직한 심정이다. 하지만 마냥 좋아할 수만은 없는 것이 시간이 흐를수록 점점 더 방대한 자연을 읊은 문학과 관련 문화를 목격했기 때문이다. 좀더 명민하게 에각회를 했더라면 어쩌면 지금보다 나은 결과가 나왔을지도 모르겠다. 하지만 애초부터 특정 작가나 작품이 아닌 자연시 전반에 대해 관심을 가졌기 때문에 초심을 잃지 않았던 것을 다행으로 여기고 싶다. 기왕에 이 분야의 연구자들이 많은 논문을 내놓았고 또 앞으로도 좋은 결과들이 나올 것이다. 그 가운데에 이 책이 나름의 자리를 잡게 된다면 더할 나위 없이 기쁠 것 같다.

　이 원고를 완성하기까지 정말 많은 분들의 도움이 있었다. 늘 정신없이 살다가 꼭 제 필요할 때만 은사이신 김병국 선생님을 찾는다. 그래도 밉살스런 제자를 제 길 찾아갈 수 있도록 야단하고 선처해 주신다. 우리 연구실원 선생님들께도 항상 빚을 지고 있다. 막내랍시고 염치없는 부탁을 하고 실수가 잦지만 너그럽게 감싸고 조언을 아끼지 않으신다. 그리고

학위논문을 심사해주신 선생님들과 대학원 과정을 지도해주신 여러 선생님들께서도 길잡이 역할을 해주셨다. 일일이 헤아리기 어려운 많은 선생님들과 함께 격려하며 공부했던 선후배님들에 이르기까지 잊지 말아야 할 사람들이 너무 많다는 것을 새삼 느끼게 된다. 그 모든 분들께 이 자리를 통해 진심으로 감사의 말씀을 드리고 싶다. 그리고 깔끔한 책을 만들기 위해 애쓰시는 보고사 여러분들께도 고마운 마음 표하고 싶다.

끝으로 지쳤을 때 품어주는 내 어머니와 관악의 교정을 떠올리며 머리말을 마치고자 한다.

2009년 고운 가을날
권정은

차 례

Ⅰ. 자연시조의 개념과 범위

1. 자연미와 문학

자연은 완결된 독립체로서 전체를 포괄할 수 있는 단어이다. 따라서 때로는 그것을 지칭하는 의미가 대립적 극한을 이우르기도 한다. 예를 들어 자연은 비가시적인 추상적 원리를 의미하는가 하면, 반대로 나무나 산 등 눈에 보이는 가시적인 사물을 의미하기도 한다. 그리고 한편 완벽한 우주의 질서를 의미하는가 하면, 반대로 인간을 두렵게 만드는 혼란으로 다가오기도 한다. 이처럼 상반되는 의미를 포괄할 수 있는 까닭은 자연이란 원래 인간으로부터 독립하여 존재하는 객관적인 실재이자 자족적인 원리이기 때문에 어떤 관점을 투영하는가에 따라서 얼마든지 결과가 달라질 수 있기 때문이다.

따라서 자연이란 무엇인가 하는 질문은 바로 자연에 대한 관점이 무엇인가라는 질문으로 이어질 수 있는데, 애초에는 동서양을 막론하고 자연이란 천연의 본원적인 성질로 여겨졌던 것 같다. 자연이라는 어휘가 처음 등장했다는 『노자(老子)』의 예를 보면, "하늘은 道를 본받고, 도는 자연을 본받는다"[1]라고 해서 첨언의 여지가 없는 궁극의 경지로 자연을 이해했던 것을 알 수 있다. 마찬가지로 고대 그리스에서도 자연은 항구적인 본성 혹은 존재의 본질로 여겼는데, 예컨대 이오니아학파에서 "자연이란 무엇인가" 하는 질문은 곧 "변화하지 않는 실체는 무엇인가"라는 질문과 동일하게 취급했다고 한다.[2] 이처럼 본디 자연이란 동서를 막론하고 인간을 포함한 우주로서 스스로 작동하는 유기적인 주체이며 만물의 존재 원리 혹은 천연의 것으로, 스스로의 정신으로 충만한 완결체로 인식되었던 것이다.

하지만 시대의 흐름에 따라 존재원리로서의 자연과 구성 물질로서의 자연에 대한 관심이 나누어지고 문명권에 따라 다양한 결과를 낳게 되었다. 예를 들어 대개 서양문화권에서는 정신적 가치에 대해 언급할 때 반자연적이라는 표현을 자주 쓴다. 하지만 동양문화권에서는 반대이다. 그리고 대개 서구인의 낭만적 상상의 근원은 주로 신화에 있는 반면 동양인은 낭만적 상상의 근원을 자연 속에서 찾는 경향이 있다. 중세 이후 우주의 섭리는 주로 신이 섭정하는 영역으로 보았던 기독교문명권에서는 근대적인 과학철학과 관련된 관심을 확대했던 반면에, 동양에서는 기존에 설정된 본원적 가치로서의 자연 개념을 유지하는 가운데 의미를 심화시키며 학문·예술을 발전시켰다.

그래서 예컨대 우리나라에서 한시비평과 관련되어 자연이 등장할 때를 보면 으레 품격용어로서 시인이 스스로 타고난 천품에 따라 인위적인 조탁 없이 격조 높은 작품을 창작했을 때 사용가능한 최고의 찬사에 적용된 것을 확인할 수 있다.

---

1) 人法地 地法天 天法道 道法自然.『老子』25장.
2) R. G. 콜링우드(유원기 역), 「그리스의 우주론」,『자연이라는 개념』, 이제이북스, 2004.

혹자가 호정 하공에게 물었다. "도은 이숭인의 시문은 갈고 다듬어서 정밀하고 아름다운데, 양촌 권근의 시문은 平淡溫厚함이 자연으로부터 온 것이니, 필경 도은이 양촌보다 낫겠지요" 호정이 답하기를 "도은의 갈고 다듬는 솜씨는 양촌이 넉넉히 하고도 남을 수 있을 것이나, 권근의 天機는 도은으로서는 종내 미치지 못할 것이다."【서거정, 『東人詩話』】3)

위는 조선초 서거정(徐居正, 1420-1488)의 『동인시화(東人詩話)』 가운데 나오는 한 대목이다. 여기에서 서거정은 이숭인과 권근의 시의 특성을 각각 정심아고(精深雅高)와 평담온후(平淡溫厚)라고 규정하면서 소박하고 온후히어 자연스리운 권근의 시문은 조탁으로 획득할 수 없는 경지에 있음을 대조적으로 부각시키고 있다. 결국 자연이란 무엇으로도 대체할 수 없는 지고의 영역임을 강조하고 있는 것이다.

이처럼 동양에서의 자연은 지속적으로 무위자연(無爲自然)이나 천의무봉(天衣無縫)이 연상하는 것처럼 인위적인 조탁이 배제된 있는 그대로의 완선무결을 의미했다. 즉 상대적인 가치판단이 개입할 여지가 없는 절대성을 암시하며 널리 응용되었던 것이다. 따라서 일찍이 가시적인 자연에 대해서도 단지 전설의 배경이 아닌, 도(道) 바로 그 자체라는 진정한 실체로서의 의미를 부여했고 자연을 제재로 한 예술 활동이 일찍 시작되었다. 그 가운데 자연의 두 가지 함의, 즉 천연의 자연스러움이라는 내적 영역과 자연환경 혹은 산수화조(山水花鳥) 등으로 통칭되는 외적 영역은 궁극적으로 하나로 통합되어 문예미의 존재근거로 여겨질 수 있었던 것이다.4) 덕분에 유일한 절대성으로서의 자연미의 가치는 점점 심화되었고

---

3) 或問於浩亭河公 曰陶隱詩文 刻意鍊琢 精深雅高 陽村詩文 平淡溫厚 咸於自然 畢竟陶優於陽乎 浩亭曰 陶之鍊琢陽爲之有裕 陽之天機 陶終不能及也 『東人詩話』 下

소위 진선미가 통합된 합일체를 이루며 발전했다.

　반면에 서양에서 자연은 이성에 의해 해독되는 일명 '창조하는 자연'과
는 별개로 가시적인 '창조된 자연'이 독립적으로 인식되었고, 중세의 전범
속에서 자연을 찬양하는 근거는 자연을 지배하는 법칙의 영원성뿐만 아
니라 색채 및 형태의 아름다움을 아우르고 있었는데,5) 덕분에 예술적 모
델로서의 자연에 대한 의미가 다양하게 형성될 수 있었다.6) 그 가운데
서양의 경우 자연이란 모방해야할 미적 모범이면서 또 한편 원시라는 함
의를 지니는 다분히 부정적인 영역도 형성되었다. 일례로 자연에 관한
상상력의 척도가 되는 산의 풍경에 관한 태도를 살펴보면, 서양에서는
18세기 낭만주의 시대에 와서야 산이 미적 대상이 되었고 그 이전에 산이
란 미적 만족은 커녕 공포와 두려움 혹은 무관심의 대상에 불과했다.7)
물론 낭만주의의 영향으로 산의 공포스러움은 경배의 대상으로 변화했
고, 특히 17세기 말에서 19세기 초까지 영국에서는 자연경관 혹은 특히
산에 관한 생각이나 감성에 있어서 큰 변화가 나타나는 등8) 풍경화와

---

4) 李澤厚(권호 역), 『華夏美學』, 동문선, 1990, 136~137면.

5) Wladyslaw Tatarkiewicz(이용대 역), 『여섯가지 개념의 역사』, 이론과 실천, 1990,
　336면.

6) Arthur O. Lovejoy, "Nature as Aesthetic Norm", Essays in The History of Ideas,
　Westport : Johns Hopkins Press, 1948. (이 글에서는 미학의 대상으로서의 자연을 아래
　와 같이 분류하고 있다)
　① 예술적 모방의 대상으로서의 자연
　② 미적 판단의 관점에서 본 완벽지향의 자기충족적인 체계로서의 자연
　③ 전체로서의 우주적 조화 혹은 타고난 성질이라는 일종의 성격으로서의 자연
　④ 예술 혹은 인위에 상반되는 자연성으로서의 자연
　⑤ 예술 작품의 미적 효력으로 작용하는 가치로서의 자연

7) Melvin Rader & Bertram Jessup(김광명 옮김), 「자연에서의 미적 가치」, 『예술과 인
　간가치』, 까치, 2001, 240~241면.

8) Louis Hawes, Presences of Nature-British Landscape 1780-1830, New Haven: Yale

함께 새로운 풍조가 유행을 하기도 했었다. 하지만 그와 동시에 이론적으로는 자연에 대한 부정적인 인식이 명문화되기도 했다. 즉 자연은 그 자체가 독자적으로 아름다운 현상이 아니며 나아가 자연미는 오직 그것을 아름답다고 여기는 인간의 인식작용의 결과물로서 자연미는 예술미에 비해 가치가 낮고,[9] 자연미란 미적 재생산을 위한 자극에 불과하며 심적 표상에 의해 만들어진 미적 직관이 사전에 존재하지 않았다면 자연은 결코 깨어날 수가 없다는 지적이[10] 바로 그런 경우에 해당된다. 자연을 절대적 실체로 인정하지 않고 인간과의 대립구조로 파악하고 인간의 우월성을 강조하며 생긴 결론들이다. 물론 이러한 극단적인 개념들은 반론을 불러일으키고 있기도 하지만,[11] 넉분에 서구 미학사에서 자연과 관련된 사항은 다양한 논의를 도출할 수 있었다.

이와 같이 자연에 관련된 서양의 미학이 다양성을 건지했던 반면에, 동양에서 자연에 대한 가치는 절대적 깊이를 더해갔고 가시적인 외계의 현상이 아닌 도체로서의 가치를 찾기 위한 노력이 계속되었다.

나는 이로 인하여 느껴진 바가 있다. 천지의 사이에 모든 물체는 각기 理가 있으니, 위로는 일・월・성・신으로부터 아래로 초・목・산・천에 이르고 미세한 것으로 술 찌꺼기와 불탄 재에 이르기까지 모두 道體가 寄寓한 것으로서 지극한 가르침 아닌 것이 없다. 그러나 사람이 비록 조석으로 눈을 붙여 본다 하더라도 그 이치를 알지 못하면 보지 않는 것과 무엇이 다르겠는가. 금강산에 유람하는 선비가 또한 눈으로만 볼 따름이고 능

Center for British Art, 1982, pp.2~3.

9) G. W. F. Hegel(두행숙 역), 「자연미에 대하여」, 『헤겔 미학 I 』, 나남출판, 1996, 184면.
10) Benedetto Croce(이해완 역), 『크로체의 미학』, 예전사, 1994, 181면.
11) Theodor W. Adorno(홍승용 역), 「자연미」, 『미학이론』, 문학과 지성사, 1984.

히 산수의 진취를 깊이 알지 못한다면 바로 저 백성이 날로 사용하고 있으
면서도 도를 알지 못하는 것과 별다를 것이 없을 것이다. 洪丈과 같은 이
는 산수의 취미를 깊이 알았다고 이를 수 있을 것이다. 비록 그러나 다만
산수의 취미를 알 뿐이고, 도체를 알지 못하면 또한 산수를 아는 것이 귀중
할 것은 없으니, 홍장의 앎이 어찌 여기에 그치겠는가. 【李珥, 「洪恥齋遊楓嶽
錄跋」】12)

위의 예는 율곡 이이(栗谷 李珥, 1536-1584)가 홍인우(洪仁祐, 1515-1554)
의 금강산유람기에 붙인 발문인데 금강산을 포함한 주변의 경물을 산수
라는 어휘로 집약시키고 있다. 그리고 천지의 모든 사물에는 이치가 있으
니 금강산 체험은 단지 산수취미에 그치지 않고, 산수의 진취를 깨달을
수 있을 때 비로소 완성되는 것임을 강조함으로써 산수(山水)는 곧 변하
지 않는 법칙이라는 의미를 적극적으로 부여했다. 그래서 궁극적으로 현
상과 본질로서의 자연을 일치시키고 있는 것을 확인할 수 있다. 이처럼
자연에 대한 동양의 절대적인 관점은 흔들리지 않는 가운데 지속적으로
그 가치와 의미를 더해갔다. 더불어 자연과 관련된 문화 예술 역시 폭과
깊이를 더해가며 발전할 수 있었던 것이다.

그런데 여기에서 잠시 짚고 넘어가야 할 것이 있다. 다름 아니라 서구
와 달리 자연에 관해 일관된 의식을 갖고 있던 우리의 문화권에서 자연을
제재로 하는 예술 작품이 어떻게 분화·발전되었는가 하는 점이다. 서양
에서는 자연에 대한 가치가 상대적이었기 때문에 한편 다양한 예술적 결

---

12) 余因此有所感焉. 天壤之間, 物各有理, 上自日月星辰, 下至草木山川, 微至糟粕煨
燼, 皆道體所寓, 無非至敎, 而人雖朝夕寓目, 不知厥理, 則與不見何異哉. 士之遊金
剛者亦目見而已, 不能深知山水之趣, 則與百姓日用而不知者無別矣. 若洪丈可謂
深知山水之趣者乎. 雖然但知山水之趣, 而不知道體, 則亦無貴乎知山水矣. 洪丈之
知, 豈止於此乎.『栗谷集』卷13

과물이나 미적 관점이 출현할 수 있었던 긍정적 측면도 찾아볼 수 있다. 자연에 관한 관점이 다양하다면 결과적으로 다양성의 측면에서 강점을 지닐 수 있는 것이다.

하지만 우리의 경우 본질적으로 항구적인 도를 지향하는 자연의 절대성을 과연 예술은 어떻게 수용할 수 있었을까. 자연은 도(道) 그 자체이며 절대 선(善)이라는 생각 속에서 늘 최상위에서 변하지 않고 항존할 수 있지만, 표현으로서의 예술은 시대와 상황에 따라 변하기 마련이다. 언어예술에 속하는 문학도 역시 시대에 따라 변하는 것이 순리이다. 따라서 변하지 않는 자연과 변할 수밖에 없는 문학이 어떻게 공존할 수 있었을까 하는 섬은 궁금증을 유발하는 것이 당연하다.

그런데 우리에게는 오랜 자연문학의 전통이 축적되어 있다. 그 안에는 동아시아의 미감을 공유하는 한시뿐만 아니라, 강호가도를 비롯하여 시조·가사를 아우르는 다양한 작품이 포함되어 있다. 이들은 항구적인 가치로서의 자연을 근거로 하되 언어예술로 탄생 되는 가운데 다양한 미적 현실화를 가능하게 했다.

따라서 이 책에서는 우리의 독자적인 자연문학이 어떻게 조건에 따른 변화를 수용하는 예술작품으로 승화될 수 있었는지에 관심을 갖고 개별적인 다양성의 측면을 살펴보고자 하는데, 우선 자연미를 기반으로 하는 자연문학의 특징을 짚어보고 강호가도의 정체를 점검한 뒤 보다 세부적인 논의로 이어가고자 한다.

▌ 자연미의 이상과 자연문학

자연미는 인간의 감각적인 미적 체험과 문화적 배경 아래 형성된 미의식을 통해 주로 객관적인 산수자연의 경물 속에서 찾아낸 아름다움이다. 그리고 그 결과는 각종 예술 장르를 통해 구체적으로 실현되는데, 그 중 언어예술로 나타난 결과물이 바로 자연문학이다.

자연미는 때로는 자연의 무의도적이고 경이로운 합목적성을 인지하고 자하는 순수성에서 기인하기 때문에 궁극적으로 도덕적인 지향성을 내포하고 있다는 평을 받기도 한다.[13] 그만큼 자연미란 순수에 대한 열망과 직결되는 무위의 성향이 중시된다는 뜻이다.

하지만 자연미는 구체적 예술적 결과물과 연계되는 감각적이고 구체적인 특성을 확보할 때 더 강한 영향력을 지닐 수 있는데, 왜냐하면 자연에 관한 미묘한 뉘앙스를 구체적으로 현실화할 수 있기 때문이다. 그 가운데 자연미는 무위이면서 동시에 유위로서 작용하며 다양한 예술적 결과물을 끌어내는 전초기지 역할을 하는 것이다.

따라서 자연미는 궁극적으로 천인합일을 지향하는 것과 동시에 인간을 둘러싼 피조물 및 환경으로부터 느끼는 미감이라는 뜻을 지니며, 인간의 정서적 여과 과정을 통해 재발견한 다양한 예술적 실현물에 자연을 광범하게 적용할 수 있는 가치를 지닌다. 따라서 자연미에서의 자연이란 다분히 근대 이후 부각된 물질적 환경으로서의 의미도 표방할 수 있는데, 그럼으로써 섬세하게 분화된 자연환경을 지칭하던 어휘들을 아우르며 애초에 자연이 지향하는 근원적인 가치에 초점을 모을 수 있다. 즉 자연미는 자연과 동화되면서 느낄 수 있는 감정적인 충만함을 근간으로 하면서도 아울러 그 것을 가능하게 하는 문예적 가치에 공존하며 자연문학을 이끌어내는 견인차 역할을 하는 것이다.

그 가운데 자연미의 실현은 미(美), 즉 다분히 개인적인 정서나 가치에

---

13) Hans-Georg Gadamer(이길우 외 역), 『진리와 방법 I 』, 문학동네, 2000, 108면.

호소하는 성향을 포섭하여 개성적인 작품으로 발현될 때 가능한 것이다. 자연은 천연의 본성이요 절대불변의 진리라고 할지라도 그것이 작품을 통해 구체화할 때는 그것을 실현하는 작자만의 독자적인 자연관과 그에 따른 표현법이 수반됨으로써 자연미를 실현할 수 있는 단서를 제공하는 것이다. 자연은 순백의 본성일지라도 자연미의 발현은 개성적인 색상을 담아낼 때 가능할 수 있다.

따라서 자연미에는 비가시적인 자연의 절대성과 가시적인 자연의 상대성이라는 두 가지 요소가 맞물려 있다고 할 수 있을 것이다. 이는 예컨대 산수시의 본질이 경치(景致), 흥취(興趣), 이치(理致)에 있다고 하거나[14] 혹은 시에는 물경(物景), 정경(情景), 의경(意景)이 있다고 하여[15] 흥취나 정경과 같은 감성 혹은 정서적인 면이 산수시를 완성시키는데 중요하게 작용하고 있음을 지적한 이론들에서도 확인힐 수 있는 것이다.

우리의 문학에서도 소위 육합(六合)으로서의 자연은 다양한 뉘앙스를 형성하면서 자연문학으로 현실화 되었던 것을 발견할 수 있다. 예를 들어 같은 자연공간이라도 전원(田園), 산수(山水), 강호(江湖)가 각기 어떻게 드러났는지 보면 아래와 같다.

---

14) 조동일, 「산수시의 경치, 흥취, 이치」, 『한국시가의 역사의식』, 문예출판사, 1993.
15) 시에는 세가지 경계가 있다. 첫째 物景이 있다. 산수시를 지으려 할 때 못, 돌, 구름, 봉우리의 경지를 펼쳐냄에 있어 극히 아름답고 수려한 것은 그것을 마음에서 통하고 그 경지에 몸을 두고서 마음으로 그 경지를 투시하게 되면 확연하게 손안에 들어오게 되니, 그런 후에 상상력을 운용하면 경물의 형상은 또렷하게 드러나는, 즉 形似를 이룰 수가 있다. 둘째, 情景이 있다. 재미, 즐거움, 우수, 원망 등은 모두가 생각에서 펼쳐서 몽으로 나타내고 그런 뒤 상상력을 발휘하면 그 정감을 깊이 체득할 수 있다. 셋째, 意境이 있다. 이 역시 생각에서 펼치고 마음으로 헤아리면 그 진제를 얻을 수가 있다.
　詩有三景, 一曰物景, 欲爲山水詩, 則張泉石雲峰之境, 極麗絶秀者, 神之於心, 處身於境, 視境於心, 實然掌中, 然後用思, 了然境象, 故得形似. 二曰情景, 娛樂愁怨, 皆張於意而處於身, 然後馳思, 深得其情. 三曰意景, 亦張之於意而思之於心, 則得其眞矣. (唐) 王昌齡 『詩格』

歸去來 歸去來ᄒ되 말 뿐이오 가 리 업식
田園이 將蕪ᄒ니 아니 가고 엇지홀고
草堂에 淸風明月이 나명들명 기ᄃ리ᄂ니
【李賢輔, 〈效嚬歌〉】

柴扉예 거러보고	亭子애 안자보니
逍遙吟詠ᄒ야	山日일 寂寂ᄒ되
閒中眞味롤	알 니 업시 호제로다
이바 니웃드라	山水구경 가쟈스라
踏靑으란 오늘 ᄒ고	浴沂란 來日ᄒ세

【丁克仁, 〈賞春曲〉】

身墜紅塵 益遠於江湖之樂則 思欲更聞此詞 以寓興而忘憂也
【李滉, 「書漁父歌後」】16)

　　위의 예는 조선 전기라는 동일 시대에 사대부들이 주위환경으로서의 자연을 지칭하기 위해 사용한 전원, 강호, 산수라는 단어가 출현한 대목을 추려본 것이다. 이현보(李賢輔, 1467-1555)의 〈효빈가〉에 등장하는 전원은 "田園이 將蕪ᄒ니 아니 가고 엇지홀고"라는 어구를 통해 전원이 장차 황폐하려하니 돌아가겠노라는 도연명(365-427)의 〈귀거래사〉를 연상시키며 되돌아가 안착하고픈 곳으로 드러나고 있다. 다음으로 쓰인 산수는 한중진미(閒中眞味)를 맛보는 가운데 완상하고자 하는 대상으로 현실화 되고 있다. 그리고 강호는 홍진(紅塵)과 반대되는 곳으로 번잡한 세상사를 잊고 진락(眞樂)을 취할 수 있는 곳으로 볼 수 있다. 이처럼 전원,

---

16) 몸은 홍진에 떨어져서 더욱 강호의 즐거움에서 멀어졌으니, 그 가사(어부사)를 다시 듣고 흥을 붙여서 근심을 잊고자 했다. 『退溪集』 卷43

강호, 산수라는 어휘는 개인적인 욕구를 충족시킬 수 있는 자연의 일부라는 관점에서는 동일종에 속하지만 세부적인 표현이나 효용에서는 약간의 차이점을 보이고 있다. 궁극적으로 이곳들은 한가로움 속에 문화적 체험을 가능하게 하는 소위 은사의 자연공간이라는[17] 공통점을 지니지만 문화적 체험의 구체적 방법에 있어서는 변별점을 지니고 있기 때문이다.

이외에도 임천(林泉), 호산(湖山), 계산(溪山) 등 주로 산과 물을 연상시키는 한자어가 합성되어 우주 전체를 표방하며 자주 쓰였는데 그것은 특히 사대부라는 신분층이 등장하며 현실적·정신적 고향으로서의 은일처를 통칭했던 결과들이다.[18] 따라서 이들의 용어는 실제 환경으로서의 차이점이라기보다는 문학적 관습에 따른 표현상의 변화를 유도했다고 할 수 있다.

그런데 이처럼 전원, 강호, 산수, 임천, 호산, 계산 등과 같은 개성적인 형상을 지향하되 그 속에서 자연과 일치되어 음풍농월하는 즐거움을 표방하는 일련의 시가작품을 우리 문학사에서는 특히 강호가도라고 통칭하며 주목했고, 그 가치를 자연미라는 용어를 통해 집약했다.[19] 결국 자연과 자연미 그리고 자연문학은 상생관계에 있다고 할 수 있을 것이다. 광범위한 자연은 구체적인 문학의 틀 속에서 재탄생할 수 있고, 문학은 자연을 통해 새로운 창작의 원천을 마련할 수 있다. 그리고 그 가운데에는 자연미라는 연결고리가 있는 것이다.

어떻게 보면 자연문학은 언어라는 틀 속에 무한대의 자연을 가둬놓은

---

17) 馬華·陳正宏(姜炅範·千賢耕 譯), 『중국은사문화』, 동문선, 1992, 115면.

18) 임형택, 「한국고전에서 '멋'의 미학: 溪山風流와 관련하여」, 『한국문학사의 논리와 체계』, 창작과비평사, 2002.

19) 조윤제, 「國文學과 自然」, 『國文學 槪說』, 탐구당, 1991, 390면.[東國文化社, 1955]

아이러니한 결과물이라고도 할 수 있다. 자연문학이란 인공미와 자연미의 소통의 과정을 통해 창출한 언어예술작품으로 결코 자연스러운 천연의 산물이 아니기 때문이다. 하지만 자연문학에는 자연미를 매개로 하는 자연과 인간 사이의 타협점이 존재하기 때문에 모순이나 갈등 없이 인간의 서정을 자극할 수 있는 독보적인 가치가 존재하는 것이다.

자연은 만화경 속의 세상처럼 다양할 수 있지만 자연미라는 관점에서는 궁극적으로는 근원적인 질서와 조화, 무한대의 광범위성을 주목해 왔다. 서구에서도 실상 문학 용어에서는 natural beauty 이외에 우아미를 뜻하는 grace가 자연미로 해석되기도 하는데,20) grace는 심미안을 지닌 사람만이 표현할 수 있는 기교의 영역을 넘어선 것이며 후천적인 노력으로 습득할 수 없는 천부적인 영역에 속하는 것으로21) 자연이라는 대상의 외면적 아름다움을 넘어서 이해되는 것을 알 수 있다.

따라서 자연미라는 용어에는 궁극적으로 절대가치에 대한 동경이 내포되어 있다고 할 수 있다. 하지만 그 가치는 그저 막연한 동경에 그치지 않고 소위 전원에서 혹은 산수에서의 구체적인 자연체험을 통해 가능할 수 있는 것이다. 그래서 맹사성(孟思誠, 1360-1438)의 경우는 피상적 자연을 망시(望視)할 뿐 아직 주관적으로 심찰(深察)하지 못하다가 이현보와 송순(宋純, 1493-1583)에 이르러서야 자연에 몰입해서 참다운 자연미의 가치를 발견하기 시작했다는 지적에서처럼22) 자신만의 개성적인 자연체험을 통해 본질적인 자연을 발견할 수 있을 때 비로소 진정한 자연미를 획

---

20) 이명섭 편, 「자연미」, 『世界 文學批評用語 事典』, 을유문화사, 1985.

21) M. H. Abrams, 'Natural Genius, Inspiration, and Grace', *The Mirror and the Lamp*, Oxford: Oxford University Press, 1953.

22) 조윤제, 「自然美의 發見」, 『韓國文學史』, 탐구당, 1987.

득할 수 있는 것이다.

이 책은 바로 이와 같은 자연과 자연문학 그리고 그 둘을 연결하는 자연미라는 고리에 관심을 갖고 우리 자연문학의 다양한 미적 실현 양상을 탐색하고자 한다.

2. 강호가도와 자연시가

우리의 자연문학을 대표하는 강호가도(江湖歌道)란 조선 중기 이후 정치에서 물러난 사림(士林)들이 자연 속에서 음풍농월하는 가운데 추구했던 삶의 방식이자 정신적 지향점이며 동시에 그 속에서 노래한 구체적인 문학적 결과물을 포괄하는 용어이다. 사연의 미를 노래로 현실화하는 가운데 일가를 이룬 도(道)라는 뜻을 표방하는 이 말은 시대와 작가를 망라하는 방대한 문예사조의 성격을 지닌다.

애초에 도남(陶南) 조윤제(趙潤濟, 1904-1976)가 1937년 『조선시가사강』에서 강호가도라는 말을 처음 사용했을 때 염두에 두었던 것은 개별 작품이나 작가가 아닌 한국의 자연미라는 거시적인 대상이었다. 우리 민족을 관류하는 자연에 대한 미의식과 예술적 표현을 어떻게 간추릴 것인가에 대해 고민했기 때문에 당연히 종합적인 내용을 포괄할 수밖에 없었을 것이다. 게다가 강호가도는 조선 중기 이후 정치적 쟁패과정에서 물러나 낙향하여 도학적인 깨달음을 추구한 사림파 사대부들의 내면세계를 근간으로 하기 때문에 단순치 않은 함의를 지닐 수밖에 없고 그 본질을 전달하기가 까다로운 대상에 속한다. 따라서 도남 조윤제 이후에도 그 의미는 여러 연구자들을 통해 지속적으로 재조명 되며 관심의 대상이 되었다.

"官界를 脫出한 歌客들이 紅塵에 막혔던 胸襟을 江湖의 맑은 空氣로 淨히 씻어바리고 自然에 直面하야 吟風弄月 自然의 景致를 실컷 玩賞할랴는 것이 江湖歌道"[23)

"자연을 읊은 조선시가의 문학 사조로 이른바 산수시, 전원시를 포괄하는 개념"[24)

"대체로 치사한객(致仕閑客)으로서 또는 피세현인(避世賢人)을 자처하면서 산수자연을 노래하고 전원생활을 찬양하던 학자·문인들의 가풍(歌風)"[25)

"자연 완상을 도학 추구의 방법으로 삼는 강호가도"[26)

위는 그간의 연구 가운데 강호가도에 대해 정의내린 대표적인 예를 나열한 것이다. 약간씩 표현이 다르기는 하지만 궁극적으로는 산수자연이라는 공간과 그 속에서 추구했던 도(道)라는 내면적 가치를 근간으로 강호가도를 정의하는 공통점을 발견할 수 있다. 하지만 그 함의를 제대로 이해하기 위해서는 거시적이고 추상적인 관점에 결부된 보다 구체적인 현상들을 파악할 필요가 있다. 왜냐하면 강호가도는 단지 이론이 아니고 현실의 삶이자 다양한 문학적 결과물이기 때문이다. 따라서 강호가도의 필요조건을 보다 세분화해서 살펴볼 필요가 있는데, 핵심을 간추리면 아

---

23) 조윤제, 『朝鮮詩歌史綱』, 동광당서점, 1937. (『韓國詩歌史綱』, 을유문화사, 1954, 248면)
24) 최진원, 『(증보판)한국고전시가의 형상성』, 성균관대학교 대동문화연구원, 1988, 112면.
25) 김병국, 「강호가도와 전원문학」, 『한국 고전문학의 비평적 이해』, 서울대학교 출판부, 1995, 60면.
26) 조동일, 『한국문학통사』(4판)2권, 2004, 330면.

래와 같다.

    A. 낙향
    B. 학문 및 인격 수양
    C. 국문시가 창작

A. 낙향 : 낙향은 범박하게 말해서 서울에서 시골에 있는 고향으로 내려가는 것이다. 하지만 이 짧은 단어에는 대단히 복잡한 의미가 포함된다. 우선 낙향은 강호가도가 은일문화의 일부임을 시사한다. 동아시아 문명권에서 강호란 은둔자의 공간을 나타내는 대명사였다. 현대에 와서도 강호라고 하면 중앙정권의 지배권 밖에 있는 자유로운 공간으로 인식되는 경우가 있다.

하지만 강호가도에서 강호라는 은일공간은 배타적 은둔의 공간이 아닌 문명과 연결된 자연공간이라는 점에서 특이점을 찾을 수 있다. 강호가도 이전에도 은거와 은일의 공간은 우리의 문학작품 속에서 쉽게 찾아볼 수 있었다. 고려시대로 거슬러 올라가보면 무신의 난 이후 죽림고회(竹林高會)는 산수를 찾아 즐기며 속세에 초탈한 고결한 문학을 자처했었고, 승려들의 문학에서는 속세를 떠나 정토(淨土)를 염원했던 초월의 경지를 엿볼 수 있다. 뿐만 아니라 고려가요 〈청산별곡〉에서는 "살어리 살어리랏다 / 청산에 살어리랏다 / 멀위랑 ᄃ래랑 먹고 / 靑山에 살어리랏다"라는 시구를 통해 청산에 의탁한 은자의 생활과 멋을 잘 전달하고 있다. 하지만 그럼에도 불구하고 〈청산별곡〉이 문학사적으로 한국의 자연미를 대표한다고 평가하지는 않는다. 아마도 이들 작품에서 공통적으로 엿볼 수 있는 주류사회와의 단절 내지는 도피가 자연미의 근본이 되는 것은 부적절하다고 판단했기 때문일 것이다.

반면에 강호가도에서는 산수자연 속에 위치하되 방랑과는 거리를 두는 구체적인 삶의 공간을 기반으로 하고, 사림들은 그 속에서 자발적으로 가꾸거나 즐기는 과정을 문학적으로 형상화 했다. 때로는 정치적으로 나아가고 물러나는 줄다리기 끝에 어렵사리 정착하기도 하고 때로는 아예 정치적 무관심 속에 자유로운 삶을 택하는 등 여러 유형이 있지만 스스로 기꺼워하는 요족한 공간이라는 점에는 변함이 없다.

때로 여건이 여의치 않은 경우에 조선시대의 사대부들은 가어옹(假漁翁)을 표방하며, 몸은 제도권 안에 있을지라도 마음은 그 밖에서 자유롭게 노닌다는 양가적인 자세를 드러내기도 했다. 물론 강호가도를 구가했던 조선중기 이후의 사림들은 본격적인 강호에서의 생활을 적극적으로 꾀했지만, 가어옹의 기본적인 자세 즉 문명인이면서도 문명인이 아님을 자처하는 상징성은 지속적으로 영향을 끼쳤다. 그리고 이와 같은 성향은 강호가도의 주인공들이 낙향을 했다고는 해도 신분이나 세계관에 있어서 완전한 변화를 낳은 것은 아니라는 사실을 시사한다. 즉 강호가도의 주인공들은 비록 그들의 삶이 소박하고 청빈했다고 할지라도 정신적 엘리트로서의 마음가짐을 늘 유지하고 있었던 것이다.

이러한 경향은 그들의 거점이었던 원림(園林) 혹은 정원과 서원(書院) 그리고 누정(樓亭)을 보면 보다 쉽게 이해할 수 있다. 우선 서원은 잘 알다시피 강학(講學)과 선현의 제향을 목적으로 설립된 조선시대의 사설 교육기관이다. 조선시대에 들어 고려시대의 사원(寺院)을 대신하기 위한 정사(精舍), 향현사(鄕賢祠) 등을 장려하는 가운데, 1543년 풍기 군수 주세붕(周世鵬, 1495-1554)이 세웠던 백운동서원(白雲洞書院)이 소수서원(紹修書院)이라는 최초의 사액 서원이 된 것을 계기로 서원은 확대되어 갔다.

예안의 도산서원(陶山書院), 안동의 병산서원(屛山書院)을 비롯해서 수많
은 서원이 각처에 자리를 잡았다. 물론 훗날에는 그 폐단이 심각해지기도
했지만, 서원은 유림의 정신적 지주 역할을 하던 곳이라는 사실은 다시
강조할 필요가 없다.

　원림 혹은 정원이라고 하면 너무도 잘 알려진 담양의 소쇄원(瀟灑園)
이나 보길도의 부용동(芙蓉洞)을 떠올릴 수 있다. 각각 양산보(梁山甫,
1503-1557)와 윤선도(尹善道, 1587-1671)가 낙향하여 조성한 정원인데, 있
는 그대로의 천연의 모습을 가능한 유지하는 가운데 자신만의 휴식처로
가꾸고 즐긴 결과물들이다. 물론 정원은 주로 소수 애호가를 위한 다소
사치스러운 공간으로 여겨질 수도 있지만, 조선시대에 낙향한 사대부들
을 중심으로 조성된 소위 별서(別墅)정원은 경우가 달랐다. 사대부 문인
들은 중국의 왕유(王維, 701~761)가 만년에 몸을 맡겼던 망천장(輞川莊)
을 비롯하여 동경해마지 않았던 몇몇 은신처의 청사진을 갖고 있었다.
그 내면적 바람을 기반으로 유교적 생활철학을 반영한 은자의 소박한 쉼
터를 가꾸어 갔던 것이다.

　누정이란 주변을 관망하고 풍류를 즐기는 등 다양한 목적을 위해 세워
진, 시야를 터놓은 다락 형태의 건축물을 일컫는다. 세부적으로 따지자면
누(樓), 대(臺), 재(齋) 등 그 소용이나 형태에 따라 복잡하게 종류를 나누
어볼 수 있지만, 범박하게 누정이라 총칭할 수 있다. 누정은 경치가 좋은
곳이면 으레 하나씩 자리를 잡고 산수미를 누리며 풍류를 즐길 수 있던
종합문화공간이었다. 하지만 조선시대에는 규모가 작은 사정(私亭)을 중
심으로 그 수가 급격히 늘게 되었다. 이 작은 규모의 사정들은 관리를
위한 연회장 역할까지 감당했던 진주의 촉석루(矗石樓)나 안주의 백상루
(百祥樓) 등과는 근본적으로 차원이 다른 것으로, 굳이 명승처가 아니더

라도 소박한 규모와 형태로 유학자들의 생활공간 곳곳에 자리잡았다. 경상북도에만 누정을 비롯한 초당(草堂), 헌(軒), 재(齋), 정사(精舍), 암(庵), 학사(學舍) 등의 건물이 2000여 채 이상이 있다고 하니 정황을 가히 짐작할만하다.[27]

　　이상에서 간단히 언급한 서원과 정원 그리고 누정은 각기 학문과 제향, 휴식과 조망 등을 담당했던 곳으로 강호가도의 공간에 깊이 파고들었다. 물론 이러한 건축물들은 이미 고려시대에도 있었지만, 고려시대에는 대부분 그 규모가 크고 화려했음직한 반면에 조선시대에는 사림들의 낙향한 지역을 중심으로 작고 소박한 유가의 근거지로 다시 자리매김하게 된 것이다. 물론 그렇다고 해서 크고 화려한 정원이나 누정이 조선시대에 사라진 것은 아니었고 다양한 형태가 공존했지만, 사림의 취향에 맞는 새로운 유형이 대거 등장해서 독자적인 조선의 문화를 형성했던 것이다.

　　여기에서 우리는 조선시대의 서원과 정원 그리고 누정이 오랜 전통을 이은 것이면서도 새롭게 환골탈태한 형태라는 점에 주목할 필요가 있다. 사림들은 낙향 후 단순히 농촌생활에 동화된 것이 아니라 지배층을 위한 서원이나 정원 혹은 누정을 갖추고 그들만의 정신세계를 가꾸면서 새로운 이상향을 구축해 나갔기 때문이다. 그들에게 낙향은 단순한 도피가 아닌 그들이 꿈꾸던 신문명의 이동과 새로운 적용이었고 정신적 이상향을 위한 개척이었다고 할 수 있다.

　　B. 학문 및 인격 수양 : 강호는 우선 노장(老莊)을 연상시키기 마련이다. 강호라는 말 자체가 『장자(莊子)』에 등장했다는 사실을 간과할 수 없

---

27) 허균(이갑철 사진), 『한국의 누와정』, 다른세상, 2009, 12면. (임병섭, 『영남누대기』 인용)

을 뿐더러28) 보편적인 의미가 방내(方內)를 벗어난 방외(方外)의 초탈 혹
은 자유와 쉽게 연계되기 때문이다. 하지만 강호가도는 그 주체가 사림이
었기 때문에 성리학이라는 유가에 뿌리를 두었고, 따라서 궁극적으로 도
가적 기반을 끌어안은 유가적 완성체라고 볼 수 있다.

그런데 이와 같은 현상은 말은 쉬운 듯해도 동아시아 문화 예술의 속사
정을 감안할 때 받아들이기 쉬운 내용은 아니다. 일찍이 동아시아 문화
예술은 도가와 유가의 대립성 속에서 발전해 왔기 때문이다. 도가뿐만
아니라 선가(禪家)도 마찬가지이지만 유가에 반기를 들고 각기 그들만의
독자적인 심미의식을 대립적인 성향 아래 발전시켜 왔다.

하지만 강호가도는 앞에서 언급한 바와 같이 사림들이 그들의 이상을
간직한 채 낙향하면서 현실화 된 것이다. 현실정치에의 이념과 귀거래의
갈망, 즉 이념과 동경이 모두 중시된다는 사실에서 특이점을 찾을 수 있
다. 유가적 이념 및 도가적 자연을 복합적으로 소망하는 가운데 주자를
추구하면서 동시에 도연명을 모방하고 있다는 지적에29) 공감할 수 있다.

따라서 강호가도에서는 자연을 매개로 최상의 이상을 추구했다고 할
수 있겠고, 꼭 주자에 대한 동경이 그대로 드러난 작품이 아니더라도 자
유롭게 노니는 가운데에서 스스로를 되돌아보고 깨우치거나 개인적인 내
면의 성숙을 꾀하는 등의 과정이 수반되었던 것이다.

그런데 한편 이러한 특성 때문에 제기된 중요한 문제가 있다. 바로 강
호가도가 과연 자연시라고 할 수 있는가 하는 것이었다. 자연시라기 보다
는 인생시에 가깝다는 지적이 그것이다.30) 자연시라고 하면 구체적인 자

---

28) 泉涸 魚相與處於陸 相呴以濕 相濡以沫 不如相忘於江湖 「大宗師」『莊子』.
29) 김병국, 앞의 책, 85~90면.
30) 정병욱, 『(증보)한국고전시가론』, 신구문화사, 1988, 417면.

연을 소재로 감흥이나 정서를 읊는 것이 합당하다고 생각하기 마련이다. 그런데 강호가도의 경우는 자연 속에서의 삶과 이상이 주가 되기 때문에 비록 깨달음 그 자체가 최우선의 목적이 아닌 경우라도 단순한 아름다움과 감흥에 그치지 않는 내면세계가 기반이 되는 것이다. 그리고 감흥을 유발하는 대상이 구체적인 자연물로 국한되지 않는 경우가 많기 때문에 더욱 순정한 자연시라고 할 수 있는가 궁금증을 유발하기도 한다.

하지만 사실상 이러한 전통 즉 도가와 유가가 합쳐지고, 자연에 대한 감흥과 인생에 대한 깨달음이 합쳐지는 것이 우리의 자연문학을 결정짓는 중요한 기반이 되었다고 할 수 있다. 예를 들어 조선 후기 가객 김천택(金天澤)의 시조를 한 수 보겠다.

> 江山 죠흔 景을 힘 센 이 닷톨 양이면
> 니 힘과 니 分으로 어이 ᄒ여 엇들쏜이
> 眞實로 禁ᄒ리 업쓰씌 나도 두고 논이노라
> 【金天澤, 『海東歌謠』】

위의 시조는 강산의 좋은 경치를 찾아 자연에서 노니는 여유를 근간으로 하고 있다. 그런데 작품에서 전달하는 내용은 단순한 풍류에 그치지 않는다. 좋은 경치의 아름다움을 전달하는 것이 아니라 그 경치의 진정한 경지는 어느 한 사람이 공명이나 권력으로 독점할 수 없는 것이며, 덕분에 가난한 시적 자아 역시 노닐 수 있다는 내용을 담고 있다. 짧지만 결코 단순하지 않은 내용이다. 강산의 진미가 무엇인가 하는 질문과 청빈한 삶 속에서 공명을 희롱하는 가운데 느낄 수 있는 흥취를 동시에 담고 있기 때문이다.

물론 이 시조는 정격의 강호가도에 속하는 작품은 아니다. 게다가 과연 자연시로 간주하는 것이 타당할 것인가를 따져 들어간다면 논의는 뜻밖에 복잡해질 우려도 있다. 하지만 조선후기 가객이 자연을 읊은 시조 속에서 왜 위와 같은 깊이를 전달받을 수 있는가에 초점을 맞추어 본다면 그 뿌리는 강호가도가 추구했던 내면적 사색에서 찾을 수 있을 것이다. 조선의 많은 사림들은 낙향을 선택했고 그들만의 자연공간을 모색하면서 동시에 절대 선의 가치를 갈망했기 때문에 단순치 않은 자연문학의 전통을 일구어냈다고 할 수 있다. 반드시 시각적인 결과물이나 감각적인 자연물이 주가 되지 않더라도 오히려 그 속에서 전해 받은 내면적 깨달음과 깊이를 지향하는 하는 것이 우리 자연시가의 특징이다.

C. **국문시가 창작** : 자연속에서 유유자적하는 즐거움을 읊는 유형은 일찍부터 한시작품에서 자주 찾아볼 수 있었다. 특별히 '유거(幽居)' 혹은 '한거(閑居)'라는 제목을 표방한 작품은 헤아릴 수 없이 많았고, 그 외에도 팔경시(八景詩)는 승경처의 진미를 전달하는 유형을 이루며 오랜 기간 애호되었다. 이들 모두는 산수자연과 결부된 문화의 전통을 이으며 일종의 관습 장르로서 한시 창작을 풍부하게 하는 데에 일조해 왔다.

그런데 강호가도를 읊은 장본인들은 이러한 한시를 창작하면서 동시에 시조와 가사를 통해 우리의 자연미를 구가했다. 그들이 한시와 국문시를 병행한 이유는 무엇일까? 우선은 우리말 노래를 통한 감정의 직접적인 토로를 꾀했을 것이고 그리고 이미 관습화 된 한시에서 감당할 수 없는 미감을 위해 새로운 시형이 필요했기 때문일 것이다.

이현보는 70이 넘은 나이에 환로에서 물러나 고향인 예안에 은거하면서 기존에 있던 어부가를 개작해서 작자미상의 『악장가사』 소재 〈어부사〉와 흡사한 장형의 〈어부가〉와 단형의 〈어부가〉를 지었다. 그 중 특히

주목되는 것은 5장으로 된 단형의 〈어부사〉로, 시동들에게 외워 부르게
하며 음주로 즐기는 가운데 선유락이 겸비되기도 했고 세사의 영욕을 잊
고 흥취를 구가했다고 전한다. 퇴계의 발문에 의하면 어부사를 잘 부르는
노기(老妓)가 있었는데, 몸이 홍진에 떨어져 강호의 낙에서 멀어졌을 때
다시 그 어부사에 흥을 붙여 근심을 잊으려 했다는 대목이 있다.31) 저절
로 춤추고 발을 구르는 여유로운 풍류를 즐기기 위해 사대부들은 시조와
가사라는 우리말 노래를 선택했던 것이다.

어부가류는 워낙 한시의 전통이 강했기 때문에 오랜 공을 들여 난삽한
한시구를 배제하고 순 우리말로 재탄생되는 과정이 필요했지만, 그 외에
도 많은 국문시가가 강호와 연계되어 탄생되었다. 시조뿐만 아니라 가사
에서도 강호의 미를 실현한 우수한 작품을 발견할 수가 있는데, 송순의
〈면앙정가(俛仰亭歌)〉 정철의 〈성산별곡(星山別曲)〉을 비롯해서 많은 강
호가사 작품들이 이어졌다. 특히 가사에는 강호가도에 속하지는 않지만
〈관서별곡(關西別曲)〉, 〈관동별곡(關東別曲)〉 등 명승지를 유람하면서 보
고 느낀 것을 표현한 기행가사류도 포함되어 있어서 자연을 즐기는 각기
다른 모습을 선보이는 가운데, 강호가사와 기행가사가 독자적인 영역을
확보하며 발전했던 것을 확인할 수 있다.

그런데 강호가도라는 국문시가 장르가 형성되는 가운데 나타난 흥미
로운 현상이 있는데, 시적 표현을 위한 충분한 지면이 필요했다는 점이
그것이다. 가사는 워낙 무제한의 장형시이기 때문에 말할 필요가 없겠지
만, 시조의 경우는 특히 연시조를 지향하고 있다. 강호가도는 대개 가사

---

31) 往者 安東府有老妓 能唱此詞 叔父松齋先生 時召此妓 使歌之以助壽席之歡 滉
時尙少 心竊喜之 錄得其槩 而猶恨其未爲全調也 厥後存沒推遷 舊聲杳不可追 而
身墮紅塵 益遠於江湖之樂 則思浴聞此詞 以寓興而忘憂也「書漁父歌後」『退溪先
生文集』卷43

혹은 주제별로 단형시조가 연결되는 연시조를 통해 현실화 되었는데, 이러한 현상은 강호가도가 여느 단형시조와는 다른 전개를 보인다는 점을 시사한다.

우선 강호가사를 보면 〈면앙정가〉나 〈상춘곡〉을 비롯하여 후대의 강호를 배경으로 하는 가사들이 대개 그렇듯이 특정한 장소에 자리를 잡고 그 곳에서 유유자적하는 삶을 보여주는데, 때로는 춘하추동 때로는 하루를 기준으로 그 곳에서의 일과를 차례대로 구성한다. 그리고 시조 역시 약간의 차이가 있지는 하지만, 봄에서부터 겨울까지 혹은 특정한 시간적 순서나 혹은 행위나 주제의 변화를 각 연마다 차례로 보여주며 통합적인 내용을 완성하는 특성을 드러낸다.

물론 연시조의 경우는 고려시대부터 전해 내려온 속가의 연형 형식을 계승했을 가능성을 배제할 수는 없다. 워낙 노래로 전달되는 가운데 풍류를 지향했고, 게다가 어부가 같은 경우는 기녀나 혹은 속가를 아우르는 가수들을 통해 전수받았다는 사실을 상기할 때 그 영향력을 무시할 수 없기 때문이다. 하지만 순수 자연문학의 관점에서 접근해서 어떤 자연미를 어떻게 현실화했을까 생각해 본다면 연형 형식의 반복성 보다는 주제를 부각시킬 지면 확보의 측면에 초점을 맞추게 된다.

이처럼 조선조 자연시가의 양대 주축은 가사와 연시조라고 할 수 있다. 물론 단형시조에도 자연시가 있지만, 주로 자연 속에서 느낀 개별적이고 순간적인 감흥이 주가 되고 있어서 별도의 논의가 필요하다. 반면에 가사와 연시조는 시가 장르임에도 불구하고 표현을 위한 충분한 서술지면을 확보하고 독자적인 유형을 형성하는 가운데 본격적인 자연문학으로서의 독특한 성향을 드러내는 것이다.

그 가운데 가사의 경우는 교술장르라는 특성상 현실적인 실제 주변 공간에 비교적 충실한 특성을 보인다. 예컨대 강호가사는 모두 산수를 배경으로 하면서도 그 곳이 거처인가, 누정을 비롯한 경승지인가, 기행처인가에 따라 구별된다는 지적처럼[32] 저자가 임하는 곳을 근간으로 공간체험이 제한되는 것이다. 그에 반해 연시조는 각기 정서적 함축성을 지니는 단형시조가 유기적으로 연결됨으로써 작품 창작의 배경이 되는 실제 배경에 의존하지 않고 곧바로 작품 내적 공간에 몰입할 수 있는 장점을 지닌다. 특히 연시조의 경우는 독자적인 개성이 작품군마다 명료하게 드러나기에 자연시가로서의 개별적 특성과 그에 따른 내면의식을 살펴보기에 한층 유리한 대상이기에, 이 책에서 본격적으로 살펴보고자 하는 것이다.

▌강호가도의 변격

자연을 구가한 시가는 위에서 설명한 정격의 작품만 있는 것은 아니다. 강호가도는 자연 속에 은거하는 실제의 삶과 아울러 그곳에서 구가하고자 하는 이념세계가 어우러진 이상향의 소망이다. 하지만 이러한 소망이 항상 충족될 수는 없는 법이다. 특히 17세기 이후로 가면서 강호가도는 자연을 완상하는 흥취에 머무르지 않고, 농민들의 생활상을 반영하는 등 복합성을 드러내기 시작했다. 그래서 특히 시조의 경우 자연을 제재로 하는 시조 작품을 지칭할 때 순수하게 산수의 완상과 도학적인 깨달음에 주안점을 두는 경우는 강호시조라고 하고, 17세기 이후 작품의 내용이 변질되거나 농가의 생활상에 주안점을 두는 시조작품은 전원시조라고 분

---

32) 강호가사는 ①일정한 거처에 들어와 살며, 그 지역을 탐방하며 유유자적하는 생활상을 동적으로 노래한 것과 ② 일정한 樓亭을 중심으로 한 사계절의 景勝과 그 가운데 유유자적한 생활상을 정적으로 노래한 것과 ③ 공인의 몸으로 수행한 일정한 지역에 대한 기행을 노래한 것으로 구분된다고 했다.(서준섭, 「조선조 자연시가의 구조적 성격」, 백영 정병욱선생 환갑기념논총 II 『한국시가문학연구』, 신구문화사, 1983, 295면)

리해서 다루는 경우를 발견할 수 있다.

일반적으로 전원문학이란 서양에서는 그 기원을 B.C 300년경 그리스의 시인 테오크리투스(Theocritus)로 소급할 수 있으며, 대표작가로는 B.C 70년경 베르길리우스(Publius Vergilius)를 꼽을 수 있는데, 낭만적인 자연 풍경을 배경으로 하는 목가적 생활상을 담고 있는 문학이었다. 하지만 그 내용은 농사를 짓는 민중의 삶이 아닌, 행복한 순간을 즐기는 목부(牧夫)를 표상하고 있으며, 독백 또는 대화를 사용한 짧은 서정양식을 지향했다. 따라서 전원시라고 하기보다는 목가시라고 하기도 한다. 동양의 경우는 중국 도연명의 〈귀거래사(歸去來辭)〉와 같은 작품에서 기원을 찾을 수 있으며 우리나라의 작품에서도 도연명의 세사를 벗어나 즐기는 생활상을 적극적으로 반영하고 있다.

하지만 사실 동양에서 전원시의 정체는 산수시와의 분류를 통해 분명해 질 수 있었다. 중국에서 비슷한 시기에 살면서도 '자연으로 돌아간다'는 의사를 피력한 도연명은 전원시인으로 불려졌고, '산수를 사랑한다'는 의지를 피력한 사령운(謝靈運, 385-433)은 산수시인으로 불려졌다. 그 두 부류는 근본적으로는 은둔사상에 뿌리를 두고 있다는 점에서 동질적인 것으로 취급되고 있는데[33] 다만 그 자질의 차이에서 산수시는 고상한 반면 전원시는 통속적이라는 범박한 격조론을 유도하고 있다.[34]

이러한 차이는 곧 자연을 제재로 하는 동일 계열의 작품 가운데에서도 작가의 의도와 작품의 지향점에 따라 많은 분화가 이루어질 수 있음을 시사한다. 우리의 강호가도 역시도 마찬가지이고 그래서 특히 전원시조를 별도로 언급하기도 했던 것이다.

---

33) 小尾郊一(윤수영 역), 『中國文學 속의 自然觀』, 강원대학교출판부, 1988, 166~168면.
34) 최웅혁, 「陶淵明 田園詩 연구」, 외국어대학교 박사학위논문, 1991, 17면.

그리고 한편 순전히 자연이라는 제재를 중심으로 폭을 넓혀보자면 범박한 자연시가에는 더 많은 종류의 작품이 포함될 수 있다. 예를 들어 영물시조 같은 것이 대표적인데, 그럼에도 불구하고 영물시조는 강호가도와는 다르다. 강호가도에 기반을 둔 자연시조는 근본적으로 세계관적 차원의 자연을 근간으로 한다. 물론 소재 차원의 자연물로부터 비롯된 작품들도 궁극적으로는 인간의 감성을 자극함으로써 문학적인 성취를 이룰 수 있지만, 강호가도와 같은 경우는 혼탁한 정치·사회의 현실 속에서 배태된 것으로 감성적 차원을 넘어서고 있기 때문이다.

그래서 예컨대 영물시와 같은 경우는 고정된 자연물로부터 촉발된 감성과 인식을 표출했다면 강호가도를 비롯한 자연시조는 의식과 사상으로부터 촉발된 자연을 창출했다고 하는 것이 적합할 것이다. 여말선초 훈구파 사대부들이 구가했던 산수자연만 해도 주변의 아름다운 경관에 해당했고 이들은 자연을 통해 홍성하는 국운을 미적으로 인식하고 개인적인 서정을 표현하고자 했었다.[35] 하지만 그 뒤를 잇는 조선 중기 사림들의 자연은 현실에 대한 만족이 아닌 현실에 대한 불만족에서 출발했고, 경물이 선행하는 것이 아니라 내면의식이 선행하여 지극히 개인적인 감수성을 수반하는 공전의 세계를 구현될 수 있었던 것이다. 그래서 궁극적으로 강호가도를 살펴본다는 것은 작품을 통해 반영하려고 했던 내면의식과 사상을 반추한다는 것과 일맥상통한다고도 할 수 있기에 보이는 자연을 통해서 보이지 않는 의식과 사상을 고찰할 필요가 있는 것이다.

---

35) 김성룡, 『여말선초의 문학사상』, 한길사, 1995, 200면.

3. 자연시조의 범주와 공간성

거대하고 막연한 자연은 목적에 따라 세분화 될 때 보다 구체적이고 다양한 예술적 결과물을 선보일 수 있다. 최근에는 자연과 관련된 예술작품을 '자연', '풍경', '산수', '환경' 등의 주제로 분류하는 것이 일반적이다. 여기에서 '자연'이란 주로 우주의 원리나 생명, 사물의 본질이나 원형 혹은 신성성, 음양의 원리 등을 포괄하는 추상적 영역을 지칭한다. 한편 '풍경'은 대개 아름다운 경치나 특정한 분위기 등을 아우르는 것으로, 감각을 자극할 수 있는 대상을 시각적으로 표현한 결과물로서 이해되고는 한다. 그리고 '산수'는 동양문화의 아이콘으로 이해하는 것이 용이할 것이다. 워낙 산수문화의 전통이 강했던 우리나라에서는 진경산수를 비롯하여 전통적인 관념의 영역이 형성되어 있었는데 그 전통의 맥을 잇는 제반의 작품을 산수라고 지칭할 수 있다. 끝으로 '환경'은 인간의 삶의 전반과 특히 도시 공간까지도 아우를 수 있는 현대적이고 보다 복합적인 개념의 산물이다. 생태학이 영역을 넓히는 가운데 인간을 둘러싼 공동체에 대한 관심이 높아지면서 생명과 결부된 환경과 그물망 덕에 새로운 주제를 형성하게 된 것이다. 그리고 앞으로도 인류사가 신행되는 가운데 얼마든지 자연과 관련된 세부 주제는 새롭게 등장할 것이다.

이처럼 자연은 새로운 미적 범주를 제공하며 시대와 함께 발전해 왔다. 우리의 자연문학 역시도 마찬가지인데, 그 가운데에서도 특히 자연시조는 내부에 단순치 않은 미적 범주를 포괄하기 때문에 주의를 요한다.

여기에서 잠시 '자연시조'라는 말은 문학사에서 익숙하지 않은 단어이기 때문에 짚고 넘어가도록 하겠다. 우리의 시가 연구사에서는 자연을 대상으로 하는 작품들을 세분해서 다뤄 왔다. 정격의 강호가도를 비롯하여 전원시조, 어부가 그리고 가사에는 강호가사와 기행가사 등 열거하자면 자연문학의 영역은 단순하지가 않다. 그런데 그 가운데 특히 자연을 제재로 하는 시조작품에는 강호가도의 취지에 적극 부합하는 강호시조와 성격이 변화된 소위 전원시조가 공존한다고 앞 장에서 언급한 바 있는데, 이 둘을 아우를 뿐만 아니라 제3의 작품들도 수용할 수 있는 보다 포괄적인 용어로 이 책에서는 자연시조를 사용하고자 하는 것이다. 자연시조란 강호가도를 위시하여 자연미를 기반으로 변화·발전한 일군의 시조 작품을 통칭한다.36) 우선은 현재까지 양분했던 정격의 강호가도와 변격의 전원시조를 포괄할 용어가 필요하다. 그리고 더 나아가 이 책에서 언급한 자연미, 즉 인간의 감각적인 미적 체험과 문화적 배경 아래 형성된 미의식을 통해 객관적인 산수자연의 경물 속에서 찾아낸 아름다움과 결부된 시조는 생각보다 많은 종류가 있기 때문에 그 작품들을 아우를 수 있는 포괄적인 말이 필요하다고 판단했기 때문에 부득이 자연시조라는 용어를 제시하고자 하는 것이다.

그런데 자연시조 그 가운데에서도 특히 이 책에서 주목하는 연시조 작품은 역사가 오래되고 종류가 많기 때문에 자연을 어떻게 현실화했는가 하는 기준에 따라 자체 내에 독특한 범주를 형성하고 있다. 범주란 통일된 성향의 대상을 모아서 하나의 부류로서 공식화한 것이다. 범주는 쉽게 말하자면 특정 대상을 모으고 한정시키는 것인데, 범주화는 막연한 자연을 구체적인 예술적 표현물로서 구체화하여 공통된 제재와 미의식의 틀안에 구분지어 독자적인 미적 대상으로 환원시키는 기능을 한다.

그런데 특히 자연시조의 경우는 범주화가 보다 적극적인 양상을 보인

---

36) 자연시조에는 연시조와 단형시조가 모두 포함되는데(앞 장에서 설명), 이 책에서는 특히 연시조에 초점을 맞추어 살펴보고자 한다.

다. 예를 들어 어부의 고기 낚는 일상과 그 속에서 누리는 즐거움을 기반으로 어부가 계열이라는 범주가 탄생했는가 하면 혹은 주희(朱熹, 宋, 1130-1200)의 무이구곡(武夷九曲) 경영이 바탕이 되어 이이의 〈고산구곡가〉라는 전범으로 발전함으로써 구곡가 계열이라는 범주가 탄생하기도 했다.

위와 같이 자연시조 창작에 있어서 여러 작품군이 공존했던 것은 범주화된 작품들이 각기 독특한 분위기를 지향함으로써 독자적인 완결을 추구했다는 사실을 분명히 한다. 범주화는 무한대의 자연을 인간 정서가 개입된 또 다른 예술작품으로 변화시키는 자연미 발현의 전초기지 역할을 할 수 있고, 한편 관념적인 자연은 대상의 범주화라는 과정을 겪음으로써 보다 구체적인 새로운 예술 영역을 형성하게 되는 것이다. 이때의 예술 영역은 추상적인 자연에 관습적인 틀을 제공하여 궁극적으로 자연문학을 완성시키는 중추 역할을 한다.

따라서 공통적인 장르 아래에서도 개별적인 범주를 형성하는 작품군은 각기 특징적인 영역을 기반으로 독특한 향유의 전통을 마련한다고 할 수 있다. 비록 자연시조라는 동일 장르에 속한다고 하더라도 그 안에 범주에 따른 세부적인 향유 영역을 마련하고, 그 영역을 기반으로 개별적인 향유의 전통을 만들어내며 공존했다는 사실은 매우 흥미롭고도 중요한 일이 아닐 수 없다.

▌ 자연시조의 공간성

자연시조의 미적 범주는 작품 내의 문학적 공간이라는 개념과 연결시켜 생각해볼 필요가 있다. 자연미가 문학작품 내에 구현되기 위해서는 가시적인 자연이라는 일종의 양태가 등장할 수 있는 열린 장으로서의 공간이 필요하다. 일반적으로 공간이란 물체와 행위 요소가 출현해 위치와 방향을 지닐 수 있는 무한 범주로서 가변성과 개연성을 실현할 수 있는 장이다. 하지만 공간의 적용가능성은 물리적 성향에 국한되지 않는다. 공간의 본질은 정치적·사회적 실천의 결과에 있다는 논리에서도 알 수 있듯이[37] 공간이란 실체인 환경 요소로 구성되기도 하지만 한편 인식적인 체험의 요소로 구체화되는 등 다양한 존재 방식 및 의미를 지향할 수 있기 때문이다.[38]

문예학에서는 일찍이 개념적 공간을 시간과 더불어 예술작품의 요소로서 중시하며 감각적 직관의 순수형식이며 선험적인 범주로 간주했다.[39] 문학에서 공간과 시간은 인지적인 관점에서의 양대 구성요소로 자리 잡고 있으며[40] 공간은 감성적 경험에 해당되는 대상수용의 형식이라는 점에서 상보적인 관계에 있는 시간과 함께 인간의 내면세계를 구체화

---

37) Henri Lefebvre, Donald Nicholson-Smith(Trans.), *The Production of Space*, Malden: Blackwell, 1991.
38) Christian Norberg-Schulz(김광현 역), 『실존·공간·건축』, 태림문화사, 2002, 13~14면.
   [이 책에서는 공간의 종류를 아래와 같이 나누고 있다.]
   ① 육체적인 행위의 실용적 공간(pragmatic space)
   ② 직접적인 정위로서의 지각적 공간(perceptual space)
   ③ 환경에 관해 인간에게 안정된 이미지를 형성시키는 실존적 공간(existential space)
   ④ 물리적 세계에 대한 인식적 공간(cognitive space)
   ⑤ 순수한 논리적 관계에 의한 추상적 공간(abstract space)
   ⑥ 인간의 세계구조를 현실의 세계상으로 표현하는 표현적·예술적 공간(expressive or artistic space)
   ⑦ 표현적 공간을 추상적으로 체계화 하는 미학적 공간(aesthetic space)
39) I. 칸트(최재희 역), 「선험적 감성론」, 『순수이성비판』, 박영사, 1972.
40) Peter McCormick, 'Beardsley and Literary Structures', L. Aagaard-Mogensen & L. Ce Vos(Eds.), *Text, Literature and Aesthetics*, Amsterdam: Rodopi, 1986, p.124.

하는 주요소로 자리 잡고 있는 것이다.

물론 문학작품 속에 구현되는 공간과 시간은 그 성격이 같을 수는 없다. 개략하자면 시간이 계기적 질서를 통한 추상적인 직관의 세계를 지향하는 반면 공간은 동시성을 가능하게 하는 병치적 질서를 통한 구체적인 직관의 세계를 표방하는 차이점을 지닌다.41) 따라서 공간은 비록 직관적인 세계를 지향할지라도 시간에 비해 비교적 구체적인 속성을 지닌다. 예컨대 시간은 심리상태에 속하는 것으로서 내적으로 규정되는 반면 공간은 대상들의 형태, 크기, 상호관계에 의해 결정되는 것으로 외적으로 직관될 수 있는 것이라는 지적42) 등을 눈여겨 볼 필요가 있다.

따라서 이러한 공간성의 미덕은 특히 서사문학에서 발휘되어 배경에 관한 묘사와 같은 형상화가 가능하게 하고, 결국 인물과 사건이 개입될 수 있는 독자적이고도 짜임새 있는 단면이 바로 문학에서의 공간이라고 언급 된 바 있다.43) 대체로 공간성은 서정문학보다는 주로 서사문학에 요긴하게 적용되고는 한다.

하지만 서사문학에서 공간성이 기초적인 배경요소로서 보편성을 확보하고 있는 것과는 달리 서정문학에서는 보다 특수한 공간의 적용 가능성을 지닌다. 시 장르에는 공간형식을 통해 분리된 경험을 하나의 유기적 구조로 통합하는 기능이 있다는 지적처럼44) 시에서의 공간은 바로 개인 정서나 사상 혹은 체험을 집약하여 외부로 투사하는 기능을 수행할 수

41) Ernst Cassirer, "The Expression of Space and Spatial Relations", *The Philosophy of Symbolic Forms - volume one: language*, New Haven: Yale University Press, 1955.
42) I. 칸트(최재희 역), 「선험적 감성론」, 『순수이성비판』, 박영사, 1972, 75면.
43) 볼프강 카이저(김윤섭 역), 『언어예술 작품론』, 예림기획, 1999, 519~520면.
44) Joseph Frank, *The Idea of Spatial Form*, London: Rutgers University Press, 1991, pp.11~15.

있다. 다만 서정문학에서의 공간은 서사문학과 달리 내면적인 구상성을 지향하는 차이를 보인다. 때로 서정문학의 공간은 광범위한 공간이라기보다는 체험의 과정을 통해 보다 명징하게 집약된 소위 장소로서[45] 그 기능을 수행한다고 할 수 있을 것이다.

자연시의 공간도 여느 서정문학의 경우와 마찬가지이다. 다분히 독자적인 체험 혹은 상징성을 수반하고 있는데 예컨대 서구의 시에서는 인간의 자연 풍광에 대한 인식이 변모함에 따라 농경지, 목장 등과 같은 실질적인 장소가 때로는 일상의 공간으로 때로는 소유의 공간 등으로 상징적인 의미를 지니며 끊임없이 생성·소멸한다는 지적이 있었다.[46] 하지만 자연시조의 경우는 보다 개성적인 공간이 적용될 수 있었다.

대개의 서정문학에서 개인적인 체험이 문학적 공간으로 현실화되는 방법은 크게 두 가지로 나눌 수 있을 것이다. 우선 살펴볼 것은 표상으로서의 이미지가 주가 되는 경우이다. 예컨대 단형시조의 경우 장소적인 의미에 있어서의 공간 설정이나 시인의 의식 속에 형성된 공간 관념이 모두 제한된 고정성을 보여준다는 지적처럼[47] 내면에서 발화하여 이미지로 집약된 부동의 표상을 통해서 형상화된 공간을 자주 찾아볼 수 있다.

> 이 몸이 주거 가셔 무어시 될고 ᄒᆞ니
> 蓬萊山 第一峰에 落落長松 되야이셔
> 白雪이 滿乾坤홀 제 獨也靑靑 ᄒᆞ리라
> 【成三問. 『靑丘永言』(珍本)】

---

45) Yi-Fu Tuan(구동회 외 역), 『공간과 장소』, 대윤, 1995.

46) Chris Fitter, *Poetry, Space, Landscape*, Cambridge: Cambridge University Press, 1995.

47) 정혜원, 「공간의식의 주관성과 고정성」, 『시조문학과 그 내면의식』, 상명여대출판부, 1992, 43면.

위의 작품을 보면, 중장에 제기된 봉래산(蓬萊山) 제일봉(第一峰)이 작품 내 중심 공간으로 작용하고 있는데, 부동의 이미지로서의 기능을 충실히 수행하고 있다. 위의 작품은 잘 알다시피 사육신의 한 사람이었던 성삼문(成三問, 1416-1456)의 시조로서 불의에 타협하지 않는 불굴의 정신이 잘 나타나 있다. 그러한 저자의 내면은 독야청청이나 낙락장송과 같은 어휘에도 그대로 드러나고 있지만 봉래산 게다가 제일봉이 위치한 신성한 공간 속에서 더욱 빛을 발한다. 위의 시조를 지배하는 봉래산 제일봉은 시대의 질곡을 겪으면서 작자의 내면에 형성되었을 절개와 고독을 최종적으로 집약한 이미지로서의 공간으로 이해할 수 있다.

때로는 이러한 표상적인 체험공간을 해독하는 일은 서정시 일반을 이해하기 위한 핵심과정이 되기도 한다. 특별히 개인적인 체험이나 추억이 농축된 결과물로서의 이미지를 해석함으로써 작품전반을 이해하는 데에 큰 도움을 받을 수 있다. 앞의 시조에서처럼 봉래산 제일봉이라는 이미지로서의 공간 속에서 주로 실제 자연에 대한 단서를 찾으려고 하지는 않는다. 그것은 다분히 허구로서의 표상을 지향하는 것이며 상징성이 주목되는 것이기에 그 안에 포함된 작자의 체험은 실제 자연공간의 체험과는 별개의 것이다.

그런데 한편 표상성과 무관하게 점검할 수 있는 서정시의 공간체험에는 현장성 그 자체를 중심으로 하고 현재성이나 혹은 시간적인 추이를 배제하지 않는 경우도 있다. 특히 자연시조의 경우에는 작자가 몸담고 있는 주변환경이 미의식 형성을 위한 기초공간으로 작용한다. 예를 들어 퇴계 이황 시가의 경우 청량산이나 도산(陶山)과 같은 곳은 미적 상상력을 제공하는 공간이면서 동시에 실제 몸담고 있던 생활공간이기도 하다. 이처럼 자연시조는 실제 자연체험을 바탕으로 구성된 특성을 지니며 보다 광범위한 공간적 연계 가능성을 내포하며 형성된 특징을 지니는 것이다.

> 내 生涯 澹泊ᄒ니 긔 뉘라셔 ᄎ즈오리
> 入吾室者 淸風이요 對吾飮者 明月이라
> 이 내 모 閑暇ᄒ니 主人될가 ᄒ노라
> 【安瑞羽 〈楡院十二曲〉⑥】

　위의 작품을 보면 앞의 성삼문의 시조와는 전혀 다른 양상을 발견하게
된다. 이 작품은 안서우(安瑞羽, 1664-1735)가 남긴 〈유원십이곡(楡院十二
曲)〉 가운데 한 수로 대표적인 자연시조인데, 봉래산 제일봉과 같은 구체
적인 공간이 시어로 표상되지는 않는다. 단지 청풍이나 명월과 같은 어휘
를 통해 암시적으로 일정한 자연 공간 속에서 지은 작품임을 알 수 있을
따름이다. 이러한 작품 속에는 표상화 된 이미지로서의 공간이 결여된
대신에 실제 공간을 체험하고 그 속에서 인식하는 과정의 일부분이 포함
되어 있는 것이다. 따라서 그 공간은 고정된 단일체로서의 표상이 아니고
전체 공간체험의 구성의 일부분으로 간주할 수 있다.

　조윤제는 "우리 민족은 도리어 적은 하나하나의 자연의 미보다 그것이
한데 종합된 대자연의 미에 더 미를 느끼었다. 말하자면 하나하나의 적은
자연이 녹아든 문 앞에 근박한 대자연이, 그 개별적인 미에 인식조차 줄
사이도 없이, 먼저 또 더 크게 이해되었다."[48]라고 한 바 있는데 자연시조
의 공간성에 접근하기 위해 주목할 필요가 있다. 이 지적에 의하면 자연
미는 개별적인 자연의 일부가 아니라 그것이 총체적으로 인식됨으로써
형성될 수 있었다는 것인데 이는 곧 작품 속에서 실제 자연과 결부된 요

---

48) 조윤제, 앞의 책, 402면.

소들이 결집되어 공간적 완성을 지향할 수 있다는 것을 암시한다.

결국 자연시조의 경우 공간을 형성하는 요소는 추상적 단일 이미지에 국한되지 않고 개별적인 요소들의 구성 과정을 통해 작품내적 공간을 형성한다는 사실을 유추할 수 있다. 그리고 이러한 공간적인 개성은 궁극적으로 자연시조를 범주화하는 데에 일조한다. 문학은 그 자체로 작가가 구성요소들을 불러들일 수 있는 하나의 빈 공간, 즉 일종의 가능성으로 간주할 수 있다.[49] 그런데 그 막연히 열린 공간을 어떻게 구획 짓고 그 안에 어떤 요소를 배치하는가에 따라서 장르적 특성을 유도할 수 있기 때문이다. 그 가운데 자연시조는 특히 향촌생활 속에서 접할 수 있는 경험과 깨달음을 작품 내적 공간을 통해 종합적으로 재조합하여 새로운 내면세계를 창조한다는 점에서 특이점을 지닌다.

자연시조는 바로 데지언 즉 개개 사물이 아닌 그 개체가 집약되어 서대한 우주가 창조되는 내면적 구성 공간의 장으로서 열려있는 것으로 이해할 수 있다. 유한한 텍스트에 의해 무한한 대상을 모델링 하는 데 있어서 예술작품은 부분이 아니라 저 현실 전체, 그 부분들의 집합 대신 그것 나름의 공간을 사용한다는 지적처럼[50] 자연시조 역시 무한한 자연을 작품화하기 위해 구상화할 수 있는 공간을 이용하여 그들의 체험과 사고를 구성적으로 표현함으로써 예술로 승화된 것이라고 할 수 있을 것이다.

궁극적으로 자연시조는 구성적인 공간을 지향함으로써 작품을 통해 자연에 관한 견해를 표출하는 가운데 개별적인 미적 범주를 형성했다고 할 수 있다. 여기서의 공간이란 이미지와 실제 환경이라는 극단적인 양 공간의 가능성을 아우르며 또 다른 가능성을 열어놓고 있다.

---

49) Maurice Blanchot(박혜영 역), 『문학의 공간』, 책세상, 1990.

50) 유리 로트만(유재천 역), 『예술 텍스트의 구조』, 고려원, 1991, 320면.

사물에 대한 미감을 유발하는 감정이입은 있는 그대로의 현상에서 촉발되는 것이 아니고 미적 구성체로부터 연유한 추상적인 매개에서 기인하는데, 자연시조에서는 그러한 매개의 역할을 구성적인 특성을 지니는 공간이 담당한다고 할 수 있는 것이다. 따라서 단순히 이미지화된 공간을 통해서 흩어진 기억의 조각들을 상징적으로 농축시키는 고도의 문학적 기교와 있는 그대로의 현실적 공간 사이에서 자연시조의 공간은 구성적 역량을 통해 재탄생되는 것이라고 할 수 있을 것이다. 따라서 이 책은 대표적 자연시조 작품의 공간구성의 특성을 살펴봄으로써 궁극적인 자연시조의 미적 지향점에 접근하고자 하는데, 구체적인 작품의 목록과 범주는 다음과 같다.

▌자연시조 목록과 미적 범주

자연시조는 작품 내적 공간에 자연의 체험양상과 자연에 대한 관념을 체계화함으로써 각기 개성적인 질서를 지향하는 것을 기대할 수 있다. 이들 공간은 서사적인 장면성과는 구별되는 것으로 궁극적으로 자연시조가 서정시 특유의 응집력과 긴장성에서 벗어나지 않게 하는 구심점으로 작용하는데, 그것은 자연과 시적 자아 사이에 지속적인 정서적 합일이 유지됨으로써 가능했던 것이다. 공간은 본질적으로 하나인데, 하나를 구획짓는 것에 기본하고 있다는 지적처럼51) 실제 작품에 수용되기 위해서는 어떤 식으로든 거대한 자연공간 중 일부가 구획되어 작품 속에서 구체화됨으로써 개성을 창출하고 정서적 동화를 유발할 수 있었을 것이다.

서정이란 자아의 모든 것을 지닌 채 대경(對境)에 깊이 침잠함으로써

---

51) I. 칸트(최재희 역), 『순수이성비판』, 박영사, 1972, 77면.

이루어진다고 했는데[52] 자연시조는 바로 자아의 모든 것을 구획된 공간이라는 미적인 완결구도로 투사했다고 하는 것이 적합할 것이다. 따라서 자연시조의 공간은 자연과 시적 자아라는 물·아의 내면적 합일이 가능하게 하는 근거, 즉 경계[53]라는 존재 영역을 토대로 한다고 할 수 있다. 이러한 자연시조의 경계는 자연공간을 형성하는 사상적 기반으로부터 비롯되어 개성적인 작품마다 독자적인 구획을 형성하고 있었기에 자연시조의 범주를 구체적으로 살펴볼 필요가 있는데, 그 전에 우선 자연시조 목록을 정리해 보겠다.

이 책에서 주목하는 자연시조에 속하는 연시조는 앞서 언급했듯이 조선 후기까지 오랜 시기 동안 여러 유형을 포괄하며 집적 되었다. 그 가운데 일반적인 자연시조, 즉 향촌의 생활이 기반이 되어 유유자적하는 사대부의 일상을 연시조의 형대로 풀어낸 작품은 다음과 같다.[54]

	작가	작품명	출전
1.	孟思誠(1368-1438)	<江湖四時歌>	『(珍本)靑丘永言』
2.	黃喜[55](1363-1452)	<四時歌>	『(珍本)靑丘永言』
3.	李賢輔(1467-1555)	<漁父短歌>	『聾巖先生文集』
4.	李滉(1501-1570)	<陶山六曲>	『退溪集』

---

52) 김열규, 「韓國詩歌의 抒情의 몇 局面」, 김학성·권두환 편, 『고전시가론』, 새문사, 1984, 368면.

53) 境界란 중국의 王國維(1877-1927)가 「人間詞話」에서 제시한 문예비평 용어인데, 불교에서 인식작용의 대상 혹은 그 범주로 여기던 것에서 파생되어, 특히 심미적 합일이 가능한 대상이나 혹은 그 합일의 지점 등을 지칭하고 있다. 시작품에서는 특히 '독립자족적인 소우주'[朱光潛(정광홍 역), 『詩論』, 동문선, 1991, 76면]로 지칭되는 등 정·경 교융의 측면에서 작품의 존재론적 의의를 설명하는 데 주요하게 사용되고 있다.

54) 이외에도 李後白(1520-1578)의 <瀟湘八景>이나 윤선도의 <오우가> 등의 작품들도 광의의 자연시조에 속하지만, 이 책에서는 순수 영물시나 경물시에 해당하는 것은 제외하고, 직접적인 향촌의 자연체험과 관련된 작품들만 가려 뽑았다.

5.	崔鶴齡(1512-1562)	<續文山六歌>[56]	『栗亭先生行錄』
6.	姜翼(1523-1567)	<短歌三関>	『介庵集』
7.	金宇宏(1524-1590)	<開巖十二曲>	『開巖先生文集』
9.	權好文(1533-1587)	<閑居十八曲>	『松岩集』
10.	李珥(1536-1584)	<高山九曲歌>	『栗谷全書』
11.	張經世(1547-1615)	<江湖戀君歌>	『沙村先生文集』
12.	趙存性(1553-1627)	<呼兒曲>	『(珍本)靑丘永言』
13.	金得研(1555-1637)	<山中雜曲>	『葛峯先生遺墨』
14.	辛啓榮(1557-1609)	<田園四時歌>	『仙石遺稿』
15.	朴仁老(1561-1642)	<立巖>	『蘆溪集』
16.	姜復中(1563-1639)	<水月亭淸興歌>	『淸溪歌詞』
17.	鄭勳(1563-1640)	<月谷答歌>	『水南放翁遺稿』
18.	金光煜(1580-1656)	<栗里遺曲>	『(珍本)靑丘永言』
19.	羅緯素(1582-1666)	<江湖九歌>	『羅氏家範』
20.	尹善道(1587-1671)	<漁父四時詞>	『孤山遺稿』
21.	尹善道(1587-1671)	<山中新曲>	『孤山遺稿』
22.	李弘有(1588-1671)	<山民六歌>	『遯軒公遺事』
23.	李重慶(1599-1678)	<梧臺漁父歌>	『壽軒先生文集』
24.	李重慶(1599-1678)	<漁父詞>	『壽軒先生文集』
25.	李重慶(1599-1678)	<漁父別曲>	『壽軒先生文集』
26.	張復謙(1617-1703)	<孤山別曲>	『玉鏡軒遺稿』
27.	李徽逸(1619-1672)	<(楮谷)田家八曲>	『存齋集』
28.	金起泓(1635-1701)	<寬谷八景>	『寬谷先生實記』
29.	申濩(1641-1703)	<歸山吟>	『馬史抄』
30.	安瑞羽(1664-1735)	<楡院十二曲>	『兩棄齋散稿』
31.	權燮(1671-1759)	<黃江九曲歌>	『玉所藏杏』
32.	權榘(1672-1749)	<屛山六曲>	『屛谷先祖內政篇』
33.	申墀(1706-1780)	<永言十二章>	『伴鷗翁遺事』
34.	蔡濟(1715-1795)	<石門歌>	『石門亭尋眞同遊錄』
35.	魏伯珪(1727-1798)	<農歌>	『三足堂歌帖』
36.	柳撲(1730-1787)	<花庵九曲>	『花庵隨錄』
37.	南極曄(1736-1804)	<愛景堂十二月歌>	『愛景言行錄』

---

55) <사시가>의 작자에 대해서는 논란의 여지가 많으나, 여기에서는 일단 가장 유력하게 지목되는 황희로 기록하고자 한다.

제시한 것과 같이 자연시조는 향유의 기간이 길었던 만큼 여러 작품이 존재한다. 우선 위의 작품 중 작자의 생몰연대가 16세기로 한정되는 자연시조만 살펴보아도 그 가운데에서 두드러진 개성을 엿볼 수 있다. 이현보의 작품인 〈어부단가〉는 전통적인 어부가의 성격을 이어받아 재창작된 것이고, 이황의 〈도산육곡〉은 형식상 이별의 〈육가〉를 모델로 삼되 내용상 도학적인 의지를 피력한 것이다. 마찬가지로 이이의 〈고산구곡가〉역시 도학자적인 관점에서 비롯된 것인데, 주자의 〈무이구곡가〉를 염두에 두면서 새롭게 창작한 자연시조이다. 그리고 이처럼 선행모델을 기반으로 형성된 것 이외에 〈한거십팔곡〉 같은 작품은 자연 속에서 유유자적하는 향촌생활의 단면을 전원시로서 부각시키는 작품에 해당한다.

이처럼 초창기의 자연시조에서부터 적어도 4가지의 개성적인 성향을 지니는 작품군, 즉 이부가류와 육가류, 구곡가류 그리고 소위 전원시라고 통칭할 수 있는 범주가 공존했던 것을 확인할 수 있다. 그리고 더 나아가 이러한 유형의 작품이 전범이 되어서 후대의 자연시조의 제목을 보면, ~육가(12가), ~구곡가, ~어부가 등이 빈번히 등장하거나, 혹은 농촌생활의 즐거움이 피력되는 경우가 대종을 이루고 있다. 물론 제목에서 같은 유형을 표방하는 작품이라고 해도 후대의 자연시조에서는 내용이 적지 않게 변질되었고 여타의 개성적인 작품이 돌출했다는 점을 간과할 수는 없을 것이다. 하지만 많은 작품들이 기본적인 범주 안에 포함되는 가운데 자연시조 장르를 형성했다. 이러한 현상은 자연시조 각 유형의 존재 기반이 단지 창작 기법에 국한되는 것이 아니며, 자연에 임하는 기본적인 자세에서 비롯된 보다 근본적인 요인을 갖추었음을 시사한다고 할 수 있다.

따라서 이 책에서는 일찍부터 뚜렷한 분화 양상보였던 작품군을 중심

---

56) 일명 〈栗亭六歌〉.

으로 '육가', '구곡가', '어부가', '전원시'라는 네 범주를 선택했다. 이 범주
의 작품들은 각각 문학사적인 비중이 클 뿐만 아니라 구체적인 속성이
차별화 되는데 정리하자면 아래와 같다.

我 \ 物	고정 공간	이동 공간
관조	육가	구곡가
처신	전원시조	어부가

　위의 표는 대표적인 자연시조의 경계 영역과 그 속성을 설정한 것이다.
크게 네 부류로 나눌 수 있는 자연시조에는 자연체험의 과정을 통해 궁극
적으로 자연에 부여하는 독자적인 의식이 내포되어 있는데, 그 의식이
경계를 이룸으로써 자연을 통해 구가하고자 했던 세계에 대한 나름의 제
안이 현실화될 수 있다. 경계란 인식의 한 방식이며 동시에 인식이 발생
하는 곳으로[57] 각기 다른 부류와는 차별되는 고유성을 간직하는데, 위에
서처럼 크게 물(物)·아(我)를 기준으로 자연시조의 경계를 구별해볼 수
있을 것이다.

　우선 시적자아인 아(我)의 태도를 중심으로 볼 때, 작품에서 지향하는
공간의 특성을 관조하는 추상의 공간과 처신하는 현실 공간으로 나눌
수 있다. 관조는 자연을 사색과 깨달음을 위한 대상으로 간주함으로써
가능한 것이고, 처신은 자연을 그 속에 직접 처해서 영위해야 할 대상으
로 간주함으로써 가능하다. 그래서 도학적인 가치에 주안점을 두는 육
가나 구곡가 계열은 궁극적으로 자연을 깨달음을 위한 일종의 도구로
여기기에, 자연을 작품 속에서 공간화 하고 미적 경험을 위해서 관조를

---

57) 이상우, 『동양미학론』, 시공사, 1998, 39면.

지향하는 것으로 분류할 수 있다. 하지만 어부가나 전원시 계열은 비록 실상은 다르더라도 일단은 자연을 몸담아 생활하는 일종의 무대로 설정하기에, 자연 속에서 살아가는 행위 즉 처신을 지향한다고 할 수 있다. 반드시 실제로 고기 낚고 농사를 지었다는 사실이 중요한 것이 아니라, 시적 상상의 토대가 현실적 행위에 있다는 점에 초점을 맞출 수 있다. 따라서 궁극적으로 성(聖)에의 관점에 주안점을 두고 세계의 본질은 무엇인가에 대한 해답을 제시한 것과 속(俗)에서의 처신에 주안점을 두고 세계는 어떻게 살아야 하는가에 대한 해답을 제시한 것으로 나눌 수가 있는 것이다.

　다음으로 자연이라는 물(物)의 특성을 볼 때, 고정공간과 이동공간으로 구분할 수 있겠다. 이는 범박하게 시적 대상이 되는 공간의 이동성을 중심으로 나눈 결과인데, 이동공간은 시적 대상이 되는 자연 배경이 지속적으로 이동하는 경우를 설정한 것이다. 예를 들어 구곡은 일곡부터 구곡까지 지속적으로 장소가 변화하고, 어부가는 특정한 장소를 규정하지 않는 물가나 혹은 물의 흐름이 기반이 된다. 주로 배경이 물과 관련되는 경우 공간의 변화가 시적 자아의 인위적인 노력 없이 이루어진다고 할 수 있다. 반면에 고정공간은 근본적으로 시적 대상이 되는 공간이 움직임 없는 특정 영역으로 존재하고, 시적 대상의 변화는 서정적 자아의 자발적인 이동으로 얻어질 수 있다. 물론 세부적으로 따지자면 어부의 노래라고 해서 반드시 물의 흐름과 공간의 이동이 일치하는 것은 아니고, 전원시조의 경우도 일년 사시라는 시간의 이동이나 시선의 이동 등을 감안할 수도 있기 때문에 세부적으로 고려해야 할 항목이 적지 않지만, 범박하게 시적 배경이 되는 공간의 기본적인 성향을 근거로 나눈 것이다.

　이처럼 자연시조는 자연이라는 물(物)과 그것을 체현하는 아(我) 사이

의 교융을 통해 독자적인 미적 기반을 형성하고 특정 범주를 형성한다고
할 수 있다. 반드시 자연시조가 아니더라도 흔히 문예 작품에 투영된 미
적 대상은 주로 아의 감성이나 지향점에 상응하는 주관적인 결과물이거
나 혹은 물의 절대적인 형상의 가치에 주목하는 객관적 재현의 결과물로
집약할 수 있다. 물론 최종적인 작품은 물·아가 협력해서 만들어내는 것
이지만 적어도 작품의 개성에 초점을 맞추어 보면 어느 한 쪽의 주도권이
드러나게 마련인데, 예컨대 아래와 같은 작품의 경우를 통해 확인할 수가
있다.

[예1]
秋月이 滿庭흔듸 슬피 우는 져 기러기
霜風이 一高ᄒ면 도라가기 어려오니
밤中만 中天에 써 이셔 좀 든 날을 씨오는고
【金箕性, 『악학습령』】

[예2]

五色龍磻高下潭	오색의 용이 반 위아래 못에 서려
潭平瀑怒互相參	잔잔한 못 성난 폭포가 뒤섞여 있구나
重圍錦樹秋光絢	몇 아름의 좋은 나무 가을 빛에 곱고
全受香城石面涵	중향성 물 수용한 돌 물 속에 잠겼네
籠日雪雲冥大壑	눈과 구름 해를 가려 큰 골짜기 어둡고
趁人霆霹到遙菴	사람 좇는 우뢰 소리 먼 암자까지 이르네
玉淵三峽爭雄麗	三峽의 玉淵과 웅장하고 화려함을 다툴만하니
五到猶然似始探	다섯 번 와서 봐도 오히려 처음 온 듯하네

【金昌翕, 〈萬瀑洞〉】[58]

---

58) 金昌翕, 『三淵集』 卷10.

[예3]

蒼山은 놉고놉고 流水는 길고길고

山高水長ᄒ니 긔아니 죠흘소냐

山水間 一閒人 되여 허믈 업시 사노라

【李重慶,〈漁父別曲〉⑥】

위의 작품 중 [예1]에 등장하는 추월(秋月), 기러기, 밤과 같은 객체들은 자아의 감수성에 수반되는 존재들로서 자아가 인식하는 과정을 통해 작품 속에 등장하고 있다. 이 작품은 시적 자아가 경물에 대한 지배권을 공고히 하며 작품을 완성시키고 있으며 아가 물보다 우세한 경우라고 할 수 있다.

이와는 반대로 [예2]에서는 내금강 만폭동의 비경 자체가 시적 자아의 감동을 유발하고 있다. 이 작품은 미려하면서도 웅장한 만폭동의 경관을 여실히 묘사함으로써 핍진한 경물 속에 기정(奇情)을 가탁한 예로 평가받고 있다.[59] 농연그룹에게 산수는 흥쾌함을 안겨다주는 대상으로서 승경의 여부가 관건이었던 만큼[60] 작품에서도 수려한 산수 그 자체의 표현이 주가 되었던 것이다. 따라서 〈만폭동〉 시의 경우는 물이 아를 선도한다고 볼 수 있다.

[예1]과 [예2]의 경우와 같이 대부분의 작품들은 물의 존재가치나 혹은 我의 인식기반 중 한 쪽이 주가 되면서 그 작품만의 개성을 유도하는 것이 일반적이다. 그런데 [예3]의 자연시조를 보면 산과 수는 있는 그대로의 형상과 동시에 그 존재 가치가 부각되고 있고, 시적 자아는 일한인(一閒人)으로서 산수와 공존하고 있는 것을 발견할 수 있는 것이다. 그 가운

59) 김남기,「三淵 金昌翕의 詩文學 硏究」, 서울대 박사학위논문, 2001, 100면.
60) 고연희,『조선후기 산수기행예술 연구』, 일지사, 2001, 138면.

데 물과 아는 어느 한 쪽이 우세하다고 할 수 없고, 특히 정신적인 경지에 있어서 등가에 놓을 수 있는 대등함을 엿볼 수 있다. 그렇지만 산수간 일한인으로 집약되는 종장에서 알 수 있듯이 그 대등함은 대결구도가 아닌 합일의 상황 속에서 독특한 미적 긴장감을 유지할 수 있는 것이다.

이처럼 대개 물과아의 교융양상은 작품의 독자적인 특징을 이끌어내는 데에 무엇보다 중요한 역할을 하는데, 앞서 살펴본 것과 같이 자연시조의 근간이 되는 유형은 물과 아의 특성을 부분적으로 공유하면서도 개별적인 독자성을 유지하고 있는 것이다. 따라서 이 책에서는 이들 네 작품군의 특성을 살펴봄으로써 전반적인 자연시조의 미적 특성을 파악하고자 하는 것이다.

일찍부터 상대적인 존재기반을 구축했던 네 범주의 자연시조가 지니는 구체적인 문학형상 및 지향의식의 특성과 전승양상을 살펴봄으로써 궁극적으로 자연시조의 전반적인 성향에 접근하고자 하는데, 이를 위해서 우선 각 범주의 대표작을 선정하여 자연문학으로서의 표현의 특성을 공간의 실현양상에 주목하여 살펴볼 것이다. 그리고 아울러 이들 대표작품을 둘러싼 범주화의 전후 상황을 종합적으로 살펴봄으로써 네 범주의 변별성 및 자연시조 일반의 특성을 규명하게 될 것이다.

각 계열의 대표작으로는 작품성에서 완성도를 인정받고 있는 이황의 〈도산육곡(陶山六曲)〉과 이이의 〈고산구곡가(高山九曲歌)〉 그리고 윤선도의 〈어부사시사(漁父四時詞)〉를 각기 육가, 구곡가, 어부가 계열의 대표작으로 선정하고자 한다. 다만 전원시계열은 어떤 관점을 투영하는가에 따라 결과가 크게 달라질 수 있어서 논란의 여지가 있는데 이 책에서는 위백규(魏伯珪)의 〈농가(農歌)〉를 선정하고자 한다. 전원시 계열의 작품은 어부가와 함께 어떤 모습으로 자연 속에서 살아갈 것인가 하는 면에 근본적인 초점을 맞추고 있다. 그 중 전원에서 살아가는 것은 세사에 초탈한 농부로서 몸소 농사 짓는 상황을 가장 잘 그려낼 때 작품의 완성도를 높일 수 있다고 생각되는데 이러한 요건에 〈농가〉가 가장 잘 부합한다고 판단했기 때문이다. 따라서 16세기 도학의 종주였던 이황·이이의 작품과, 17세기에 어부의 세계를 가장 잘 그려냈다고 평가받는 윤선도의 〈어부사시사〉, 그리고 18세기에 농부의 세계에 핍진하게 접근한 위백규의 〈농가〉가 각각 어떤 특성을 지니는지 작품의 공간적 완결성에 주목해 비교 논의하게 될 것이다. 이들 자연시조의 공간적 완결성을 파악하기 위해서 이 책에서는 언어, 심상, 지향의식 차원을 두루 살펴보게 될 것인데, 그 이유는 앞에서도 언급했던 자연시조의 공간성 때문이다.

자연시조의 공간은 일종의 은일처인 향촌의 거주지를 현실적 기반으로 하는 동시에 작품 내적 구상성을 지향함으로써 각 작품마다 개성적으로 실현될 가능성을 열어놓았다. 추상적인 의식과 구상적인 자연공간의 길항작용을 통해 완성되는 자연시조는 새로운 세계를 희구하는 공통된 지향점과 그것을 작품 내적으로 실현한 다기한 공간양상이 '一 : 多'의 체계를 이룸으로써 새로운 자연문학의 부류를 형성할 수 있었다. 자연시조의 공간은 자연체험 속에서 습득할 수 있는 유·무형의 요소들이 집약되어 이루어진다. 이질적인 부분이 조합되어 고유한 성향을 발휘함으로써 독자적인 창작물로 구현되는 것은 모든 문예작품의 공통점이라 할 수 있는데, 특히 각기 층위를 달리하는 요소들이 결집됨으로써 작품의 총체적인 구도를 완성시키는 것이다. 이처럼 '多'를 지향하는 자연시조의 작품 내적 공간의 실현 양상 및 지향점을 살펴보기 위해서는 여러 층위를 종합적으로 고려할 필요가 있다. 우선 자연이라고 통칭되는 가시적인 양상이 시조라는 언어예술 작품에 등장하기 위해서는 무엇보다도 언어 차원의 구성을 상정할 필요가 있다. 우리는 자연시조의 공간성을 이해하기 위한 가장 기본적인 단서로 자연체험을 표현하기 위해 선택된 어휘들과 그 어휘들이 결합된 양상을 꼽을 수 있다. 이러한 표층은 문장 속에서 단순 소재 차원의 자연물이 어떻게 취사선택되고 결합되는가에 따라 결정되는 것으로, 궁극적으로 자연시조를 통해 투영하고자 하는 지향의식의 단초를 제공한다고 할 수 있다. 그런데 자연시조는 자연물을 제시한 어휘와 이 어휘들의 결합 과정을 통해 구체적인 물상을 제시함으로써 독자성을 견지하게 되는 것이다. 그래서 대표작의 공간의 완결성을 살펴보는 장에서는 주로 명사를 중심으로 한 어휘에 드러나는 물상과, 어휘들이 결합하여 만들어내는 물상의 성질에 초점을 맞추어 네 범주의 자연시조를 살펴보게 될 것이며, 아울러 대표작을 중심으로 한 자연문학의 선후관계를 따라가게 될 것이다.

Ⅱ. 도산의 추상적 지향과 육가

1. 육가의 변형과 발전

　퇴계 이황의 〈도산육곡〉은 기존의 시형인 육가(六歌)를 염두에 두고 창작된 작품이다. 그런데 이러한 정황이 시사하는 바는 비단 〈도산육곡〉이라는 개별적인 작품의 차원에 머무르지 않는다. 우선 이황과 같은 당대의 거유가 국문시가에 관심을 갖고 특정 시형을 이어서 시조를 창작했다는 것이 시가사적 관점에서 고무적인 일이기도 하지만, 또한 〈도산육곡〉 이후에도 동일 계열의 시조가 지속적으로 창작됨으로써 이들 작품군은 문학사의 수용 및 변형 양상을 보여줄 수 있는 좋은 예로 자리 잡고 있기 때문이다. 따라서 이황의 시조는 육가계 작품 전체를 아우르는 전후 맥락 속에서 남다른 가치를 지닌다고 할 수 있다.

　〈도산육곡〉은 이별(李鼈, 1475?-?)의 육가를 형식면에서 계승하되, 내용 면에서는 부정했음을 표방했다. 시조의 발문에서 밝힌 바와 같이 "이별의 육가는 호기로움을 자랑하고 방탕하고 외설스러우며 버릇없는 翰林別曲류보다는 낮지만 애석하게도 세상을 우습게 여기고 공손치 않은 뜻이 있어서 溫柔敦厚함을 갖추지 못했다…… 육가를 대략 본떠서 陶山六

曲 둘을 지으니 첫 번째는 言志이고 두 번째는 言學이다"[1]라는 대목을 통해 우리는 육가에 대한 이황의 관점을 비교적 쉽게 파악할 수 있었다.

하지만 이와 같은 내용을 놓고 그동안 육가계 작품에 관련된 여러 의문은 끊이지 않았다. 물론 가장 큰 문제는 전하지 않는 이별 육가가 구체적으로 어떤 내용인가 하는 것이었는데, 다행히도 완벽하지는 않지만 〈장육당육가〉라는 한역시가 소개되었기[2] 때문에 육가의 존재 자체에 대한 갈증은 어느 정도 해결된 셈이다. 하지만 그럼에도 불구하고 육가라는 형식의 기원이나 발전과정에 대해서는 여전히 모호한 점이 많을 뿐더러, 한편 퇴계가 부정적으로 말한 이별 육가의 본질에 대해서도 여러 가지 해석의 여지를 남겨 놓고 있다. 뿐만 아니라 이별 육가와 〈도산육곡〉사이의 궁극적인 상관성에 대해서도 적지 않은 궁금증이 남아 있는 상황이다.

▌한시 육가의 전통

그 가운데 우선 육가의 기원에 대해서는 특정 작품과의 연계성을 염두에 두고 해결의 실마리를 마련할 수 있었다. 다름 아니라 매월당(梅月堂) 김시습(金時習, 1435-1493)의 〈동봉육가(東峯六歌)〉와 문산(文山) 문천상(文天祥, 宋, 1236-1282)의 〈육가(六歌)〉가 그것이다. 일찍이 소개된

---

1) …吾東方歌曲 大抵吾多淫哇不足言 如翰林別曲之類 出於文人之口 而矜豪放蕩 兼以褻慢戲狎 尤非君子所宜尙 惟近世 有李鼈六歌者 世所盛傳 猶爲彼善於此 亦 惜乎其有溫柔少玩世不恭之意 而少溫柔敦厚之實也 …… 故嘗略倣李歌而作爲陶 山六曲者二焉 其一言志 其二言學…… 〈陶山十二曲〉跋文.

2) 최재남, 「藏六堂六歌」와 六歌系 시조 -藏六堂六歌의 복원」, 『어문교육논집』 7집, 부산대국어교육과, 1983 : 최재남, 「六歌의 受容과 傳承에 대한 고찰」, 『관악어문연구』 12집, 서울대 국문과, 1987.

바와 같이 "김시습이 문산체를 본받아 寓意로써 육가를 지었다"3)는 기
록에서도 짐작은 할 수 있겠지만, 김시습의 문천상에 대한 관심과 애정
은 각별했던 것 같다. 김시습의 문집에는 〈동봉육가〉 이외에도 〈문천상
전(文天祥傳)〉을 비롯해서 문천상을 애도하며 지은 〈애문산(哀文山)〉 3
수가 전한다.

그 중 먼저 〈문천상전〉을 보면 원나라 장수에게 사로잡힌 뒤 굴욕과
고초 속에서도 대의를 다 하고 죽어간 문산의 최후를 부각시키고 있다.
그리고 "또한 육가를 지었으니, 가사가 대단히 처절하고 장엄하다"고 평
하며 글을 마쳤다.4) 여기에서 가사가 처절하고 장엄하다는 것은 문산의
〈육가〉에 관한 지극히 짤막한 평에 불과할지 모르겠다. 하지만 이 내용은
궁극적으로는 문산의 〈육가〉를 본떴다는 김시습의 〈동봉육가〉 및 나아
가 이별의 〈육가〉에 관련된 정보라고도 할 수 있기 때문에 주목할 필요가
있다. 분산의 〈육가〉가 매우 슬프고도 장엄하다고 표현한 본질이 과연
무엇이었을까. 범박하게는 장엄미 혹은 숭고미 등을 떠올릴 수 있겠는데,
아래의 작품을 통해 직접 살펴보도록 하겠다.

我生我生何不辰	나는 태어나서 나는 태어나서 어이 때를 못 만났나
孤根不識桃李春	외로운 뿌리처럼 복숭아꽃 오얏꽃 피는 봄 모르네
天寒日短重愁人	날씨 차고 해는 짧아 시름 더하고
北風隨我鐵馬塵	북풍은 나를 따라 적 병마의 먼지 일으키네
初憐骨肉鍾奇禍	처음에는 내 골육들 엄청난 재난 만난 것 가엾이 여겼는데
而今骨肉重憐我	지금은 골육들이 더욱 나를 가엾다고 여기네

---

3) 金東峯效文山體作六歌以寓意. 『大東韻府群玉』 六歌條.
4) 又作六歌 詞甚悽壯. 「文天祥傳」, 『梅月堂文集』 卷20.

汝在空令嬰我懷　　그대들 살아 있어도 공연히 나를 근심하게 하는데
我死誰當收我骸　　나 죽으면 누가 내 유해를 거둘 것인가
人生百年何醜好　　인생 백 년 동안에 무엇이 좋고 나쁜 것인가
黃粱得喪俱草草　　꿈같은 속에 얻고 잃는 것이 모두 덧없는 것
嗚呼六歌兮勿復道　　아, 여섯 번째 노래여, 다시 다른 말 하지 마라
出門一笑天地老　　문을 나서 한번 웃으면 하늘과 땅도 늙을 것을
【文天祥,〈六歌〉中】

　문천상의 〈육가〉는 송나라 말에 원나라 군대와 싸우다가 사로잡혀 이
송되던 중 지은 것으로 가족과 자신의 불운을 슬퍼하는 내용을 담고 있
다. 그 중 위의 작품은 맨 마지막 여섯 번째 수에 해당한다. 처음부터
시기를 잘 못 만났음을 한탄하기 시작해서 스스로 처한 상황을 바람 부는
한겨울에 비긴 뒤, 골육들과 더불어 재난 속에서 죽음을 맞이하게 되었음
을 암시하고 있다. 그리고 인생의 덧없음을 허탈하게 전하며 맺고 있다.
처→누이→딸→아들→첩을 차례로 읊고 자신의 처지를 읊은 대목이
다. 앞의 다섯 수의 시들은 차례대로 그리운 가족들의 애틋한 모습을 읊
은 뒤 그들이 사라진 허망함을 표현했다. 그리고 끝으로 여섯 번째 시에
서 자신의 심정을 드러냈는데, 일관되게 비분한 통한의 정서를 유지하는
것을 확인할 수 있다. 전쟁이라는 불가항력의 상황을 만나서 가족을 잃고
처절하게 죽어갈 수밖에 없는 개인적인 슬픔을 드러내고 있다.
　이처럼 문천상의 〈육가〉는 한스러움을 여과 없이 형상화한 작품인데,
여기서 육가란 쉽게 말해서 여섯 수의 노래이다. 문산 〈육가〉는 별다른
부제 없이 여섯 수의 노래임을 강조한 제목이다. 하지만 단순히 노래의
숫자만으로 육가라는 계통의 시를 이해하는 데에 부족함이 있다. 사실
이러한 계통의 노래로는 반드시 여섯 수가 아니라도 장형(張衡, 後漢,

78-139)이 남긴 〈사수시(四愁詩)〉와 두보(杜甫, 唐, 712~770)가 남긴 〈건원중우거동곡현작가칠수(乾元中寓居同谷縣作歌七首)〉(〈동곡칠가(同谷七歌)〉) 등이 같은 부류의 작품으로 꼽힌다. 이들 작품은 모두 정치적 몰락의 상황 속에서 고뇌하는 심정을 담는 공통점을 지니기 때문에 단지 형식적인 면 이외에 주제 혹은 시적 감수성까지 종합적으로 고려할 필요가 있는 것이다. 그런데 그 가운데에서도 특히 두보의 〈동곡칠가(同谷七歌)〉는 문산의 〈육가〉뿐만 아니라 김시습의 〈동봉육가〉와 직접 상통하는 점이 많아서 눈여겨 살펴볼 필요가 있다.

두보의 〈동곡칠가〉는 48세 때에 피란살이 도중 동곡(同谷)에 잠시 머무는 동안 흩어진 가족과 나라를 걱정하고 자신의 신세를 한탄하며 지은 작품이다. 총 7수로 이루어져 있는데, 그 구성이 문산의 〈육가〉처럼 통일성을 보이지는 않는다. 앞에서 이미 살펴본 바와 같이 문산의 〈육가〉는 가족 구성원을 차례대로 추억히며 그들의 슬픈 운명을 한탄하는 일관성을 보였다. 물론 두보의 〈동곡칠가〉에서도 제3수와 제4수에 각각 아우와 누이라는 가족을 등장시키는 공통점을 찾아볼 수는 있다. 하지만 전체의 구성은 다르다. 우선 첫 번째 수에서 두보 자신을 노래하고, 두 번째 수에서 의지하고 돌아다니는 보습나무 자루를 등장시킴으로써 결국 초반부는 자기 자신을 중심으로 구성하고 있다. 그리고 제5,6수는 당시의 상황을 비유적으로 표현한 뒤, 끝으로 자신의 처지를 한탄하며 맺고 있다. 정리하자면 1·2수(자신의 서러움) - 3·4수(가족에 대한 연민) - 5·6수(정치상황 비유) - 7수(총정리)로 구분할 수 있을 것이다.

그런데 위와 같은 두보의 〈동곡칠가〉의 구성을 김시습의 〈동봉육가〉가 수용하고 있어서 흥미롭다. 특히 세부적인 표현에 있어서도 유사성을 보이는데 예를 들면 아래와 같다.

<동곡칠가> 1-1   "나그네여 나그네여 그대 이름은 자미"[5]
<동봉육가> 1-1   "나그네여 나그네여 동봉이라 부르네"[6]

<동곡칠가> 2-1   "보습아, 보습아, 하얀 나무 자루
                 나는 너를 의지하여 목숨을 잇고 있다"[7]
<동봉육가> 2-1   "즐률나무 즐률나무 가지에 가시가 많아도
                 부지히여 돌아다니며 사방에서 노닐었네"[8]

위의 <동곡칠가> 1-1은 작품의 첫 번째 수의 첫째 줄을 옮겨놓은 것이다. 보다시피 나그네여 그대의 이름은 자미(子美)라고 해서 자(字)를 들어 떠도는 자신을 직접 언급하며 작품을 시작하고 있는데, <동봉육가>의 첫 번째 수의 첫째 줄 역시 같은 양상이다. '나그네여'라고 부르는 대목이 같을뿐더러 역시 자신의 호인 동봉(東峯)을 들고 있다. 이 첫 번째 시에서 두보는 허연 머리를 하고 추운 계절에 떠돌며 중원 땅으로 들어가지 못하는 자신을 서럽게 읊었다. 김시습 역시 더부룩한 백발을 하고 가난한 방랑자로 떠도는 자신을 슬프게 읊어서 대동소이한 양상을 보였다.

두 번째 수 역시 마찬가지이다. 위의 <동곡칠가> 2-1을 보면 흰 보습나무 가지를 지팡이 삼아 목숨을 잇는다고 했고, <동봉육가> 2-1 역시 선가의 상징으로 여겨지는 즐률나무를 지팡이 삼아 사방을 돌아다닌다고 했다. 그리고 김시습은 제3,4수를 통해 자신을 지극히 어여삐 여겼던 외조부와 어머니를 추억했고, 마지막 5,6수에서 본인이 처한 정치적 현실 및

---

5) 有客有客字子美.
6) 有客有客號東峯.
7) 長鑱長鑱白木柄/ 我生託子以爲命.
8) 櫛標櫛標枝多芒/ 扶持跋涉游游四方.

내심을 표현했다. 따라서 사실상 전반적인 시적 구성이나 세부적인 표현
에 있어서 김시습은 두보의 〈동곡칠가〉를 염두에 두었음을 알 수 있다.
그리고 더불어 아래와 같은 비유적 표현도 같은 양상을 드러내고 있다.

南有龍兮在山湫	남쪽에 용이 있다, 산골 웅덩이에
古木巃嵸枝相樛	고목은 높이 솟아 가지 서로 얽혀 있다
木葉黃落龍正蟄	나뭇잎 누렇게 질 때 용은 마침 동면한다
蝮蛇東來水上游	살무사는 동쪽에서 와 물 위에서 노는데
我行怪此安敢出	내 가는 길에 괴이하게 감히 나타나다니
拔劍欲斬且復休	칼을 빼어 베려고 하다 또 머뭇거리네
嗚呼六歌兮歌思遲	아, 여섯 번째 노래하니, 노래가 뜻이 깊다
溪壑爲我廻春姿	개울은 나를 위해 봄 모습으로 돌아오려나

【杜甫, 〈乾元中寓居同谷縣作歌七首〉中】

操余弧欲射天狼	이 내 활을 잡아당겨 천낭 별 쏘려는데
太一正在天中央	太一이 바로 하늘의 중앙에 있네
撫長劍欲擊封狐	긴 칼 만지며 큰 여우 치려는데
白虎正負山之隅	백호가 바로 산모퉁이를 등지고 있네
慷慨絶兮不得伸	강개함도 끊어져서 다시 펼 수 없으니
劃然長嘯傍無人	획 하고 긴 휘파람 불어도 곁에 사람이 없구나
嗚呼六歌兮歌以吁	아, 여섯째 노래여, 노래하며 한숨 쉬니
壯志濩落兮空撚鬚	큰 뜻이 쓰이지 아니하고 공연히 수염만 비비네

【金時習, 〈東峯六歌〉中】[9]

위의 예는 두보와 김시습의 작품 가운데 각기 제6수에 해당한다. 우선
두보의 〈동곡칠가〉에는 용과 살무사가 등장한다. 용은 남쪽에 있고 살무

---

9) 金時習, 『梅月堂集』 卷14.

사는 동쪽에서 왔다고 했는데, 이는 현종과 반란군을 상징한 것이다. 당시에 현종은 장안에 있는 흥경궁(興慶宮)에 머물렀는데 이곳의 별칭이 남내(南內)였다. 동쪽에서 온 살무사는 안록산의 뒤를 이은 안경서(安慶緒), 사사명(史思明)의 반란군을 가리키는 것이다. 용이 힘을 쓰지 못하고 동면하는 가운데 날뛰는 살무사들을 칼로 쳐서 끝장을 내야겠다는 구절은 반란군을 당장 몰아내고픈 두보의 개인적인 바람이겠고, 끝으로 봄 모습이란 봄이 되면 동면하던 용이 깨어 나와 살무사를 퇴치하리라는 기대를 나타낸 것으로 볼 수 있다.

이어지는 김시습의 〈동봉육가〉 제6수에서는 우선 천랑(天狼)이 등장하고 있다. 천랑은 동정(東井) 남쪽에 있는, 침략을 주관한다는 별의 이름으로 탐욕스럽고 난폭한 침략자를 비유한다. 그러한 천낭성을 김시습은 활로 쏘겠다고 했다. 천낭성을 활로 쏜다는 표현은 일찍이 굴원의 〈초사〉에서도 등장했던 관습적인 것인데, 여기에서는 다름 아니라 왕위를 침탈한 간신배를 처단하고픈 격한 마음을 비유적으로 드러냈을 것이다. 그런데 태일(太一)이 있다고 했다. 태일은 제성(帝星)이다. 천낭성을 쏘고자 하나 태일성이 하늘의 중앙에 있다는 것은 당대의 정치를 천단하는 간악한 자를 쓰러뜨리고 싶지만 결국 왕이 있어서 어쩔 수 없다는 뜻으로 이해할 수 있다. 다음으로 등장하는 긴 칼로 여우를 치려는데 호랑이가 등지고 있다는 표현 역시 같은 맥락이다. 그리고는 강개한 자신의 의지를 펼 수 없음을 한탄하고 큰 뜻이 쓰일 수 없는 현실을 안타까워하며 맺고 있다.

이들 내용에서 알 수 있듯이 〈동곡칠가〉와 〈동봉육가〉에는 당대의 정치 상황을 비유적으로 표현하며 울분을 토하는 공통점이 있다. 아마도 김시습이 우의(寓意)로써 육가를 지었다는 『대동운부군옥』의 내용이나, 이별의 육가가 세상을 우습게 여기고 공손치 않은 뜻이 있다는 〈도산육곡〉 발문의 표현은 이와 같은 비유를 언급한 것이 아닐까 싶다. 고통스러운 상황 속에서 자연스럽게 떠오르는 악인에 대한 미움과 그들을 처단하고 싶은 격한 마음을 차마 직접적으로 드러내지는 못하지만 문학적 장치를 통해 우회적으로 드러내는 표현이 아마도 육가에 정착되지 않았을까 싶다. 그리고 한편 이러한 내용이 육가를 관통하는 처절하고 장엄한 측면이 아닐까 싶기도 하다. 다만 〈동곡칠가〉와 달리 김시습의 〈동봉육가〉는 7수가 아닌 6수로 맺고 있어서 총 6수로 완결되는 육가의 형식적 측면의 기반을 닦았을 가능성이 있다.

지금까지 살펴본 바와 같이 〈도산육곡〉이 염두에 두었다는 이별의 육가 이전에도 소위 육가계의 작품은 한시로 자리를 잡고 있었고, 그 대표 작품으로는 김시습의 〈동봉육곡〉을 꼽을 수 있었다. 그리고 〈동봉육곡〉은 문천상의 〈육가〉와 두보의 〈동곡칠가〉의 영향을 받았을 것으로 짐작할 수 있는데, 이들 모두는 능력이 있고 강직하지만 때를 잘못 만나서 뜻을 펴지 못하는 비운의 주인공들이 참담한 심정으로 울분을 토로하는 공통점을 지닌다. 그리고 더 나아가 〈동봉육곡〉에는 부조리한 정치적 상황을 비쓰면서 자신의 내심을 우의적으로 드러내는 수법을 확인할 수 있었다.

▌이별의 육가

육가는 단순히 여섯 수의 시로 이루어진 형식적인 구성 외에 시적 자아의 솔직한 내면 토로, 우의적 수법, 비분강개한 감정 등을 표방했고, 우리가 주목하는 이별의 육가 역시 같은 맥락이었을 것으로 추측할 수 있다. 물론 한시에서 시조로 장르의 변이가 이루어지면서 세부적인 표현법이나

완결 양상 등은 차이를 보였겠지만, 지금까지 알려진 이별의 삶 역시 정
치적으로 순탄치 않았던 점을 감안한다면 내용상 기존의 육가들과 맥을
잇고 있었을 것을 짐작하는 데 큰 무리는 없다.

알려진 바와 같이 이별은 이제현의 후손이자 동시에 사육신이었던 박
팽연의 외손이었기 때문에 처신이 쉽지 않았을 것이다. 게다가 연산군
때 무오사화로 그의 형 이원(李黿)이 유배를 당한 이후 비통함을 달래며
살았다고 하니, 앞서 한시 육가를 지었던 인물들의 생애와 상통하는 면이
있다. 따라서 이러한 개인사적 불운을 육가를 통해 읊었을 법도 하다.

> 진사 이별의 자는 浪仙인데 연산주 무오년에 친형 원이 짐필재 김종직
> 의 문인으로 나주로 귀양갈 때 서로 울면서 교외에서 작별하고 그 뒤로는
> 과거를 다시 보지 않았다. 황해도 平山에 살면서 그가 거처하는 堂의 이름
> 을 藏六堂이라고 했다. 늘 소를 타고 술을 싣고 고을의 노인들과 더불어
> 낚시질도 하고 혹은 사냥도 하였으며 시를 읊고 술을 따르면서 해가 저물
> 어도 돌아갈 줄을 몰랐다. 아내와 첩, 종들도 그 까닭을 괴이하게 여겼다.
> 병이 위독해지자 유언하기를 "땅을 가리지 말라" 하였으므로, 앞산 기슭에
> 장사지냈다. …… 그의 시집 몇 권과 지은 가사 6장이 세상에 전한다.[10]
> 「稗官雜記」

위의 기록에서 알 수 있는 바와 같이 일찍이 팔별(八鼈)로 재주와 명성
을 떨치던 팔형제 가운데 셋째인 이원(李黿)이 김종직의 문인으로 무오사
화에 연루되어 고초를 당하게 되자, 이별은 황해도 평산(平山)으로 낙향

---

10) 士李鼈字浪仙, 燕山戊午, 母兄黿以佔畢齋門弟, 竄于羅州. 相與泣別于郊, 自是不
復赴擧, 家于黃海之平山, 名其所居堂 曰藏六. 常騎牛載酒, 携鄕祉耆老, 或釣或獵,
哦詩酌酒, 日暮忘返, 每飲而醉, 醉而歌, 或涕泣以悲. 雖妻妾僕隸, 亦怪其所以, 病
革, 遺命不擇地, 葬于前麓……及所製歌詞六章, 行于世. [魚叔權 撰「稗官雜記」2,
『國譯 大東野乘』1권, 민족문화추진회, 1973].

했다. 그곳에 장육당이라는 거처를 마련하고 세사를 잊고 촌로들과 더불어 유유자적하는 삶을 살았는데, 그 때 지은 가사 6장이 바로 〈장육당육가〉이다. 그런데 현재 전해지는 장육당(藏六堂) 이별(李鼈)의 종손인 양서(瀼西) 이광윤(李光胤, 1564-?)의 문집에서 발견된 한역시를 보면 아주 격분한 노골적인 감정이 표면에 드러나지는 않는다.

①

我已忘白鷗	내 이미 백구 잊고
白鷗亦忘我	백구도 나를 잊네
二者皆相忘	둘이 서로 잊었으니
不知誰某也	누군지 모르리라
何時遇海翁	언제나 해옹을 만나
分辨斯二者	이 둘을 가려낼고

②

赤葉滿山椒	붉은 잎 산에 가득
空江零落時	빈 강에 쓸쓸할 때
細雨漁磯邊	가랑비 낚시터에
一竿眞味滋	낚싯대 제맛이라
世間求利輩	세상에 득 찾는 무리
何必要相知	어찌 알기 바라리

③

吾耳若喧亂	내 귀가 시끄러움
爾瓢當棄擲	네 바가지 버리려믄
爾耳所洗泉	네 귀를 씻은 샘에
不宜飮吾犢	내 소는 못 먹이리
功名作弊屨	공명은 해진 신이니
脫出遊自適	벗어나서 즐겨보세

④

玉溪山下水	옥계산 흐르는 물
成潭是貯月	못 이뤄 달 가두고
淸斯濯我纓	맑으면 갓을 씻고
濁斯濯我足	흐리면 발을 씻네
如何世上子	어떠한 세상 사람도
不知有淸濁	청탁을 모르래라11)

【李鼈(李光胤 譯), 〈藏六堂六歌〉】

위의 〈장육당육가〉는 이별의 육가를 짐작할 수 있는 단서로서 지금까지 많은 연구자들에 의해 관심의 대상이 되어 왔다. 다만 4수만 남아있고 게다가 한역시이기 때문에 온전하다고는 할 수 없지만, 제①수와 ②수에 등장하는 백구, 바가지, 소, 귀를 씻은 샘 등의 등장에서 우의적 수법을 엿볼 수 있다. 하지만 여기에 등장하는 소재들은 위의 김시습의 〈동봉육가〉에서 확인했던 천랑(天狼), 태일(太一) 등과는 달리 해석의 어려움을 남긴다. 호랑이와 여우는 호가호위라는 말에서도 알 수 있듯이 최고 권력자와 그 아래에서 권력을 남용하는 모리배로 이해하는 데에 무리가 없다. 하지만 〈장육당육가〉에 등장하는 우의적 소재들은 이러한 관습적 상징과는 거리가 멀다. 특히 세 번째 작품에 등장하는 바가지와 소 등은 다만 여러 가지 추측이 가능할 뿐 명쾌한 본의를 추측하기가 어려운 단점이 있는 것이다.

따라서 〈장육당육가〉는 기존의 육가에 비해 노골적인 적대감을 드러내는 측면이 비교적 약화된 경우가 아닐까 하는 생각이 든다. 물론 아예 완전한 초탈의 경지를 꾀한 것은 아니지만 다만 은근히 비꼬는 정도로

11) 최재남, 앞의 논문, 1983, 121면.

순화되었다고 해도 무리는 없을 것 같다. 사실 〈장육당육가〉 가운데 두 번째와 네 번째 수를 보면 비교적 여유로운 모습을 엿볼 수도 있다. 한역시를 각각 두 줄씩 시조의 초·중·종장으로 대입시켜 살펴보면, 두 번째 수에서는 초장에서 붉은 단풍들이 가득한 가을의 정취와 물가의 한가한 풍경을 부각시키고 있다. 그리고 중장에서는 가랑비 내리는 가운데 낚시하는 맛이 제일이라고 하면서 한가한 삶을 읊은 뒤 종장에서 세상의 공명을 찾는 무리들이 어찌 이 진미를 알겠느냐며 맺고 있다. 이 작품에서는 이제껏 살펴보았던 육가 작품들에서 느꼈던 비분강개한 통한의 정서는 전혀 찾아볼 수 없다. 오히려 마음의 짐을 내려놓고 세상의 공명을 추구하는 무리들에게서 거리를 두고 자족적인 생활을 뽐내고 있는 것이다.

물론 이별의 작품이 완벽하게 세사에 초탈한 경지를 보여준다고는 할 수 없다. 예를 들어 "공명은 해진 신이니 벗어나서 즐겨보세"라는 직접적인 토로는 권력에 대한 경계심과 내립의식을 드러낸다. 그리고 앞서 말한 것처럼 개인적인 차원에서 은근히 비꼬는 비유적 표현들이 여전히 유지되었다고 할 수 있겠다. 아마도 이러한 특징, 즉 여전히 특정 대상을 적대시하고 꼬집는 경향이 남아 있으면서도 한편 그 모든 현실의 모순에서 벗어나 홀로 즐기는 자유로움이 있었기 때문에 퇴계는 〈도산육곡〉 발문에서 이별의 육가를 나무라기도 하고 한편 육가를 대충 본뜨겠다고 한 것이 아닐까 싶다.

지금까지 살펴본 바와 같이 육가는 오랜 전통 속에서 다양한 작품을 통해 현실화되었다. 애초의 형식적 연원은 중국시에 있고, 그 주제는 주로 전쟁 등의 불가항력의 상황 속에서 개인적인 통한의 정서를 여과 없이 드러내는 데에 있었다. 하지만 국내의 문학에 유입되면서 차츰 변화된 양상을 보이고, 특히 이별의 육가에 와서는 기존에 보였던 격한 반항감이나 신랄한 비유를 지양하는 가운데 개인정서를 드러내는 새로운 유형을 제시할 수 있었던 듯하다. 그리고 그 뒤를 이어 퇴계의 〈도산육곡〉이 창작됨으로써 완전히 새로운 육가와 자연시조의 문을 열게 된다.

2. 〈도산육곡〉의 미적 완결성과 공간구성

〈도산육곡〉은 퇴계 이황의 도산에서 유유자적했던 노년의 삶을 중심으로 이루어진 정서적 결과물로서, 《도산잡영(陶山雜詠)》에 수록된 한시 및 〈도산기(陶山記)〉(陶山雜詠幷記)와 함께 일종의 도산 자매편을 이룬다. 도산이라는 공간은 현실이면서 동시에 상징이었다.

퇴계는 40대 중반 무렵부터 귀향 의지를 드러냈다. 1545년 45세 때 을사사화의 소용돌이 속에서 정치적 환멸을 느낀 이후 46세 때 장인 권질(權碩)의 별세로 고향에 내려가 조정에 복귀하지 않고 있다가 퇴계(원래 兎溪였던 것을 退溪로 고침) 동쪽에 양진암(養眞菴)을 짓고 퇴계를 호로 삼고 본격적인 낙향 준비를 시작했다. 그리고 몇 차례의 관직 임명에도 응하지 않다가 어쩔 수 없이 상경한 뒤 48세 때에는 외직을 자청하여 단양, 풍기군수로 나갔다. 그 곳에서도 여러 번 사직했으나 받아들여지지 않자 이듬해 허락을 받지 않은 채 귀향했고, 50세 무렵 퇴계의 서쪽에다 한서암(寒棲菴)을 지었다. 51세 무렵에는 퇴계 북쪽에 계상서당(溪上書堂)을 다시 지었다.

그러다가 마침내 57세에는 도산 남쪽에 새로운 거처를 마련하기 시작했고 60세에 도산서당이 준공된 이후 정사(精舍)와 서당이 정돈되었다. 물론 그 후에도 왕의 부름으로 상경했다 물러나는 과정을 겪기는 했지만,

도산서당으로 거처를 옮긴 즈음부터 강학하고 연구할 수 있는 실질적인 환경이 갖추어지면서 퇴계의 삶과 학문은 안정과 깊이를 더해갔다. 고봉 기대승(高峰 奇大升, 1527-1572)과의 편지 왕래를 통해 철학적 사유를 즐기고, 〈도산육곡〉을 향유하던 때도 이 무렵이다.

이와 같이 퇴계는 40대 중반부터 물러나기를 반복하면서 도산서당에 정착하기 까지 많은 일을 겪었다. 그리고 그 과정 중에 읊은 시를 엮은 것이 《퇴계잡영(退溪雜詠)》과 《도산잡영》이다. 전자인 《퇴계잡영》은 퇴계 마을의 양진암, 한서암, 계상서당에서의 생활을 중심으로 읊은 것이고, 후자인 《도산잡영》은 도산 남쪽에 터를 잡고 새로운 거처를 마련할 것을 계획하고 공사를 진행하는 과정과 감흥을 읊은 것이다. 그런데 특히 《도산잡영》을 보면 한시 이외에도 〈도산기〉를 통해 《도산잡영》을 읊게 된 동기 및 도산서당과 그 주위 산수 환경, 부속시설을 축조하고 명명한 내력과 감흥을 자세히 기록하고 있다.

그만큼 퇴계에게 있어 도산서당이라는 곳은 특별한 의미가 있었다는 반증이다. 퇴계 시내 위에 서재를 마련했는데 허술한 한서암은 튼튼하지 못해서 얼마 안 되어 쓰러졌다는 시구에서도[12] 대충 짐작할 수 있듯이 도산서당 이전에 머물렀던 곳들은 비좁거나 허술하거나 하는 등의 문제점들을 계속 드러냈던 것 같고 결과적으로 조정에 나아가고 물러나기를 반복하는 가운데 퇴계에서의 거처 역시 계속 옮겨야만 했던 것 같다. 하지만 도산서당은 달랐다. 암서헌(巖栖軒)이라는 서당 마루와 완락재(玩樂齋)라는 온돌방 그리고 부엌을 갖춘 건물이 있고, 별도로 제자들이 기거하며 공부하던 농운정사(隴雲精舍)도 마련되었다. 물론 점차로 건물과 소

---

12) 卜居退溪上/ 年光幾流邁/ 寒棲屢遷地/ 草草旋傾壞 <再行視陶山南洞作> 《陶山雜詠》.

장품들이 늘어가고 퇴계 사후 1574년 도산서원이 건립된 것이지만, 이미 퇴계가 이주를 했던 당대에도 안정된 공간을 제공했음을 알 수가 있다.

〈도산육곡〉은 바로 이러한 환경이 완성된 무렵 창작된 것이다. 〈도산육곡〉 발문이 1565년에 완성되었다고는 하지만 때때로 꺼내어 아이들에게 부르게 했다는 내용에서 알 수 있듯이 〈도산육곡〉은 도산서당에 정착한 직후 퇴계의 60대 초반에 완성되어 완상되었던 것을 짐작할 수 있다.

여기에서 우리는 〈도산육곡〉이 기존에 지어졌던 육가류의 작품들과는 창작 배경에 있어서 차이가 난다는 것을 주목할 필요가 있다. 앞 장에서 살펴본 것과 같이 워낙에 육가계 작품들은 비분강개한 개인적 감정, 우의적 수법 등을 기반으로 시인이 처한 환경과 화합할 수 없는 고립된 개인의 정서를 드러내고 있었다. 따라서 육가는 세상과의 갈등 속에서 고립된 방외인들의 다소 삐딱한 외침으로 여겨졌던 것이다.

하지만 〈도산육곡〉은 도산을 근거로 심리적·환경적인 면에서 안정된 상태에서 창작되었기 때문에 기존의 육가와는 내용상 차별되는 것이 당연하다. 퇴계는 낙향한 도산에 위치하고 있으면서 시끄러운 세상과 거리를 두고 어느 때보다도 안정된 마음으로 자연과 교감할 수 있었기 때문에 강호가도의 전형으로 손꼽히게 된 것이다. 결국 새로운 육가의 전통을 열면서 동시에 우리의 자연문학을 대표하는 작품으로 자리매김하게 된 것인데, 작품의 전모와 세부적인 특성은 다음과 같다.

〈陶山十二曲〉
陶山六曲之一

① 其一
이런둘 엇더ᄒ며 뎌런둘 엇더ᄒ료

草野愚生이 이러타 엇더ᄒ료

ᄒ믈며 泉石膏肓을 고텨 므슴ᄒ료

② 其二

煙霞로 지블 삼고 風月로 버들 사마

太平聖代예 病으로 늘거가뇌

이듕에 ᄇ라는 이른 허므리나 업고쟈

③ 其三

淳風이 죽다ᄒ니 眞實로 거즈마리

人性이 어디다 ᄒ니 眞實로 올흔 마리

天下애 許多英材를 소겨 말솜ᄒ올가

④ 其四

幽蘭이 在谷ᄒ니 自然이 듣디 됴해

白雪이 在山ᄒ니 自然이 보디 됴해

이듕에 彼美一人를 더욱 닛디 못ᄒ애

⑤ 其五

山前에 有臺ᄒ고 臺下에 有水ㅣ로다

ᄢᅦ 만흔 ᄀᆞᆯ며기는 오명가명 ᄒ거든

엇디다 皎皎白駒는 머리 마ᅀᆞᆷ ᄒᄂᆞᆫ고

⑥ 其六

春風에 花滿山ᄒ고 秋夜에 月滿臺로다

四時佳興ㅣ 사룸과 ᄒᆞᆫ가지라

ᄒ믈며 魚躍鳶飛 雲影天光이ᅀᅡ 어늬 그지 이슬고

陶山六曲之二

⑦ 其一

天雲臺 도라드러 玩樂齋 蕭灑ᄒ듸

萬卷生涯로 樂事ㅣ 無窮ㅎ애라
이듕에 往來 風流를 닐어 므슴홀고

⑧ 其二
雷霆이 破山ㅎ야도 聾者는 몯 듣ᄂ니
白日이 中天ㅎ야도 瞽者는 몯 보ᄂ니
우리ᄂ 耳目聰明男子로 聾瞽 곧디 마로리

⑨ 其三
古人도 날 몯 보고 나도 古人 몯 뵈
古人를 몯 봐도 녀던 길 알픠 잇니
녀던 길 알픠 잇거든 아니 녀고 엇뎔고

⑩ 其四
當時예 녀던 길홀 몃 히를 ᄇ려두고
어듸가 ᄃ니다가 이제ᄉㅏ 도라온고
이제야 도라오나니 년듸 믐 마로리

⑪ 其五
靑山ᄂ 엇뎨ㅎ야 萬古애 프르르며
流水ᄂ 엇뎨ㅎ야 晝夜애 긋디 아니ᄂ고
우리도 그치디 마라 萬古常靑 호리라

⑫ 其六
愚夫도 알며 ㅎ거니 그 아니 쉬운가
聖人도 몯다 ㅎ시니 그 아니 어려온가
쉽거나 어렵거낫 듕에 늙ᄂ 주를 몰래라

▌추상의 병치

육가계(六歌界) 시조의 대표작인 〈도산육곡〉을 자연물이라는 소재의 차원에 관심을 두고 살펴보면 크게 두 가지 점에서 의외라는 사실을 알게 된다. 첫째는 자연물과 관련된 시적 소재가 생각만큼 많이 등장하지 않는 다는 것이 그것이다. 특히 후육곡(後六曲)인 언학(言學)에 해당하는 시조 에서는 더욱 찾아보기 어려운데, 다만 그 가운데 몇몇의 자연과 관련된 소재를 선별하여 그 속에 몰입하는 경지를 보여하고 있다. 그리고 둘째는 자연물이 등장하는 경우에도 대개 지극히 보편적인 소재에 그치고 있다 는 것이다. 예컨대 특정 지명이나 계절, 날씨 등과 결부되어 작자가 직접 경험했음직한 요소들을 부각시키는 면모는 찾아보기 어렵다.

> 幽蘭이 在谷ᄒ니 自然이 듣디 됴해
> 白雪이 在山ᄒ니 自然이 보디 됴해
> 이듕에 彼美一人를 더옥 닛디 못ᄒ얘 ④

위의 작품에서 보면 이황은 유란(幽蘭)과 백설(白雪)이라는 자연물을 제시하고, 그것이 있는 장소로 각각 곡(谷)과 산(山)을 들어서 난초는 골 짜기에 있고 눈은 산에 있다고 언급한다. 따라서 감상자가 접할 수 있는 자연물에 대한 정보는 대단히 간략하다. 난(蘭), 설(雪), 곡(谷), 산(山)과 같은 어휘는 지극히 평범한 자연의 성격을 대변하는 원형적인 단어들이 기 때문이다. 이러한 단어를 통해서는 구체적 체험의 확장을 꾀한다기 보다는 오히려 공식화된 단순심상을 지향한다고 할 수 있는데, 한 수를 더 예로 들면 아래와 같다.

> 山前에 有臺ᄒ고 臺下에 有水ㅣ로다
> ᄠᅢ 만흔 글며기는 오명가명 ᄒ거든
> 엇디다 皎皎白駒는 머리 마ᄉᆞᆷ ᄒᄂᆞᆫ고 ⑤

위의 작품을 보면 산(山), 대(臺), 수(水)라는 산수화를 연상시키는 보편적인 자연물이 초장에 등장하고, 이어서 중장과 종장에 갈매기와 백구(白駒)가 등장하고 있다. '떼 만흔 굴며기'와 '皎皎 白駒'라는 소재가 각기 악과 선을 대변하는 상반된 이미지를 연출하기는 하지만, 역시 〈도산육곡〉④에서처럼 소재 차원의 일반적인 자연물로 드러날 뿐, 작자의 실질적인 체험이나 감성이 수반되지는 않는다.

이러한 현상은 특히 한문으로 지어진 《도산잡영》과 비교해볼 때 두드러진다. 《도산잡영》에서는 도산서당을 둘러싼 정사(精舍), 담(潭), 봉(峯) 등에 관심을 갖고 세심하게 작품화하고 있다. 도산서당을 이루는 건물을 비롯해서 정초(庭草), 조기(釣磯), 설경(雪逕)에 이르기까지 주변의 하나하나를 생활 속에서 발견하고 그 순간의 장면과 감동을 잘 전달하는 특징을 드러낸다.

반면에 앞에서 예를 든 ④와 ⑤에 등장하는 자연물은 도산에서의 개인적인 삶과 체험을 적극적으로 전달하기 위한 대상이 아니었다. 물론 일곱 번째 수에 등장하는 천운대(天雲臺)와 완락재(玩樂齋)와 같은 소재는 도산의 일부를 등장시킨 것으로, 이 작품이 도산에서의 삶을 기반으로 한다는 것을 분명하게 한다. 하지만 궁극적으로 〈도산육곡〉의 자연미는 보여지는 대상을 통한 즉물적인 감흥을 차단하고 있다. 연하(煙霞)나 풍월(風月)②, 청산(靑山)이나 유수(流水)⑪ 등 지극히 보편적인 공식화된 한자어를 이용하는 것이 일반적이다.

그런데 가만히 살펴보면 이들 어휘들은 구체적인 체험의 영역을 탈피함으로써, 상징적인 표징으로서의 기능을 확장하는 것을 알 수 있다. ④에 등장하는 유란(幽蘭)과 백설(白雪)이 고고한 향기와 결백 혹은 순수로 대변될 수 있음은 물론이고, ⑤의 교교(皎皎) 백구(白駒)는 탈속의 느낌을 제공한다. 백구는 희고 밝음을 강조하는 교교라는 수식에서도 그 가치를 짐작할 수 있지만, 『시경』에서 쓰인 대로[13] 현자가 탄 망아지로서 대유법으로 쓰여 현자를 지칭한다. 따라서 종장의 백구는 중장의 '뼈 만흔 골며기' 즉 속세의 범상한 무리들에 비해 상대적으로 부각되며, '머리 무습' 하려 즉 세속을 피해 멀리 달아나려고 하고 있는 것이다.

〈도산육곡〉에 등장하는 자연물들은 물체 그 자체로서 독자적인 대상물이 되지 못한다. 하지만 그 대신 물성을 지향함으로써 추상적인 자질을 확보하는 강점을 지니는 것이다. 물론 퇴계는 한시에서도 매화를 반복적으로 읊거나 그 외에도 깨끗한 눈이나 달 등을 자주 사용함으로써 고결하고 맑고 순수한 시적 은유를 즐겨 사용했다. 〈도산육곡〉에서 정형화된 이미지들을 주로 사용하는 것도 퇴계의 시적 취향이 반영되었기 때문일 것이다.

그런데 한편 〈도산육곡〉에 등상하는 추상적 이미지들은 한 쌍을 이루어 존재하며 그 의미 기능을 강화하고 있어서 한층 흥미롭다. 앞서 예를 든 ④에서 유란과 백설을, ⑤에서는 골며기와 백구를 떠올릴 수 있을 것이다. 이러한 현상은 다른 작품에서도 마찬가지로 찾아볼 수 있는데, 예컨대 ②의 초장을 보면 '煙霞로 지블 삼고 風月로 버들 사마'라고 해서 '연하(煙霞) = 집 : 풍월(風月) = 벗'이라는 등식관계를 성립시키며 연하는 청빈의 상징물로, 그리고 풍월은 풍류의 상징물로 내세우고 있다. 그럼으로써 외면인 몸과 내면인 마음이 모두 안정을 얻은 작자의 삶을 입체적으로 완성시키고 있는 것이다.

이처럼 〈도산육곡〉은 자연물을 작품에 등장시키되 작자 자신만의 특

---

13) 〈白駒〉「小雅」『詩經』.

정 체험이 결부된 고유명사들이 아니라 보편적인 단어들을 자주 언급하
는 가운데 보다 광범위하고 상징적인 자연을 부각시키는 것을 확인할 수
있다. 그런데 한편 이와 같은 자연 소재가 등장하는 특성의 이면에는 〈도
산육곡〉 전체의 구조가 또 다른 특성을 이루기 때문에 주목할 필요가 있
다. 왜냐하면 〈도산육곡〉은 거의 전체가 병렬 구조를 이용하고 있기 때문
이다.

> 이런둘 엇다ᄒᆞ며/ 뎌런둘 엇다ᄒᆞ료//①
> 煙霞로 지블 삼고/ 風月로 버들 사마//②
> 山前에 有臺ᄒᆞ고/ 臺下에 有水ㅣ로다// ⑤
> 春風에 花滿山ᄒᆞ고/ 秋夜에 月滿臺라//⑥
> 古人도 날 못보고/ 나도 古人 몯뵈// ⑨

> 淳風이 죽다ᄒᆞ니 眞實로 거즈마리/
> 人性이 어디다ᄒᆞ니 眞實로 올ᄒᆞ마리//③

> 雷霆이 破山ᄒᆞ야도 聾者는 몯 듣ᄂᆞ니/
> 白日이 中天ᄒᆞ야도 瞽者는 몯 보ᄂᆞ니//⑧

> 靑山는 엇뎨ᄒᆞ야 萬古애 프르르며/
> 流水는 엇뎨ᄒᆞ야 晝夜애 긋디 아니ᄂᆞᆫ고//⑪

> 愚夫도 알며 ᄒᆞ거니 그 아니 쉬온가/
> 聖人도 못 다 ᄒᆞ시니 그 아니 어려온가//⑫

예를 든 것과 같이 〈도산육곡〉의 전반은 반복과 병렬에 크게 의존하

고 있다. 병렬은 동일한 통사구조를 재사용하되 새로운 등가물의 배치를 통해 의미의 강조를 유도하기 때문에 특히 구비시가의 작법 차원에서 중시된 것이다. 반복과 병렬은 자칫 작품의 참신함을 떨어뜨릴 우려가 있지만, 구비문학에서는 작품의 암송과 재창작의 편의를 도모하기 위해 이러한 수법이 요긴하게 쓰일 수밖에 없다. 하지만 〈도산육곡〉에서는 주로 개념의 부각을 위해 의미의 선명한 비교·대립 구조를 형성하고 있다. 즉 일반적인 구비문학에서는 구연자가 기억과 재창작을 쉽게 하기 위해 통사구조의 형식적 통일성을 지향하는 반면에, 〈도산육곡〉에서는 향유자가 이미지와 뜻을 명확하게 전달받도록 하기 위해 노력하는 차이점이 있다. 따라서 〈도산육곡〉의 반복과 병렬은 단순한 구문의 병행이라기보다는 내용과 이미지의 병치로서의 성향을 지향한다고 할 수 있을 것이다.

그리고 이들 병치구문은 주로 초장 혹은 초·중장에 걸쳐 형성되어 있다. 그것은 작품의 전반에서 무엇인가를 강조 혹은 상기 시키는 효과를 노리는 것을 암시하는데, ⑧을 보면 뇌정(雷霆)과 백일(白日)이 우선 등장하고 있다. 그런데 앞서도 언급한 바와 같이 뇌정 즉 격렬한 천둥과 백일이라는 단순화된 이미지들은 문맥 속에서 상승·보완의 작용을 하고 있는 것이다. 즉 '뇌정(雷霆) → 파산(破山) → 농자(聾者) → 몯 듣느니'로 연결되는 초장의 내용은, 단순한 상황의 설명에 그칠 수 있다. 하지만 중장에서 다시 똑같은 구조 속에 동일한 함의의 '백일(白日) → 중천(中天) → 고자(瞽者 → 몯 보느니'가 등장함으로써 최종적으로 못 듣고, 못 보는 우매함이 명확히 드러나게 된다. 따라서 인간 심성의 귀를 뜨게 하는 천둥과 인간 심성의 눈을 뜨게 하는 태양의 추상성이 상호간의 역할을 통해 부각될 수 있고, 아울러 저자가 전달하고자 하는 진의도 정리가 된다고 할 수 있다. 이어서 결국에는 종장을 통해 드러내고자 했던 함의를 완성하는 것이다.

기존 연구에서는 퇴계가 〈도산육곡〉에서 각 연을 짜나감에 있어 병치의 원리를 차용함과 달리 전체를 짜나감에 있어서는 점층의 원리를 차용한다는 지적을 한 바 있다.[14] 총 12수의 시조가 일관된 의미의 구조를 유지하며 확장을 꾀한다는 것인데, 그러기 위해서는 자연속에 은거하여 몰입하는 저자의 정신세계를 대변하는 소재 차원의 자연물들이 단지 자연물이 아닌 또 다른 상위 개념으로 발전하는 과정이 필요했던 것이다. 그리고 이러한 〈도산육곡〉에서 개척된 창작의 원리는 후대 육가계 시조에까지 전달되었다고 할 수 있다.

퇴계에게 있어서 자연은 학문하는 환경이었고 동시에 학문적 사색의 도구이자 인식대상이었다. 도산은 이러한 복합적이고 추상적인 역할을 충분히 소화했다고 할 수 있는데, 따라서 〈도산육곡〉 단독이 아닌 《도산잡영》을 비롯한 주변 작품들을 동시에 소화해야만 하는 당위성을 재확인할 수 있다.

어쨌든 〈도산육곡〉은 대표적인 강호가도로서 자연을 근간으로 창작된 작품인데, 이 작품은 자연물을 작품의 소재로 차용하면서도 단순히 눈으로 확인할 수 있는 단계 즉 가시적 환경을 넘어서서 그 자연 속에 은거하는 즐거움을 표현할 수 있었기에 또 다른 자연시조의 가능성을 열어놓았다고 할 수 있을 것이다.

---

14) 성기옥, 「〈도산십이곡〉의 구조와 의미」, 『한국시가연구』 11집, 한국시가학회, 2002, 206면.

▌ 수직적 요소의 융합

〈도산육곡〉에 등장했던 소재 차원의 자연물들은 앞 장에서 살펴본 바와 같이 구상성과는 거리가 먼 것이었다. 그런 만큼 직접 작자의 체험으로 확대되기는 어려웠는데 대신 추상성을 지향하는 자연물들이 상보적인 체계에 놓임으로써 새로운 인식의 가능성을 시사하고 있다.

煙霞로 지블 삼고/ 風月로 버들 사마/ ②

위의 예와 같이 연하(煙霞)와 풍월(風月)은 각각의 구상적 개체로서 시각되는 것이 아니고 병치 구조 속에서 집이요 벗으로 치환되며 공존함으로써 작자가 거처하는 환경을 암시힐 수 있었다.

이처럼 〈도산육곡〉에서는 물성에 치중한 추상적 차원의 자연물이 새롭게 합성되고 내용의 확장을 꾀하는 과정에서 경관을 형성함으로써 감상자가 자연미를 인식할 수 있는 단서를 제공한다고 할 수 있는데 구체적인 예를 들면 아래와 같다.

春風에 花滿山ᄒ고 秋夜에 月滿臺로다
四時佳興ㅣ 사롬과 ᄒ가지라
ᄒ믈며 魚躍鳶飛 雲影天光이삭 어늬 그지 이슬고 ⑥

우선 위 작품을 보면 초장에는 춘(春)과 추(秋)라는 계절배경이 구체적으로 제시되었다. 그런데 역시 '春風에 花滿山ᄒ고/ 秋夜에 月滿臺로다'는 초장의 병치구문을 통해서, 이 계절들은 봄에는 산에 꽃이 피고, 가을밤에는 대(臺)에 고즈넉한 달빛이 가득 찬 미적 배경으로 인식되어 비로소 입체적 공간으로 발전하기 시작한다.

그런데 작자는 중장에서 새로이 풍경에 의미를 부여하기 시작하며 사시가흥(四時佳興)이라는 자연 속에 살아가는 즐거움으로 집약시키고, 종장에서는 한 단계 더 들어가 '鳶飛魚躍, 雲影天光'이라고까지 부각시키고 있다. 연비어약은 『시경』에 연원을 둔[15] 천지조화의 묘한 이치를 상징하는 어구이고, 운영천광 역시 만물이 천성을 얻어 조화를 이룬 천연의 모습을 암시한다. 결국 사시가흥의 본질적인 속성까지 파헤쳐서 재인식시키는 것이 종장에서 실현된 셈이다.

따라서 (春·秋 / 花滿山·月滿臺)A → (四時佳興 → 鳶飛魚躍·雲影天光)B의 순으로 시상의 전개를 집약시킬 수 있는데 A에 해당하는 부분은 초장에서 찾아볼 수 있고, B에 해당하는 부분은 중·종장에서 찾아볼 수 있다. A는 병치구문을 통해 시적자아가 처할 수 있는 기초적인 환경요소를 설정해 놓았다. 그리고 이어서 B는 A를 포괄적으로 담아내는 관념으로 발전함으로써 주변에서 보고 체험할 수 있는 환경요소가 그것을 통괄하는 이념으로 변모되는 양상을 확인할 수 있다.

기존연구에서는 이 작품의 초장은 감동을 동반한 서경으로 즉 현상계인 아름다움을 노래하고 있으나 형상은 현실계에 동시에 공존하는 것이 아니라 퇴계의 관념 속에서 통일되어지는 서경이라고 했다. 때문에 감동을 동반하여 궁극적 서경이 관념 속에서 통일되어지는 것이고 이것은 '理'의 경지에서 가능하다고 지적하기도 했다.[16] 마찬가지로 〈도산육곡〉에서 실현되는 경관의 특성은 배경의 사실성에 있는 것이 아니고 배경을 암시할 수 있는 한두 가지 단서를 통합하여 이루어짐으로써 오히려 단순

---

15) 鳶飛淚天, 魚躍于淵, 豈弟君子, 遐不作人 〈旱麓〉 「大雅」 『詩經』.
16) 손오규, 『퇴계 시가예술 연구』, 제주대학교 출판부, 2002, 78면.

한 서경을 넘어서는 차원으로 비약하는 데에 있다고 할 수 있을 것이다.

이황이 처한 환경이 아름답게 느껴지는 이유는 초장에 등장한 단순한 자연물이 이념적으로 승화함으로써 천지의 묘한 이치를 깨달을 수 있는, 즉 사시가흥을 느끼고 어약연비·운영천광을 체득할 수 있는 가능성으로 비약하기 때문이다. 분명 사시의 경치에서 출발하고는 있지만 물아일체의 흥, 즉 자연을 매개로 도의를 기뻐하는 즐거움으로 거듭 발전한다. 그래서 자연으로부터 얻는 기쁨은 구체적인 자연 경물에 대한 서정이 심성을 기르도록 규범화 할 때, 그 참모습을 지니게 되는 것이다.

그래서 이 작품의 발단이 된 '春·秋 / 花滿山·月滿臺'라는 자연 배경은 그 자체가 미적 대상으로서의 요건을 충족시키기에는 미약하지만 관념으로 비약될 때 비로소 그 가치를 부여받을 수 있다. 이미 내부에 천지의 이치를 수반하는 함의를 포함하여 유한한 형상이 절대적 이념으로 확장될 수 있는 일종의 가상적[17] 배경으로서의 자질을 갖추고 있는 것이다. 그리고 그 때 비로소 인간과 도(道)의 완성체인 자연을 연결하는 매개체로서의 기능을 수행할 수가 있다.

夕陽佳色動溪山　　석양이자 좋은 기운 계산(溪山)을 감도는데
風定雲閒鳥自還　　바람 자고 구름 느려 새들도 돌아오네
獨坐幽懷誰與語　　깊은 이 회포를 뉘와 함께 얘기하리
巖阿寂寂水潺潺　　바위골 적적한데 물은 좔좔 흐르누나
【李滉, 〈山居四時各四吟 共十六絶〉中 '暮'】[18]

위의 작품은 이황의 한시 〈산거사시각사음 공십육절(山居四時各四吟

---

17) 竹內敏雄(안영길 외 역), 『美學·藝術學·事典』, 미진사, 1989, 89면.
18) 李滉, 『退溪先生文集』 卷4.

共十六絶)〉 가운데 여름 저녁에 해당하는 부분인데 산에서 살며 접한 사시의 풍경을 담아 놓고 있다. 그런데 이 작품을 보면 기(起)·승구(承句)에서 석양 무렵 새들이 돌아오는 모습을 그려놓았다. 이 부분은 직접 경험한 체험의 일단이라고 할 수 있을 것이다. 그리고 전구(轉句)에서는 '이 회포를 누구와 함께 얘기하리'라고 하여 그 광경을 보고 느끼는 감회를 드러내고 마지막으로 결구(結句)에서는 '巖阿寂寂水潺潺'이라고 즉 바위 골은 적적하고 물은 좔좔 흐른다고 했다.

이 한시 작품에서는 기·승구와 결구에서 각기 시각적인 자연경관을 담아내고 있다. 그런데 이 두 장면은 그 성격이 다르다고 할 수 있겠다. 기·승구의 경관은 앞서도 언급한 바와 같이 구체적인 작품배경으로 이해할 수 있는 구상성을 지향하고 있다. 반면에 결구의 자연경관은 감정이 투영된 즉 계산의 광경을 보면서 마음속에 느낀 바가 있었기에 그 감성을 밖으로 역투사한 것에 해당한다. 그래서 앞에서의 자연이 밖에서 안으로 들어온 자연이라면 후자는 안에서 밖으로 나간 자연이라고 할 수 있을 것이다.

그런데 바로 이 한시의 결구에서 찾아볼 수 있는 '寂寂'한 바위와 '潺潺'한 냇물이 〈도산육곡〉의 주로 초·중장에 병치구문을 통해 제시되는 자연배경과 상통한다고 할 수 있다. 한시 작품에서는 이미 기·승구에서 여름 저녁에 볼 수 있는 모습을 그대로 전달했다. 하지만 전구에서 '회포'를 언급한 뒤 다시 대구를 통해 등장하는 바위와 물은 이미 여름 저녁이라는 구체적 배경과 결부된 특정 시선을 떠나 가장 단순한 사물을 통해 작자의 내면을 드러내며 만물의 이치를 대변하는 것이다. 따라서 〈도산육곡〉에서 누차 등장하는, 궁극적으로 자연의 이법과 연계되는 배경은 바로 위의 한시의 결구와 상통하는 그런 종류의 것이라고 할 수 있을 것이다.

그렇다면 이제 그러한 추상적 배경을 구성하는 소재의 성격에 대해 관심을 가질 필요가 있다. 일반적으로 현실에 기반하지 않는 배경은 대개 도선(道仙)적 탈속의 이미지로 나타나곤 해서 특히 무릉도원이나 희황상세(羲皇上世)와 같은 신선모티프들로써 사대부시가에서 빈번하게 사용되었다.[19] 그런데 〈도산육곡〉은 전혀 그런 단서를 내비치지는 않는다. 오히려 어떤 특정 모델이 아닌 일상에서 연상할 수 있는 단순하고 평이한 현실적인 대상으로부터 구성되고 있는 것이다.

이러한 현상은 앞에서 예를 든 〈도산육곡〉⑥에서도 쉽게 확인할 수 있는 것인데 초장의 '春風에 花滿山ᄒ고 秋夜에 月滿臺라'와 같은 것이 그것이다. 춘풍과 추야, 꽃과 달, 산과 대가 짝을 이루어 만들어내는 것이 〈도산육곡〉의 경관인데 이 소재들은 일상에서 쉽게 접할 수 있는 지극히 평범한 것이다. 앞에서는 〈도산육곡〉에 등장하는 자연물이 추상적인 성향을 지향한다고 지적했었지만 그 추상성은 어휘의 함의 정두에 초점을 맞춘 성향에 관한 것이었고 소재지에 관심을 두자면 주변에서 접할 수 있는 흔한 것에 해당한다.

〈도산육곡〉은 비록 이별의 〈육가〉의 영향을 받았다고는 해도 완전한 초월 및 탈속을 의미하지는 않기에 〈도산육곡〉의 은일은 천석고황을 기반으로 하지만 결신오세(潔身傲世)로 자만하지 않고 온유돈후의 품격으로 유지된다고 했다.[20] 불가와 도가에서는 사람과 자연은 무매개로 합일할 수 있지만 유가에서는 사람은 일용처를 매개하여 자연과 합일한다. 따라서 이황의 자연관은 이처럼 일용처로서의 산수경치에 대한 미적 감

---

19) 성기옥, 「士大夫 詩歌에 수용된 神仙모티프의 詩的 機能」, 한국고전문학회 편, 『국문학과 도교』, 태학사, 1998.

20) 최진원, 「陶山十二曲과 敬」, 『(증보판)한국고전시가의 형상성』, 성균관대학교 대동문화연구원, 1988, 39면.

동을 매개하여 인간과 자연의 합일을 기하는 것이다.21)

따라서 이황이 노래하고 있는 춘풍화만산(春風花滿山), 추야월만대(秋夜月滿臺) 등은 결코 특이한 현상이 아니고 모두 흔히 일상에서 볼 수 있는 친숙하고 평이한 개연성의 범위에 있는 것들인데 이러한 평이한 것으로부터 본성을 깨닫는 경지에 도달하는 것이다. 그래서 이황은 자연의 품에 자리 잡고 있는 모든 경물의 변화와 움직임과 웅얼거림에서 천리의 유행과 도의 구현을 볼 수 있었다고 했다.22)

또 〈도산육곡〉은 강도가 크든 작든 간에 매 연마다 자연의 관념이 제시되면 사회적 관념이 뒤따라 병치되고, 사회적 관념이 제시되면 자연의 관념이 뒤따라 병치된다는 지적도 있었는데23) 단순히 자연의 차원에 머무르지 않고 비약적으로 변화하며 의미를 부여하는 과정 속에 파생된 결과라고 볼 수 있을 것이다.

그런데 이번에는 지금까지 살펴본 바와 같이 평이한 소재들을 통해 추상적 관념의 세계를 창출하는 〈도산육곡〉의 근본적 구성원리, 일관된 질서는 무엇인가에 대한 질문을 할 필요가 있다. 자연시조의 함의가 확장되기 위해서는 작품 내부에 표현되는 자연이 새로운 질서 체계 아래 재편되어야 하는데 이러한 질서는 일관된 흐름을 이루고 특히 연시조로서의 통합을 가능하게 한다. 하지만 연시조로서의 〈도산육곡〉을 선후 관계에 따라 하나의 체계로 묶는 연속적인 질서는 쉽게 발견하기 어렵다. 그 이유는 〈도산육곡〉을 형성하는 12수의 시조가 언지와 언학이라는 관념적 기치

---

21) 민주식, 「退溪의 美的 人間學」, 『미학』 15, 한국미학회, 1990, 11면.

22) 최신호, 「〈陶山十二曲〉에 있어서의 '言志'의 성격」, 『한국고전시가작품론2』, 집문당, 1992.

23) 성기옥, 「〈도산십이곡〉의 구조와 의미」, 『한국시가연구』 11집, 한국시가학회, 2002, 205면.

아래 연계되었기 때문에 시간적 흐름을 무시한 것에서 찾아볼 수 있을 것이다. 문학 작품에서 시간이 갖는 기본적인 미덕은 자아의 경험을 계기적인 흐름으로 일괄하는 것인데[24] 이러한 시간적 질서가 결여된 〈도산육곡〉은 대신 시간과는 상대적인 성향을 지니는 공간적 질서에 전적으로 의존해 각 시조 작품 속에서 새로운 세계의 가능성을 내비치고 있다.

靑山는 엇뎨ᄒᆞ야 萬古애 프르르며
流水는 엇뎨ᄒᆞ야 晝夜애 긋디 아니는고
우리도 그치디마라 萬古常靑 호리라 ⑪

위의 작품을 보면 초장에서의 청산(靑山)과 중장에서의 유수(流水)가 각기 상·하로서의 기호적 공간 영역을 형성하고 있다. 산은 높이 솟아 있는 상위를 대변하고 수는 지표에서 흐르므로 하위를 대변하는 요소로 자리잡고 있다.

그런데 이들은 특히 대립항을 이룬다는 것을 주목할 필요가 있다. 대립성은 상은 상으로서 하는 하로서의 차이성을 상실하지 않고 유지시키는 버팀목이 되어[25] 전체로서의 체계를 이루게 하기 때문이다. 상하의 대립 구조는 중력의 힘과 육체의 수직적 위치 사이에 관련된 모든 인간문화들에 가장 보편적인 것으로 여겨졌던 만큼[26] 상하는 완성된 세계를 지향할 수 있는데, 그것이 가능하게 한 구조는 대립성에 있고, 더 나아가 대립적 요소의 융합에 있는 것이다.

일반적으로 대립성은 문학작품에서 구체적인 공간형성의 근간으로 중

---

24) Hans Meyerhoff(김준오 역), 「경험과 자연」, 『문학과 시간현상학』, 삼영사, 1987.
25) 이어령, 『공간의 기호학』, 민음사, 2000, 84면.
26) Yuri M. Lotman(유재천 역), 『문화 기호학』, 문예출판사, 1998, 199면.

시된다. 예컨대 뜻글자로 표기되어 어구가 환기하는 물상에 크게 의존하는 한시에서도 병치 구문을 통해 의상(意象)의 유사성과 상이성의 대비를 가능하게 하고, 그 가운데 새로운 의상과 특히 공간을 형성하며 새로운 분위기와 세계를 창조하여 소위 정체(整體)의 미감을 형성한다는 경우가 빈번하다.[27] 그만큼 대립성은 단순한 물질적 요소가 3차원의 범위로 확장되는 데에 결정적인 기여를 한다고 할 수 있을 것이다.

마찬가지로 위의 작품도 의미의 결합 층위에서 지적한 바와 같이, 병치 구문을 통해 두 가지 물상을 제시하는데 그 성향이 특히 상하 대립을 지향하는 가운데 융합됨으로써 전체로서의 입체적 공간을 완성하는 것이다. 이 작품은 색채와 움직임 두 가지로 공간을 나타내고 만고라는 긴 시간과 주야라는 짧은 시간을 대조해 보이면서 시간의 변화를 공간의 안정으로 넘어선다는 지적이 있었고,[28] 또 이 작품에는 변하지 않는 것의 표상만 나타나 있어 변하는 것과 변하지 않는 것 사이의 긴장된 대립은 존재하지 않는데 인간이 성실하게 자연의 본성을 본받아 실천하면 시간의 횡포로부터 벗어나 유한성으로부터 구원될 수 있다는 것이 기본 생각이었다는 지적도 있었다.[29] 따라서 3차원으로서의 안정감과 영원성을 이루는데 기호적 공간성이 크게 좌우하고 있음을 확인할 수 있다.

> 幽蘭이 在谷ᄒ니 自然이 듣디됴해
> 白雪이 在山ᄒ니 自然이 보디됴해
> 이 듕에 彼美一人를 더옥 닛디 못ᄒ얘 ④

---

27) 王國瓔, 『中國山水詩研究』, 臺北: 聯經出版社業公司, 1986, 355~77면.

28) 조동일, 『한국문학통사』 2권(3판), 지식산업사, 1994, 347면.

29) 김일렬, 「시조에 나타난 시간의식」, 『한국시가문학연구』(백영 정병욱선생 환갑기념논총Ⅱ), 신구문화사, 1983, 222~23면.

ㅓ항 대립의 기호적 공간을 도출할 수 있다. 앞 ㅜ의 대립항이 있었는데 이번 시조에는 재곡(在谷)과 ㅓ의 곡과 산이 서로 대립되는 성향을 지니고 있는 것이다. ㅓ 산수는 기호적인 대립항으로 해석하기 이전에 동양문화권에서 습ㄴ적으로 한 데 묶어서 사용하는 가운데 일반적인 자연계 전체를 의미하기도 했던 관습이 있었는데 곡과 산은 산수와 달리 문화적 이해의 차원을 벗어나 있다. 따라서 상하의 대립항으로서의 기호적 성향이 더욱 두드러지는데 전체로서의 시선을 아우르는 안정감을 지향하고 있는 것이다.

대극 구조는 주관적인 집중성과 전체성을 추구하며 낭만주의적인 이데올로기를 현실화한다고 했다.[30] 마찬가지로 곡과 산의 대립에서 파생되는 수직적인 성향의 융합은 특히 초현실적인 것을 지향하는 가운데 팽팽한 긴장감을 유도하고 운동감을 억제하는 것이다.

그런데 이처럼 운동감이 억제된 안정감 가운데 피미일인(彼美一人)을 잊지 못한다고 해서 전체로서의 자연 가운데 인간이 등장하는 것을 발견할 수 있다. 마찬가지로 앞에 예를 든 시조에서도 청산과 유수가 영원히 변함이 없는 가운데 우리도 변치 말아야 한다고 해서 대극점으로 말미암아 형성된 추상적인 우주의 한가운데에 놓인 나를 발견하게 된다.

이처럼 〈도산육곡〉에서는 내가 자연과 1:1 대응을 이루며 그 속에 자리매김하는 추상성이 중시된다. 공간의 안정성과 리(理)의 불변성, 이발(理發)에 근거를 두고 확신하는 이황의 〈도산육곡〉에서는 산수를 보고 흥취를 느끼며 마음을 바르게 하는 일이 하나로 연결되어 그만큼 긴장되어 있다는 지적처럼[31] 영원히 변함이 없을 거대한 기호적 공간의 틀 안에

---

30) Antony Easthope(박인기 역),「낭만주의의 연속성」,『시와 담론』, 지식산업사, 1994.
31) 조동일, 앞의 책, 350면.

서 나와 자연이 일체가 되고 있는 것이다.

지금까지 살펴본 바와 같이 이황의 자연은 학문에 의하여 도를 터득한 독창적인 주체적 자연의 세계인 만큼[32] 일상의 사물을 중심으로 하되 그 뜻을 결합하여 비약함으로써 관념적인 경관을 창출하고, 서로 대립되는 수직적인 요소의 융합을 통해 안정적인 공간적 성향을 아울러서 전체적인 세계로서의 경관을 창출하는 독창적인 양상을 보였던 것이다.

▌내심의 발현

〈도산육곡〉은 〈고산구곡가〉와 더불어 산을 직접적인 배경으로 하고 있다. "무릇 산수는 정신을 즐겁게 하고 감정을 화창하게 한다. 살고 있는 곳에 산수가 없으면 사람이 촌스러워진다"[33]고 할 정도로 산은 물과 더불어 인간의 정서를 함양하는 기본적인 배경요소로 여겨졌다. 특히 이황은 "산수를 좋아함은 그 맑고 높음을 좋아하는 것이다"라고 한 바 있는데,[34] 산수는 속세와의 이분법적 대항구도를 형성하며 상징성을 지니되 그 안에서 사색하고, 거주하는 등 다양한 실현이 가능한 곳으로 간주되었다. 그래서 산수는 가행(可行), 가망(可望), 가유(可遊), 가거(可居)가 가능하다고 분류했던 것처럼[35], 정서적 고양을 지향하되 그 실현방법은 달라질 수 있었고, 궁극적으로 미적 가치도 달라질 수 있었다.

마찬가지로 〈도산육곡〉의 근간이 되는 도산에 대한 관점 그리고 그 속에서의 생활은 바로 작품을 좌우하는 미적 가치를 형성했는데, 당시

---

32) 손오규, 앞의 책, 88면.

33) 夫山水也者, 可以怡神暢情者也, 居而無此則 令人野矣. [李重煥, 『擇里志』]

34) 雖然山水之好, 好其淸高耳…… [「丹陽山水可遊子續記」, 『退溪集』]

35) 郭熙, 「林泉高致」, 兪崑 編, 『中國畵論類編』, 臺北: 華正書局, 1977.

산수에 대한 변을 이황은 아래와 같이 남기고 있다.

　혹자는 이르기를, "옛 사람으로 산을 사랑하는 이는 반드시 이름난 산을 얻어서 스스로 의탁하였거늘, 이제 그대는 청량산에 거하지 않는 것은 무슨 까닭인가" 하기에 나는 대답하기를, "청량은 깎아지를 듯 만 길을 서 있고 위태롭게 절학을 다다랐는 만큼 늙고 병든 이로서는 편히 있을 수 없었고, 또는 메를 사랑하고 물을 사랑함에는 그 어느 것 하나가 결핍되어도 불가함이니, 이제 낙천이 비록 청량을 지나치긴 하나 그 산중에서는 물이 보이지 않더군. 나도 청량에 거하고자 하는 소원이야 없지 않겠으나 저곳을 뒤에다 미루고 이곳을 먼저 함은 대체 산수를 겸하며 늙고 병든 몸을 편안하게 함이었네" 하였더니, 그는 또, "옛 사람의 즐거움은 마음에 얻고 바깥 물건을 빌지 않는 것이니, 대체 안연의 누항과 원헌의 옹유야말로 무슨 산수의 슬거움이 있겠는가. 그러므로 무릇 바깥 물건에 기대함은 모두가 참된 즐거움이 아니라 생각되네" 한다. 나는 또 대답하기를, "그렇지 않네 저 안연과 원헌의 소처는 특히 마침 그런 경우에서 능히 편하게 여김이 고괴하다는 것이야. 만일 그들로 하여금 이러한 경지를 만났다면 그 즐거움이 어찌 우리들에 비해서 깊지 않겠는가. 그러므로 공·맹도 산수에 대해서 미상불 몇 차례 일컫고 깊이 인식하였으니, 만일 그대의 말과 같을진대, '나는 증점과 함께 가련다'라는 탄식이 어이하여 기수 위에서 발했으며, '이 해를 여기에서 마치겠다'는 그 소원이 어이하여 노봉 꼭대기에서 읊어졌을까. 이에는 반드시 까닭이 있을 것이야" 하였더니, 혹자는, "그럴 것이야"하고는 물러가 버렸다. 【李滉,「陶山雜詠 并記」中】36)

---

36) 或曰, 古之愛山者, 必得名山以自託, 子之不居淸凉, 而居此何也. 曰, 淸凉壁立萬仞, 而危臨絶壑, 老病者所不能安, 且樂山樂水, 缺一不可, 今洛川雖過淸凉, 而山中不知有水焉, 余固有淸凉之願矣. 然而後彼而先此者, 凡以兼山水, 而逸老病也. 曰, 古人之樂, 得之心而不假於外物, 夫顔淵之陋巷, 原憲之甕牖, 何有於山水, 故凡有待於外物者, 皆非眞樂也. 曰, 不然, 彼顔原之所處者, 特其適然而能安之爲貴爾. 使斯人而遇斯境, 則其爲樂. 豈不有浹於吾徒者乎. 故孔孟之於山水, 未嘗不亟稱而深

위의 예문은 〈도산기〉의 마지막 부분에 해당한다. 도산에서의 생활에 대한 열거를 마친 뒤 글을 접으면서 왜 하필이면 도산이며, 왜 하필이면 산수였는가에 대한 의견을 피력하고 있다. 혹자와의 문답형식을 통해 자칫 그냥 지나치기 쉬운 산수에 대한 문제제기를 하는 대목이다. 혹자는 두 가지의 질문을 하는데, 첫째는 바로 '이름난 메'인 청량산을 두고 도산을 택한 이유가 무엇이냐는 것이다. 여기서 이름난 메란 바로 세인들의 입에 오르내리는 절경을 이루는 산이라는 즉 아름다운 곳이라는 뜻일 것이다. 그리고 나는 대답하기를 청량산의 경관은 인정하지만 위태로운 절벽이 있고 물이 없기 때문에 편하지 않으며 결핍이 있다고 해명하고 있다. 그런데 일핏 별 심오한 뜻 없이 그저 늙은이의 안락을 영위하고 싶다는 뜻으로 들리는 이 대목은 사실 퇴계가 택한 자연이라는 공간에 부여하는 가장 기본적인 의미를 포함하고 있다고 해도 과언이 아닐 것이다.

즉 첫 번째 문답을 통해 퇴계는 시각적으로 호소할 수 있는 외물의 가치가 아닌 조화와 안온함이라는 심성과 동화시킬 수 있는 내면의 가치를 부각시키고 있는 것이다. 세인들의 눈을 즐겁게 하는 기암절벽이 퇴계에게는 오히려 위태로운 불안감만 가중시킬 뿐이라고 하니 적극적으로 심성적 효용을 중시하는 것을 알 수 있다. 그러자 혹자는 산수에 노니는 것이 그 외물의 아름다움을 위한 것이 아니라면 굳이 심리적인 즐거움을 위해 외물의 힘을 빌릴 필요가 있느냐며 산수에 대한 효용을 의심하는 두 번째 질문을 던지고 있다. 두 번째 질문에 대한 답으로 나는 옛 현인들이 굳이 산수의 가치에 대해 논했던 예를 언급하며 그 가치를 긍정하는

喩之, 若信如吾子之言, 則與點之歎, 何以特發於沂水之上, 卒歲之願, 何以獨詠於蘆峯之巓乎. 是必有其故矣. 或人唯而退, 嘉靖辛酉日 南至, 山主老病畸人記. [李滉, 『退溪集』 卷3]

것으로 혹자와의 대화 그리고 〈도산기〉를 끝맺음하고 있다.

이처럼 퇴계가 지향했던 자연이라는 공간은 외물 그 자체의 시각적인 가치를 배제하고, 심성의 수양을 위해 필요한 조화와 안정의 공간에 해당한다. 따라서 그 곳에 깃들어 학문에 매진하고픈 요족한 공간에의 소망을 반영한 결과로 받아들일 수 있는데, 이러한 산거(山居)를 위한 산수와 또 산수에서의 생활은 아래와 같이 나타나 있다.

메가 그 왼편에 있는 것을 동취병이라 하고 오른편에 있는 것은 서취병이라 이름하였는데, 동취병은 청량산으로부터 이 메 동편에 이르러서 여러 봉우리가 보일라 말락 하였고, 서취병은 영지산으로부터 이 메의 서편에 이르러서 봉우리가 우뚝이 솟았었다. 그리하여 동취병과 서취병이 서로 바라보면서 남으로 달리되 굽어져 감돌아 팔구 리쯤 되어서 동에서 온 것은 시로 틀고 서에서 온 것은 동으로 들어, 남쪽 들판 아득한 곳에서 합세하게 되었다. 물이 이 메의 뒤에 있는 것을 퇴계리 하고, 남에 있는 것을 낙천이라 하였다. 시냇물이 메의 북을 둘러서 이 메의 동에 이르러 낙천에 들고, 낙천이 동취병으로부터 서로 달려서 이 메의 발굽에 이르러 넓고 맑고 쌓이고 출렁거려 몇 리 사이를 오르내려보면 그 깊이가 가히 배를 저을 수 있으며, 금빛 모래와 흰 자갈이 깔리고 맑고 깨끗하고 푸르고 차가우니, 이것이 곧 이른바 탁영담이다. 그 물이 서쪽으로 달려 서취병의 벼랑 밑에 부딪치고는 드디어 함께 내려가 남으로 넓은 들을 지나쳐 부용봉 밑으로 드니, 부용봉은 곧 서에서 온 메가 동으로 들어 합세한 곳이다.

　　【李滉,「陶山雜詠 幷記」中】[37]

---

37) 山之在左曰東翠屏, 在右曰西翠屏, 東屏來自淸涼, 至山之東, 而列岫縹緲, 西屏來自靈芝, 至山之西, 而聳峯巍峨, 兩屏相望, 南行迤邐, 盤旋八九里許, 則東者西, 西者東, 而合勢於南野莽蒼之外, 水在山後曰退溪, 在山南曰洛川, 溪循山北, 而入洛川於山之東, 川自東屏而西趨, 至山之趾, 則演漾泓渟, 沿沂數里間, 深可行舟, 金沙玉礫, 淸瑩紺寒, 卽所謂濯纓潭也, 西觸于西屏之崖, 遂並其下, 南過大野, 而入于芙蓉峯下, 峯卽西者東而合勢之處也,[李滉, 『退溪集』 卷3]

위의 예는 심성을 기르기 위한 산수의 일부를 선택하는 과정을 보여주
고 있다. 그런데 지형과 관련된 산의 선택이 동서 사방을 가늠하여 세심
하게 배려된 것을 알 수가 있다. 청량산에 연원을 두는 동취병과 영지산
에 연원을 두는 서취병이 동서를 이루고 다시 그 동서에 연원을 두는 물
이 흘러서 북으로 퇴계, 남으로 낙천에 이른다고 했다. 그리고 그 물은
다시 흘러 탁영담을 지나 부용봉에서 합세한다고 했으니 동서로부터 출
발하여 남북을 이루고 이 동서남북은 최종적으로 하나로 귀결되고 있는
것이다. 마치 좌청룡(左靑龍)·우백호(右白虎)·전주작(前朱雀)·후현무(後
玄武)를 연상시키는 동의 동취병, 서의 서취병, 뒤의 퇴계, 앞의 낙천은
그저 산 좋고 물 맑은 산수가 아닌 산 속에 위치한 또 다른 세계를 일구고
자 하는 퇴계의 의도를 잘 보여주고 있다.

외물의 산수를 떠나 그 속에서 만드는 새로운 산수간은 이처럼 사방을
염두에 두고 형성되고 있다. 그런데 이러한 사방의 형성은 하나의 우주적
완성체를 의미하며 속세와는 분리된 한 차원 높은 단계를 상징하는 경우
가 많다.

천하의 일홈난 뫼히 다ᄉᆞᆺ시 이시니, 동은 골온 동악 태산이오, 셔는 골온
셔악 화산이오, 가온디는 골온 듕악 슝산이오, 븍은 골온 븍악 홍산이오,
남은 골온 남악 형산이니, 이 닐온 오악이라. 오악 듕의 형산이 뉴의 머니,
구의산이 남녁히 잇고 동졍회 븍의 잇고 샹강 믈이 삼면의 둘넛고 일흔두
봉 가온디 ᄃᆞᆺ 봉이 ᄀᆞ쟝 놉고 놉흐니 츅늉봉과 ᄌᆞ개봉과 텬쥬봉과 셕늠
봉과 년화봉이라. 샹해 구름 속의 드러 쳥명ᄒᆞᆫ 날이 아니면 그 곳을 보디
못ᄒᆞᆯ너라. 【구운몽〉 권지일 中】38)

---

38) 김만중(김병국 교주), 『구운몽』, 서울대출판부, 2007, 3~4.

위의 예는 잘 알려진 소설인 김만중의 〈구운몽〉의 첫 부분이다. 그런데 이 작품도 사방에 대한 명시를 하며 배경을 부각시키고 있다. 천하의 명산이 다섯이라고 하면서 동쪽의 태산, 서쪽의 화산, 중앙의 숭산, 북쪽은 항산, 남쪽의 형산이 있다고 했다. 그 중 가장 먼 형산을 손꼽으면서 그 곳에는 남쪽의 구의산, 북쪽의 동정호가 있고 물과 봉우리가 있다고 하고 있다. 남악 형산과 그 주변 그리고 형산 내의 세계가 동서사방의 완결체 속에 서로 연결되어 있는데, 이곳은 인간세와 구별되는 천상계로서 질서와 영원성을 함의한다고 할 수 있을 것이다. 비단 소설에서 뿐만 아니라 시학적인 관점에서도 상·하·전·후·좌·우라는 공간은 단순히 공간이라기보다 모든 공간을 수렴하는 하나의 신비로운 영역으로 간주되고 있다.[39]

그런데 〈구운몽〉에서 제기한 천상계와 퇴계가 산수간에 거처하기 위해 선택한 공간은 물과 봉우리가 사방을 형성하는 부족함이 없는 곳이라는 점에서 공통점을 지닌다. 그것은 퇴계가 청량산이라는 외물의 아름다움을 만끽할 수 있는 곳이 아닌, 도산이라는 산과 물이 어우러진 곳을 선택했으면서도 단지 그 표면적인 조건에 만족하지 않고 더 적극적으로 자신만의 세계를 세심하게 선별했다는 것을 의미한다. 그리고 그 세계는 속세와 분리되는데, 단순한 분리에 그치지 않고 보다 차원 높은 이상세계로서의 가능성을 내포하고 있는 것이다. 이러한 이상의 실현은 아래와 같은 예문에서 더욱 핍진하게 드러난다.

가히 깃들만큼 되었다. 당이 모두 세 칸인데, 그 중간에 든 한 칸은 완락재라 이름하였으니, 이는 주선생의 〈명당실기〉 중에 "즐겨 완상하여 족히

39) 이승훈, 『시론』, 고려원, 1979, 400면.

나의 일생을 마쳐도 싫음이 없으련다"라는 말씀을 취한 것이다. 동편 한 칸은 암서헌이라 이름하였으니 <운곡시> 중의, "스스로 믿으려도 오랫동안 못했기에 바위에 깃들어서 약간 효과 바라노라"라는 말을 취한 것이다. 그리고는 또 합하여 도산서당이라 하였다. …… 이로부터 동으로 두어 걸음을 굴러가면 멧기슭이 두단지어 바로 탁영담 위에 버티어서 커다란 바위가 층층이 깎아 섰으니 여남은 길이나 되었다. 그 뒤를 쌓아서 대를 들었더니, 소나무 그늘이 해를 가리우고 위에는 하늘 아래에는 물이어서, 솔개는 날며 고기는 뛰놀고 좌우 취병의 그림자가 푸른 소 속에 울렁이게 되었다. 한 번 눈을 들면 강산의 아름다운 경치가 모두 앞에 나타났으니 이를 천연대라 불렀고, 서편 멧부리에 역시 그와 같이 대를 쌓고는 천광운영이라 이름하였으니, 그 아름다운 경개가 천연대에 비하여 손색이 없을 것이다.
【李滉, 「陶山雜詠 幷記」中】40)

퇴계는 풍수지리의 관점에서 보아도 손색이 없을 길지를 가려놓고 법련(法蓮)과 이어서 정일(淨一)이라는 승려로 하여금 차례로 당(堂)과 사(舍)를 마련하게 하였다. 그래서 "가히 깃들만큼 되었다"라고 하면서 그 건물들과 주변 환경과의 조화된 배경을 언급하고 있는데, 우선 건물의 이름을 지으면서 주자의 글 중에서 내용을 가려 뽑아 사용함으로써 그 건물의 효용과 의미를 상징적으로 극대화하려는 의지를 보이고 있다. 또 주변을 둘러보며 소나무 그늘과 맑은 물이 어우러진 곳을 '上天下水, 羽鱗飛躍'으로 표현하고 대를 쌓고는 '天光雲影'이라고 명명하는 등의 노

---

40) 可棲息也. 堂凡三間, 中一間曰玩樂齋, 取朱先生名堂室記樂而玩之, 足以終吾身而不厭之語也. 東一間曰巖栖軒, 取雲谷詩自信久未能, 巖栖冀微效之語也. 又合而扁之曰陶山書堂, …… 自此東轉數步, 山麓斗斷, 正控濯纓, 潭上巨石削立, 層累可十餘丈, 築其上爲臺, 松棚翳日, 上天下水, 羽鱗飛躍, 左右翠屛, 動影涵碧, 江山之勝, 一覽盡得, 曰天淵臺, 西麓亦擬築臺, 而名之曰天光雲影. 其勝槩當不減於天淵也. [李滉, 『退溪集』卷3]

력을 기울이고 있다. 이러한 도산의 일단은 〈도산육곡〉에서 "四時佳興이 사름과 한가지라/ 호믈며 魚躍鳶飛雲影天光이야 어늬 그지 이시리"와 같은 시구로 구체화됨으로써 도산에서의 실상을 작품에서 확인할 수 있다.

이처럼 건물과 주변 환경에 상징적인 의미를 부여하는 일련의 과정은 산수라는 일종의 원시의 범주를 새로운 문화의 범주로 치환하려는 부단한 노력을 대변한다고 할 수 있을 것이다. 퇴계는 스스로 산수는 "玄虛를 연모하고 高尙을 일삼아 즐겨하는 이"가 아닌, "道義를 기뻐하며 心性을 기르기 위하여 즐겨하는 이"[41]가 찾는 곳이라는 점을 명시했다. 그런데 도산이라는 공간이 인간세와 구별되는 동서 사방의 상징성으로 만족한다면 그것은 곧 현허요 고상에 빠지기 십상일 것이다. 퇴계가 자연에 의탁한 것은 세사와의 단절을 위한 행위였던 만큼 세상과의 분리와 차별이 요구되는 것이기는 하지만, 자칫 절대적인 초월로 괴리되어 도의를 기뻐하고자 했던 본래의 의도를 훼손할 우려가 있으므로 다시 도산의 곳곳에 정신적인 가치, 도의적인 의미를 부여하고 있는 것이다. 그래서 시조 작품에서와 마찬가지로 무심한 듯 스쳐지나갈 수 있는 일상주변을 포착하여 사시가흥 속에서 어약연비·운영천광과 같은 자연의 섭리를 발견하노라고 밝히고 있다. 그리고 자연이 주축이 된 문화 공간 속에서 생활하는 자신의 모습을 보여주고 있는 것이다.

내 딱하게도 늘 오랫동안 병에 얽혀서 비록 깊은 메에 살아도 마음껏 글을 읽지 못하고는 남몰래 숨은 걱정을 수양하는 나머지, 더러는 몸이

---

41) 觀古之有樂於山林者, 亦有二焉, 有慕玄虛, 事高尙而樂者, 有悅道義, 頤心性而樂者 [李滉, 『退溪集』卷3]

가볍고 편안하여 정신이 깨끗이 깨어나면 우주를 굽어보았다가 또 쳐다보았다 하여, 느낌이 얽혀지면 책을 뽑아 지팡이를 짚고 나가서 헌함에 다달아서 못을 구경하기도 하고, 단에 올라서 사를 찾기도 하였다. 때로는 채포를 돌며 약심기, 숲을 들춰 꽃을 채집하기도 하였고, 더러는 바위에 앉아서 샘물을 희롱하기도 하고, 대에 올라서 구름을 바라보기도 하였다. 혹시는 낚시터에서 고기 놀이를 보기도 하고, 배 가운데에서 해오라기를 가까이 하기도 하여 뜻대로 거닐되, 설렁이며 바장이면서 눈에 닿는 대로 흥이 나고 경개를 만나자 취미에 이르러, 흥이 극도에 이르다가 돌아오게 되면 고요한 한 방안에 책이 가득할 제, 책상을 마주하고 앉아 마음을 바로 잡고 연구 모색하여 마음에 합치됨이 있을 제는 문득 다시금 기뻐하고 먹기를 잊었으며 혹시 합치되지 않은 일이 있을 때는 친구에게 묻기도 하였다. 그리하여도 얻지 못했을 제는 일시에 분발하였으나 오히려 억지로 통하려고 하지 않고는 잠시 한 쪽에 두었다가 때로 뽑아내어 마음을 가라앉혀 생각하고 연구하여 저절로 풀리기를 기다렸으니, 오늘에 이렇게 하고 명일에도 이렇게 하였다. 만일 산새가 우짖고 만물이 화창하거나 바람과 서리가 사나웁고 눈과 달빛이 어리어, 사시의 경개가 같지 않음을 따라 흥취 역시 그지 없었다. 【李滉,「陶山雜詠 幷記」中】[42]

위의 예는 도산서당을 비롯한 그 주위환경 속에서 노닐고 있는 퇴계의 모습을 옮겨놓았다. 자연 속에서의 퇴계의 생활은 궁극적으로 학문을 위한 것이다. 공부가 제대로 되지 않을 때 그 단서를 찾기 위해 퇴계는 자연

---

42) 余恒苦積病纏繞, 雖山居, 不能極意讀書, 幽憂調息之餘, 有時身體輕安, 心神灑醒, 俛仰宇宙, 感慨係之, 則撥書攜節而出, 臨軒玩塘, 陟壇尋社, 巡圃蒔藥, 搜林擷芳, 或坐石弄泉, 登臺望雲, 或磯上觀魚, 舟中狎鷗, 隨意所適, 逍遙徜徉, 觸目發興, 遇景成趣, 至興極而返, 則一室岑寂, 圖書滿壁, 對案嘿坐, 兢存硏索, 往往有會于心, 輒復欣然忘食, 其有不合者, 資於麗澤, 又不得則發於憤悱, 猶不敢强而通之, 且置一邊, 時復拈出, 虛心思繹, 以俟其自解, 今日如是, 明日又如是, 若夫山鳥嚶鳴, 時物暢茂, 風箱刻厲, 雪月凝輝, 四時之景不同, 而趣亦無窮. [李滉,『退溪集』卷3]

에 의탁하는데, 그 의탁하는 방법은 '俛仰宇宙'하는 것에서 시작한다. 면
앙이라는 대목은 송순(宋純, 1493-1584)의 〈면앙정가〉를 연상하게 하는데,
바로 면앙정이라는 장소가 함의하는 바와 면앙우주(俛仰宇宙)로부터 학
문적 단서를 얻고자 하는 퇴계의 처지는 일맥상통한다고 할 수 있다. 면
앙정 제영에서 알 수 있듯이[43] 땅을 굽어보고 하늘을 우러르며 그 사이에
있는 인간을 의식하는 행위는 흥취를 느끼게 하고, 그 흥취는 곧 막혔던
학문을 가능하게 하는 계기를 마련하기 때문이다. 면앙정은 성속의 매개
자로 평가되는 것처럼[44] 퇴계가 거하는 도산 역시 천(天)·지(地)·인(人)
삼재(三才)가 공존하는 가운데 우러러보고 굽어보며 천지의 이치를 궁구
할 수 있는 매개체 역할을 해낼 수 있는 것이다.

그래서 면앙우주의 느낌이 감지되면 소요하기 시작하여 꽃을 채집하
거나, 샘물을 희롱하거나 구름을 바라보고 낚시를 하는 등, 정한 바 없이
뜻대로 노닐면 흥이 난다고 하고 있다. 이러한 자유자재한 행위는 학문적
으로 깨닫는 것이 있기를 희구하는 가운데 일종의 학습방법의 하나로 채
택되었다고 해도 무방할 것이다. 학문은 억지로 통할 수 있는 것이 아니
고 자연과 합일되는 생활의 체험을 통해 스스로 즐거운 가운데 저절로
내게 이르는 것이다. 나와 자연은 동격이 될 필요가 있으며 더 나아가
개인의 감성인 흥과 천지의 이치 역시 동격이 되어야 하는 것이다. 퇴계
의 자연은 자신이 찾은 자연이라기보다 성현이 제시한 기준인 자연을 재
발견하는 기쁨이라고 한 것과 같이[45] 퇴계는 이미 자신 속에 있는 자연을

43) 俛有地 굽어보니 땅이요/ 仰有天 우러르니 하늘이라
    亭其中 그 사이 정자 있어/ 興浩然 흥취가 호연하다
    招風月 풍월을 불러들이고/ 揖山川 산천을 둘러놓고
    扶藜杖 청려장에 의지하며/ 送百年 백년을 누리리라
44) 김신중, 「면앙정 송순」, 『은둔의 노래 실존의 미학』, 다지리, 2001.

발견하기 위해 외부의 자연을 찾아 나선 것 뿐이다. 그리고 이 외부의
자연은 내부의 자연 속에 수렴될 수 있다.

朝
群峰傑卓入霜空　우뚝 솟은 봉우리들은 찬 하늘을 찌르고
庭下黃化尙倚叢　뜰 아래의 국화는 아직 떨기 남았는데
掃地焚香無外事　땅을 쓸고 향을 사르니 바깥 일 없다
紙窓銜日皎如衷　종이 창에 해가 비치니 밝기가 마음 같다

晝
寒事幽居有底營　추운 철 그윽하게 사는 이 무슨 경영 있겠는가
藏花護竹攝羸形　꽃 가꾸고 대 돌보기로 여윈 몸 건강을 조섭한다.
懇懇寄謝來尋客　찾아오는 손님을 은근히 사절하노니
欲向三冬斷送迎　겨울 석 달 동안에 손님 영접 끊으려 하네

暮
萬木歸根日易西　나무는 모두 뿌리로 돌아가고 해는 짧은데
烟林簫索鳥深棲　쓸쓸한 연기 숲에 새는 깊이 깃들었다
從來夕惕緣何意　옛날부터 저녁에 두려워함은 무슨 뜻일까
怠欲須防隱處迷　은미한 곳에서 미혹을 방지하려 하는가

夜
眼花尤怕近燈光　눈이 흐려져 잘 보이지 않으니 등불 가까이하는 것이
　　　　　　　　　두렵다
老病偏知冬夜長　늙고 병이 드니 겨울 밤 긴 것을 절실히 알겠네

---

45) 신연우, 「「陶山雜詠」과 「陶山十二曲」에서의 '흥'」, 『국어국문학』 133, 국어국문학
회, 2003, 207면.

不讀也應猶勝讀　　책 읽지 않는 것이 읽는 것보다 훨씬 나으니
坐看窓月冷於霜　　앉아서 창의 달을 바라보니 서리보다 차더라
【이황, 〈山居四時各四吟 共十六絶〉 中】[46]

　위의 시는 산에 거하는 가운데 사시의 느낌을 옮겨놓은 작품이다. 그
중 겨울의 하루를 예로 들었는데, 시적 자아는 조(朝)·주(晝)·모(暮)·야
(夜)로 이어지는 하루의 변화를 외물에 구속됨이 없이 그저 내 삶의 일부
로 흡수하고 있을 뿐이다. 우선 아침 대목을 보면 공기가 차고 봉우리들
이 우뚝 솟은 가운데 주변에는 아직 국화가 남아 있는데 이들은 그저 일
상의 배경일 뿐이고 나는 그러한 환경의 요소에 아랑곳하지 않고 땅을
쓸고 향을 사르며 외사(外事)와는 무관한 상태이다. 그리고 종이창에 비
쳐 들어오는 햇살 속에서 밝은 마음의 상태와 자연이 동격임을 발견하는
것이다. 하루를 자연 속에서 시작하고 시각적인 외물을 차치하고 땅 쓸고
향을 사르는 가운데 문득 자연과 일치되는 경지를 체험하는 것, 이것은
〈도산기〉에서 살펴본 것처럼 흥취이기도 하고 동시에 이치이기도 한 것
이다.
　그리고 오후의 대목을 보면 스스로 유거한다고 밝히며 굳이 경영을 할
필요가 없다고 함으로써 대 사회적인 인식 없이 나와 자연과의 독대를
지향하고자 하는 의지를 피력하고 있다. 이어서 저녁에서는 아침부터 내
마음을 밝게 비추어주던 해가 저물어감에 따라 마음의 빛도 행여 사라질
까 두려워하는 심정을 옮겨놓았다. 이쯤 되면 석양빛은 비단 물리적인
작용에 그치는 것이 아니라 부단히 시적 자아와 교융하는 유정물이 되어
있다. 그리고 어두워진 밤, 책을 읽지 않는 것이 읽는 것보다 훨씬 낫다고

---

46) 李滉, 『退溪集』 卷4.

하고 앉아서 창의 달을 보니 서리보다 차다고 함으로써 자연과 나와의
무매개의 합일을 강조하며 작품을 끝맺고 있다.

퇴계에게 있어서 도산이라는 자기실현의 장은 거경(居敬)·궁리(窮理)
의 수양을 위한 가장 이상적인 곳[47]으로 자리를 잡고 있었고, 그 요족한
유거의 공간 속에서 자유자재로 자연현상 내지는 자연물들과 교융하는
즐거움은 그 이전에는 보지 못했던 새로운 자연시조의 창작을 가능하게
했던 것이다. 퇴계는 마음속의 자연을 발견함으로써 새로운 자연시조를
지을 수 있었다.

이러한 종류의 산거를 지향하는 작품은 후대의 단형 자연시조에서도
지속적으로 발견할 수 있는데, 아래와 같은 예를 들 수 있다.

> 그린듯흔 山水間의 風月노 鬱을 삼고
> 煙霞로 집을 삼아 詩酒로 벗지 되니
> 아마도 樂是幽居을 알 니 적어ᄒ노라
> 【申喜文, 『청구영언』(육당본)】

종장에서처럼 궁극적으로 유거를 지향한다고 밝히는 이 작품은 산수
사이에 풍월(風月)을 울타리를 삼고 연하(煙霞)로 벗을 삼겠다고 했다. 이
황이 궁극적으로 지향한 도의를 즐거워하는 뜻까지 포함되기에는 단형시
조로서 지면이 부족했지만 산수 속에 거하며 자연과 합일되는 단서를 유
감없이 표현함으로써 내면적으로 동화될 수 있는 자연에 대한 단서를 제
공하고 있는 것이다.

---

47) 송재소, 「퇴계의 은거와 「도산잡영」」, 『퇴계학보』 110, 퇴계학연구원, 2001, 348면.

▌ 자족적 도체로서의 자연공간

육가계 자연시조를 완성시킨 퇴계에게 있어서 자연이란 관조의 대상
이며 안정성을 주로 하는 그 무엇이었다. 그런데 〈도산육곡〉에 드러난
인간과 자연과의 관계를 보면 인간은 거대한 완전체 속의 일부와 같았다.
예컨대 〈도산육곡〉 제11수에서 청산은 만고에 푸르고, 유수는 주야에도
그치지 않는다고 했다. 청산과 유수로 대별되는 자연은 산수라는 상징성
을 지니며 우주 전체로서의 완전체를 지향하고, 항상 푸르고 그치지 않는
성질 역시 자강불식(自强不息)하는 완벽한 본성을 지향한다고 할 수 있다.
또 기호적인 이항대립을 형성함으로써 자연은 크고 완전한 전체를 지향
하는데, 작품의 종장에서는 우리도 그 자연을 본받아 역시 만고상청할
수 있어야 한다고 했다. 우리, 즉 '我'는 지연이라는 '物'의 일부로 존재하
며 그 성향과 가치를 체득해야만 하는 존재로 여겨지고 있는 것이다. 마
찬가지로 도산에서의 체험을 상기해보면 우주적 완성체를 의미하는 동서
사방의 위치를 염두에 둔 뒤 그 가운데에 거주하고자 했으며 사람이 깃드
는 곳은 주변과의 조화를 전제로 한 것이었다.

퇴계의 한시는 특히 낭만적 성향을 지닌다고 평가받는데 자연이 이 우
주의 대생명을 상징하는 것으로 여겨질 때, 즉 인간의 모든 욕심이 대자
연의 변함없는 생명의 짜임새에 찍혀진 하찮은 흠집처럼 예감될 때 인간
은 낭만적인 감정을 갖고 자연을 대하게 된다고 했다. 그래서 무엇보다도
자연을 부분의 대상으로 쪼개지 않고 하나의 전체로서 음미하기에 퇴계
는 낭만적인 자연주의자라고 한 바 있다.[48] 이러한 지적은 전체로서의

---

48) 김형효, 「퇴계의 사상과 자연신학적 해석」, 『원효에서 다산까지』, 청계, 2000, 246~
48면.

우주인 자연과 그 가운데에 공존하는 인간이라는, 자연과 인간의 관계 설정이 퇴계의 시문학에서 보편적으로 발견할 수 있는 것이라는 점을 시사한다.

자연과 인간의 조우라는 관점에서 보면, 인간은 자연을 체득해서 비약적으로 자연과 융화되어야 한다고 여겨졌다. 〈도산육곡〉 제6수에서 살펴본 바와 같이 춘풍(春風)과 추야(秋夜)의 경물로 집약되는 사시의 가흥(佳興)이 사람과 다르지 않고 그냥 하나라고 했다. 그래서 어약연비와 같은 저절로 깨달은 경지 속에서 하나된 상태를 경험하게 되는 것인데, 이러한 교접은 자연을 통해 도의의 근본을 체득하는 것과 동일한 것이다.

궁극적으로 〈도산육곡〉에서의 자연은 우주의 본체이자 물아의 구별이 없이 마음속에 깃든 도체라고 할 수 있다. 자연은 원래 그러한 그야말로 말 그대로의 자연이다. 더 이상의 가감이 필요 없는 요족한 것이기에 퇴계의 자연은 일종의 유기체로서 인식되기도 한다. 우주·자연의 생성·변화는 천명의 자기운행일 뿐이므로 이황은 우주·자연을 생명체시하는 사고를 바탕으로 하고 있다는 지적이 있었다.[49]

마찬가지로 우주 전체가 동일한 리(理)·태극(太極)·천명(天命)의 체계이므로 우주 만물의 생성은 궁극적으로 하나의 자기 원인에 의한 현상이라는 것이 퇴계의 자연관이다.[50] 그래서 만물은 그 자체로 요족한 자기 원리를 지니면서 동시에 거대한 우주의 원리와 교융하는 것인데, 퇴계의 한시 작품에서는 자연의 일부인 소재를 빈번히 다루면서 그 속에 자연의 저절로 그러한 본성으로서의 이법을 투영했다.

49) 윤사순, 「퇴계의 자연관 ― 그 생태학적 함의」, 윤사순 편저, 『퇴계 이황』, 예문서원, 2002.
50) 윤사순, 「存在와 當爲에 관한 退溪의 一致觀」, 『(개정증보판)한국유학사상론』, 열음사, 1986, 91면.

溪邊粲粲立雙條　　시냇가 아리땁게 두 가지 서 있더니
香度前林色暎橋　　앞 숲에 향기 뿜고, 다리엔 빛 비치네
未怕惹風霜易凍　　서리 바람 일으켜서, 얼기 쉽다 시름 마오
只愁迎暖玉成消　　옥빛이 햇빛 맞아, 사라질까 두렵노라
【이황, 〈梅花〉】[51]

獨倚山窓夜色寒　　산창을 홀로 비겨, 밤빛은 차가울 제
梅梢月上正團團　　매화 가지에 달이 올라, 밝고도 둥글도다
不須更喚微風至　　다시 가는 바람 일으킬 것 없이
自有淸香滿院間　　지질로 맑은 향기, 뜨락에 가득 풍기누나
【이황, 〈陶山月夜詠梅〉中】[52]

　　주변에서 접할 수 있는 우물, 약포, 연못 등 이황의 한시에 등장한 소재는 이루 헤아릴 수 없지만 무엇보다도 항상 곁에 두고 즐겼다는 매화가 단연 독보적인 시적 수재였음을 부인할 수는 없을 것이다. 그 가운데 위의 두 수를 가려 뽑았는데, 먼저 앞의 작품을 보면 시냇가에 매화나무가 있어 향기와 화사함이 아름답다고 그 경관을 말하고 있다. 하지만 바로 전·결구에서 그 성격을 언급하고 있는데, 서리 바람이 매화를 얼게 할 수는 없다고 하면서 추위에 아랑곳하지 않는 절개가 그 본성임을 부각시키고 있는 것이다. 다음 작품을 보면, 어두운 밤 매화가 피어있는 가운데 달이 뜬 고즈넉한 분위기를 표현했다. 그리고 이어서 매화꽃의 아름다운 향기가 뜰에 가득하다고 해서 매화가 풍기는 암향의 가치를 부각시키고 있다. 이처럼 작품을 통해 접할 수 있는 소재로서의 자연물도 퇴계에게서는 그 자체로서 요족한 존재가치를 지니는 독립된 자연이자 이법으로서

---

51) 이황, 「매화시첩」, 『퇴계전서』 권20.
52) 위의 책.

거대한 자연의 일부가 되는 것을 확인할 수 있는 것이다.

3. 도산도와 육가의 파급

도산과 〈도산육곡〉의 가치는 후대의 영향력을 통해 더욱 빛을 발했다. 물론 가장 큰 영향력은 퇴계의 학문과 인품에 근거하는 것이지만, 그를 기억하고 도맥을 잇는다는 증좌는 문화적 향유를 통해 더욱 풍부하게 드러날 수 있었다. 명종은 퇴계가 사는 도산을 그린 그림을 거처하는 방에 둘 정도였다고 하고,53) 소위 영남가단이라고 일컬어지는 일군의 작품활동을 통해서도 퇴계의 파급력은 쉽게 확인할 수 있다. 물론 영남가단의 근원을 거슬러 올라가면 농암 이현보가 조종으로 자리하고 있지만, 보다 핵심적인 상징으로서 퇴계의 존재는 지속되었다.

▌도산도의 전통

그 가운데 도산도(陶山圖)는 특히 상징성이 두드러지는 예에 해당한다. 직접 퇴계를 흠모하는 마음을 드러낸 결과물로, 도산 서원을 비롯한 주변의 경물을 압축하여 현자의 삶을 직접 상기시키기 때문이다. 원래 이러한 종류의 그림으로는 주자의 무이구곡도(武夷九曲圖)가 독주하던 것이 조선전기의 상황이었는데, 점차 그에 필적할 만한 것으로 도산도 혹은 고산구곡도가 자리잡기 시작했을 것으로 추측할 수 있다. 물론 현재 남아있는 것은 조선 후기의 작품뿐이라 아쉬움이 남지만, 도산도의 목록을 소개하

---

53) 『명종실록』 권32. (명종 21년 5월 임자 6월 갑술)

자면 아래와 같다.

〈陶山圖 목록〉[54]

① <李文純公陶山圖>, 金昌錫, 紙本設彩, 39×27.5cm, 《陶山圖》帖 所收, 연세
  대학교 중앙도서관소장
② <陶山圖>, 작가미상, 紙本淡彩, 29.5×130m, 額裝, 계명대학교 동산도서관
  소장
③ <陶山圖>, 작가미상, 지본담채, 106.7×77cm, 障子, 개인소장
④ <陶山圖>, 姜世晃, 1751년, 紙本淡彩, 26.5×138cm, 국립중앙박물관 소장
⑤ <陶山圖>, 작가미상, 지본담채, 27×88cm, 額裝, 조남학 소장.
⑥ <陶山圖>, 작가미상, 지본담채, 33×51.6cm, 『陶山道脈帖』, 서정철 소장
⑦ <陶山書院>, 李義誠, 1828, 『河隈圖十曲屛』 제1곡, 130×59cm, 국립중앙박
  물관 소장
⑧ <陶山書院圖>, 鄭敾, 紙本淡彩, 21.3×56.4cm, 간송미술관 소장
⑨ <陶山書院>, 鄭敾, 『嶠南名勝帖』, 지본수묵, 38.3×25.8cm, 간송미술관 소장
⑩ <禮安 陶山>, 작가미상, 『嶺南名勝二十五景帖』, 지본채색, 38.5×45.5cm, 일
  본 幽玄齋소장

무이도의 영향력은 18세기라는 진경문화의 시대 속에서 점차 도산과
고산을 보고자 하는 열망으로 대체된 듯하다. 그 가운데 특히 도산도는
고산구곡도와 달리 문학과는 분리되어 도산서원을 중심으로 하는 실세의
경관을 화폭에 옮기려고 했던 노력이 두드러진다. 무이구곡도와 고산구
곡도는 각기 <무이구곡가> 그리고 <고산구고가>라는 시와 연계되었던
반면에, 도산도는 <도산육곡>과는 직접적인 관련성이 없고 다만 퇴계의
생활공간을 상기시키는 가운데 간접적인 관계를 맺었다고 할 수 있다.

덕분에 도산도는 보다 현실을 강조하는 세밀한 공간에 충실한 작품들
이 대종을 이루고 있다. 특히 ④강세황 작 <도산도>는 횡권 형식으로 동
취병(東翠屛) 부근에서 시작하여 도산서원을 거쳐 서취병(西翠屛)에 이르

---

54) 유재빈, 「陶山圖연구」, 서울대 석사논문, 2004. 참고.

기까지 가로로 길게 이어지는 물길의 흐름에 따른 각 장소의 세부사항들
을 유장하게 보여주는 걸작으로 이미 널리 알려져 있다. 그리고 이와 같
은 모범적인 유형은 작자미상의 ②〈도산도〉 계명대학교 소장본에서도
마찬가지로 발견할 수 있으며, 김창석(金昌錫, 1652-1720) 작 ①〈이문순공
도산도(李文純公陶山圖)〉 역시, 비록 현재는 분할되어 화첩형식으로 전하
고 있지만 각 작품들을 이어보면 같은 유형이라는 것을 알 수 있다. 특히
①〈이문순공도산도〉는 현존하는 최초의 도산도로 알려져 있는데, 우측
의 월란암(月瀾庵), 동취병(東翠屛)으로부터 시작하여 좌측의 서취병(西翠
屛), 애일당(愛日堂), 분천서원(汾川書院), 분강촌(汾江村)에 이르기까지
도산서원을 비롯한 그 부근의 경치가 파노라마식으로 잘 표현되어 있는
것을 다시금 확인할 수 있다.

A. 〈李文純公陶山圖〉, 紙本設彩, 39×27.5cm, 연세대학교 소장 中

B. 〈李文純公陶山圖〉. 紙本設彩. 39×27.5cm. 연세대학교 소장 中

C. 〈李文純公陶山圖〉. 紙本設彩. 39×27.5cm. 연세대학교 소장 中

D. 〈李文純公陶山圖〉, 紙本設彩, 39×27.5cm, 연세대학교 소장 中

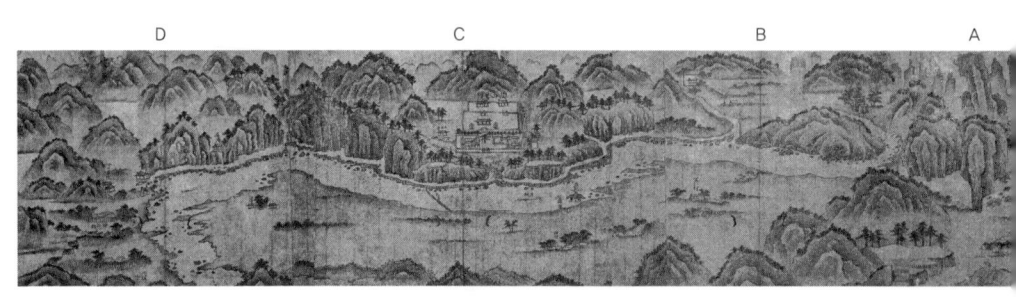

E. 〈李文純公陶山圖〉(작품모음)

위의 그림 A, B, C, D는 ①〈이문순공도산도〉의 각 장면을 차례대로
나열한 것이고, E는 필자가 임의로 작품을 연결해본 것이다. 물줄기의
상류에 해당하는 A부분을 보면 상단에 마치 이성길(李成吉, 1561-1621)의
〈무이구곡도〉에서의 산세를 연상시키는 우뚝 솟은 험준한 산들이 형상
화되어 있다. 그리고 그 아래에 옹기종기 민가가 보이고 맨 아래에는 작

게 물길을 따라 길을 들어선 나귀를 탄 선비의 모습이 보인다. 이어서 그림 B에는 산세가 대체로 완만하게 누그러지는 가운데, 오른쪽 상단의 월란암과 오른쪽 하단의 동취병 그리고 중앙의 의인촌이 차례로 표기되어 있다. 다음으로 그림의 핵심에 해당하는 부분이 C인데, 중앙에 낙천(洛川)이 가로지르는 가운데 반타석(盤陀石)을 비롯하여 월정(月艇)과 어량(魚梁)과 같은 세세한 것들까지 표기되어 있으며, 그 위로 도산서원의 입구 곡구암(谷口巖) 좌우로 각각 운영대(雲影臺)와 천연대(天淵臺)가 듬직하게 위치하고 있다. 그 너머에는 부감시로 내려다보이는 도산서원의 터가 반듯하게 자리 잡은 가운데 좌우로 농운정사(隴雲精舍)와 암서헌(巖棲軒)이 표기되어 있다. 소나무가 늘어서 있는 둥근 산들이 에워싼 한가운데 자리잡은 도산서원은 정중앙의 안정감 있는 위치에서 마치 아래 세상을 내려다보는 듯한 느낌을 준다. 마지막으로 그림 D를 보면 가로로 흐르던 물줄기가 아래로 꺾여 흐르고 그 가에 분강촌(汾江村)의 아늑한 광경이 자리잡고 있다.

지금까지 살펴본 김창석 작 ①〈이문순공도산도〉는 산이나 수목의 표현 등에서 다소 도식적인 느낌을 주기도 한다. 특히 도산서원의 세부적인 표현에서는 실제 지리적 거리감에 있어서 아쉬움을 남기기도 하지만 그럼에도 가능한 현실을 재현하고자 하는 회화적인 재구성에 있어서 장점을 분명히 한다. 서원을 중심으로 전형적인 배산임수의 구도를 취하는 가운데 전반적인 주변의 모습을 제대로 옮겨놓으려 애쓴 노력이 역력하다.

물론 유명한 강세황(1713-1791) 작 ④〈도산도〉나 계명대 소장본 ②〈도산도〉에서는 보다 세련된 산수표현이나 상세한 도산서원의 모습을 확인

할 수 있지만, 실제로 가보기 쉽지 않은 이상적인 공간을 길지로서 배치
하는 가운데, 지리적 형세나 주변의 경물 외에 사소한 것들까지 소상하게
옮겨놓고자 하는 공통적인 노력을 확인할 수 있다.

그런데 이러한 노력의 본질에는 강세황의 〈도산도〉에 수록된 발문에
서 알 수 있듯이 단순히 현장을 옮겨놓으려는 노력이 아닌 도학적 기품에
대한 숭모의 정신이 복합적으로 작용한 것을 알 수 있다.

> 우리나라의 진경을 그리는 것보다 더 어려운 것이 없는 것이 진경과 다
> 른 것을 숨기기 어렵기 때문이고, 또 직접 보지 못한 지역을 그리는 것보다
> 더 어려운 것이 없는 것은 억측으로 닮게 할 수가 없기 때문이다. 나는
> 일찍이 직접 도산을 가 본 적이 없고 세속에 전하는 도산도는 서로 다른
> 것이 많아서 어느 것이 그 진경대로 그린 것인지 구별할 수가 없다 ……
> 그러나 선생이 이 그림을 취한 것은 사람 때문이요 그 지역 때문이 아니니,
> 한 지역의 산수가 비슷하거나 비슷하지 아니한 것은 또 문제가 될 것이
> 없다 …… 나는 장차 지팡이와 니막신의 행장을 꾸려 도산을 방문하려
> 한다. 취병과 농운정사의 승경을 탐색하고 돌아와 선생을 위하여 그 진면
> 목을 그려내고자 한다. 【강세황, 〈도산도〉 발문】55)

위의 발문에 의하면 강세황은 도산을 직접 방문하지 않고 도산도를 그
린 것이다. 이익(李瀷, 1579-1624)이 소장하고 있던 그림을 모사하게 된
것인데, 병환 중의 이익에게서 무이구곡과 도산을 그리라는 명을 받고56)

---

55) ……莫難於寫我國之眞境, 其難掩其失眞也. 又難於寫目所見之境, 以其不可臆度
   而取似也. 世晃未曾至陶山也. 俗所傳陶山圖, 多有異同, 莫辨其孰得其眞 ……
   然先生之有取乎. 此圖, 以人而非以地則一片溪山之似與不似, 又不足論矣 ……
   世晃將理筇屐, 眞造陶山, 窮探翠屛隴雲之勝, 歸而爲先生寫得眞面目…… [변영섭,
   『표암강세황회화연구』, 일지사, 1988, 72면 참고.]
56) 성호 선생이 병환이 위독한 중에 나에게 〈무이도〉를 그리라 하여 그리고 나니 또

그 뜻을 따른 것이다. 당시의 교통사정을 감안해 볼 때 실제 예안을 방문하는 일이 쉽지 않았을 법하고, 기존의 작품을 임모하는 것이 보편적인 일이었음을 짐작할 수 있다. 앞의 김창석 작 ①〈이문순공도산도〉 역시 임모작이었을 가능성이 높은데, 이와 같은 관행은 주자의 은거지인 무이구곡을 와유의 대상으로 선호하는 가운데 일반화되었을 것이다.

물론 도산도를 순수 회화의 측면에서 볼 때 어떤 그림이었을까 하는 것에는 상반된 의견이 있을 수 있다. 대개 남인은 학통 계승의 차원에서 도산을 동경하고 서인은 명승지 관람의 차원에서 도산을 감상했던 차이가 있다고 한다.57) 한편 조선후기에 정선이 이황의 도산서원을 그렸던 것은 마치 중국의 무이산을 본 적 없는 문인들이 무이구곡도를 펼쳐놓고 주자를 그리워했듯이 문인이 미물던 곳을 그림으로써 학풍과 인덕을 기리는 명분이 중시된 결과라는 견해도 있다.58) 도산도를 둘러싼 이와 같은 여러 의견이 나올 수 있었던 것은 도산도가 순수감상과 상징적 숭모라는 양 측면에서 모두 기능을 발휘했으리라는 점을 시사하는데, 다음으로 소개하고자 하는 두 그림은 위에서 소개했던, 횡축으로 소상히 도산의 전모를 담고자 했던 예와는 다른 경우로, 도산서원을 중심으로 단면에 간략하게 주변을 형상화하고 있다.

〈도산도〉를 그리라 하였다. 내가 생각하기에 천하에 좋은 산수가 얼마든지 있는데 지금 선생이 이 두 곳을 뽑아서 병환이 위독한 중에 이것을 그리라 하는 것은 아마도 주자와 이퇴계 선생 두 분을 소중히 여겨서 그런 것이 아니겠는다

星湖先生, 疾恙淹篤中, 命世晃寫武夷圖旣成, 又命寫陶山圖, 世晃竊念天下佳山水, 何限, 而今先生獨抬此二地, 使之摹畫於呻吟委頓之際者, 豈非以朱李兩先生重而然歟.. [위의 책, 40면]

57) 유재빈, 앞의 논문, 2004, 38면.
58) 고연희, 『조선시대 산수화』, 돌베개, 2007, 209면.

작가미상, 〈도산도〉, 지본담채, 33×51.6cm, 《陶山道脈帖》, 서정철 소장

　위의 작가미상의 도산도를 보면 화면상의 정보가 소략화 된 경우이다. 주변을 압축해서 경물도 '陶山書院' '愛日堂' '易東書院' 등 제한적인 범위에서 표현되었고, 도산서원에서 분강까지의 거리를 비사실적으로 축소시키고 주변의 형세를 과감히 생략하는 등의 방법을 통해 중요하다고 판단한 부분만을 남겨놓은 결과물이기 때문이다. 이 그림이 실린 《도산도맥첩(陶山道脈帖)》이 영남학파의 친필을 모아놓은 것인 만큼 도의 맥락 자체에 더 큰 비중을 두었던 듯하다. 하지만 그럼에도 불구하고 위의 도산도는 시각적 현실화의 가능성이 유지되고 있으며, 전반적인 화면이 소략한 가운데에서도 도산서원 앞의 섬세한 바위의 표현이나 사선으로 이어지는 물가와 주변의 풍경 등이 살아 있다.

　다음 면의 오른쪽 그림은 지리적 비약이 매우 심한 경우에 해당한다. 정중앙에 도산서원이 들어선 가운데 주변의 산들이 첩첩이 에워싸고

앞으로 강물이 흘러내리는 모습을 통
해 전형적인 배산임수의 길지를 형상
화하고 있다. 도산서원의 위치나 배
를 띄운 장면과 같은 부분적인 요소들
은 여타의 도산도에서 찾아볼 수 있는
것들과 일치하지만 전체의 구성과 배
경은 색다르다. 사실 이 그림은 〈무이
구곡도(武夷九曲圖)〉와 한 쌍을 이루
는 것으로 퇴계의 후학이 주자와 퇴
계를 동격의 지위에 놓고 기리기 위
해 제작한 것으로 추측할 수 있다. 따
라서 현실석인 표현보다는 보다 적극
적으로 주자의 무이구곡에 버금가는
복거지를 형상화하려는 의지가 엿보

〈陶山圖〉, 지본담채, 106.7×77cm, 障子, 개인 소장

인다. 때로는 조야한 산수 표현이나
왜곡된 구도가 다소 부자연스러운 느낌을 주기도 하지만 이 작품에는 도
산을 절대적인 길지로 숭모하고 공식화하는 의지가 두드러지는 것을 발견
할 수 있다.

지금까지 살펴본 바와 같이 도산도는 기본적으로 퇴계를 흠모하는 가
운데 도산서원의 경치를 전달함으로써 그가 남긴 학풍을 본받고자 하는
취지에서 다양한 형태로 이어졌다. 실제로 도산을 방문한 경우도 있었겠
지만, 대개의 경우 문헌의 힘을 빌리거나 전작을 모방하는 등의 소극적
태도로 도산도를 완성했을 것으로 짐작할 수 있는데, 그 모든 결과는 궁
극적으로 도산이라는 특정 공간을 중점적으로 인식시키는 문화적 역량으

로 이어질 수 있었다.

█ 육가계 시조의 향방

퇴계의 〈도산육곡〉이후 육가계 시조는 여타의 장르보다도 활발할 창
작양상을 보였다. 퇴계의 영향력 아래 육가라는 시형의 독자적 가치가
부각되었기 때문인데, 작품을 간추려 정리해 보면 아래와 같다.

작가	작품명	출전
李鼈(1475- ?)	〈藏六堂六歌〉	『濠西集』
李滉(1501-1570)	〈陶山十二曲〉	『退溪集』
崔鶴齡(1512-1562)	〈續文山六歌〉	『要亭先生行錄』
李叔樑(1519-1592)	〈汾川講好歌〉	『汾川講好錄』
李淨(1524?-1575?)	〈楓溪六歌〉	『剌溪公遺事』
張經世(1547-1615)	〈江湖戀君歌〉	『沙村先生文集』
鄭光天(1553-1954)	〈述懷歌〉	『洛涯先生遺稿』
李得胤(1553-1630)	〈西溪六歌〉·〈玉華六歌〉(미전)	『西溪集』
李弘有(1588-1671)	〈山民六歌〉	『遯軒公遺事』
安瑞羽(1664-1735)	〈楡院十二曲〉	『兩棄齋散稿』
權榘(1672-1749)	〈屏山六曲〉	『屏谷先祖內政篇』
申墀(1706-1780)	〈伴鷗翁歌〉	『伴鷗翁遺事』

육가는 총 6수의 작품을 모아놓은 전통을 계속 이어갔다. 특히 시조
장르에서 퇴계의 〈도산육곡〉이후 6수 혹은 12수를 모아놓은 연시조가
보편화 되는 가운데 많은 작품이 탄생했다. 물론 세부적으로 어떤 기준을
적용하는가에 따라 어떤 작품이 육가계 시조에 속하는가 하는 결과는 달
라질 수 있을 것이다. 이들 시조는 한가로운 강호의 즐거움을 읊은 노래
라는 공통점이 있지만 세부적으로는 각기 다른 지향점을 지니기 때문이

다. 그 가운데에는 〈도산육곡〉의 작시법을 그대로 계승하여 직접적집 영
향관계를 꾀한 경우가 있는가 하면, 아예 독자적인 성향을 보이는 작품들
도 적지 않다.59)

하지만 어쨌든 〈도산육곡〉 이후 체계적인 주류 장르로 등장한 소위
육가계 시조는 여타 계열의 자연시조보다 많은 양의 작품이 창작되었다.
그런 만큼 무수한 착종 현상이 야기되거나 혹은 개인적인 정서 토로 등으
로 변질된 경우가 허다한 것은 자연스러운 현상일 것이다.

그 가운데 퇴계의 뜻을 직접 받든 경우부터 살펴보자면, 장경세(張經
世)는 퇴계선생의 〈도산육곡〉을 본받아 〈강호연군가〉를 짓는다고 밝혔
으며60) 짧지 않은 후기를 남겼다. 이 후기를 통해 어렸을 적 〈도산육곡〉
을 알게 된 후 그 뜻에 진실로 매료되어 즐겼으나 전쟁 중에 필사했던
것이 유실되어 간신히 몇 곡만 기억했다가 다시 영인본을 통해 뜻을 얻고
그 체를 본받아 애군우국(愛君憂國)과 성현학문(聖賢學問)을 읊게 되었음
을 직접 밝히고 있다.61)

남원의 사족출신인 장경세는 그의 나이 43세에 과거에 급제하여, 공
조·예조의 좌랑을 거쳐 56세 되던 해에 부모를 모시기 위해 전라도 금구

---

59) 육가계 시조의 전반적인 내용은 [임형택, 「17세기 전후 六歌形式의 발전과 시조문학」,
　　『한국문학사의 논리와 체계』, 창작과 비평사, 2002] 참고.

60) 效退溪先生陶山六曲 作江湖戀君歌.

61) 余少時 因友人李平叔 得見退溪先生 陶山六曲 歌意思眞實 音調淸絶 使人聽之
足以興起其善端 蕩滌其邪穢 眞三百篇之遺旨也 傳寫一本藏諸篋笥 時使童稚歌而
詠之 大有所益 不幸見失於兵火之中 今已十年 僅能記得數三曲 每於靜夜月明 沈
吟之永言之以寓景仰之懷 頃者適到月波軒 偶得印本乃前所謂陶山六曲也 一番吟
諷 益覺意味深長 自不知乎舞而足蹈也 謹效其體足成前後六曲 一以寄愛君憂國之
誠 一以發聖賢學問之正末 乃自言其志 極知僭踰 無所逃罪然使童蒙小子 時時高
詠以發其歸趣則猶勝於吟風詠月流蕩忘返者也 　嗚呼嫫母之效西施姸嚬逌絶而其
中心愛慕則不啻萬萬也 願言諸君子恕其狂僭不以爲罪則千萬幸甚 萬曆壬子春二
月上澣後學沙村張經世謹書『沙村集』卷2

(金溝)의 현령이 되었다가 이듬해 벼슬에서 물러나 시문을 즐기며 여생을 보냈다. 그러던 중 66세 되던 1612년에 〈도산육곡〉을 본받아 〈강호연군가〉를 지은 것이다. 이와 같은 개인사와 작시 의도는 전형적인 강호가도의 그것과 같으며, 특히 후기의 내용을 보면 오랜 기간 동안 〈도산육곡〉을 즐기고 그 본의를 체득하려고 했던 노력을 파악할 수 있다. 그런데 실상 장경세의 〈강호연군가〉는 다소 복합적인 성격을 지닌다.

> 엇그제 꿈 가온대 廣寒殿의 올라가이
> 님이 날 보시고 ᄀ쟝 반겨 말ᄒ시데
> 머근 ᄆ암 다 솗노라ᄒ이 날 새ᄂ는줄 모ᄅ로다
>
> 窓前에 풀이 프ᄅ고 池上에 고기 뛰다
> 一般生意를 아ᄂ이 긔 뉘런고
> 어즈버 光風霽月 座上春風이 어졔로온 ᄃᆺᄒ여라
> 【張經世, 〈江湖戀君歌〉 ④⑧】

우선 위의 작품④를 보면 꿈 속에 광한전에 올라 님을 만나 날이 새는 줄을 모르고 회포를 풀었노라는 내용으로 이루어진다. 광한전이라는 소재를 비롯하여 꿈에 나타날 정도로 오매불망하는 님이라는 존재 등을 미루어 볼 때 송강(松江) 정철(鄭澈, 1536-1593)의 미인곡류를 연상시키는 전형적인 충신연주지사에 가까운 경우이다.

반면에 아래의 작품⑧을 보면 창전(窓前)과 지상(池上), 풀과 고기 등이 상보적으로 열거된 후 궁극적으로는 이 흔한 소재들이 일반생의(一般生意)로 확장되고 있다는 점에서 〈도산육곡〉을 모방한 흔적을 쉽게 찾을 수 있다. 앞 장에서 언급한 바와 같이 〈도산육곡〉은 주변에서 쉽게 접할 수 있는 사물을 매개로 하여 창작하되 그 자체에 머무르지 않고 의미의 비약을 꾀함으로써 가상적인 배경과 함축적인 내용을 형성하는 경우가 많았는데, 이러한 성향이 많이 닮아있다. 물론 전체적인 구성에 있어 긴장성이 떨어진다는 점을 부인할 수는 없겠지만, 일반생의를 아는 이가 누가 있겠냐며 자연스러운 일상 가운데 큰 깨우침을 추구하는 자세에서 "ᄒᆞ몰며 魚躍鳶飛雲影天光이ᄉᆞ 어늬 그지 이슬고"라고 노래했던 퇴계의 태도를 직접 반영하는 것을 엿볼 수 있다.

이와 같은 장경세의 〈강호연군가〉를 볼 때, 비록 후기에서는 작가 스스로 〈도산육곡〉의 영향을 받아 창작을 했다고 밝힌 경우에라도 실제 작품이라는 결과물은 여러 형태로 달라질 수 있음을 짐작할 수 있다.

여기에서 우리는 전작의 수용을 통한 창작이 어떤 결과를 낳을 수 있을지 한 번 생각해볼 필요가 있다. 애초에 육가는 한시에서 비롯되었고 여섯 수의 통합적 내용이 전통이 되어 국문시가에 파급되었던 것이다. 그런데 퇴계는 이들 작품이 전달하는 주제가 세상을 조롱하는 거친 측면이 있다는 지적을 하고 완전히 새롭게 환골탈태한 〈도산육곡〉을 선보이며, 육가를 통해 자연미를 체득하고 학문하는 가운데 내면적 성숙을 꾀하는 즐거움을 구체화했다. 〈도산육곡〉은 이러한 모범을 수립함으로써 새로운 육가의 지평을 열었고 새로운 시가의 전통을 수립한 것이다. 덕분에 위에서 언급한 작품 이외에도 후대의 여러 작품들이 육가를 표방할 때는 〈도산육곡〉을 염두에 두었지 그 이전으로 소급하지는 않는다.

그런데 전작을 본받는 태도에서 퇴계가 이별의 육가를 부정적으로 계승한 경우와, 후대의 육가가 퇴계의 육가를 긍정적으로 계승한 경우가 어떻게 다를 수 있는가 짚고 넘어갈 필요가 있다. 전작을 부정적으로 계승할 때에는 완전히 새로운 주제와 심미관을 투영하여 독창적인 작품을 창작할 가능성이 높아지지만, 긍정적으로 계승할 때에는 기존의 모범작을 새로운 작품 안에 어떤 식으로 투영할까 문제가 될 수 있다. 이 때 작가 개개인이 품고 있는 개성적인 면모와 모범작 사이에는 일종의 타협이 이루어진다고 볼 수 있다. 아무리 전작이 우수하다고 하더라도 그것을 단지 필사하는 경우가 아닌 이상 전모를 있는 그대로 가져올 수는 없기 때문이다.

따라서 전작을 긍정적으로 계승할 경우에는 암암리에 모범작의 해체와 적용이 이루어지기 쉽고, 아니면 적어도 모범작의 주제나 정서를 주체적으로 재해석하여 변용하는 작업이 필요하다. 대개 해체와 적용은 구성이나 시구와 같은 형식의 일부를 차용하는 경우가 일반적이고, 재해석과 변용은 주제나 미적 감성과 같은 내면적 요소에 가치를 부여하고 자기화하는 경우가 일반적이다. 〈도산육곡〉 이후 육가계 시조는 이러한 양상 즉 해체와 적용 그리고 재해석과 변용이 모두 포함되어 있어서 양상이 더욱 복잡하다.

이러한 변용 양상을 수용하는 가운데, 비교적 〈도산육곡〉의 의도와 미감을 잘 계승한 경우는 이정(李淨)의 〈풍계육가(楓溪六歌)〉와 안서우(安瑞羽)의 〈유원십이곡(楡院十二曲)〉이라고 할 수 있다. 우선 〈풍계육가〉부터 살펴보자면, 작가인 이정은 이별의 직계 조카이다. 팔별(八鼈) 가운데 여덟 번째인 곤(鯤, 1488-1537)의 차남인데, 이별의 작품을 환골탈태시킨 퇴계의 작시 의도를 잘 파악하여 작품에 수용했다.

> 淸風을 죠히 역여 窓을 ᄋ니 ᄃ닷노ᄅ
> 明月을 죠히 역여 줌을 ᄋ니 드런노ᄅ
> 옛스룸 이 두 ᄀ지 두고 어딕 혼ᄌ 갓노

山은 너는 어이 한갈갓치 노프시며
물은 너는 읏지 날날리 흐르느냐
此間에 仁智흔 君子는 못닉 즐겨 ㅎ노니르
【이정, 〈풍계육가〉 ①, ⑤】

위의 작품 ①을 보면, 초장과 중장에서 청풍(淸風)과 명월(明月)이라는
탈속을 상기시키는 추상적인 소재를 등장시키되, 병치 구문을 통해 청풍
은 창을 닫지 않고 음미하고 명월은 잠을 자지 않고 감상하였다고 하여
청풍과 명월은 저자의 자연 완상의 일부로 완성되었다. 그리고 종장에서
는 선인을 연상하며 함께 할 수 없는 아쉬움으로 끝을 맺고 있다. 추상적
인 속성을 지향하는 자연소재가 병치구문 속에 등장하는 이 작품은 퇴계
가 지향했던 의미 결합 양상을 그대로 활용한 경우에 해당한다.
    그리고 아래의 작품 ⑤를 보면, 초·중장에서 상하의 대립적 요소의 융
합 양상을 보인다. 이러한 유형은 육가계 시조의 보편적 경관 구성원리로
서 후대 육가계 시조에서도 비교적 빈번히 등장하는 것이다. 산과 물이
대립항으로 자리잡은 가운데 그 성향이 각기 높고 항상 흐르는 것이라고
하고 있다. 퇴계의 "靑山는 엇뎨ㅎ야 萬古애 프르르며/ 流水는 엇뎨ㅎ야
晝夜애 긋디 아니는고"라는 어구를 거의 그대로 차용한 것임을 알 수
있다. 그리고 종장에서는 산과 물 가운데 어질고 지혜로운 군자는 자연이
주는 즐거움을 못 이기고 있다고 해서 거대한 자연속에 깃들어 있는 인간
의 모습을 부각시키며 맺고 있다.
    이처럼 〈풍계육가〉는 〈도산육곡〉의 장점과 특징을 고스란히 이어받아
재창작한 작품이라고 이해할 수 있는데, 그 가운데에서도 마지막 6번째
수에서는 다른 양상을 보인다.

五斗米 위호여 紅塵의 느지 모른
보롬 비 어쥬러워, 칼 토비 므셔워른
느종에 슬코 뉘웃친느 崎嶇호돗 岐路多端호여른
【이정, 〈풍계육가〉 ⑥】

오두미(五斗米)를 위하여 홍진(紅塵)에 나서지 말라는 초장의 당부는 대단히 직접적이다. 몇 푼 녹봉을 위하여 정계에 나섰다가 잘 못하면 어지러운 정치 바람에 휩쓸려 목숨조차 부지하기 어려울 것이니 나중에 뉘우친들 소용없다는 내용이다. 이 노래는 〈풍계육가〉 가운데 맨 마지막 수인데, 앞의 다섯 수와는 완전히 이질적인 성향이다. 앞의 작품들이 전형적인 강호의 노래, 즉 자연과 벗하며 서정적 자아의 정서를 안정적으로 북돋는 일관성을 보인 데에 반해 마지막 한 수는 세상살이의 어려움을 직접 토로하고 있다. 이 작품이 왜 마지막을 장식하고 있는지는 여러 가지로 해석할 수 있겠지만, 어쨌든 육가라는 작품이 퇴계가 지향했던 온유돈후한 전형을 따르면서도 한편 어떻게 변용될 수 있는지를 보여주는 좋은 예이다.

안서우의 〈유원십이곡〉 역시 전작인 〈도산육가〉에 대단히 충실한 작품이다. 안서우는 기호남인 이익의 뛰어난 제자로 총망 받았으나, 숙종 때 노론과 남인의 복잡한 구도 속에서 정치현실에서 소외된 이후, 30여 년간 무주에서 은거하며 산림의 이상을 노래한 시조를 19수 남겼다고 한다. 〈유원십이곡〉은 그 중의 하나이다.

青山은 므스 일노 無知훈 날 굿투며
綠水는 엇지 호야 無心한 날 굿투뇨
無知타 웃지 마라 樂山樂水홀가 호노라

紅塵에 絶交호고 白雲으로 爲友호야
綠水 靑山에 시롬 업시 늘거가니
이 듕의 無限至樂을 헌스홀가 두려웨라
【안서우, 〈유원십이곡〉 ③, ④】

〈유원십이곡〉은 시기적으로 꽤 후대의 작품임에도 불구하고, 마치 이황의 시조를 베껴놓듯 자연물을 소재로 한 단어 선정이나 병치 구문의 사용에 있어서 〈도산육곡〉의 특성을 그대로 차용하고 있어서 주목된다.

위의 작품③에서는 청산과 녹수라는 자연물이 가각 탐욕을 버리고 무지와 부심의 세계로 몰입한 나와 같다고 반복적으로 사용함으로써 무욕의 경지에 든 은거생활의 즐거움을 잘 반영하고 있다. 청풍, 명월 청신, 녹수는 모두 작자반의 소유권을 넘어서서 산수시 일반에 등장하는 관습적인 소재들로 상징성을 지향한다. 하지만 이들 추상성을 내포하는 자연물들은 각각의 개별적인 의미 영역에 머물지 않고, 병치구문을 통해 상승작용을 일으킴으로써 작자가 유도하는 또 다른 의미 영역으로 확장되어 가고 있는 것이다. 아래의 작품④ 역시 '紅塵에 絶交호고 /白雲으로 爲友호야'라는 초장에서 홍진과 백운이 의미상 대립된 가운데, 청산에서 무한지락(無限至樂)을 누리는 여유로움을 읊고 있다. 안서우의 〈유원십이곡〉은 전작을 답습한 복고적 경향을 보인다고 할 수 있을 만큼 〈도산육곡〉의 작시법과 정서를 잘 따르고 있다.

하지만 모든 육가계 시조가 이정이나 안서우의 작품처럼 〈도산육곡〉과 밀접하게 연관되는 것은 아니다. 앞에서 언급했던 해체와 적용 그리고 재해석과 변용의 양상을 보다 적극적으로 드러내기도 하는데, 이홍유(李弘有)의 〈산민육가(山民六歌)〉는 지극히 평범하고 한가로운 생활의 단면을 읊고 있다. 그리고 최학령(崔鶴齡)의 〈속문산육가(續文山六歌)〉(〈요정육가(要亭六歌)〉) 역시 일상에 기반한 작품이고, 권구(權榘)의 〈병산육곡(屛山六曲)〉는 지극히 개인적인 감성이 부각되었는가 하면, 신지(申墀)의 〈반구옹가(伴鷗翁歌)〉는 잡가와 같은 풍류방 문화의 영향을 많이 받은 듯하다.

이홍유의 〈산민육가〉는 그다지 개성이 드러나지 않는 작품이다. 이홍유는 충청도 지방에서 재야의 학자로서 명망이 높았다고 한다. 그의 작품의 첫 수를 보면 "이 몸이 閑暇ᄒ야 山水間에 결노 늘거/ 功名富貴를 뜻밧게 이져쓰니"라고 하며 공명을 접고 한가하게 사는 모습을 읊었다. 그리고는 "此中에 淸幽한 興味를 혼ᄌ 죠와ᄒ노라"라고 맺고 있는데, 시조에서 부각시키는 상황이 지극히 일반적이고, 어휘의 선택이나 어구의 조합에 있어서도 별다른 특이점이 두드러지지 않는다. 육가형의 시조를 창작하되 자신만의 정서를 편안하게 담아냈음을 알 수가 있다.

최학령 역시 초야에 파묻혀 지낸 인물이다. 일찍이 장원급제하는 영예를 얻었지만, 홍패에 글자가 잘못 씌어져 무효로 처리되는 불운을 겪고 낙향했다. 그의 〈속문산육가〉은 순탄하지 않은 가운데 초야에서 살아가는 인생살이의 단면을 드러내고 있다.

권구의 〈병산육곡〉은 작품 곳곳에서 퇴계의 육가가 아닌 이별의 육가를 연상시키는 작품이다. 권구는 안동 출신으로, 숙종 때 정치적 환멸을 느끼고 병산서원아래 우거하여 학문에 전념하던 중 〈병산육곡〉을 지었다. 그런데 직접 체험했던 정치적 모순을 극복하지 못했던 탓인지 탈속의 와중에서도 내면적 고독이 그대로 전달되는 작품을 창작했다.

空山裡 저 가난 달에 혼자 우난 저 杜鵑아

落花 狂風에 어나 가지 의지하리
百鳥야 恨하지 말아 내곳 설워 하노라

저 가막이 즛지 마랑 이 가막이 좃지 말아
野林 寒烟에 날은 죠차 저물거날
어엿불사 翩翩 孤鳳이 갈 바 업서 하낫다
【권구, 〈병산육곡〉 ④, ⑤】

위의 작품④를 보면, 두견(杜鵑)과 백조(百鳥)의 대화 형식으로 이루어져 있다. '空山이 적막흔디 슬피우는 저 杜鵑아'라는 구절은 관습어구이다. 『잡지』에 실린 무명씨 시조나 『청구영언(진본)』에 실린 정충신(鄭忠信) 작 시조의 초장에도 등장하는 것으로 보아, 구비적 공식에 많이 의존했던 것 같다. 그런데 그 처지가 광풍이 몰아치는 낙화(落花)의 시절이라 의지할 곳이 없으니 안타깝기 그지없다. 마찬가지로 작품⑤ 역시 날 저무는 추운 들판에서 갈 곳 없는 외로운 새, 고봉(孤鳳)을 등장시키고 있다. 백조나 고봉은 고결하고 상서로운 느낌의 새들이다. 하지만 작품 내적 실상은 다르다. 낙목한천의 쓸쓸한 때를 홀로 맞이하기 때문인데, 아마도 작가 자신을 빗댄 것으로 여겨지는 전형적인 우의적 수법을 사용하고 있다.

특별히 권구의 〈병산육곡〉에서는 자연에 의탁한 생활 속에서도 떨쳐버리지 못하는 현실의 번뇌가 함께 한다. 세 번째 작품을 보면 "보리밥파 生菜를 量 맛촤 먹은 後에/ 茅齋를 다시 쓸고 北窓下에 누엇시니"라고 초·중장에서 적고 있다. 여기까지는 여유로운 정서가 지배적이다. 보리밥과 파 생채로 소박한 한 끼 식사를 마치고, 띠집으로 만든 서재를 정리하고 자리를 잡았다고 했다. 그런데 종장에서 눈 앞에 부운(浮雲)이

오락가락 한다고 하며 맺고 있다. 비록 향촌에 우거하고 학문에 매진했지만, 권구의 시조에서 〈도산육곡〉과 같은 완벽한 물아일체의 경지를 찾아보기는 어렵다. 현실의 상황에 대한 심리적 앙금이 작품을 지배하며 우의로서 드러나는 것을 알 수 있다.

신지(申墀)의 〈반구옹가(伴鷗翁歌)〉는 마지막 육가계 시조이면서 동시에 어떻게 이 작품군이 변질되었는가를 보여주는 좋은 예에 해당한다. 신지는 경북 문경출신으로 과거에 실패한 후 벽계(碧溪) 송호강(松湖江)에 반구정(伴鷗亭)을 짓고 여생을 보냈다. 그런데 평범한 재지사족이었던 신지의 작품은 〈도산육곡〉에 정통으로 화답한 결과는 아니다.

> 淸溪上 伴鷗亭에 極目瀟灑 風景일다
> 無心한 白鷗들은 自去自來 무삼 일고
> 白鷗야 나지 마라 네 벗인 줄 모를소냐
>
> 烟霞로 집을 삼고 鷗鷺로 벗을 삼아
> 팔 볘고 믈 마시고 伴鷗亭에 누어시니
> 世上의 富貴功名은 헌 신인가 ᄒᆞ노라
> 【신지, 〈반구옹가〉 ①, ⑥】

작품①의 초장을 보면 청계산 반구정에 눈 닿는 곳마다 맑고 깨끗한 풍경이라고 하고 있다. 반구정은 작자의 고향인 문경(聞慶)에 있는 누정으로, 시조에 등장하는 소재가 현실적이다. 그리고 무심한 백구가 등장하더니 종장에서 잡가를 연상시키는 어구, "白鷗야 나지 마라 네 벗인 줄 모를소냐"로 끝맺고 있다. 이 작품 외에도 두 번째 수를 보면 종장에서 "아ᄒᆡ야 風光이 이러하니 아니 놀고 엇지 ᄒᆞ리"라고 맺고 있어서 풍류위

주로 변질된 상황을 엿볼 수 있다.

작품⑥에서도 역시 반구정이 등장한다. "烟霞로 집을 삼고 鷗鷺로 벗을 삼아" 여유롭게 반구정에 누웠으니 세상의 부귀공명을 헌 신과 같다고 했다. 그런데 이 시조에 등장하는 소재와 어구에서는 전혀 참신한 면을 찾아볼 수 없다. 물론 여유롭게 자연 속에서 살아가는 즐거움을 읊고 있지만, 모두가 지극히 공식적인 표현들이고 시적 진정성을 찾아보기 어렵기 때문이다.

시조의 발문에서 스스로 "위의 12장은 도산육곡의 뜻을 본떠서 지었는데 문장이 서투르고 글이 거칠다"라고 했는데,[62] 과연 〈도산육곡〉의 진의를 파악했는지는 의문이다. 그보다는 "두 세 사람과 더불어 술을 들고 정자 이에서 시조 12장을 노래한다."[63]는 내용이 작품을 이해하는 데에 더욱 유리할 것 같다. 음주가무로 즐기는 풍류의 상황이 작품을 크게 지배하고 있다고 할 수 있다.

이상의 작품들은 육가계 시조로서 무욕을 실천하며 살아가는 모습과 뜻을 담아낸 공통점을 지닌다. 그런데 한편 위의 시조들과 성격이 다르기는 하지만 정광천(鄭光天)의 〈술회가(述懷歌)〉와 이숙량(李叔樑)의 〈분천강호가(汾川講好歌)〉 역시 잠시 살펴고자 한다. 물론 이 작품들을 육가계 시조로 다루는 것이 옳은 것인지 단언하기는 어렵다. 더욱이 이들 시조를 퇴계의 시조와 연관지어 생각하는 것은 어불성설이지만 여섯 수의 연시조로 이루어진 단순 조건을 충족시키는 등 간과할 수 없는 측면이 있기 때문에 살펴보고자 하는 것이다.

정광천의 〈술회가〉 6장은 대단히 독특한 육가계 시조로서, 실제로

---

62) 右十二章 盖和陶山十二章之遺意 而文拙詞荒……
63) 與二三子擧酒亭上歌以永言十二章. 『伴鷗翁遺事』

〈도산육곡〉의 영향력과는 무관하고 그 이전의 한시 육가를 연상시킨다.
대구에 자리 잡고 살았던 정광천은 한강(寒岡) 정구(鄭逑, 1543-1620)의
문인으로 알려져 있다. 그런데 〈술회가〉는 작가의 나이 40이 되던 1592
년 임란이 일어난 해에 지어진 것으로, 전쟁 중의 고난을 읊은 특이한
육가이다.

> 셔울샤 셔울시고 민망홈이 그지업다
> 兵塵 漠漠ᄒ니 갈 기리 아득ᄒ다
> 언저긔 收復故國ᄒ야 君父편케 ᄒ려뇨
>
> 採薇ᄒ고 餓死ᄒᄂ들 老親을 어이ᄒ리
> 高山의 迸跡ᄒ여 樂以忘憂호렷노라
> 小子들아 山田이나 민야셔 養老홀일 ᄒ여쓰라
> 【정광천, 〈술회가〉 ②, ⑤】

위의 작품을 보면 서럽다는 말을 반복하고 민망하기 그지없다고 했다.
전쟁 속에 갈 길이 막막한 가운데 언제나 나라를 회복해서 임금과 어버이
를 편하게 하겠느냐면서 맺고 있다. 아래의 작품에서는 굶주림 속에 고사
리를 캔들 노친 봉양이 힘든 현실을 언급하며 높은 산에 숨어들어 근심을
잊고자 하는 뜻을 드러내는 가운데, 산전(山田)이나 가꿔서 나이 드신 부
모님이나 봉양하자며 종장을 마치고 있다.

정광천의 〈술회가〉는 전쟁 중에 겪는 서럽고 고통스러운 심정을 담고
있다. 어려움 속에서 나라를 걱정하고 노모와 처자를 보살펴야하는 힘든
처지를 가감 없이 표현했다. 따라서 〈술회가〉에서 〈도산육가〉의 고결한
풍미를 찾는 것은 무리이다. 정광천이 육가를 선택했던 것은 일반적인 자

연시조로서의 육가가 아닌, 전쟁의 참화와 아픔을 차례로 읊어내는 한시 육가의 전통을 따르려는 의도에서 비롯되었을 것으로 짐작할 수 있겠다.

이숙량의 〈분천강호가〉 역시 강호의 풍류와는 거리가 멀다. 이숙량은 농암 이현보의 여섯 번째 아들로 분천에서 출생했고, 일찍이 이황의 문하에 나아가 학문을 닦았던 인물이다. 그런데 그가 남긴 〈분천강호가〉는 강호의 유유자적하는 즐거움이 아니라 『소학』의 내용을 강조한 것이다. 따라서 내용을 근거로 말하자면 자연시조가 아니라 오륜가 계열의 연시조라고 하는 것이 옳을 것이다.

지금까지 육가계 시조의 전반적인 양상을 살펴보았다. 작품 수가 적지 않은데다가 각기 다른 개성을 보이는 이들 작품을 어떻게 해석할 것인가 하는 문제는 어떤 시각으로 접근하느냐에 따라 답이 전혀 달라질 수 있을 것이다. 이 책에서는 우선 퇴계의 〈도산육곡〉의 취지와 작시원리를 적극적으로 반영한 경우로 장경세의 〈강호연군가〉를 비롯하여 이정의 〈풍계육가〉와 안서우의 〈유원십이곡〉를 꼽았다. 둘째로 유유자적하는 여유로운 삶을 기반으로 하되 나름대로 변형을 시도한 육가형 시조로 장경세의 〈강호연군가〉, 이홍유의 〈산민육가〉, 최학령의 〈속문산육가〉 그리고 권구의 〈병산육곡〉, 신지의 〈반구옹가〉를 꼽았다. 끝으로 육가계 시조의 특성과는 거리가 멀지만 참고할 작품으로 정광천의 〈술회가〉와 이숙량의 〈분천강호가〉을 들었다. 물론 이외에도 김우굉(金宇宏, 1524-1590)의 〈개암십이곡(開巖十二曲)〉 등 눈여겨 봐야 할 작품이 있으나 이 책에서는 논외로 하고자 한다.

워낙에 복잡한 육가계 시조는 결국 자연시조가 얼마나 복합적인 성향을 지니는지를 반증한다. 특히 권구의 〈병산육곡〉이나 정광천의 〈술회가〉가 퇴계 이전 육가계 작품을 연상시키는 것은 단순히 보아 넘길 현상이 아니다. 비록 〈도산육곡〉의 영향력이 지배적인 상황이었다고 하더라도 그 이전부터 있었던 한시 육가 및 이별의 작품이 지녔던 특성을 망각하지 않았다는 것을 반증하기 때문이다. 하지만 오랜 기간에 거쳐 육가계 시조라는 공통 영역을 형성할 수 있었던 것은 한시 육가 이후 이별의 〈육가〉 및 퇴계의 〈도산육곡〉를 통해 집적된 시적 감수성과 완성도가 전통을 형성했던 때문이었고, 조선 중·후기 이후의 개개의 육가 역시 이러한 육가의 전통을 이루는 데에 일조했다고 할 수 있을 것이다.

Ⅲ. 무이구곡과 고산구곡의 공존

1. 무이구곡의 전통과 구곡가

우리 문학사에서 구곡가의 전통을 따라가면 주자(朱子, 1130-1200)의 무이구곡(武夷九曲)이 큰 영향을 끼치는 가운데 율곡 이이의 고산구곡(高山九曲)이 양립하는 것을 발견할 수 있다. 주자의 〈무이구곡도가〉와 율곡의 〈고산구곡가〉는 각기 다른 창작배경과 표기법을 지녔음에도 불구하고 서로 상통하는 공통분모를 지니는 가운데 후대에 영향을 끼쳤다.

구곡(九曲)은 감돌아 흐르는 물줄기 가운데 아홉 굽이를 뜻하는데, 특히 산수가 어우러진 빼어난 아홉 개의 경관을 장면화한 것이다. 이처럼 구체적인 장소를 한정된 숫자로 묶어놓은 경우는 구곡 이외에도 팔경(八景)이 유명하다. 구곡과 팔경은 문학과 회화를 막론하고 지속적으로 애호된 대상으로 대표적인 동아시아 중세문화의 일부로 자리 잡고 있다. 그런데 구곡과 팔경은 창작과 향유의 측면에서 차이점을 분명히 한다.

팔경의 경우는 순수한 예술적 감수성을 근간으로 특정 시간과 공간 그리고 그 속에 위치한 사물을 복합적으로 배합한 결과물이다. 팔경의 시원인 소상팔경(瀟湘八景)은 잘 알려진 바와 같이 중국 호남성 동정호(洞庭

湖)의 남쪽에 소수(瀟水)와 상수(湘水)가 합류하는 곳의 아름다운 경치를 여덟 가지 주제로 표현한 것인데, 강천모설(江天暮雪)이나 어촌석조(漁村 夕照)와 같은 특정 항목이 보여주는 바와 같이 독특한 시·공간을 배경으로 빚어낸 인문학적 결과물이라고 할 수 있다. 주로 고즈넉한 이미지를 특징으로 하는 가운데 우리나라에도 큰 영향을 끼쳐서 고려시대 이후 전하는 한시 작품이 많이 축적되어 있다. 그리고 한편 우리나라에서 팔경은 소상팔경의 전통이 유지되면서도, 관동팔경이나 관서팔경과 같은 새로운 팔경을 개발하며 더욱 발전할 수 있었다. 뿐만 아니라 십경, 십육경 등 다양한 유형의 집경시(集景詩)로 분화 발전하는 가운데, 중국의 소상이 아니라 조선의 유명한 승경처나 혹은 현재 깃들어 살고 있는 지극히 개인적인 장소 등으로 자연스럽게 배경이 옮겨질 수 있었다.

구곡의 시원은 무이구곡이다. 무이구곡은 중국 복건성(福建省) 무이산(武夷山)에 있는 계류인데, 주자를 추종했던 후학들이 그의 은신처이자 성리학의 발원지였던 무이구곡을 연모하게 되면서 새롭게 발견된 것이다. 무이를 그린 〈무이구곡도〉의 경우 주희 사후 원대부터 본격적으로 향유되었던 것으로 추측되며, 우리나라에서 본격적으로 향유된 것은 16세기에 이르러서이다.[1] 그런데 주자학이라는 특정 학문과 주희라는 특정 인물을 염두에 두고 있었기 때문에 정신적 숭앙과 동경의 자세가 남다를 수밖에 없었다.

물론 그렇다고 해서 구곡이라고 하면 무조건 무이구곡만 상상했던 것은 아니었고 팔경문학이 그랬던 것처럼 조선전기부터 각처에 나름의 구곡을 조성했다. 율곡 이이의 고산구곡을 비롯하여 권상하(權尙夏, 1641-1721)의 황강구곡(黃江九曲) 등은 워낙에 유명한 곳으로 잘 알려져

---

[1] 이성미·김정희 공저, 「무이구곡도」, 『한국 회화사 용어집』, 2003.

있고, 이밖에도 많은 사대부들이 직접 구곡 경영에 참여했는데, 여기에서 짚고 넘어가야 할 것이 바로 구곡의 경영이라는 점이다.

팔경과 달리 구곡은 시각적 관조의 대상에 그치는 것이 아니라 그 속에 몸담고 선비로서의 삶을 살아가는 생활공간으로서 개발된 것이다. 팔경은 아름다운 시각적 대상화가 우선이지만, 구곡은 주자가 그랬던 것처럼 몸담고 학문에 매진하던 정신적 가치가 돋보이는 공간이다. 따라서 구곡은 무이구곡의 상징성이 굳건한 위치를 차지하는 가운데 사대부들이 개척한 개개의 구곡이 모두 개별적인 가치를 지닌다고 할 수 있다. 결국 머릿속으로는 무이구곡을 상상하고 현실에서는 그에 필적할만한 자신만의 구곡을 경영하는 이중적 태도가 수반되었던 것이다.

그 가운데 구곡가라는 문학작품의 창작에 있어서도 마찬가지 양상을 집할 수 있다. 주자가 그의 나의 55세 때인 1184년 봄에 무이산의 유명한 36봉(峰)과 37암(巖)이 승경을 이루는 구곡의 장관을 노래한 〈무이구곡도가〉는 조선후기까지 변함없는 모범으로 자리 잡고 있었고 많은 차운시(次韻詩)가 창작되었다. 그러면서 동시에 조선의 개별적인 장소를 대상으로 하는 각각의 구곡시가 창작되었고, 율곡의 〈고산구곡가〉는 바로 그 가운데 하나이다. 그런데 잘 알다시피 〈고산구곡가〉는 한시가 아닌 국문시가이기 때문에 공전의 문제작으로서 특별히 시선을 끄는 가운데 문학사의 획을 긋는 대표적인 강호가도로 자리를 잡았던 것이다.

하지만 뿌리 깊은 구곡가의 전통이 조선후기까지 이어지는 가운데 〈고산구곡가〉가 그 일부를 점했다는 사실을 간과할 수 없다. 이 점에서 퇴계의 〈도산육곡〉과는 경우가 다르다. 퇴계는 기존의 육가가 있었음에도 불구하고 그 전통을 뛰어넘어 주제와 형식 양면에서 새로운 전통을 수립하려는 의지를 분명히 했고 덕분에 후대에 육가계 시조는 다양한 양상을 보이며 발전할 수 있었던 것이다. 하지만 율곡의 〈고산구곡가〉는 기존의 구곡가를 긍정적으로 계승하는 가운데 창작된 새로운 형태의 국문시가로서, 구곡 관련 문학의 전통을 양립시키는 결과를 낳았다.

따라서 우선 〈고산구곡가〉에 앞서서 〈무이구곡도가〉를 위시로 하는 구곡시 향유의 전통을 살펴볼 필요가 있는데, 〈무이구곡도가〉의 해석에 있어서 그 본질을 조도시(造道詩)로 보았던 경우와 일반 산수시(山水詩)로 보았던 경우를 따라가보면 다음과 같다.

〈武夷九曲櫂歌〉[2]

武夷山上有仙靈	무이산 위에는 仙靈이 있어
山下寒流曲曲淸	산 아래 찬물결 굽이굽이 맑구나
欲識箇中奇絶處	그 중에 기이한 절경을 알아보려 했더니
櫂歌閒聽兩三聲	뱃노래 한가롭게 두 세 마디 들려오네
一曲溪邊上釣船	첫 굽이 물가에서 낚싯배에 오르니
幔亭峰影蘸晴川	만정봉 그림자 맑은 내에 어리네
虹橋一斷無消息	무지개 다리 끊어진 뒤 소식이 없고
萬壑千巖鎖翠烟	온 골짜기 바위마다 푸른 안개만 자욱하네
二曲亭亭玉女峰	둘째 굽이에 우뚝 솟은 옥녀봉
揷花臨水爲誰容	꽃 꽂고 물가에 있음은 누구를 위한 단장인가
道人不復陽臺夢	도인은 이제 다시 양대꿈 꾸지 않고
興入前山翠幾重	흥이 이니 앞산은 푸르기만 더하네
三曲君看架壑船	셋째 굽이에 가학선 보소

---

2) 淳熙甲辰中春精舍閒居戱作武夷櫂歌十首呈諸同遊相與一笑 『朱子大全』 卷9

不知停櫂幾何年　모르겠네 노를 멈춘지 몇 해나 되었는지
桑田海水今如許　뽕밭이 바다됨이 지금 이와 같으니
泡沫風燈敢自憐　물거품과 바람앞의 등불이 감히 애련타하랴

四曲東西兩石巖　넷째 굽이 동쪽 서쪽의 두 바위
巖花垂露碧㿉毿　꽃들은 이슬 머금고 푸르게 늘어있네
金鷄叫罷無人見　금계는 울음 그치고 인적 없는데
月滿空山水滿潭　달빛 가득한 빈 산 못에는 물이 가득하네

五曲山高雲氣深　다섯째 굽이 산 높고 구름 깊은데
長時煙雨暗平林　긴 시간 안개비에 어둑한 수풀
林間有客無人識　숲속의 나그네 아는 이 없어
欸乃聲中萬古心　뱃노래에 만고의 시름이네

六曲蒼屛遶碧灣　여섯째 굽이 푸른 병풍이 강물에 둘러있고
茅茨終日掩柴關　띠집의 사립문은 온종일 닫혀있네
客來倚櫂巖花落　객이 찾아와 노를 저으니 바위에 핀 꽃이 떨어지는데
猿鳥不驚春意閒　원숭이와 새는 놀라지 않고 봄의 정취는 한가롭네

七曲移船上碧灘　일곱 굽이 배 저어 푸른 물결 거스르니
隱屛仙掌更回看　은병암 선장암이 또다시 돌아보네
却憐昨夜峰頭雨　가련타 지난밤 봉우리 위에 내린 비로
添得飛泉幾道寒　솟는 샘물은 그 얼마나 차기가 더해졌을까

八曲風烟勢欲開　여덟 굽이 바람과 연기 개고자하고
鼓樓巖下水縈洄　고루암 아래는 물결이 휘도네
莫言此處無佳景　이곳에 경치 없다 말하지 마소
自是遊人不上來　이 때문에 유람하는 이들 오지 않는다네

九曲將窮眼豁然　아홉 굽이 다하려하니 눈앞이 확트여
桑麻雨露見平川　뽕과 삼은 비에 젖고 평평한 들판이 보이네
漁郎更覓桃源路　어부들은 무릉도원 가는 길을 다시 찾지만
除是人間別有天　이곳 말고 인간 세계에 별천지 있겠는가

위는 〈무이구곡도가〉의 전문이다. 첫 수는 총론에 해당하는 것으로 무이산 위로부터 시상을 전개하고 있다. 그 곳에는 선령(仙靈)이 있어 굽이 굽이 물이 맑으며 뱃노래가 들려온다고 하여 앞으로 무이산 위에서 배를 띄워 물길을 따라 내려갈 것을 암시하고 있다.

그런데 이 부분을 놓고 조익(趙翼, 1579-1655)은 산상(山上)의 선령(仙靈)은 본원이 하늘에서 나온 것을 비유한 것 같다고 하며 다음과 같이 적고 있다.

"……나름대로 생각해 보건대, 이 지역은 그윽하고 깊숙해서 사람들이 찾아와 노니는 일이 드물기만 하다. 그런데 그 속의 산과 물의 경치가 안으로 들어갈수록 더욱 기이해지다가, 계곡에 끝나는 곳에 이르러서는 또 문득 평탄하고 널찍한 공간이 활짝 열려 있다. 따라서 이것을 가지고 도를 향해 나아가는 일에 비유할 수가 있기 때문에, 주자가 이 10수의 시를 지어 산수에 흥을 붙이면서 비유한 것이니, 아래의 9수는 도를 향해 나아가는 순서를 말한 것이고, 이 1수는 총서 격으로 맨 앞에 내놓은 것이다……".
「武夷櫂歌十首解」[3]

조익은 제1곡부터 9곡까지 배를 타고 물을 따라 내려가는 과정을 통해

---

3) 山上仙靈 恐是喩道之本原出於天者也……竊意此地幽邃 人所罕遊 其中山水愈入愈奇 而其溪谷盡處 又却平衍開豁 可取以喩造道之事 故朱子作此十首 托興於山水以爲諭 下九首言進道次第 「武夷櫂歌十首解」, 『蒲渚集』 卷22.

학문을 시작하여 깨달음을 얻는 과정을 비유적으로 표현한 것이 〈무이가〉이며 그 흐름의 첫 머리를 총론이 담당한다는 주장을 내세웠다.

〈무이구곡도가〉는 각 곡마다 배경과 소재가 다르다. 1곡은 승진동(升眞洞), 2곡 옥녀봉(玉女燧), 3곡 선기암(仙機巖), 4곡 금계암(金鷄巖), 5곡 철적정(鐵笛亭), 6곡 선장봉(仙掌峯), 7곡 석당사(石唐寺), 8곡 고루암(鼓樓巖), 9곡 신촌시(新村市)를 배경으로 하는 가운데 각 수가 독립되어 있다. 하지만 〈무이구곡도가〉를 조도시로 보는 경우는 위의 조익의 주장에서 살펴볼 수 있는 바와 같이 각각의 배경과 소재가 유기적으로 연계되어 도를 이루는 과정을 형상화하는 통일체라고 생각했다.

이 경우에 배를 타는 것은 학문을 시작하는 것이고, 1곡에서 무지개다리가 끊어졌다는 것은 도가 단절된 것을 상징한다고 볼 수 있으며, 각각의 굽이를 거쳐 마침내 넓은 뜰로 나오는 것을 학문적인 깨달음, 완성의 단계로 볼 수 있다. 뿐만 아니라 각각의 소재도 나름의 상징을 지닌 것으로 해석할 수 있는데, 예컨대 조익이 제2곡의 옥녀봉은 여색으로 인한 피해로 본 경우 등이 이에 해당할 것이다. 마치 선가에서 도를 찾아 헤매는 일을 소를 찾는 일로 형상화한 〈심우도〉와 마찬가지로 각 장면이 선후 맥락을 간직한 유기적 통합체로 보고 있고, 각 소재 역시 비유적 의미를 간직한 상징물로 보고 있는 것이다.

김인후(金麟厚, 1510-1560) 역시 〈무이구곡도가〉를 조도시로 파악했던 학자인데, 그가 남긴 〈무이산부(武夷山賦)〉를 보면[4] 작품을 통해 도를 전하려는 의도를 직접적으로 피력한 특이점을 발견할 수 있다.

---

4) 金麟厚, 『河西集』 卷1.

〈武夷山賦〉

......

背玉女之亭亭兮	우뚝 솟은 옥녀봉을 등 뒤에 두고
尋大隱之攸廬	대은의 그윽한 집을 찾아가네
想金鷄之喝唶兮	금계의 울음소리 들려오는 듯
來欸乃於林墟	애내성은 숲속에서 들려온다네
忽烟雨而失路兮	갑작스런 안개 비에 길을 잃으니
有申申其言尢余	나를 대해 거듭 거듭 꾸지람 하네
"曰道在邇兮	"도는 바로 가까운 곳에 있는데
人鮮克明	이를 능히 밝혀내는 사람이 적네
毋戀而形	형상에 연연하려 들지 말고
毋放而情	정을 방탕하게 하지 말며
循循勿忘	차근차근 잊지를 말고
進進勿助	앞으로 전진하되 조장을 말라
知止有定兮	그칠 데를 알게 되면 정이 있나니
安而能慮	안정되어 능히 생각하노라
苟以誠矣	진실로 성에만 극진하다면
何往不一	어디 간들 전일하지 아니하리요
脚踏實地兮	두 다리로 실지를 밟아간다면
動有常吉"	움직임에 항상 길하리라"
耿吾旣得此中正兮	내 분명히 중정을 얻었는지라
乃歛神而反觀	내 정신 거둬들여 돌이켜 보네

......

奄旣窮乎九曲兮	아홉굽이 경치를 다 구경하고 나니
見桑麻之平川	상마의 평천이 보이는구나
豈桃源之別求兮	어찌 무릉도원을 다른 데서 찾으랴
窹眞境之在前	진경이 곧 눈 앞에 있네
仰穹蒼而無愧兮	하늘을 우러러 거리낌 없는데

俯厚載而何怍	땅을 굽어보아 뭐가 부끄러우리
獨超然而先覺兮	초연히 홀로 먼저 깨달았으니
卓所立之可樂	세운바 우뚝하니 즐겁다네

【金麟厚, 〈武夷山賦〉】5)

 위는 〈무이산부(武夷山賦)〉 가운데 일부를 발췌한 것인데, 옥녀봉이나 금계, 애내성 같은 소재를 통해 주자의 〈무이구곡도가〉를 쉽게 상기할 수 있다. 그런데 중간에 배를 타고 내려오다가 갑자기 안개 속에서 길을 잃고, 알 수 없는 목소리를 통해 꾸지람과 권계의 내용을 듣는 과정이 삽입되어 있어서 이색적이다. 도는 멀리 있는 것이 아니라 가까이 있는 것으로, 형과 정을 바르게 하는 가운데 차근차근 성에 집중한다면 얻을 수 있다고 기술하고 있다. 마치 유교 경전의 내용을 압축한 듯 교술적인 내용을 직접 전달한 뒤, 다시 안개 속에서 빠져나와 구곡을 흘러내려 마침내 이홉 굽이 경치를 다 본 다음에 니른 평천에 도딜하는 과징을 보여준다. 김인후의 〈무이산부〉는 주자의 〈무이구곡도가〉가 조도시로서 어떻게 통일되어 있는가를 해석하여 보여주는 홍미로운 예가 아닐 수 없다. 나름대로 주자의 시를 해체한 뒤 재조립한 결과물로서 전달하고자 하는 내용을 분명히 제시한 상상력이 남다르다.

 하지만 그럼에도 불구하고 주자의 〈무이구곡도가〉는 1곡에서 9곡까지 각 장면이 보여주는 개별적인 특성이 예사롭지 않기 때문에 전체를 하나의 맥락으로 꿰뚫어 이해하는 것이 과연 유용할까 의문이 생기기도 한다. 예를 들어 8곡의 경우 바람과 연기가 개고자 하는 가운데 고루암 아래 물결이 휘도는 장면이나, 6곡에서 바위에 핀 꽃이 떨어지는데 원숭이와

---

5) 金麟厚, 〈武夷山賦〉, 『河西集』 卷1.

새는 놀라지 않고 봄의 정취는 한가롭다는 표현 등 세부적인 경관은 독립된 심상을 각인시킨다. 무이구곡이라는 장소에 결부된 도가적 상상력과 물길 따라 펼쳐지는 아름다운 장면들, 그리고 유학자들이 추구하는 정신적 깨달음의 편린들이 독립적인 가치를 지닌다고 할 수 있다.

이러한 관점에서 볼 때 사실 무이구곡은 무릉도원과 같은 이상향과 팔경과 같은 아름다운 경관을 합쳐놓은 듯하다. 정신적 이상향을 구가한다는 점에서 무릉도원과 연계되며, 아름다운 장면의 시적 표상이라는 점에서 팔경을 연상시킨다. 맨 마지막 9곡에서 이곳 말고 별천지가 따로 있겠냐고 하며 무릉도원이 바로 이 곳이라는 뜻을 분명히 하고 있으며, 각 곡마다 물을 흘러 내려오는 배를 배경으로 새로운 아름다운 장면들이 시각적 장면화를 분명히 하고 있다. 따라서 굳이 조도시의 관점이 아니더라도 일반적인 산수시로 해석이 가능하고 각각의 작품이 독립된 시적 가치를 지니는 것을 발견할 수 있는데, 아래와 같은 경우가 산수시의 감각으로 〈무이구곡도가〉를 감상한 결과물이다.

〈閒讀武夷志次九曲櫂歌韻 十首〉6)

不是仙山詫異靈	선산의 이령을 자랑는게 아니라오
滄洲遊跡想餘淸	창주의 놀던 자취 맑은 맛이 남아서지
故能感激前宵夢	지난 밤 그 꿈에 너무나 감격해서
一櫂쳑歌九曲聲	구곡의 뱃노래를 한꺼번에 화답하네
我從一曲覓漁船	일곡을 따라가서 어선을 찾아가니
天柱依然瞰逝川	천주봉은 여전히 흐르는 내를 굽어보네
一自眞儒吟賞後	한결같이 참 선비 읊고 간 뒤부터는

---

6) 이황(신호열 역주), 『국역 퇴계시』I, 한국정신문화연구원, 1990.

同亭無復菅風烟   동정의 풍연을 관리할 이 다시 없네

二曲仙娥化碧峯   이곡이라 선녀는 벽봉으로 화신하여
天姸絕世靚脩容   천연스런 고운 맵시 세상에 뛰어났네
不應更覬傾城薦   경성의 천침을랑 넘보지 않으리니
閶闔雲深一萬重   만 겹의 구름 속에 창합문이 깊으다오

三曲懸崖挿巨船   삼곡이라 달린 벼랑 큰 배가 꽂혔으니
空飛須此怪當年   공중에서 날아왔나 당년 일 괴이하이
濟川畢竟如何用   제천의 제목을 마침내 이찌 쓸지
萬劫空煩鬼護憐   만겁 속에 부질 없이 귀신이 지켰구러

四曲仙機靜夜巖   사곡이라 선기암에 밤조차 고요한데
金鷄唱曉羽毛毿   금 닭은 깃을 치며 새벽을 알려주네
此間更有風流在   이 사이엔 또다시 풍류가 있고 말고
披得羊裘釣月潭   양털 갖옷 걸쳐입고 달못에 낚시하네
先生在武夷 答劉靜春寄羊裘詩 狂奴今夜知何處 月冷風凄未肯歸.
선생이 무이정사에 계시면서 유정춘이 양털갖옷을 부쳐온 시에 답하기를
"광노는 오늘 밤에 어드메 잘지 몰라/ 바람과 날 처량해도 돌아갈 줄 모른
다네"라 하였다.

當年五曲入山深   오곡이라 당년에 산 깊이 들어가니
大隱還須隱藪林   대은은 도리어 숲속에 숨어야지
擬把瑤琴彈夜月   거문고 손에 잡고 달밤에 타려는데
山前荷蕢肯知心   산 앞에 하궤은사 내 마음을 알아줄지

六曲回還碧玉灣   육곡이라 시냇굽이 푸른 옥이 둘렀는데
靈蹤何許但雲關   신령은 어디 가고 운관만 남았느냐

| 落花流水來深處 | 지는 꽃 흐르는 물 깊은 곳을 거쳐오니 |
| 始覺仙家日月閒 | 알괘라 선가에는 일월조차 한가쿠나 |

七曲撑篙又一灘	칠곡이라 삿대 질러 한 여울 또 지나니
天壺奇勝最堪看	천호의 좋은 풍경 너무도 볼 만하이
何當喚取流霞酌	어쩌면 유하주 한 잔을 마시고서
醉挾飛仙鶴背寒	싸늘한 학의 등에 비선을 옆에 끼고

八曲雲屛護水開	팔곡이라 구름 병풍 물을 감싸 퍼졌는데
飄然一棹任旋洄	날씬한 노 하나로 자유롭게 돌아드네
樓巖可識天公意	하느님의 의사를 누암에서 알 만하니
鼓得遊人究竟來	노는 사람 고동시켜 마침내 오게 하네

九曲山開只曠然	구곡이라 산이 열려 사면이 툭 트이고
人烟墟落俯長川	사람 사는 촌락은 긴 내를 굽어보네
勸君莫道斯遊極	그대여 이 놀이 극에 왔다 말을 마소
妙處猶須別一天	묘한 곳은 아직도 한 하늘이 따로 있네

이 작품은 퇴계 이황이 주자의 〈무이구곡도가〉에 차운한 작품으로, 여타의 차운시에 비교해 볼 때 초기의 작품에 해당할 뿐만 아니라 순전한 문학적 상상력을 중시한 예로서 가치가 높다. 물론 조선시대 최초의 구곡시는 박하담(朴河淡, 1479-1560)의 〈운문구곡가(雲門九曲歌)〉이다. 무오사화와 기묘사화의 소용돌이 속에서 둔세의 뜻을 분명히 했던 박하담은 1536년에 운문산에 구곡을 경영하며 〈운문구곡가〉를 지은 바 있다. 하지만 이황의 〈한독무이지차구곡도가운(閒讀武夷志次九曲櫂歌韻) 십수(十首)〉는 『무이지(武夷志)』를 읽고 〈무이구곡도〉를 감상하는 가운데 순수하게 예술적 상상력에 의존해서 무이의 경관을 읊은 대표적인 작품이다. 이후

에도 많은 구곡시가 탄생했지만, 대개의 경우 작가 자신이 경영하고 있는 국내의 구곡을 대상으로 하고 있어서 퇴계의 작품은 더욱 가치가 남다르다고 할 수 있다.

그런데 위의 작품을 통해 알 수 있듯이 퇴계의 경우는 굳이 배를 타고 구곡을 흘러내려간다는 설정에 초점을 맞추지 않고, 낭만적인 선가의 풍모를 통해 무이를 형상화하는 것을 발견할 수 있다. 1곡을 보면 천주봉을 등장시켰는데 이곳은 북위(北魏)의 왕자건(王子騫)이 도를 찾아 무이산에 은거했다가 득도한 장소로 알려져 있다. 주자는 1곡을 읊으며 만정봉(幔亭峰)과 홍교(虹橋)를 등장시켰었는데 퇴계의 차운시에서는 천주봉이라는 전혀 다른 소재가 등장한 것이 흥미롭다. 뿐만 아니라 퇴계는 2곡의 빼어난 모습을 선녀가 푸른 봉우리로 화신하여 맵시가 세상에 뛰어나다고 읊고 있다. 5곡에서는 대은(大隱)을 등장시켰는데, 바로 이 5곡의 대은병 아래 주자가 은거했던 무이서원이 자리했던 것이다. 한편 그러면서도 6곡의 선가(仙家)에 일월이 한가하다는 표현이나 7곡에 등장하는 유하주와 같은 소재는 영락 없이 도가적 신선사상과 연계된다는 것을 알 수 있다.

퇴계의 차운시는 무이구곡에 대한 다양한 인문지리적 지식을 바탕으로 실제로 가볼 수 없는 공간을 자유롭게 상상하는 가운데 아름답고 여유로운 무이구곡을 시적으로 재탄생시킨 결과물이라는 지적이 옳을 것 같다. 무이산은 워낙에는 선가의 도를 추구하는 사람들이 선호했던 장소였지만, 주자가 은거했던 이래 유교적 장소로서 재탄생할 수 있었다. 퇴계는 이러한 복합적인 사항을 모두 수용하면서 느긋하게 와유했던 〈무이도〉의 감흥을 되살리며 새로운 차운시를 구가했을 것이다.

조선시대에 주자의 영향력이 그 무엇으로도 대체될 수 없었던 것과 같이, 주자의 〈무이구곡도가〉를 절대적으로 신봉하고 무이구곡을 그리워했던 일도 지속되었다. 하지만 그럼에도 불구하고 무이구곡은 문헌을 통해 간접적으로 확인할 수밖에 없는 곳이었기 때문에, 주자의 시를 어떻게 수용할 것인지는 개개인의 해석에 따라 달라질 수밖에 없었다. 그리고 결국 이러한 자율적인 해석과 수용의 환경은 율곡으로 하여금 구곡시를 자국어 시로 환골탈태하게 만드는 기반이 되었던 것이다.

율곡의 〈고산구곡가〉는 비단 국문으로 지어졌다는 표기상의 특징뿐만 아니라 〈무이구곡가〉에 대한 새로운 이해의 결과였다는 점에서 특별한 의의를 찾을 수 있을 것이다. 율곡은 〈무이구곡가〉가 조도시인가 혹은 산수시인가에 초점을 두었던 여타의 향유자와는 달랐다. 그보다는 보다 단도직입적으로 무이구곡의 본질적인 특성, 앞서 언급했던 바와 같이 무릉도원과 같은 이상향과 팔경과 같은 아름다운 경관을 합쳐놓은 공간의 가치를 인식하고 그에 필적할만한 구곡의 재현에 관심을 가졌던 것 같다. 따라서 고산구곡을 중심으로 1곡부터 9곡까지를 개별적인 상상력 아래 재탄생시킬 수 있었는데, 작품의 실제적 특징은 다음 장에서 살펴보도록 하겠다.

2. 〈고산구곡가〉의 미적 완결성과 공간구성

고산구곡은 황해도 해주의 고산을 근거로 하는데, 아쉽게도 그 공간의 실체는 파악하기가 쉽지 않다. 퇴계가 몸담았던 도산의 경우는 도산서원의 관리가 꾸준히 이루어졌고, 퇴계가 직접 도산에 쏟았던 애정 어린 결과를 《도산잡영》과 같은 작품을 통해 잘 전달했기 때문에 후대에도 비교적 친근하게 접근할 수 있는 이점이 있다. 하지만 고산구곡은 현재 이 지역을 답사하는 것도 불가능할뿐더러 율곡의 문집을 통해 찾아볼 수 있는 고산에 대한 정보 역시 제한적이기 때문에 여러 가지 정황상 고산구곡은 더욱 신비로운 공간일 수밖에 없다. 덕분에 〈고산구곡가〉의 가치는 더욱 절박하게 다가온다.

〈高山九曲歌〉

①
高山九曲潭을 사룸이 모로더니
誅茅卜居ᄒᆞ니 벗님ᄂᆡ 다 오신다
어즈버 武夷를 想像ᄒᆞ고 學朱子를 ᄒᆞ리라

②
一曲은 어디미오 冠岩에 ᄒᆡ 비췬다
平蕪에 ᄂᆡ 거드니 遠山이 그림이로다
松間에 綠樽을 노코 벗 오는 양 보노라

③
二曲은 어디미오 花岩에 春晩커다
碧波에 곳을 씌워 野外로 보ᄂᆡ노라
사람이 勝地를 모로니 알게 ᄒᆞᆫ들 엇더리

④
三曲은 어디미오 翠屏에 닙 퍼졌다.
綠樹에 山鳥는 下上其音ᄒᆞᄂᆞᆫ 적의
盤松이 바롬을 바드니 녀름 景이 업시라

⑤
四曲은 어디미오 松崖에 ᄒᆡ 넘거다
潭心岩影은 온갓 빗치 좀겨셰라

林泉이 깁도록 됴흐니 興을 계위 ᄒ노라

⑥

五曲은 어디미오 隱屏이 보기 됴히

水邊精舍는 瀟灑홈도 ᄀᆞ이업다

이 中에 講學도 ᄒ려니와 詠月吟風ᄒ리라

⑦

六曲은 어디미오 釣峽에 물이 넙다.

나와 고기와 뉘야 더옥 즐기는고

黃昏에 낙디를 메고 帶月歸를 ᄒ노라

⑧

七曲은 어디미오 楓岩에 秋色 됴타

淸霜이 엷게 치니 絶壁이 錦繡ㅣ로다

寒岩에 혼ᄌᆞ 안자셔 집을 잇고 잇노라

⑨

八曲은 어디미오 琴灘에 돌이 붉다

玉軫金徽로 數三曲을 노는 말이

古調를 알 이 업스니 혼ᄌᆞ 즐겨 ᄒ노라

⑩

九曲은 어디미오 文山에 歲暮커다

奇巖怪石이 눈 속에 무쳐셰라

遊人은 오지 아니ᄒ고 볼 것 업다 ᄒ더라

▌구상의 서술

율곡 이이의 〈고산구곡가〉는 구곡가계(九曲歌界) 시조의 대표작이자 대표적인 강호가도이다. 그리고 이 작품은 퇴계의 〈도산육곡〉과 대척되

는 위치에 놓여있다. 우선 각 시조에서 자연물을 지칭하는 어휘들의 성격
을 대비해 보면, 〈도산육곡〉의 단어가 궁극적으로 물성을 지향한 반면
〈고산구곡가〉의 단어들은 물체 그 자체를 지향하고 있다. 이러한 현상은
강호자연과 관련된 작품이 대부분 관념화된 어휘를 동반하는 관례에 비
추어볼 때[7] 이례적이라고 할 수 있는데, 이와 같이 극단적인 특성은 바로
〈고산구곡가〉가 성취한 개성적인 작품세계의 근간이라고 할 수 있을 것
이다. 우선 〈고산구곡가〉의 물체를 지향하는 어휘의 특성을 따라가면 다
음과 같다.

> 六曲은 어디미오 釣峽에 물이 넙다.
> 나와 고기와 뉘야 더옥 즐기는고
> 黃昏에 낙디를 메고 帶月歸를 ᄒ노라 ⑥

〈고산구곡가〉는 각 시조의 초장에서 구체적인 지명이 언급되고 그 곳
의 모습과 상황을 형상화하는 경우가 주를 이룬다. 예를 들어 '冠岩에
히 비췬다'(一曲), '花岩에 春晚커다'(二曲), '翠屛에 닙 퍼졌다'(三曲), '松
崖에 히 넘거다'(四曲)와 같은 어구가 모두 같은 유형인데, 위에 소개한
제6곡에 해당하는 이 작품에서도 조협이라는 지명이 등장하고 있다. 말
하자면 초장에 고유명사가 등장하는 것인데 일반적으로 고유명사, 대명
사 등은 시적 긴장을 유발하는 심상형성에는 부적합하다. 그것은 무언가
관련된 이미지 혹은 함의를 연상시키는 것이 아니라 바로 대상 그 자체를
명명하기 때문이다. 따라서 조협이라는 어휘는 일반적인 자연물로부터
감득할 수 있는 시적 상상력을 발휘하는 데에는 취약하다고 할 수 있는데

---

7) 김대행, 『시조유형론』, 이대 출판부, 1986, 204면.

대신 그 자체, 고산구곡을 형성하는 한 장소인 환경으로서의 정체성을 지향하고 있다. 그래서 초장에서 '釣峽에 물이 넙다'라는 장소에 대한 설명이 부수되고 있는 것이다.

이러한 〈고산구곡가〉의 초장이 지향하는 것은 〈도산육곡〉에서와 같은 원형명사를 통한 단순심상이 아니고 장소의 현시성이라고 할 수 있다. 〈고산구곡가〉의 자연물은 바로 현장에 있기 때문에 포착된 것이다. 따라서 자연물을 지칭하는 제재로서의 지명은 하나의 신호탄이 되고 그것을 뒷받침할, 다시 말해 현장의 환경을 전달해줄 여러 어휘들이 뒤따른다.

예컨대 위에 예를 든 시조의 종장을 보면 '黃昏, 낙디, 帶月歸'가 상황을 드러내는 어휘라 할 수 있다. 이 어휘들이 상기하는 내용을 보면 황혼은 시간적 배경을, 낙디는 구체적 행위를, 대월귀는 시간적 배경에 겹쳐진 분위기를 암시한다고 할 수 있다.

그런데 여기에서 주목할 것은 첫째, 이 단어들이 시간적 배경 혹은 서정적 자아의 행위 자체를 암시라는 함의성 짙은 것들이라는 것이고, 둘째는 한자어가 아닌 우리말이 자주 등장한다는 점이다.

우선 단어들의 함의를 보면 단지 장소를 현시하는 데에서 그치는 '冠岩, 花岩, 翠屏, 松崖, 隱屏' 등과 같은 초장의 단어들과 달리, '힌, 녀름, 黃昏, 淸霜' 등과 같이 계절이나 기후 조건과 결부된 상황을 제시하는 단어들이 많이 쓰였다. 또 그 외에도 흔하지는 않지만 '綠樽, 벗, 낙디' 등은 작품 내에서 서정적 자아의 상황이나 행위 등을 암시하는 기능을 충분히 해내고 있는 것이다.

또 둘째로 지적한 바와 같이 빈번하게 쓰인 우리말을 보면, '힌, 니, 님, 바롬, 녀름, 빗, 물, 고기, 낙디, 집, 눈' 등과 같은 예가 그것인데, 청산, 유수 혹은 백운처럼 정형화된 어휘로서 시적 정서를 어느 정도 보장하는

관용적인 한자어와 달리 이들은 실질적인 환경과 경험의 부분을 낱낱이
재현해 주는 데에 유리하다.

> 三曲은 어디미오 翠屛에 닙 퍼졌다.
> 綠樹에 山鳥는 下上其音ᄒᆞ는 적의
> 盤松이 바롬을 바드니 녀름 景이 업시라 ③

위는 〈고산구곡가〉 중 제3곡에 해당하는 예인데, 지금까지 설명한 바
와 같이 초장의 취병(翠屛)은 고유명사로서 일체의 심상을 배제한 채 고
산구곡 중 일부에 시선을 집중시키는 현시성을 획득하고 있다. 그리고
'닙, 바롬, 녀름'과 같은 어휘는 초여름이라는 시간적 배경과 결부된 취병
주변의 환경을 잘 드러내고 있는 것을 확인할 수 있다. 그 외에도 녹수(綠
樹), 산조(山鳥), 반송(盤松)과 같은 한자어가 등장하기는 했지만 관념적인
이미지로서의 자연물이 아니고 역시 취병이라는 구체적인 장소와 그리고
초여름이라는 시간 배경과 개연성이 있는 실물 혹은 실상으로서의 자연
물에 해당한다.

살펴본 바와 같이, 〈고산구곡가〉에 쓰인 자연물을 지칭하는 명사들은
각기 종류에 따라 다른 기능들을 수행하며 빈번히 등장하는데, 모두 구체
적인 고산구곡이라는 실제 장소와 결부된 구상이라는 특성을 지닌다. 같
은 도학자인 퇴계가 지은 〈도산육곡〉도 역시 도산이라는 실제 장소와
무관하지 않은데 막상 실제 작품에 드러난 개개의 단어들은 도산의 실경
과는 관계가 없었던 것과는 정반대의 결과라고 할 수 있을 것이다.

이어서 살펴볼 것은 문장 결합의 양상에 해당한다. 그런데 〈고산구곡

가)는 구상으로서의 기능을 하는 다종의 명사가 등장한 만큼 서술어구의
쓰임에 있어서 명사에 상응할 것을 예측할 수 있다.

四曲은 어디미오 松崖에 히 넘거다
潭心岩影은 온갓 빗치 줌겨셰라
林泉이 깁도록 됴흐니 興을 계워 ᄒ노라 ④

위의 사곡(四曲)의 예를 보면 초·중·종장이 각각 한 문장씩 나누어져
있다. '松崖에 히 넘거다', '온갓 빗치 줌겨셰라', '興을 계워 ᄒ노라'와 같
이 각각의 문장은 송애(松崖)와 담심암영(潭心岩影), 그리고 서정적 자아
의 내면에 관한 독립된 설명으로 이어지고 있는 것이다. 그것은 결코 송
애라는 주된 지명에 구심점을 두고 빼어난 자연경관 묘사에 치중하고 있
지 않다. 주어에 상응하는 각각의 서술어가 취택되어 상태나 행위 등을
있는 그대로 전달할 뿐이다.

기존 연구에서는 〈고산구곡가〉가 그 언어의 사용법에 있어서 단지 제
시할 뿐 강요하지 않는다고 하거나, 작품 속의 경물의 묘사는 묘사라기보
다는 객관적 서술에 해당한다는 지적을 한 바 있다.[8] 자연물을 지칭하는
명사가 감성이나 이미지의 통일을 꾀하지 않는 만큼 시조 작품이 지향하
는 어구도 각각의 상황을 설명하는 선에서 제 역할이 끝나고 있는 것이
다. 그래서 〈고산구곡가〉는 자연물을 지칭하는 많은 명사가 문장에 등장
함에도 불구하고 시적인 긴장감이 떨어지는 것이다. 선행연구에서는 〈고
산구곡가〉는 품격용어로 볼 때 주로 충담소산(沖淡簫散)을 지향하는데,

---

8) 김혜숙, 「〈고산구곡가〉와 정신의 높이」, 『한국고전시가작품론2』, 집문당, 1992, 525~
   28면.

충담소산은 시인이 마음을 꾸미거나 속이지 않는 상태로 유지하며 대구, 대우나 전고의 사용 등 문장을 일체 꾸미지 않으며 성율 또한 자연스럽게 조화시켜서 시에 있어서 묘취를 드러내는 시적 경계를 뜻한다고 지적했다.9) 특히 주목할 것은 경물 묘사뿐만 아니라 문장 결속의 차원에서 본 수식이 전혀 없다는 것이다.

〈고산구곡가〉의 특징을 한마디로 담박(淡泊)이라고 하거나10) 혹은 천연의 것이 저절로 이루어진 한미청적(閒美淸適)이라고 지칭하곤 하는데,11) 〈고산구곡가〉가 이러한 무위 상태의 격조를 유지할 수 있는 근간은 바로 구상성을 지향하는 단어를 취택하되 그 물상의 상태를 있는 그대로 전달하는 선에서 역할이 끝나는 서술어를 주로 사용하는 데에 있었던 것이다.

▌수평적 요소의 결합

〈고산구곡가〉는 "敍景而已로서의 因物起興을 논한다"는 평가를 받는 작품이다. 즉 고산구곡이라는 대상을 인식으로 한정하지 않고, 그 곳에서의 삶을 구가하지도 않고, 그저 보고 들었을 뿐인데12) 그럼에도 불구하고 흥감을 일으킨다고 했다. 그런데 '興'이란 자연물의 어떤 인상적인 장면을 접한 후 촉발된 감흥이 연장되는 것이다.13) 따라서 무엇인가 심적

---

9) 김병국, 「'충담소산'과 〈고산구곡가〉」, 『고전시가의 미학 탐구』, 월인, 2000, 81면.
10) 최진원, 「高山九曲歌와 淡泊」, 『한국고전시가의 형상성』, 성균관대 대동문화연구원, 1988.
11) 이민홍, 「〈高山九曲歌〉의 閒美淸適」, 앞의 책.
12) 최진원, 「高山九曲歌와 淡泊」, 『한국고전시가의 형상성』, 성균관대 대동문화연구원, 1988.
13) 신은경, 「동아시아적 비유체계로서의 '興'」, 『고전시 다시 읽기』, 보고사, 1997, 411면.

동요를 일으킬만한 요건이 없이는 불가능한 것인데 그렇다면 대상을 보고 단순하게 서술하는 행위 속에 〈고산구곡가〉는 감흥을 내재하고 있다고 볼 수 있다. 〈고산구곡가〉의 경관은 고산이라는 실경에서 비롯되는데 수사적인 장치를 동원하는 문학적인 가감 없이 그 실경을 전달하는 가운데에서도 나름의 방법을 통해 경관의 미적 요소를 창출하고 있는 것으로 간주할 수 있을 것이다.

앞서 살펴본 바와 같이 〈고산구곡가〉는 그저 있는 그대로의 구상을 서술하는 특성을 지니고 있다. 그런데 문제는 고산구곡이 비록 실물에 있어서는 완결된 미적 대상일 수 있다고 해도, 그 실물이 문학 작품 속에서는 어떻게 경관으로 형성될 수 있으며 또 경관으로 형성되었을 때에는 서경이이(敍景而已) 자체만으로 어떻게 미적 공감을 유도해낼 수 있는가 하는 점이다. 따라서 이러한 문제의식 아래 다음의 작품을 살펴보도록 하겠다.

> 一曲은 어드메고 冠巖에 히 비췬다
> 平蕪예 너거드니 遠山이 그림이다
> 松間에 綠樽을 노코 벗 오ᄂᆞᆫ양 보노라 ①

위에 예를 든 작품 속의 관암은 '산 위에 돌이 冠 모양같이 우뚝하게 서 있고, 산세가 구불구불 에워싸고 개울물이 감돌아 맑은 못이 있고, 산속의 촌락이 보이기 시작하는 곳이라고 전한다. 하지만 이러한 실제 산세를 낱낱이 열거할 수 없는 시조 작품에서는 그 광경을 압축했는데 우선 초장에서는 관암이라는 곳 전체에 해가 비치는 모습을 전달했으며, 그리고 중장에서는 안개가 걷힌 후 고개를 들어 내다보니 먼 산이 그림과 같다고 하고, 아울러 종장에서는 소나무 사이에 술잔을 놓고 벗이 오는 것을 보고 있다고 하고 있다.

그래서 위 시조의 초·중·종장은 각기 다른 세 개의 배경을 이루고 있다. 구상을 서술하는 데에 비중을 두는 어휘의 차원에서도 그랬고 또 작품 내 경관의 차원에서도 일체의 의미의 비약을 허용하지 않는 작품이기에 〈고산구곡가〉의 각 장은 역시 독립된 서경 그 자체에 머물러 있는 것이다.

그런데 초·중·종장은 일관된 시선의 흐름 속에서 하나로 통합될 수 있는 가능성을 시사하고 있다. 즉 관암에 해가 비치는 경관은 가장 광범위한 전체 배경으로 볼 수 있고, 그림 같은 원산은 해가 비추는 환경 안에 존재하는 중간 단계의 배경이며, 녹준을 놓고 벗을 기다리는 송간은 가장 범위가 축소된 단계의 배경으로 볼 수 있는 것이다. 따라서 위의 시조 작품을 경관의 차원에서 따라가다 보면 원경, 중경, 근경 속에 계기적으로 좁혀지는 구체화된 원근감을 포착할 수 있다. 〈도산육곡〉이 수직적 요소가 융합되어 관념적인 경관을 만들어낸 반면, 〈고산구곡가〉는 원근감을 통해 인식되는 수평적 요소가 계기적으로 결합되어 실제의 경관을 집약하는 것을 확인할 수 있는 것이다.

> 五曲은 어디미오 隱屛이 보기 됴희
> 水邊精舍는 瀟灑홈도 ᄀᆞ이업다
> 이 中에 講學도 ᄒᆞ려니와 詠月吟風ᄒᆞ리라 ⑤

위의 작품은 〈고산구곡가〉의 제5곡에 해당하는 것인데, 초장에서는 은병(隱屛)이 보기 좋다고 해서 지명을 중심으로 전반적인 배경의 윤곽을 제시하고 있다. 그리고 중장에서는 수변정사(水邊精舍)의 단정하게 들어선 모습을 제시함으로써 은병 가운데에서도 주목할만한 경관을 집약적으로 보여주고 있다. 이어서 종장에서는 그 정사 가운데에서 강학도 하고 음풍농월도 하겠다고 해서 가장 중앙에 시적 자아가 처한 위치를 제시하고 있는 것이다. 따라서 이 작품에서도 앞서 〈고산구곡가〉의 제1곡과 마찬가지로 '은병 → 정사 → 정사의 안'과 같이 계기적으로 좁혀지는 원근감을 형성하고 있는 것을 발견할 수가 있다.

〈고산구곡가〉에서 발견할 수 있는 원근감은 마치 그림에서 사실성을 더하기 위해 마련되는 장치에 비견할 수 있을 것이다. 『개자원화전(芥子園畵傳)』에서는 그림의 문제는 화폭의 평면위에 깊이와 공간을 이룩해내는 일이라고 했는데14) 이 깊이는 근원적 체험을 가능하게 하는 원근법에 해당하는 것으로 원근법이란 세계에 대한 깊이 있는 시각과 이해를 한눈에 가능하게 하는 작업에 해당한다.

그래서 이처럼 회화에서 긴요하게 쓰이는 원근감이 시조 작품 내에 실현됨으로써 단순한 서경만으로도 미적 감흥을 유발할 뿐만 아니라 정서적 깊이를 유도하고 있는 것을 확인할 수 있다. 예컨대 〈고산구곡가〉 제1곡에서는 멀리 해가 비치는 밝고 화창한 가운데 안개가 걷히며 멀리 있는 산이 청신한 한 폭의 그림처럼 느껴진다고 하며 그 속에 위치한 시적 자아가 술병을 기울일 준비를 하고 있다. 따라서 현재 작품을 통해서는 단지 눈에 보이는 경관만을 있는 그대로 접할 수 있을 뿐이지만 장차 이 장소에서 친한 벗들과 함께 술자리를 벌이며 흥겨워할 시적 자아의 잠시 후의 모습을 미루어 짐작할 수 있는 것이다. 또한 〈고산구곡가〉 제5곡에서는 은병에 위치한 물가 주변의 정사가 있고, 그 맑고 정갈한 환경 속에서 강학과 음풍농월을 하겠다고 해서 역시 앞으로 유유자적하며 즐길 시

---

14) 穆云穉 譯註, 『芥子園畵傳』, 西安: 陝西人民出版社, 1999.

적 자아의 모습을 접할 수 있다.

　이처럼 시조 3장의 계기적인 흐름 속에서 원근법에 비견할만한 입체적
인 경관을 구축하고 있는 〈고산구곡가〉는 정지된 장면의 내부에 그 경관
속에서 체험 가능한 정서적인 요소를 갖추고 있는 것이다. 그래서 후대에
나온 〈고산구곡가〉에 대한 한역시 중에는 배경적 요소보다는 이러한 정
서적인 요소를 우선 염두에 둔 것도 발견할 수 있다.

　　　一曲松間漾玉船　　一曲은 소나무 밑에 술잔에 술이 찰랑찰랑
　　　冠巖初日暎前川　　관암에 아침햇살 앞 시내에 비쳤구나
　　　攜節坐待佳朋至　　시냥에 손에 들고 앉아 친구 오기 기다리노라니
　　　遠峀平蕪捲曙煙　　먼 산 앞 새벽 연기 걷히는구나

　위의 한시는 앞에서 예를 든 〈고산구곡가〉 제1수를 김수항(金壽恒,
1629-1689)이 헌역한 것이다. 그런데 작품의 초두에서 소나무 밑에 있는
술잔에는 술이 찰랑찰랑하다고 해서, 시조의 종장에서 "松間에 綠樽을
노코 벗 오는양 보노라"라고 서경 위주로 전달되었던 내용이 적극적으로
부각된 것을 확인할 수가 있다. 그리고는 관암에 햇살이 비치고, 친구를
기다리고, 멀리 새벽 연기가 걷힌다고 해서 순차적인 계기성을 지녔던
〈고산구곡가〉의 경관은 이 한시에서 찾아볼 수가 없다. 대신 〈고산구곡
가〉의 입체적인 경관 속에서 추출할 수 있었던 흥겨움이 중점적으로 드
러나고 있다. 따라서 위의 한역시를 통해 간접적으로나마 〈고산구곡가〉
가 전달했던 내용은 서경 그 자체에 머무르지 않고 그 안에 함축된 정서
와 분위기를 아우른다는 점을 확인할 수 있는 것이다.

　그런데 〈고산구곡가〉에서 찾아볼 수 있는 입체적인 경관 구성은 비단

한 수의 시조 작품 안에서만 실현되는 것이 아니다. 〈고산구곡가〉의 풍경 서술은 각 연의 1행과 2행에 걸쳐서 반복적으로 중첩되면서 점진적으로 공간을 구체화하고 있어서, 여타의 시조들에 비하면 오히려 보다 구체적이고 가시적인 풍경을 제시하고 있다는 지적처럼15) 1곡에서 9곡으로 이어지는 각 장면의 연계 역시 작품의 경관 형성에 있어 중요하게 작용하고 있는 것이다. 게다가 〈고산구곡가〉의 작품 전체를 구성하는 질서는 비단 시각적인 요소에만 국한되어 있지는 않다.

구곡가계 자연시조는 육가계 시조와 마찬가지로 자연이라는 대상에 대한 관조를 바탕으로 하고 있다. 율(栗)·퇴(退)의 시조에는 경(景)을 보는 하나의 시선이 있는데 그 시선은 이치를 보는 시선이며 그 시선은 그가 바라보는 대상 경치와 일치가 되어 있다고16) 한 것과 같이 자연을 시각적으로 체화 하면서 그 심층의미를 꿰뚫는 것에 주안점을 두고 있는 것이다.

그런데 〈도산육곡〉이 보여주는 세계가 상하의 극과 극을 아우르는 대립항을 통해 구비된 안정된 공간성에 의존하고 있는 반면에, 〈고산구곡가〉에서는 각 시조에서 수평적인 결합양상을 보이는 것에서 더 나아가 구곡이라는 제한적인 장소를 1곡에서 9곡까지 순차적으로 따라가되 그 안에 시간적인 계기적 질서가 부합되도록 이중적 질서체계를 지향하는 차이가 있다.

七曲은 어디미오 楓岩에 秋色 됴타
淸霜이 엷게 치니 絶壁이 錦繡ㅣ로다

---

15) 김혜숙, 「〈고산구곡가〉와 정신의 높이」, 『한국고전시가작품론』 2, 집문당, 1992, 527면.
16) 신연우, 「朝鮮朝 士大夫 時調의 理致-興趣 具顯 樣相과 意味 硏究」, 한국정신문화연구원 박사학위논문, 1994, 60면.

寒岩에 혼ᄌ 안자셔 집을 잇고 잇노라 ⑦

八曲은 어ᄃᆡ미오 琴灘에 ᄃᆞᆯ이 붉다
玉軫金徽로 數三曲을 노는 말이
古調를 알 이 업스니 혼ᄌ 즐겨 ᄒᆞ노라 ⑧

九曲은 어ᄃᆡ미오 文山에 歲暮커다
奇巖怪石이 눈 속에 무쳐셰라
遊人은 오지 아니ᄒᆞ고 볼 것 업다 ᄒᆞ더라 ⑨

위는 〈고산구곡가〉의 제7곡부터 9곡까지를 순서대로 나열한 것이다. 그리고 이 7곡에서 9곡까지를 연결하는 가장 기본적인 질서는 풍암(楓岩) – 금탄(琴灘) – 문산(文山)으로 이어지는 시각적인 배경의 연속에서 찾아볼 수 있다. 〈도산육곡〉이 작품 속에서 수직적인 상하관계를 통해 전체로서의 우주를 형상화 했던 반면에, 〈고산구곡가〉에서는 다분히 수평적인 배경의 연계를 통해 전체로서의 세계를 형성하는 것을 다시금 확인할 수 있다. 일반적으로 수평이동은 자기가 거처하는 장소로부터 떠나는 것 혹은 하나의 여행의 이미지로 나타난다고 하는데,[17] 실제로 〈고산구곡가〉는 어느 한 곳에 귀착된 것이 아니고 부단히 이동하고 변화함으로써 전체를 형성하는 것을 알 수 있다.

그런데 이러한 이동은 단지 공간의 이동에 국한되지 않고 부단한 시간의 이동을 아우르고 있어서 주목을 요한다. 위의 예문이 보여주는 것처럼 7곡은 추색(秋色)이 좋다고 해서 가을임을 암시하고 있고, 8곡은 달이 밝다고 해서 밤이라는 것을 알 수 있다. 또 9곡은 '歲暮커다'라는 어구를

---

17) 이승훈, 『시론』, 고려원, 1979, 407면.

통해 한 해가 저무는 한겨울임을 분명히 하고 있는 것이다.

다시 위의 예문 가운데 7곡을 보면 풍암에 가을색이 좋은 가운데 찬서리가 치고 절벽은 비단으로 수를 놓은 듯한 가운데 시적 자아가 놓여 있다. 그리고 8곡을 보면, 금탄에 달이 밝은 아래 거문고를 타고 있으며, 9곡은 문산에 눈이 와서 눈 속에 세상에 묻혀 있다고 하고 있다. 따라서 지명을 따라 부단히 배경이 이동을 하고 있지만 그 배경의 성격을 좌우하는 근간은 공간적 특수성이 아니라 시간적 특수성에 놓여 있는 것이다. 풍암·금탄·문산이 모두 빼어난 곳이라고 해도 시간적인 상황이나 특정한 상황이 결부되지 않고서는 그 특성이 드러나지 않기 때문이다.

풍암은 단풍나무라는 말이 암시하듯 가을이 되어 단풍이 물들기 전에는 그 가치가 제대로 드러날 수 없는 곳이다. 또 금탄은 거문고라는 말에서 알 수 있듯이 분위기를 한껏 고취시킬 수 있는 상황이 꼭 필요한 것이고, 문산은 유인(遊人)들과는 격리된 고즈넉한 상황이 필요한 것이다. 따라서 풍암에는 단풍이 지는 가을이, 금탄에는 흥을 고조시키는 달밤이, 문산에는 눈이 와서 세인들과는 격리되는 한겨울이 더할나위 없이 제격이라고 할 수 있다. 이쯤 되면 7곡부터 9곡까지 이동하는 각 곡의 공간적 배경의 아름다움은 철저히 시간적인 질서 아래 완성되는 것이라는 점을 부인할 수 없을 것이다.

잘 알려진 바와 같이 〈고산구곡가〉는 8수에 모두 구체적인 시간대가 개재되어 있다. 그래서 모두 고산구곡의 자연과의 일체감 속에서 자적하고 있는 시인의 내면과 생활모습을 보여준다고 했는데,[18] 춘·하·추·동과 旦·晝·暮·夜가 치밀하게 구성되어 있다.

---

18) 김혜숙, 앞의 논문, 521면.

一曲(오전)　　　　四曲(오후) → **(五曲)** → 六曲(저녁)　八曲(밤) ↘

　↘ 二曲(봄) → 三曲(여름) ↗　　　　　　　　↘七曲(가을)↗　　九曲(겨울)

간단한 위의 정리에서 알 수 있듯이 중앙에 위치한 5곡을 제외한 전 시조에 시간대가 포함되어 있는데 시상은 공간적으로는 1곡에서 9곡으로, 시간적으로는 봄에서 겨울로 그리고 아침에서 밤으로 진행하고 있어서 순차성을 유지하고 있다.

이러한 〈고산구곡가〉의 성향에 대해서 김대행은 최립의 글에 나타난 각 곡들은 옹기종기 모여 있다고 볼 수 있는데 그 각 곡의 이미지를 시간적 질서와 연관시켜 형상화함으로써, 아침(1곡)에서 낮을 거쳐 저녁에 이르고(4곡), 다시 황혼(6곡)을 지나 달밤에 이르는 하루의 시간적 순환이 나타나 있는가 하면, 봄(2곡)에서 시작하여 여름(3곡)을 지나 가을(7곡)을 거쳐 겨울에 이르는 한 해의 질서가 순차적으로 나타나서 돌연성이나 변회성보다는 균제에 뜻을 두는 율곡의 성향을 기늠할 수 있다는 지적을 한 바 있다[19]. 또 〈고산구곡가〉는 1곡에서 9곡까지의 공간적 배경에 의도적으로 춘·하·추·동과 단(旦)·주(晝)·모(暮)·야(夜)의 시상을 차례로 배열하고 시공이 서로 호응하는 질서를 이룩하고 있는데 이것은 곧 고산구곡담이 사시의 순환이라는 영원의 시간이 실현되는 이상향임을 암시하는 것이라는 지적도 있었는데,[20] 모두 시간적 질서의 중요성에 비중을 두는 지적들이다.

〈고산구곡가〉는 〈도산육곡〉과 함께 자연 배경 속에 갖추어진 함의를 관조하는 형이상학적인 의도가 두드러지는 작품이다. 그런데 〈도산육곡〉에서는 경관이 이미 시각적인 구상성을 벗어나서 비약적인 의미 체계

---

19) 김대행, 「李珥論」, 한국시조학회 편, 『古時調作家論』, 백산출판사, 1986, 157면.
20) 김신중, 「韓國 四時歌의 硏究」, 전남대학교 박사학위논문, 1992, 92면.

를 지향함으로써 추상적이고 내면적인 성향을 내포하는 반면에, 〈고산육곡〉에서는 경관이 시각적인 배경으로서의 성격에 충실하여 자칫 관조라는 조건에 위배되는 듯도 하다. 예컨대 〈도산육곡〉이 수직적인 상하의 공간성향을 아우르며 집약적인 내면세계를 투사하지만, 〈고산구곡가〉는 수평적인 공간성향을 지향해서 부단한 여행과 이동에 머무를 확률이 있음을 지적했던 것을 상기할 수 있을 것이다.

하지만 이러한 〈고산구곡가〉의 내부에는 시간적인 질서라는 장치가 자리잡고 있어서 고산을 배경으로 하는 각 장면들은 단순한 장면이 아니고 내적인 논리에 의해 결합되고 그 의미를 암시하는 선후의 연결체계 속에 놓이게 되는 것이다. 그래서 시각적인 장점을 발휘하는 경관이되 비단 그러한 장점만으로 그치는 것이 아니고 매 경관마다 우주적인 질서 체계 아래 나름의 존재원리와 의미가 포함되어 있는 것이다.

따라서 〈고산구곡가〉의 기반이 되는 질서는 표면적으로는 1곡에서 9곡으로 이어지는 공간적 성향에 있지만 그 안에서의 생활과 또 순간적인 정서를 포착할 수 있는 시간적인 성향이 자리잡고 있는 것이다. 〈도산육곡〉의 경관은 기호적인 대립성을 지향하는 상하의 공간에서 비롯된 것이지만, 〈고산구곡가〉의 경관은 외연의 공간과 내포의 시간이 어우러지면서 완성되었던 것이다.

▌ 외물의 발견

〈고산구곡가〉는 산수를 지향하면서도 일반적인 산수 자체가 아니라 제목에서처럼 곡(曲)을 내세우고 있다. 퇴계의 작품에서 확인했던 산수는 그 맑고 높은 가치로서 주목을 받는다고 했는데, 곡에 주목한다고 하면 조금 경우가 달라질 수 있다. 왜냐하면 곡은 적어도 이황의 경우와 같은 내적 가치로서 중시된다고 단정할 수는 없기 때문이다.

〈고산구곡가〉가 표방하는 곡은 근본적으로 '굽음'의 뜻을 갖고 있으며 방향의 변화, 音의 높고 낮음의 변화 등을 아우르며 아름다운 장소로 계곡이 굽이치는 곳을 의미한다.21) 따라서 〈고산구곡가〉의 공간은 즉물적인 시각적인 가치를 배제하지 않는다는 것을 알 수 있다.

물론 〈고산구곡가〉는 〈무이구곡도가〉라는 선행 모델을 염두에 두고 지어진 작품이기는 하지만 입도차제(入道次第)라는 주자시의 원리는 인물기흥(因物起興)으로 대체되었다는 지적을 받을 정도로22) 그 내용에 있어서는 독자성을 획득하고 있다. 그리고 율곡이 고산이라는 장소를 접하는 독자적인 자연체험은 아래와 같은 글을 통해 미루어 짐작할 수 있다.

　　내가 본래 楓巖 하류에 경치 좋은 곳이 많다고 들었으나 아직 유람하는 발길이 미치지 못하였다가, 신미년(1571) 6월 10일 경에 6-7명의 벗과 더불어 시내를 따라 올라갔다. 숲으로 덮인 산맥이 旁流逶迤하여 혹은 솟고 혹은 엎드린 것으로 보아서, 높은 곳에는 반드시 푸른 언덕이 있어 병풍과 같고 그 아래는 반드시 고인 물이 못을 이루었을 터인데, 객중에 이 물의 근원을 아는 이가 있어서 그 수효가 아홉임을 알았으니, 참으로 이른바 구곡이었다. 우리는 걸어서 제4담에 이르렀다. 사람들이 경치가 가장 좋은 곳이라 하기에 모래 위에 자리를 펴고 푸른 언덕을 마주하여 앉으니, 물이 넓어 배를 띄울 만하고 언덕 밑에는 어지러운 돌이 서로 뒤섞인 가운데 바위 하나가 배와 같기에 이름을 船巖이라 하였는데, 4-5명이 앉을만하니, 시골 늙은이의 낚시터이기도 하였으리라. 바위틈을 우러러보니, 제비집이

21) 최기수, 「曲과 景에 나타난 韓國傳統景觀構造의 解釋에 관한 연구」, 한양대학교 박사학위논문, 1989, 7면.
22) 이민홍, 「사림파의 주자시 수용」, 『증보 사림파문학의 연구』, 월인, 2000.

있었다. 우리는 제비가 머물 곳을 안 것을 기이하게 여겼다. 객이 있어 그 곳의 이름을 청하기에 내가 松崖라 이름하였으니 언덕 위에 소나무가 있었기 때문이다.【李珥,「松崖記」】[23)]

위의 예문을 보면 어느 날 우연히 유람을 떠나는 것으로 글이 시작되고 있다. 일찍이 경치가 좋다고 점찍어 놓고 있던 곳을 벗들과 더불어 찾아가고 있는 것이다. 그런데 그 곳은 가히 듣던 대로 방류위이(旁流逶迤)한 형세가 사람의 눈을 자극하는 그런 곳이었다. 이러한 구곡의 발견은 이황이 도산을 경영하게 된 것과는 그 출발이 다르다고 할 수 있다. 앞서 언급한 바와 같이 이황은 청량산을 마다하고 도산을 선택했으며 사방의 산세와 물의 흐름을 세심하게 고려하여 복거지를 개척해 나갔다. 하지만 이이는 유람을 나섰다가 문득 구곡을 발견하고 있는 것이다. 또 구곡이라는 지리적 여건도 직접 현장에서 그 수효가 아홉이라는 것을 전해 들었다고 하니 산수라고 해서 그 상징적·내면적 가치에 그치는 것이 아니라 있는 그대로의 자연의 아름다움이라는 가치를 중시하는 것을 확인할 수 있는 대목이다.

일행은 걸어서 제4담에 이르렀는데 그 곳은 구곡 가운데에서도 가장 경치가 좋은 곳이라 선택된 것이다. 그리고 푸른 언덕을 마주하고 모래 위에 자리를 펴고 앉아서는 주변을 둘러보고 명명을 하고 있다. 배와 같은 바위는 선암(船岩)이라고 하고 그 곳의 이름은 언덕에 소나무가 있으

---

23) 余素聞楓巖下流多佳處, 游屬適未及焉. 辛未季夏之旬, 與友生六七人, 沿溪而上, 見林巒旁流逶迤. 或起或伏, 高處必有翠崖如屛, 其下必渟水成潭. 客有窮其源者, 知其數有九, 眞所謂九曲也. 余等行至第四潭, 人以爲最勝, 故設席沙上, 面翠崖而坐水廣可容舟, 崖下亂石相錯, 一巖狀如船, 因以名, 可坐四五人邨老之釣磯也. 仰視巖隙, 有玄鳥巢, 余等奇其知所止也, 有客請名其地, 余創名之曰松崖. [李珥,「松崖記」,『栗谷集』卷13]

니 송애(松崖)라 한다고 했다. 굳이 내면적인 사물의 본질에 치중하지 않고, 눈에 보이는 현상 그 자체에 의거해서 명명함으로써 내외가 분리되지 않는 자연을 실감할 수 있다.

무작위로 어느 날 유람을 떠나서 아름다운 승지를 발견하고 그 주변환경에 따라 명명하는 자연, 이것이 율곡이 지향하는 곡의 일부인데 이 자연은 주체의 의지나 이상과는 상관 없이 독자적으로 존재하는 외물이 있는 공간 그 자체라는 점에서 특이점을 발견할 수 있다. 하지만 그렇다고 해서 율곡이 본디 자연의 내적인 가치를 전혀 간과한 것은 아니다.

> 우리는 이리저리 배회하며 두루 돌아보다가 저물어서야 돌아왔다. 아! 외물의 즐거워할 만한 것은 모두 참다운 즐거움이 아니다. 군자가 즐거워하는 것은 안에 있고 밖에 있지 않으므로 저 솟은 봉우리와 흐르는 물 등은 다 나에게 관계가 없는 것인데, 옛 성현이 오히려 이를 즐거워한 것은 무슨 까닭일까. 대개 내외를 나누어시 둘로 보는 자는 참다운 즐기움을 아는 이가 아니다. 반드시 내외를 하나로 하여 피차가 없는 이라야 참다운 즐거움을 아는 것이다. 天理는 본래 내외의 간격이 없는 것인데, 저 안이 있고 밖이 있는 것은 반드시 인욕이 개재하였기 때문이다. 진실로 인욕의 개재가 없다면 바로 호연 자득할 터이니, 어디를 간들 즐겁지 않겠는가. 【李珥, 「松崖記」】[24]

위의 예를 보면 구곡의 여러 곳을 돌아다니면서 즐기고 온 후의 생각을 정리하고 있다. 그런데 외물의 즐거워할 만한 것은 참다운 즐거움이 아니

---

24) 余等徘徊顧瞻, 抵暮乃還, 嗚呼, 外物之可樂者, 皆非眞樂也, 君子之所樂, 在內而不在外, 則彼之峙且流者, 無與於我, 而古之聖賢, 尙有樂之者, 其故何耶, 蓋分內外而二之者, 非知眞樂者也, 必也一內外, 無彼此者, 其知眞樂乎. 天理本無內外之間, 彼有內有外, 必有人欲間之也, 苟無人欲之間, 則浩然自得, 焉往而不樂哉. [李珥, 「松崖記」,『栗谷集』卷13]

라고 단언을 하고 있어서 주목할 필요가 있다. 앞의 예문에서처럼 율곡은 분명 외물을 중시했다. 선입견이나 가치를 적용하지 않고, 있는 그대로의 환경의 아름다움 자체를 즐겼으며 아울러 그 주변의 모습을 고려하여 명명한 것 등을 상기할 수 있을 것이다. 그런데 외물은 즐거워할 것이 아니라는 말은 모순으로 들릴 수밖에 없다.

대신에 율곡은 내외를 하나로 하여 피차가 없어야 참다운 즐거움을 아는 것이라고 주장하고 있다. 이 대목을 보면 외관의 가치를 부정하는 것은 아니라는 사실을 확인할 수 있다. 다만 외관의 가치가 그 외면적인 것에 그치면 소용이 없는 것이고 밖을 통해 그 안을 볼 수 있어야 한다는 것을 강조하고 있는 것이다. 그 안을 본다는 것은 바로 이치를 안다는 뜻이다. 따라서 자연을 통해 이치를 논한다는 점에서 율·퇴는 공통된 범주에 속한다고 할 수 있는 것이다.

하지만 이이는 천리(天理)는 내외의 간격이 없다고 하고 있다. 즉 외물 안에 곧 내물이 있다는 것이다. 천리는 외물을 통해 접근할 수 있고 그 자체가 곧 천리라는 사실을 확인할 수 있는 대목이다. 천리는 원래 내외의 구별이 없다고 했다. 하지만 인욕 때문에 천리를 잊고 사는 것이 곧 인간이라고 할 수 있다. 따라서 잊어버린 천리를 되찾기 위한 노력을 하는 것은 당연한 일인데, 그것을 되찾기 위한 방편으로 밖의 사물을 통해 내적 가치에 도달할 수밖에 없다는 것이다. 사물의 가치를 즐거워하는 것은 천리를 깨닫기 위한 귀착점은 될 수 없으나 시발점으로서 긴요할 따름이다. 따라서 이이는 외면적인 아름다움을 지니는 공간을 중시하되 그 속에서 자연의 이치를 동시에 찾고자 하는 것을 확인할 수 있다.

(風)

樹影初濃夏日遲	나무그늘 짙어지자 여름해는 길고길어
晚風生自拂雲枝	늦게 부는 바람 높은 가지를 흔든다
幽人睡罷披襟起	幽人이 낮잠 깨자 옷깃을 헤친 채 부시시 일어나서
徹骨清涼祗自知	뼈까지 시원한 이 맛은 나만이 알고 있네

(月)

萬里無雲一碧天	만리에 구름 한 점 없이 파랗게 갠 하늘
廣寒宮出翠微顚	광한궁이 산 중턱에 솟았구나
世人祗見盈還缺	세상 사람은 단지 둥글었다 지는 것만 보고
不識永輪夜夜圓	여기 달 바퀴는 밤마다 둥근 줄은 모르네

(水)

晝夜穿雲不暫休	밤낮없이 운림을 뚫고 흘러흘러 잠시도 쉬지 않으니
始知源派兩悠悠	여기서 근원과 지류가 서로 연이은 것을 알레라
試看河海千層浪	여보시오 저 바다에 천중만중 일어나는 파도를 보소
出自幽泉一帶流	그 근원은 깊은 산 옹달샘의 한 줄기에서 시작되었다오

(雲)

飛入青山幾許深	청산에 모여들어 얼마나 깊이 쌓였나
衙中猿鳥是知音	골짜기 가운데 원숭이와 새들이 모두 친우일세
何如得逐神龍揭	제발 어서 신룡을 따라가서
慰郤蒼生望雨心	농민들의 비 바라는 마음 위로해주는 게 어떠리

【李珥, 〈山中四詠〉】[25]

---

25) 李珥, 『栗谷全書』 권1.

위의 예는 잘 알려진 〈산중사영(山中四詠)〉 시이다. 풍(風)·월(月)·수(水)·운(雲)이라는 자연의 네 가지 소재를 통해 그 이치에 접근하고 있는데, 우선 풍을 보면 바람이 시원하게 부는 배경을 잘 그려내면서 작품을 시작하고 있다. 한 여름, 나무그늘이 짙어진 가운데 한 줄기 바람이 불어 높은 가지를 흔들고 있다. 그런데 작품 후반에서는 바로 뼈까지 시원한 이 맛은 나만이 알고 있다고 해서 청량감으로 집약할 수 있는 바람의 가치를 부각시키고 있다.

이 작품 전반부에서는 바람이 부는 상황묘사를, 후반부에서는 시원한 바람의 속성을 엿볼 수 있었는데 이것은 바로 내외가 하나 되어 천리로 부각되는 부분이다. 마찬가지로 마지막 작품 운을 보면, 청산 가운데 구름이 몰려들어 골짜기에 가득한 가운데 원숭이, 새들과 같은 짐승들이 있다고 했다. 중국 강남의 풍경을 연상시키는 이러한 배경은 다소 이국적인 느낌마저 전한다. 그리고 이어서 구름은 신룡을 따라가 비로 내려서 창생들의 신고를 달래주었으면 좋겠다고 하며 결말을 맺고 있다. 청산과 흰구름이라는 색채의 대비, 머물러 있는 구름과 움직이는 동물들과의 대비를 통해 비록 짧은 시구이지만 현상계의 시각적 효과를 극대화시키는 대목이다. 하지만 시적 자아는 이러한 현상계에 매몰되지 않고 바로 청산 중턱에 머물러 있는 구름이 내포하고 있는 가치와 의미를 부각시키고 있는 것이다. 이 작품에서도 사물은 비단 외면의 가치에 끝나지 않고 그 내적 의미로 전이되고 있다. 내외를 구별할 틈이 없이 바로 내적 가치를 부각시킴으로써 결국 내외가 일치된 천리를 엿볼 수 있는 작품이라고 할 수 있을 것이다.

이처럼 율곡에게 있어서 자연의 외적 가치는 천리를 깨닫기 위한 필수적인 단서였기 때문에 정서적인 측면을 배제한 자연의 아름다움과 시각적 가치는 매우 중요한 것이다. 따라서 이러한 시각적인 아름다움은 율곡이 자연을 이해하는 근간이었을 뿐만 아니라 후대에 율곡이 경영했던 고산구곡을 소중히 기억하고 있는 이들에게도 중요하게 여겨진 듯하다.

일곡은 관암이니 해주 성서동 45리 밖에 있고, 바다와는 20리쯤 떨어져 있다. 산 위에 돌이 관 모양 같이 우뚝하게 서 있어서 관암이라 이름 했으니 아마도 가장 높고 또는 시초라는 뜻을 붙인 것인가보다. 여기서부터는 산세가 구불구불 에워싸고 개울물이 감돌아 들었는데 개천 언덕 높이 솟아나 절벽 밑에는 반드시 맑은 못이 있어 은자의 노닐만한 곳이 되었으니, 대개 산촌의 두어 집이 처음으로 보이는 곳이다.

　……

제5곡 은병은 송애에서 23리쯤 떨어졌다. 높고 둥글고 명랑하게 생긴 석봉이 특이하게 솟아 있고 곳의 사방과 밑바닥은 모두 돌을 다듬어 쌓은 듯이 물을 담고 있으며 병풍이란 뜻은 앞은 보이고 뒤는 가렸다는 것이고 또 근래에 공이 은퇴하여 쉬고자 하는 뜻을 붙여 취한 것이다. 공이 처음 석담에 나타 자리를 잡을 때에는 잠시 휴식할 곳으로 대강 마련했을 뿐이었다. 그런데 배우러 오는 사람이 차츰 불어나자 제자들과 상의하고 한데 모여 강학할 곳을 확장하니 그 규모는 더욱 구비하게 되어서 선성을 숭모하고 후학을 계도하는 절차는 하나도 빼놓을 수 없는 것이다.

　……

(7곡)楓巖은 조계에서 2·3리쯤 떨어졌다. 그 바위에는 모두 단풍 나무가 꽉 들어서서 서리가 지나간 뒤에는 마치 붉은 놀이 꽉 낀 것 같으므로 풍암이라 이름하였으니 제7곡이다. 그 밑에는 촌가 두어 집이 있고, 뽕나무와 붉은 가시나무가 은은하게 비쳐서 마치 한 폭의 그림을 보는 것과도 같다.【崔岦,「高山九曲潭記」】[26]

---

26) 第一曲爲冠巖, 離州城西, 洞四十五里, 其距海門二十里, 山頭有立石, 若冠焉者, 而卓然, 故以名, 意亦取夫冠, 始之義乎, 自此而往, 山勢透岊溪水并之, 而其絶處下

사람이 거처하는 곳을 구곡이라고 칭하는 것은 그 유래가 오래 되었다. 옛 사람이 그 굽이의 수를 아홉으로 정한 것은 모두 형상을 취하려는 뜻이 있었으나, 후인들은 단지 모방하고 따를 뿐이다.【權燮,「花枝九曲記」】[27]

이이 사후 문우(文友)였던 최립이 지은 위의 글을 보면 매 곡의 아름다운 형상을 공들여 기록한 것을 확인할 수 있다. 또 아래에 〈화지구곡기〉는 권섭이 '화지구곡'을 경영하며 지은 기문인데, 외형을 통해 구곡의 가치를 지속적으로 발견하던 전통의 일단도 확인할 수 있다. 이러한 예들은 공히 아름다운 경물을 통해 자연의 이법을 발견하던 장소로서의 구곡계 시조의 배태공간을 시사하고 있는 것이다.

우선 최립의 글을 보면 일곡을 기억하며 관암이라는 지명이 붙여진 이유와 뜻을 말하고 산세의 특징을 설명하며 구곡 가운데 1곡이 어떤 곳인지를 잘 설명하고 있다. 그리고 제5곡을 설명한 부분을 보면, 역시 지명과 주변 경관과의 상관성을 말하고 후학을 제도했던 율곡을 회상하고 있다. 또 제7곡 역시 지명의 유래를 말했으며 주변이 마치 한 폭의 그림을 보는 것 같다고 설명하고 있다. 율곡의 친우였던 최립이 설명하는 구곡은 주로 지명과 배경을 중심으로 주변의 모습이 가능한 있는 그대로 전달되고 있는데 이러한 성향은 애초에 율곡 구곡을 경영하여 환경의 아름다움을 중시하며 의미를 붙였던 뜻을 상기한 때문으로 볼 수 있다.

必澄潭, 足爲者之所盤旋, 盖有山村數家, 始見焉.…… 第五曲爲隱屛, 自松崖二三里許, 石峰高圓明麗特異, 潭邊底皆若砌而貯之水者. 屛之義, 視前而隱, 又近取諸身, 以托退休之義乎. 公始石潭居之略爲栖息之所, 而從學益衆, 則相與謀爲, 可以同處, 規設益備, 則尊先惠後, 不可一少 …… 楓岩, 自釣溪二三里許, 岩皆楓林, 被之霜後, 絢如霞, 故名而曲之第七者也. 下有數家, 桑柘紫隱然一畵圖中 …… [崔岦,「高山九曲潭記」,『簡易堂集』卷9]

27) 必人居之稱九曲, 其來久矣. 古人以九數其曲, 皆有取象之義, 而後人則只依倣而爲例耳. [權燮,「花枝九曲記」]

율곡에게 있어서 구곡을 중심으로 하는 자연계의 외현은 단지 그 자체에 머무르지 않는 본질이요 천리였다고 할 수 있다. 따라서 주변 환경에 맞게 이름을 붙여서 명명하고 아울러 자연시조를 통해 객관적인 모습을 전달하고자 했던 것은 곧 외물의 가치를 인정함으로써 참다운 내적인 가치를 깨닫고자 하는, 즉 내외가 일치되는 가운데 천리를 깨닫고자 하는 의도로 이해할 수 있다.

따라서 율곡 개인의 객관적인 체험 영역을 고스란히 옮겨놓음으로써 탄생한 구곡가계 시조는 이이 개인의 영역을 떠나 지속되기는 어려웠기 때문에 후대에 쉽사리 창작의 준거가 될만한 공통된 근간을 마련하기는 어려웠다.

> 巖花의 春晩흔듸 松崖에 夕陽이라
> 平蕪의 닌 거드니 遠山이 如畵ㅣ로다
> 瀟灑흔 水邊 亭子의 待月吟風 흐리라
> 【申喜文,『청구영언』(육당본)】

후대의 단형시조를 보아도 위와과 같은 〈고산구곡가〉의 모방형 시조만이 구곡가계 시조로 간주될 수 있다. 따라서 외면의 가치를 통해 내면의 가치까지 전달하고자 했던 이이의 뜻이 쉽게 전달되기는 어려웠음을 실감하게 된다.

█ 객관적 현시로서의 자연공간

관조를 추구하는 자연시조는 모두 번잡한 세사를 멀리 하고 텅 빈 상태에서 그윽한 흥취를 추구하는 가운데 진정한 자연을 만남으로써 이루어진다. 그런데 육가계 시조가 만나는 자연은 내 마음 속에 이미 구비된 혹은 천지 만물 속에 이미 자족적으로 갖추어진 천성으로서의 자연이라면, 구곡가계 시조가 만나는 자연은 나와는 분리되어 있는 것이다.

예컨대 인간과 자연과의 관계에 주목해 보면, 인간은 자연에게서 떨어져 자족적으로 존재한다. 앞에서도 〈고산구곡가〉의 자연물은 주로 물체 그 자체를 지향하며 장소의 현시성을 지향한다고 했던 것과 같이 주로 개체적인 형태로 존재하는 것이다. 그래서 〈고산구곡가〉 제2수를 보면 관암이라는 독자적인 자연배경이 제시되고 그 곳에 해가 비추는 가운데 먼 산은 그림같이 아름답고 나는 그저 소나무 사이에 술잔을 놓고 벗이 오는 것을 보고 있을 뿐이라고 했다. 마찬가지로 제3수를 보면 취병이라는 곳의 초여름의 경치를 옮겨놓고 있는 것이다. 이들 시조는 그 내용을 서술해서 열거할 수 있을 정도로 시적인 함축이나 비약이 전혀 없는데 그럴 수 있는 이유는 바로 작품속의 자연이 객관적인 모습 그대로 옮겨져 있기 때문이다.

따라서 〈고산구곡가〉의 경우는 물아의 조우라는 점에 보다 비중을 둘 필요가 있다. 〈도산육곡〉은 비약적으로 자연 속에 융화됨으로써 저절로 물아가 일치될 수 있었지만, 〈고산구곡가〉가 추구하는 물아의 일체는 '我'의 남다른 의지 속에서 가능한 것이기 때문이다. 그 의지는 우선 적극적으로 '物', 즉 자연을 발견하고 발견한 자연을 내면에 불러들이고자 했던 율곡의 작시태도에서 잘 드러난다.

雲鎖靑山半吐含　　구름에 싸인 청산이 반쯤 나와 있더니
驀然飛雨灑西南　　갑자기 흩뿌리는 비에 서남쪽이 깨끗하네
何時最見催詩意　　어느 때 시를 재촉하는 뜻이 가장 드러나는가

荷上明珠走兩三   연꽃 위에 맑은 구슬 두 세 방울 구를 때라네.
【李珥, 〈催詩雨〉】[28]

　위의 한시작품을 보면 전구에서 어느 때 시를 재촉하는 뜻이 가장 잘 드러나는가 하는 질문을 던지고 있다. 상황은 기후가 고르지 못하고 갑자기 비가 내리는 가운데 청산을 멀리 바라보는 중이다. 그런데 결구에서 말하기를 시를 재촉하는 뜻은 연꽃 위에 맑은 빗물이 두 세 방울 구르는 그 순간에 가장 발휘된다고 전하고 있다. 상황을 재현하면 막 비가 흩뿌리기 시자하여 고운 연꽃 위에 구슬 같은 빗물이 흐르기 시작하는 순간을 포착하는 것이고 그 광경을 포착함으로써 시를 재촉하는 마음, 즉 발견한 자연을 내면화하고자 하는 의지를 갖게 되는 것이다.

　율곡도 퇴계와 마찬가지로 도학적인 깨달음, 본연의 법칙을 발견하기 위해 자연에 접근했다. 하지만 그의 작품에 나타나는 자연은 위에 예를 든 한시에서 표현한 "연꽃 위에 맑은 구슬 누 세 방울 흐르는 때"와 같이 세상의 만물 중에 정말 가치 있는 부분이 취사선택되어 시적 감성을 유발한 것이다. 이러한 사실은 율곡이 생각한 세상이란 퇴계의 경우처럼 항상성을 지닌 요족한 전체가 아니었음을 시사한다. 때로는 무가치한 것이 개입된 균질하지 못한 것이 자연인데, 그 중 시적 가치에 부합하며 아울러 내면의 가치를 추구할 수 있게 하는 자연이 부분적으로 존재하는 것이다. 따라서 항상 존재하지는 않는 가치 있는 자연을 발견하고 내면에 불러들이는 것, 이것이 진정한 자연과의 조우에 해당하는 것이다.

　특히 율곡의 문학관은 밖에서 오는 부딪침에 대한 반응과 자기 확장 의지로 평가된 바 있다.[29] 진정으로 자연과 하나가 되기 위해서는 자아의

28) 李珥, 『栗谷集』 卷1.

적극적인 선택과 자아화의 의지가 필요하기 때문이다.

　　소리가 나는 것은 한 가지만이 아니다. 무용지성이 있고, 유용지성이 있
다. 재채기를 하고, 코를 고는 것 따위는 사람의 소리 중에서도 무용한 것
이다. 혀를 차고 말하고, 웃는 것 따위는 사람의 소리 중에서 유용한 것이
다. 유용한 것 중에는 또한 미성과 악성이 있다. 사람이 그 소리를 듣고
좋아하는 것은 미성이다. 싫어하는 것은 악성이다. 미성 중에는 또한 실성
과 허성이 있다. 입에서 나와서 글에 정착되지 않는 것은 허성이다. 입에서
나와서 글에 정착되는 것은 실성이다. 실성 중에는 또한 정자(正者)와 사
자(邪者)가 있다. 정자인 듯하면서도 사자이고, 사자인 듯하면서도 정자인
것도 있다. 사람이 낸 소리가 다른 사람에게 호감을 주고, 호감을 주면서
글에 정착되고, 글에 정착되면서 정자에 합당한 것을 선명이라고 한다.
　【李珥,「贈崔立之序」】30)

　　위의 예문에서 보면 소리가 나는 것에는 유용한 것과 무용한 것이 있는
데 그 중 유용한 것, 그리고 유용한 것 중에서도 아름다운 것 등으로 가치
있는 것이 취사선택 됨으로써 최종적으로 가장 훌륭한 문학이 성립되는
것을 분명히 하고 있다. 그런데 이러한 취사선택은 자연시조에 등장하는
자연이라는 환경과 소재에도 적용되는 것으로 간주할 수 있다. 문학의
재료가 되는 소리뿐만 아니라 자연시조의 재료가 되는 자연도 가치 있는

---

29) 조동일,「李珥 문학사상의 근본문제」,『한국의 문학사와 철학사』, 지식산업사, 1996,
　　200면.

30) 聲之出亦非一也, 有無用之聲, 有有用之聲, 嚔嚏鼻唾之類, 人聲之無用者也, 咄嗟
　　言笑之類, 人聲之有用者也, 有用之中, 亦有美聲惡聲, 人聞其聲而好之, 則爲美聲,
　　惡之, 則 爲惡聲, 美聲之中, 亦有實聲虛聲, 出於口而不著於文, 則爲虛聲, 出於口
　　而著於文, 則爲實聲, 實聲之中, 亦有正者邪者, 或似正而邪者, 或似邪而正者, 人之
　　發其聲而好於人, 好於人而著於文, 著於文而合於正者, 謂之善鳴. [李珥,『栗谷集』
　　拾遺3]

것과 그렇지 못한 것이 공존하므로 그 중 가장 좋은 것을 가려 뽑은 것, 그것이 최종적인 자연이 될 것이기 때문이다.

그리고 좋은 문학을 창작하기 위해서는 수식하는 일을 배제할 것을 주장하고 있는데, 이 내용도 자연과 만나는 방법을 암시한다고 할 수 있다.

> 사람의 소리 가운데 정수가 말이고, 시는 말 가운데 또한 정수이다. 시는 성정에 근본을 둔 것으로서 거짓으로 꾸며서 이루는 것이 아니기 때문에 성음의 높낮이가 자연스러움에서 나온다. 【李珥, 「精言妙選序」】31)

위의 예문은 잘 알려진 이이의 시선집인 『정언묘선』에 붙인 서문인데, 시는 꾸며서 되는 것이 아니고 있는 그대로가 가장 좋은 것이라고 했다. 마찬가지로 자연문학도 억지로 아름다운 자연을 꾸며내려 하면 격조가 낮아지는 셈이다. 오히려 인욕을 배제한 채 인간과 분리되어 제 스스로 존재하는 각종의 지언을 관망하다 그 중 내면의 감성을 일깨우는 아름다운 장면과 저절로 접하게 될 때 가치 있는 자연문학이 탄생한다고 할 수 있을 것이다.

수없이 부딪치고 체험하는 자연 가운데 가치 있다고 판단되는 것에 무심히 반응하되 적극적으로 작품으로 표현하는 것, 이것이 바로 〈고산구곡가〉에서 실현한 물아일체의 방법이며, 자연미를 실현하는 방법인 것이다.

따라서 자연이란 무엇인가 하는 질문에 대답을 해 보면, 〈고산구곡가〉의 자연은 물(物) 그 자체로 미추를 포괄하며 독자적으로 존재하는, 인간의 마음 밖에 있는 것이다. 자연은 일관되지 않을뿐더러 자신의 질서에

---

31) 李珥, 『精言妙選』.

의해 부단히 변화하게 되는데, 그 가운데 가치 있는 일부가 아(我)의 노력
에 의해 취사선택 될 때 선정(善情)을 유발시킬 수 있는 자연문학의 소재
로 부각될 수 있는 것이다.

3. 구곡도와 구곡가의 계승

구곡관련 문화의 향유 즉 주자의 무이구곡을 동경하는 가운데 무이구
곡도(武夷九曲圖)를 감상하거나, 차운시를 창작하고, 개별적인 구곡을 경
영하는 일은 19세기까지 지속되었다. 그리고 이러한 행보와 발맞추어 율
곡의 고산구곡 역시 구곡 관련 문화의 일부를 차지하며 독자적인 전통을
수립할 수 있었다. 특히 조선후기 고산구곡의 향유는 남다른 가치를 지닌
다. 16세기부터 지속된 무이구곡도와 무이구곡시가 별다른 변화·발전의
기미 없이 답습된 반면, 서인의 각별한 노력으로 고산구곡에 대한 관심이
부각되었기 때문이다.

▌무이구곡도와 고산구곡도

〈武夷九曲圖 목록〉[32]

① <武夷九曲圖>, 李成吉, 1592, 絹本淡彩, 33.5×398.5cm, 국립중앙박물관
② <武夷九曲之圖>, 작가미상, 16세기, 紙本淡彩, 156×87cm, 雲章閣
③ <朱文公武夷九曲圖>, 작가미상, 16세기 후반, 34.7×587.7cm, 영남대박물관
④ <武夷九曲圖>, 작가미상, 17세기, 紙本淡彩, 97×45cm, 眞城李氏 周村宗宅
⑤ <武夷九曲圖>, 작가미상, 17세기, 紙本淡彩, 112.5×93.3cm, 호림박물관
⑥ <武夷九曲圖>, 작가미상, 최효삼 소장.
⑦ <武夷九曲圖>, 작가미상, 홍익대학교 박물관

⑧ <溫陵封陵都監 稧屛 武夷九曲圖>, 작가미상, 1739추정, 견본채색, 155×
   488cm,영남대박물관
⑨ <武夷九曲圖卷>, 姜世晃, 1753, 25.5×406.8cm, 국립중앙박물관
⑩ <武夷圖帖>, 姜世晃, 1756, 27.8×16.8cm, 이기원 소장
⑪ <武夷九曲圖>, 傳 鄭敾, 紙本淡彩, 62.5×49cm, 대구가톨릭대학교 박물관
⑫ <武夷歸棹圖>《故事人物圖》8폭병풍, 金弘道, 18세기, 紙本淡彩, 111.9×
   52.6cm, 간송미술관
⑬ <月滿水滿圖>《朱夫子詩意圖》8폭병풍, 金弘道, 1800, 견본담채, 125×
   40.5cm, 개인소장
⑭ <武夷山圖>, 작가미상, 18세기, 紙本木板, 규격미상,『복건통지』(중국)
⑮ <九曲全圖>, 작가미상, 19세기, 紙本木板, 규격미상,『武夷山志』(중국)
⑯ <武夷九曲圖>, 蘭皐散人, 19세기, 紙木淡彩, 107×97cm
⑰ <武夷九曲圖帖>, 嶺齋, 19세기, 紙本淡彩, 각21.4×34cm, 국립중앙박물관
⑱ <武夷九曲圖>, 작가미상, 19세기, 紙本木板, 權直熙『錦里文集』3
⑲ <武夷九曲圖>, 작가미상, 1862, 紙本水墨, 34.7×26.5cm, 개인소장, 李源祚『武
   夷圖志』
⑳ <武夷九曲圖>, 蔡龍臣, 1888, 絹本彩色, 규격미상 10폭병풍, 소장치미상.
㉑ <武夷九曲圖> 작가미상, 《錦里集》권3. (판각)

위의 목록을 보면 조선시대 내내 지속되었던 무이도에 대한 관심을 피
부로 느낄 수 있다. 16세기부터 19세기에 이르기까지 지속적인 창작이
이루어졌고, 게다가 내로라하는 작가들까지 창작에 참여했음을 확인할
수 있기 때문이다. 뿐만 아니라 작품의 유형도 여러 가지인데, 크게 세
가지로 나누어볼 수 있다.

첫째 가장 전형적인 것은 횡권 형식으로 1곡부터 9곡까지 유장한 흐름
을 형상화한 경우에 해당한다. 두말할 필요 없이 너무도 유명한 이성길
(李成吉)의 ①〈무이구곡도(武夷九曲圖)〉를 비롯하여 강세황(姜世晃)의 ⑨
〈무이구곡도권(武夷九曲圖卷)〉 등이 이에 해당한다. 가로로 길게 이어지

32) 윤진영,「朝鮮時代 九曲圖 연구」, 한국정신문화연구원 석사논문, 1997 : 강신애,「조
   선시대 武夷九曲圖의 연원과 특징」,『미술사학연구』254, 2007. 참고.

는 화폭 위에 1곡의 대왕봉(大王峯)과 충우관(沖佑觀) 혹은 5곡의 무이정
사(武夷精舍)와 대은병(大隱屛) 등과 같이 주자와 관련된 혹은 도가적 상
상의 세계와 관련된 세세한 무이의 전모가 표현되고 있어서 가히 무이도
를 대표하는 유형이라고 할 수 있다.

　두 번째 경우는 대개 작가미상으로 알려진 총도 형식의 작품들인데 비
현실적인 ∞자의 물길을 따라 1곡부터 9곡까지가 집약적으로 한 장에 배
치되어 있다. 이와 같은 형식으로는 작가미상의 호림박물관 소장 ⑤〈무
이구곡도(武夷九曲圖)〉를 비롯한 많은 작품들이 포함되는데, 마치 모사본
과 같은 유사한 형태를 보인다.

　세 번째는 1곡부터 9곡까지 각 장이 분리된 독립 형태의 그림이다. 역
시 강세황이 그린 ⑩〈무이도첩(武夷圖帖)〉과 같은 경우가 대표적인 작품
으로, 단지 그림 속에 산수만 표현한 것이 아니고 지명을 세세하게 써놓
거나 구곡시 작품을 함께 배치하는 등 종합적인 양상을 보이는 특징을
지닌다.

　〈국내 구곡도 목록〉[33]

　① 〈谷雲書 高山九曲圖〉, 작가미상, 1688～1701경, 紙本淡彩, 『朝鮮史料集眞』
　② 〈高山九曲詩畵屛〉, 金弘道외 9인, 1803, 絹本淡彩, 60.3×35.2cm, 개인소장
　③ 〈高山九曲圖 十幅屛風〉, 남기석, 絹本淡彩, 106.5×33.5cm, 홍익대박물관
　④ 〈高山九曲圖〉, 작가미상, 紙本淡彩, 116×34cm, 영남대박물관
　⑤ 〈高山九曲圖屛〉, 작가미상, 絹本淡彩, 87×37cm, 건국대박물관
　⑥ 〈谷雲九曲圖帖〉, 曺世傑, 1682, 絹本淡彩, 42.5×64cm, 국립중앙박물관
　⑦ 〈布川九曲圖〉, 작가미상, 1868, 紙本水墨, 32.8×27cm, 개인소장 (李源祚, 『布
　　川圖志』)

---

33) 윤진영, 「朝鮮時代 九曲圖 연구」, 한국정신문화연구원 석사논문, 1997. 참고.

국내의 구곡도는 〈고산구곡도〉가 대종을 이루고 있다. 물론 그 외에도 조세걸(曺世傑)이 그렸다는 ⑥〈곡운구곡도첩〉은 곡운구곡을 세련된 필치로 한 장 한 장에 담아낸 우수한 결과물로 손꼽을 수 있다. 하지만 ② 〈고산구곡시화병〉이 지니는 가치가 워낙 막강한데다가, 홍익대박물관본 ③〈고산구곡도〉을 비롯한 작품들이 ②〈고산구곡시화병〉을 모방한 결과물이고, 일종의 민화 형식으로까지 이어지고 있어서 당대에 〈고산구곡도〉에 관한 관심이 폭넓었음을 미루어 짐작할 수 있다.

사실 ②〈고산구곡시화병〉에 포함된 내용을 보면,[34] 참여인원을 훑어보는 것만으로도 벅찰 정도이다. 율곡의 시조와 우암 송시열의 한역시를 바탕으로 각 장면마다 새로운 생명력을 부여하려 했던 노력을 엿볼 수 있다. 이 작품을 근거로 볼 때 18세기 이후 고산구곡도의 실질적인 위상은 무이구곡도에 견주어도 손색이 없을 뿐만 아니라 오히려 신선하게 그 가치가 급부상 했을 상황을 짐작할 수 있다.

그런데 여기에서 다시 강조할 점은 무이구곡도와 고산구곡도가 공통

---

34) 문화재관리국, 「高山九曲詩畫屛」, 『動産文化財指定報告書』, 1987. 참고.

① 高山石潭記	簡易齋崔岦 記, 尹應天 書, 栗谷 詠山中四景詩, 金可淳 書
② 九曲潭摠圖	花隱金履赫 畫, 金履永 書, 栗谷歌辭, 尤庵漢譯詩, 尤庵漢譯詩
③ 一曲冠巖圖	檀園 金弘道畫, 金祖淳 書, 栗谷歌辭, 尤庵漢譯詩, 文谷金壽恒詩
④ 二曲花巖圖	弘月軒 金得臣 畫, 栗谷歌辭, 尤庵漢譯詩, 霽月堂宋奎濂詩
⑤ 三曲翠屛圖	古松流水舘李寅文畫, 金羲淳書, 栗谷歌辭, 尤庵漢譯詩, 丈巖 鄭浩詩
⑥ 四曲松崖圖	鶴山尹濟弘畫, 金達淳 書, 栗谷歌辭, 尤庵漢譯詩, 睡村李畬詩
⑦ 五曲隱屛圖	焦田 吳珣畫, 金學淳 書, 栗谷歌辭, 尤庵漢譯詩, 谷雲金壽增詩
⑧ 六曲釣峽圖	放湖李在魯畫, 金近淳書, 栗谷歌辭, 尤庵漢譯詩, 三淵金昌翕詩
⑨ 七曲楓巖圖	松羅軒 文璵集畫, 金可淳書, 栗谷歌辭, 尤庵漢譯詩, 遂庵權尙夏詩
⑩ 八曲琴灘圖	浪庵 金履承畵, 金邁淳書, 栗谷歌辭, 尤庵漢譯詩, 芝村宋喜朝詩
⑪ 九曲文山圖	靑流 李義聲畫, 金履秀書, 栗谷歌辭, 尤庵漢譯詩, 鳳谷宋疇錫詩
⑫ 石潭圖詩跋	宋煥箕跋, 三淵金昌翕, 石潭九曲詩, 松原居士書
十二曲題	綺園 兪漢芝, 圖畫十幅 畫題 金可淳作 書

적으로 문학작품과 밀접하게 관련되어 있다는 공통점이다. 각기 〈무이구곡도가〉와 〈고산구곡가〉가 기반이 되는 가운데, 이들 시에서 구현된 내용을 중심으로 회화적 장면이 현실화되었다. 이 경우 특정 시라는 고정된 틀이 제공하는 규준과 새롭게 표출하고자 하는 회화적 자유의지 사이에 어떤 절충점을 만드느냐에 따라 작품의 실질적인 결과가 달라질 수 있기 때문에 흥미롭다.

앞에서 그림의 유형을 크게 세 가지로 나눈 바 있다. 횡권 형식, 총도 형식, 9곡이 낱장으로 독립된 형식이 그것이었는데, 이 가운데 세 번째 유형이 한 장에 9곡의 각 장면을 소개하는 가운데 시도 함께 싣고 있어서 가장 적극적으로 문학과 회화를 수용하는 경우라고 할 수 있다. 그런데 ②〈고산구곡시화병〉을 위시한 고산구곡도가 바로 이와 같은 세 번째 유형에 속한다. 위의 도표에서 확인할 수 있듯이 단지 율곡의 〈고산구곡가〉에 멈추지 않고, 각종 한역시까지 수록한 가운데 적극적으로 시상을 수용하고 있다.

오른쪽의 그림은 〈고산구곡시화병〉 중 제2곡 '화암'에 해당한다. 그림의 상단에 국문시와 한역시가 배

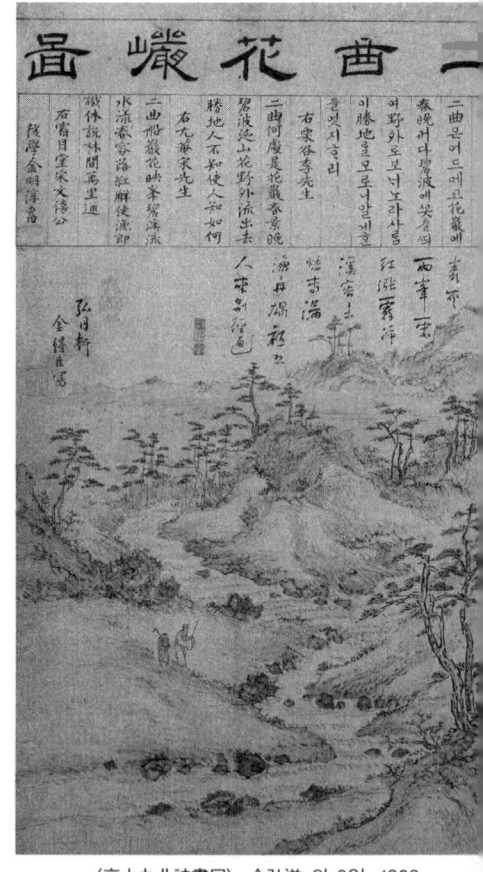

〈高山九曲詩畵屛〉, 金弘道 외 9인, 1803, 絹本淡彩, 60.3×35.2cm, 개인 소장

열되어 있고, 그 아래 화면이 구성되어 있다. 김득신(金得臣, 1754-1822)이 그렸다는 화면을 보면 소나무와 야트막한 꽃들이 연이어 늘어서 있다. 멀리 원근으로 처리된 산들이 보이는 가운데, 그 산들을 흘러 내려오는 물줄기가 지그재그식으로 길게 중앙을 가로지르고 있다. 시조를 보면 늦은 봄 화암에 꽃이 피었다. 그리고 푸른 물결에 꽃을 띄워 밖으로 보내 사람들이게 이 아름다운 경치를 알게 하는 것이 어떻겠느냐며 맺고 있는데, 그림을 통해 사람의 발길이 잘 닿지 않는 깊은 산 속의 아름다운 봄 경치를 표현하고자 했음을 알 수 있다. 그리고 이와 같은 해석은 그림 상단에 병기된 한역시에서도 공통적으로 발견할 수 있다.

二曲何處是	이곡은 바로 어디냐
花巖春景晚	화암에 벌써 봄이 늦었구나
碧波泛山花	푸른물이 낙화를 띄어가지고
野外流出去	야외로 흘러 내려간다
勝地人不知	이 좋은 곳을 알아볼 사람 없으니
使人知如何	사람에게 알린들 어떠하리
【右 尤庵宋先生】	

二曲船巖花暎峯	이곡선암에 꽃핀 봉우리 비쳐
碧波流水漾春容	벽계에 흐르는 물 봄빛이 아른거린다
落紅解使漁郎識	떨어진 꽃 흘러 어부가 알아챘으니
休說林間萬里通	숲사이로 길이 멀리 통했다곤 말하지 마소
【霽月堂宋文僖公(宋奎濂) 後學 金明淳 書】	

우암 송시열의 한역시는 〈고산구곡가〉의 직역에 가깝지만, 송규렴(宋奎濂)의 한역시는 나름대로 의역한 흔적이 엿보인다. 꽃들이 피어난 가운데 봄빛이 아른거리는 모습을 상상하고, 흐르는 계곡물에 떨어진 꽃이

흘러 어부가 알아챘다고 하여 마치 도연명의 〈도화원기〉에 나오는 무릉
도원을 연상시킨다.

　화원 김득신은 이러한 시작품들의 내용을 단서로 섬세한 필체로 아득
하고 깊은 산과 그 사이를 유유히 흘러내리는 물 그리고 여기저기 피어
있는 꽃들과 소나무를 그려넣었을 것이다. 이처럼 〈고산구곡도병〉은 〈고
산구곡가〉라는 시조와 한역시 그리고 화면의 구성이 밀접하게 관련을 맺
으며 탄생했음을 알 수 있고, 이러한 전통은 이후의 작품으로 이어졌다.

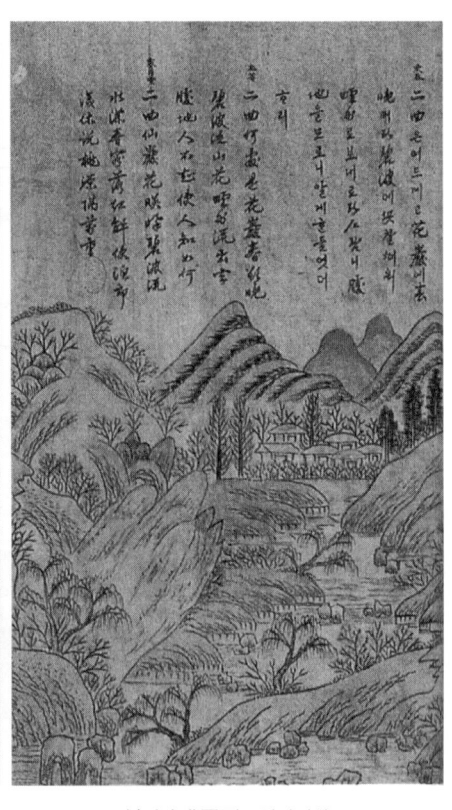

〈高山九曲圖 十幅屛風〉, 남기석,
絹本淡彩, 106.5×33.5cm,
홍익대박물관(하단 생략)

〈高山九曲圖屛〉, 작가미상,
絹本淡彩, 87×37cm,
건국대박물관

　위의 그림은 홍익대 박물관 소장본 〈고산구곡도 십폭병풍〉과 건국대 박물관 소장본 〈고산구곡도병〉 가운데 제2곡 화암(花巖) 부분이다. 19세기 작으로 추측되는 위 그림들은 〈고산구곡시화병〉이 보였던 전형적인 구도를 그대로 수용하는 가운데 나름의 표현양상을 보이고 있다. 우선 두 작품 모두 상단에 시조 〈고산구곡가〉와 한역시에 표기되어 있고, 아래에 시조에 해당하는 고산구곡의 광경이 표현된 구도가 동일하다. 그리고 화면을 보면 그림의 상단에 멀리 산들이 있고 화면의 중간을 흘러내리는 물과 양 옆의 나무와 꽃이 대동소이하다. 반면 원본인 〈고산구곡시화병〉의 '화암'에서는 수종이 소나무였지만 달라진 점, 원래 계곡의 물이 지그재그로 감돌아 흐르며 깊이와 역동성을 더했던 반면 평탄한 느낌으로 변화한 점, 워낙에는 민가가 화면상에 없었는데 후대에는 화면의 상단에 멀찍이 집들이 자리잡은 점, 그리고 심득신의 그림에서 느낄 수 있었던 섬세하고 세련된 회화적 완성도가 반감되고 비교적 단순하고 조야한 느낌으로 변화한 점은 차이점으로 들 수 있겠다.

　이처럼 고산구곡도는 시조와 한역시를 기반으로 〈고산구곡시화병〉이라는 완성도 높은 모델을 수립했고, 그것을 근거로 지속적으로 재창작하는 가운데 시와 그림의 종합적인 향유를 꾀하고 고산구곡을 기렸음을 알 수 있다.

　무이구곡도는 횡권 형식, 총도 형식, 9곡이 낱장으로 독립된 형식이 모두 공존하는 가운데 각기 나름의 특징을 선보였다. 횡권 형식은 넉넉한 지면 위에 무이구곡의 각 장면을 파노라마 식으로 보여주는 가운데 옥녀봉, 무이서원 등 주요 장소들을 구체적으로 보여준다. 따라서 회화적 현장성이 강점을 드러내는 가운데 간접적으로 문학을 수용했다고 볼 수 있다. 물론 강세황의 ⑨〈무이구곡도권〉과 같은 작품은 횡권 형식이면서도 화면 위에 직접 〈무이구곡도가〉를 수록하기도 했다. 하지만 전반적인 특성을 감안할 때 시각적 현실감에 치중했다는 것이 옳겠다. 그리고 9곡을 각기 독립해서 선보이는 경우에는 각 지명을 보다 섬세하게 명기하거나 해당하는 무이구곡시를 적극적으로 소개하고 있어서 정보 전달의 측면에서 강점을 드러낸다.

그런데 한편 총도 형식은 많은 작품이 전하고 있을 뿐만 아니라, 〈무이구곡가〉를 조도시로서 이해한 특정한 해석의 결과물이기에 더욱 흥미를 유발한다.

〈武夷九曲圖〉, 작가미상, 17세기, 紙本淡彩, 112.5×93.3cm, 호림박물관

앞의 작품은 대표적인 총도 형식의 무이도인데, 하단의 1곡을 기점으로 배가 한 척 놓여 있고 물줄기가 마치 태극문양을 그리듯이 ∽자로 이어지는 가운데 흐름이 상단의 9곡에서 완성되고 있다. 작은 글씨로 각 곡이 표기되어 있고, 중앙에는 제5, 6곡이 위치한다. 워낙에 추상적으로 집약된 구도이기 때문에 무이구곡의 사실적 풍경은 기대하기 어렵지만, 대신 계곡의 물이 굽이돌아 상단으로 이어지는 흐름을 통해 도의 완성과정을 한 눈에 확인할 수 있기 때문에 여타의 유형에서 기대할 수 없는

독자성을 발견할 수 있다. 그런데 이 유형의 그림은 그 전후 관계가 어떻게 되는지는 잘 알 수 없지만, 거의 모사한 듯한 인상을 주는 작품들이 여럿 존재한다. 뿐만 아니라 완전히 도식화되거나 심하게 약식화된 경우도 존재한다. 오른쪽의 그림은 마치 신라의 고승 의상(義湘)이 화엄사상을 축약시켜 도표화 한 〈법계도(法界圖)〉와도 같은 느낌을 준다. 상단에 "湯之盤銘曰苟日新… 中庸曰大哉聖人之道洋洋…"와 같은 간단한 언명을 통해 학문하는 자세를 언급했다. 가운데의 그림을 보면 하단 중앙에서 1곡이 시작되는데, 바로 주자의 〈무이구곡도

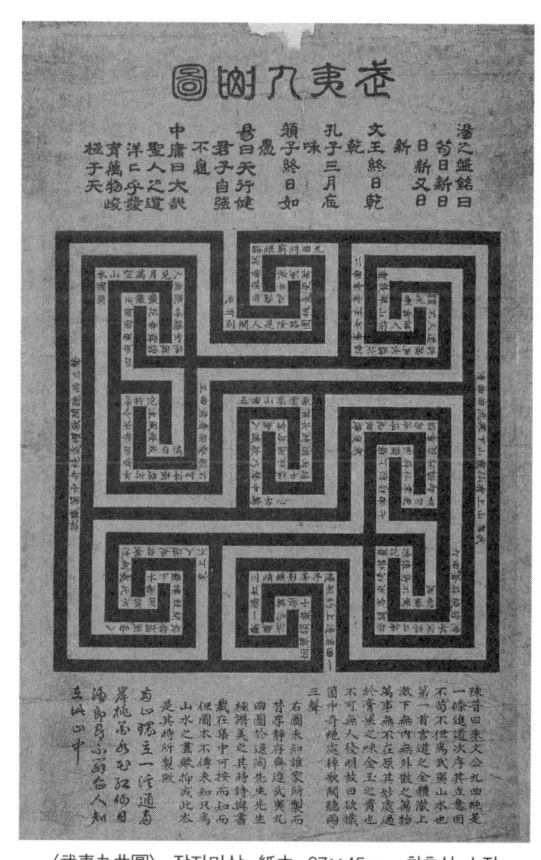

〈武夷九曲圖〉, 작자미상, 紙本, 97×45cm, 최효삼 소장

가〉중 1곡에 해당하는 한시가 적혀 있고, 기하학적으로 구성된 각 굽이마다 나머지 시가 표기 되었으며, 상단의 중앙에서 9곡에 해당하는 한시로 마무리 하고 있다. 그리고 맨 아래에는 진도차서(進道次序)로 이해할 수 있는 그림의 의도와, 비록 작자 미상이기는 하지만 작품의 제작 동기 등을 써놓고 있다.

  비록 회화적 가치를 논하기는 어려운 다소 극단적인 작품이기는 하지만 당대에 무이도를 통해 얻고자 했던 보편적인 내용이 무엇이었는가를 알려주는 좋은 예라고 할 수 있다. 그리고 이와 같은 총도 형식의 그림은 아래와 같은 후대의 작품을 통해서도 맥을 찾아볼 수 있을 것이다.

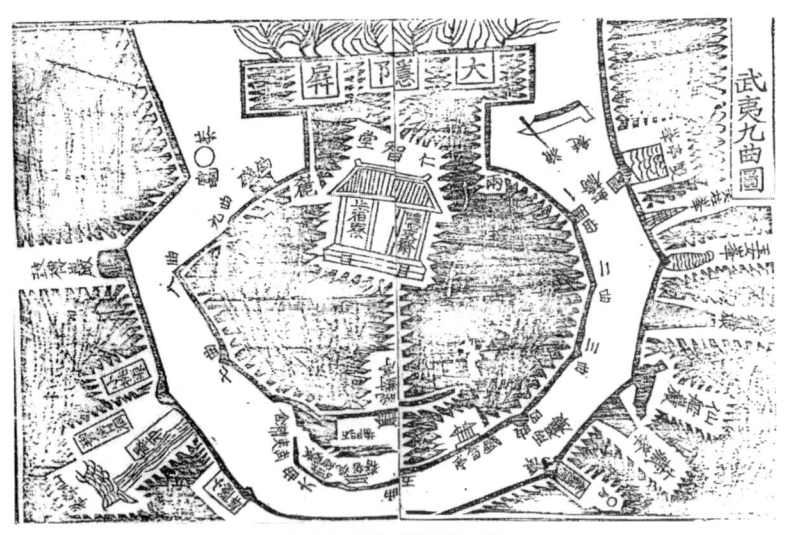

〈武夷九曲圖〉, 『錦里集』 권3

  위의 작품은 권직희(權直熙)의 문집인 『금리집(錦里集)』에 수록된 간략한 무이도이다. 본래는 가운데가 나뉘어서 분리된 형태로 판각되어 있는데, 필자가 편의를 위해 임의로 합쳐놓은 것이다. 19세기 말 작가미상의 이 작품으로 추정되는 이 그림은 중앙의 대은병(大隱屛)과 정사를 중심으로 1곡에서부터 9곡까지의 물줄기를 원형으로 단순화시켜서 사실성을 배제한 채 기호에 가까운 구도를 창출했다. 완전히 평면화 된 공간 위에 부자연스럽게 원형으로 물줄기를 형상화 하고 있어서, 비록 소장봉(小藏峯) 등 중요한 지명을 열거하기는 했지만, 회화적 사실성을 엿보는 것은 어렵다. 1곡에 어정(漁艇)이라고 표기한 뒤 배를 그려놓고 있어서 9곡까지의 흐름을 통해 도를 이루는 여정을 상징화했음을 미루어 짐작할 수 있다.

그런데 사실상 이러한 그림은 무이구곡이 이미 이념속에서 경직되어 가고 있었음을 시사한다고 해도 과언이 아닐 것이다. 물론 무이도에는 회화적 완성도가 높은 작품이 공존한다. 하지만 사실 1592년 작으로 알려진 이성길의 〈무이구곡도〉 이후 그만큼 작품성이 뛰어난 작품은 현재 남아 있지 않다. 오히려 시간의 흐름에 따라 전작을 답습하고 모방한 흔적이 역력한데, 이러한 현상은 결국 무이구곡의 근본적인 가치를 시각적 아름다움을 전하는 풍경에 그치지 않고 도학자의 공간이라는 점에서 찾았기 때문이라고 할 수 있다.

이러한 가치는 고산구곡도도 마찬가지라고 할 수 있다. 결국은 민화 형식이 대두하며 전작을 되새김질하기까지 지속적인 재향유가 가능했던 까닭은 그 속에 내포된 도학적 절대성이 있었기 때문이다. 물론 무이구곡도는 도안을 회화화 한 것이었기 때문에 실경적인 분위기는 전혀 없지만 도산이나 고산구곡은 모두 조선에 실재하는 명승처였기 때문에 이를 그리면서 실경을 회화로 형상화하려는 의지가 배태되었을 가능성이 크다는 견해도 찾아볼 수 있었다.35) 하지만 결국 무이구곡도나 고산구곡도는 각

---

35) 장진아, 「朝鮮後期 文人眞景山水畵 硏究」, 서울대 석사학위논문, 1997, 8~9면.

기 주자와 율곡을 흠모하고 그들의 정신세계를 추앙했던 후학들이 있었기에 지속적으로 이어질 수 있었으며, 그 작품의 향유에는 늘 〈무이구곡도가〉와 〈고산구곡가〉가 함께 했다는 사실을 직시하게 된다.

▌구곡시가의 전통

국문시가인 〈고산구곡가〉가 과연 후대에 어떤 영향력을 행사했는지는 단언하기 쉬운 일이 아니다. 조선후기까지 한시 구곡시 혹은 〈무이구곡도가〉에 대한 차운시가 지속되었고, 게다가 구곡가사까지 등장했던 상황을 감안할 때, 시조라는 개별 장르로서의 독자적 전통을 수립하는 것은 매우 어려운 일이었음을 짐작할 수 있기 때문이다.

현재 소위 구곡가계 시조로 언급할 수 있는 작품은 권섭(權燮, 1671-1759)의 〈황강구곡가(黃江九曲歌)〉를 찾아볼 수 있다. 물론 제목만으로는 유박(柳璞, 1730-1787)의 〈화암구곡(花庵九曲)〉이 구곡가에 속할 것 같지만 작품의 실상은 전혀 다르다. 그리고 나위소(羅緯素, 1582-1666) 〈강호구가(江湖九歌)〉도 보편적인 향촌의 생활을 담고 있을 뿐이고, 이중경(李重慶, 1599-1678)의 〈오대어부가(梧臺漁父歌)〉 역시 9수의 시조를 1곡에서 9곡의 소제목 아래 차례로 이어갔지만 실질적인 내용은 구곡가와 연계되어 있지 않다. 따라서 새삼 〈황강구곡가〉의 가치가 남다르게 느껴지는데, 과연 그 본질적 속성도 율곡의 〈고산구곡가〉와 닮아 있는지 살펴보도록 하겠다.

四曲은 어드메오 일홈도 홀난홀샤
灘聲과 岳危히 一壑을 흔드는디
그 아래 깁히 자는 龍이 櫂歌聲의 씨거다
【權燮, 〈黃江九曲歌〉 ⑤】

〈황강구곡가〉 중 제4곡에 해당하는 이 작품은, '四曲은 어드메오'라고 운을 떼는 초장의 첫 구에서 〈고산구곡가〉와 같이 구곡의 일부를 소개하는 형태를 그대로 유지하고 있다. 그런데 황공탄(皇恐灘)이라는 제4곡에 관한 언급은 단순히 배경을 있는 그대로 서술하는 것을 지향하지 않는다. 그 주변에서 찾아봄직한 자연물이 전혀 등장하지 않는 것은 물론이거니와 중장과 종장의 내용은 일관되게 황공탄에 초점이 맞추어져 있다. 그리고 그 위용을 '一壑을 흔드는딕'라고 묘사 하거나, '龍이 櫂歌聲의 씨거다'라고 표현해서 단순한 서술과는 거리가 멀 뿐만 아니라 도가적인 홍감마저 연상시킨다. 이러한 현상은 〈황강구곡가〉가 〈고산구곡가〉를 염두에 두되, 〈무이구곡가〉의 특성이나 내용을 수용한 결과일 것으로 추측할 수 있다. 사실 이이의 〈고산구곡가〉에서는 〈무이도가〉에서 연유하는 도가로서의 상상을 배제한 채, 고산의 각 곡마다의 장면을 부각시켰다고 할 수 있다. 그런데 〈황강구곡가〉에서는 전반적인 성향이 매 곡을 설정해서 그에 따른 경관이나 장면의 가치를 한 수의 시조로 부각시키는 측면에 있어서는 〈고산구곡가〉와 일맥상통하지만, 그 가운데에서도 〈무이구곡도가〉가 지향했던 도가적 홍취 등 개성적인 성향을 염두에 두고 있지 않았나 하는 생각을 하게 된다.

하지만 그럼에도 불구하고 〈황강구곡가〉는 고산에서 황강으로 장소를 변이시키는 가운데 자연스럽게 〈고산구곡가〉의 맥을 잇는다는 측면도 무시할 수 없다.

　　三曲은 어드메오 黃江이 여긔로다
　　洋洋 絃誦이 舊齋를 니어시니
　　至今의 秋月 亭江이 어제론 둧ᄒ여라
　　【權燮, 〈黃江九曲歌〉③】

이 작품 역시 〈고산구곡가〉와 마찬가지로 '~曲은 어드메오'라고 시작한 뒤 경물과 그에 따른 소감을 읊고 있다. 그 가운데 예를 든 3곡은 바로 낙동강의 지류인 황강을 대상으로 하고 있는데, 울려퍼지는 거문고에 시를 읊는 소리가 구재(舊齋) 즉 권상하가 학문을 하며 제자를 가르치던 '寒水齋'에 이어진다고 하고 있어서 서인이 이룩했던 도의 맥락이 작품에서 중시되고 있음을 알 수 있다.

〈황강구곡가〉는 고산이라는 장소를 고수하지는 않았지만, 〈고산구곡가〉가 지향했던 시적 상상력을 작시 단계에서 적극 활용했고 더불어 구곡가의 원형인 〈무이구곡도가〉까지 염두에 두는 창작을 하는 가운데 나름의 독자성을 구가했다고 할 수 있다.

18세기에 지어진 권섭의 〈황강구곡가〉는 구곡시 전체의 흐름에 있어서도 상당히 중요한 의미를 지닌다. 사실 주자의 〈무이도가〉로부터 영향을 받은 한시 구곡가는 16~17세기에는 활발하게 창작되었으나, 진경문화가 꽃피웠던 18세기에는 관심권 밖으로 밀려난 경향이 있었다. 바로 이러한 시기에 지어진 작품이며 작자 자신만의 공간을 근거로 율곡의 선행작과 주자의 선행작을 모두 염두에 두고 지어진 작품이라는 점에서 큰 의미를 지니는 것이다.

그리고 한시 구곡가는 19세기에 다시 적극적으로 창작되었지만, 별다른 시대적 변이양상을 드러내지 않고 복고풍에 안주하는 양상을 보였다.

伽倻山上有仙靈	가야산 위에는 선령이 있어
山自幽深水自淸	산 절로 그윽하고 물 절로 맑네
山外遊筇曾未到	산 밖의 유람객 이른 적 없고
月明笙鶴但聞聲	밝은 달, 생학은 소리만 들릴뿐

【李源祚, 〈布川九曲次武夷櫂歌〉中】36)

仙芝東出一支靈　　선지는 동쪽에 솟아 신령스런 지맥을 이루고
汾洛遙連紫井淸　　분수와 낙수 멀리 이어져 자정은 맑네
地萬世千同聖揆　　지만천세에 같은 성인을 헤아리니
遺詩重聽櫂歌聲　　시 남겨 다시금 노 젓는 소리 들어보려네
【李家淳,〈陶山九曲〉中】37)

위의 작품은 가야산 북쪽의 포천 계곡에서 만귀정(晚歸亭)을 짓고 은거
했던 이원조(李源祚, 1792-1871)가 자신의 거처를 포천구곡이라고 명명한
뒤 지은 구곡가 중의 첫 수이고, 아래의 작품은 예안의 하계(下溪)에서
진성이씨의 가학을 이은 유림 이가순(李家淳)이 남긴 많은 구곡가 가운
데38) 도산을 대상으로 지은 〈도산구곡〉의 첫 수로서, 모두 19세기에 지
어진 구곡가이다.

우선 첫 작품을 보면 이원조는 제목에서부터 차운시를 지향하는 가운
데 주자의 〈무이도가〉 중 단지 장수만 바꾼 뒤, 가야산 위에는 선령이
있어 맑은 물이 구곡을 이룬다며 운을 떼고 있어서 수용적인 모방 자체에
큰 관심을 기울였음을 알 수 있다. 기존 연구에서도 지적한 바와 같이
〈무이도가〉의 근본적인 취지를 충실히 따라간 결과물임을39) 실감할 수
있다. 이어지는 이가순의 〈도산구곡〉 역시 〈무이도가〉를 염두에 두고 그
와 마찬가지로 신령스러운 곳에서 성인을 떠올리며 도가(櫂歌)를 들어보
겠다며 작품을 시작하고 있어서, 1곡에서 9곡으로 이어지는 도의 완성과

---

36)　李源祚,『凝窩先生文集』卷2.
37)　李家淳,『霞溪集』卷3.
38)　그의 문집에는 〈陶山九曲〉 이외에도 〈退溪九曲〉〈玉山九曲〉〈源明九曲〉〈小
　　白九曲〉이 수록되어 있다.
39)　송재소,「응와 이원조의「포천구곡차무이도가」에 대하여」, 경북대 퇴계연구소 편,『응
　　와 이원조의 삶과 학문』, 역락, 2006, 325면.

정 즉 조도시로서 파악한 원형을 충실히 따르고 있다는 것을 실감할 수 있다.

　이처럼 19세기 구곡시를 보면 이상향을 무이에서 포천 혹은 도산과 같은 향촌의 구곡으로 옮겨놓기는 했지만, 실제로 작품을 창작하는 과정에서 새로운 상상력을 적극적으로 반영하지는 않은 채, 단순한 전이적 유형으로서 직접적인 모방에 그치는 경향이 있는 것을 확인할 수 있다.

　따라서 19세기에는 우리말 구곡시가도 한시 구곡가도 모두 전작을 답습하는 등 새로운 창작의 길을 모색하지 못했던 것을 확인할 수 있다. 하지만 그럼에도 불구하고 한편 놓치지 말아야 할 점은 20세기 현대시조에서 구곡시조의 변이형을 추적할 수 있다는 사실이다. 예를 들어 조운(曺雲, 1900~?)의 〈석담신음(石潭新吟)〉이나 이은상(李殷相, 1903~1982)의 〈만폭동팔담가(萬瀑洞八潭歌)〉와 같은 작품을 보면 제목만으로는 구곡시조와 관련이 없는 것 같지만, 실상은 1곡에서 9곡까지 장면화 하는 기본 작시법이 전통적인 구곡시조와 맥을 같이 하고 있어서 대단히 흥미롭다. 자세한 특성은 다른 지면을 빌어 상세한 논의를 할 수밖에 없겠지만, 이와 같은 전통시조와 현대시조의 연속성은 그 자체만으로도 시사하는 바가 매우 크다. 즉 19세기를 중심으로 하는 조선 말기에는 한시 구곡가가 대종을 차지했고 반면에 구곡시조의 입지가 크게 줄어들었던 것이 표면적인 현실이었다. 하지만 그 와중에도 분명 〈고산구곡가〉의 맥을 잇는 구곡시조의 전통은 지속되었기 때문에 그 결과 20세기 초엽의 현대시조의 부활이 가능할 수 있었던 것으로 추측할 수 있다.

　그리고 이러한 현상은 육가 계열 시조의 추이와 비교해볼 때 더욱 흥미롭다. 이황의 〈도산육곡〉의 뒤를 잇는 작품들은 조선후기에 독자적인 자연시조의 지위를 누리며 풍성하게 분화 발전할 수 있었지만, 공교롭게도

20세기 이후 현대시조를 보면 육가계 후속 작품은 찾아보기 쉽지 않다. 반면에 이이의 〈고산구곡가〉의 뒤를 잇는 작품들은 주자의 〈무이구곡가〉와 연계된 한시 구곡가와 공존하는 가운데 조선 후기 동안 그 독자적인 존재 의미를 확보하는 일이 만만치 않았던 것으로 보이는데, 그럼에도 불구하고 구곡시조의 맥을 잇는 20세기 현대시조 작품을 위와 같이 확인할 수 있다는 것은 구곡시조의 영향력을 반증한다고 할 수 있다.

이와 같은 결과가 나타났던 이유로는 여러 가지를 생각해볼 수 있겠지만, 무엇보다도 율곡의 〈고산구곡가〉와 주자의 〈무이구곡가〉가 권위적인 전형을 구축하는 공동의 노력을 기울이는 가운데 사상과 문학과 회화 방면에서 지속적으로 관련 작품을 산출하며 공존했기에 구곡시조의 이미지를 각인시키는 데에 장점을 발휘할 수 있었을 것으로 추측할 수 있다.

Ⅳ. 어부시가의 환상성과 풍류

1. 어부 상징과 어부가

어부가는 관습적 장르로서의 전통이 유서 깊고 그 함의가 단순치 않은 작품군이다. 예를 들어 굴원의 〈어부가〉나 혹은 선가(禪家)의 어부가를 떠올려보면 그 연원의 깊이를 가늠할 수 있다. 전자의 경우는 충의를 다하는 유가의 입장에서 자신의 심정과 처세에 관해 읊은 것이고, 후자는 구도자의 입장에서 깨달음과 관련된 상황을 읊은 것으로 양쪽 모두 노래를 통해 꾀하는 내용이 범상치 않다. 유·불의 관점을 모두 포괄할 수 있을 뿐만 아니라, 게다가 중국의 당·송대를 비롯하여 고려시대와 조선시대를 걸쳐 창작된 한시작품이 양적으로 많고 종류도 다양하다.[1]

따라서 어부가는 작품의 유형 또한 다양한 편이지만, 한편 형상화의 측면에서 어부가를 이루는 충분조건은 물가라는 배경과 고기 잡는 어부가 등장하는 비교적 소박하고 간결한 특성을 보인다. 결국 심오한 내면적 지향과 상대적으로 간결한 시적 형상화가 상승작용을 일으키는 가운데

---

[1] 박완식, 『韓國 漢詩 漁父詞 硏究』, 이회, 2000.

오랫동안 사랑을 받았던 장르가 어부가라고 할 수 있다.

어부는 스스로 낚시를 하기도 하고, 배를 띄워 길을 건네주기도 하고, 물가에서 객을 맞아 이야기를 나누기도 한다. 그 자신은 미천하고 남루하지만, 흐르는 물에 몸을 맡기고 세사의 욕망을 초탈한 경지에 있기 때문에 몸은 비록 욕망으로 무거운 지상에 있어도 영혼만은 무욕으로 가벼운 천상에 있을 수 있어서 그야말로 절대 자유인이라고 할 수 있다. 어부의 본질은 때로는 신선과 같은 초월적 존재로 드러나기도 하고 현자 혹은 은둔자로 드러나는 등 가변적이지만, 수많은 문인재사들이 어부가를 사랑했던 이유는 스스로를 어부와 동격에 놓고 바로 이와 같은 영혼의 자유를 동경했기 때문일 것이다. 소위 가어옹이라는, 현실과 이상 사이를 오가는 양가적인 인물이 등장했던 바탕에는 환상적인 초탈의 이미지가 자리하고 있었다고 할 수 있다.

그런데 이런 환상적인 어부의 이미지가 국문시조를 통해 구현되는 데에는 별도의 노력이 필요했다. 명실공히 국문 어부시가의 최고봉이라고 할 수 있는 윤선도의 〈어부사시사〉가 탄생하기 까지는 중요한 가교 역할을 했던 작품들이 있었는데, 특히 우리말 어부가의 토대는 『악장가사』 소재 〈어부가〉에서 이현보의 〈어부가〉로 이어지는 연계성이 중요하기 때문에 살펴보도록 하겠다.

『악장가사』 소재 〈어부가〉는 총 48구의 한시구를 재조합한 결과물로서 현재는 상당수의 원시가 밝혀져 있는 사정이다. 하지만 집구시였던 〈어부가〉가 노래로 불리던 당대에는 수용된 한시 한 소절 한 소절을 개별적으로 인식했을 가능성은 낮다. 기존의 연구에 의하면 〈어부가〉의 원시로 밝혀진 한시들은 침착하고 분석적이며 관조적인 태도를 드러내는 반면에 〈어부가〉에서는 동일한 시의 시구를 빌려서 시적 자아의 흥겨운

기분을 적극적이고 동적인 분위기를 통해 나타내는 차이가 있다고 했
다.[2] 그만큼 원시를 비롯한 일반적인 어부시의 특성은 보다 사색적이고
안정적인 데에 반해서 『악장가사』 소재 〈어부가〉는 흥겨운 감성을 유발
하는 풍류를 지니는 상대적 면모가 두드러진다고 할 수 있는데, 보편적인
어부의 노래가 추구하는 관조적 특성과 『악장가사』 소개 〈어부가〉의 풍
류를 대비해서 살펴보자면 아래와 같다.

一葉片舟一竿竹   조각배 한 척 낚싯대 하나
一蓑一笛外無畜   도롱이 하나 피리 하나 그 밖에 아무 것 없네
直下垂綸鉤不曲   낚싯줄 드리워도 낚시 굽지 않거니
何樛摛   무엇을 낚아 올릴까
但看負命魚相觸   죽음 모르는 고기들 서로 맞부딪침만을 보네

海上烟岑翠簇簇   바다 위 연기에 싸인 산은 푸른 빛이 솟았는데
洲邊霜橘香馥馥   물가의 서리 맞은 귤은 ㄱ 향기 드높아라
醉月酣雲飽心腹   달에 취하고 구름을 즐겨 한껏 배 부르거니
知自足   만족할 줄 아는데
何曾夢見閑榮辱   언제 부질없는 영욕을 꿈이나 꾸었던가

脫略塵緣與繩墨   세상 인연과 모든 법도를 벗어났거니
騰騰兀兀度朝夕   등등하고 올올하여 아침 저녁 지내노라
獨是一身無四壁   홀로 이 한 몸이요 사방에 벽이 없거니
隨所適   마음 내키는 대로
自西自東自南北   동서남북을 자유로이 다니네

---

2) 정운채, 「『악장가사』 소재 「어부가」의 한시 수용 양상」, 김병국 외, 『장르교섭과 고전
   시가』, 월인, 1999, 101~104면.

落落晴天蕩空寂　　맑은 하늘 탁 트여 비고 또 고요한데
茫茫烟水漾虛碧　　아득한 연기와 물에 허공이 출렁이네
天水混然成一色　　하늘과 물이 한데 어울려 한 빛깔 이루었거니
望何極　　　　　　어느 끝을 바라볼고?
更兼秋月蘆和白　　거기 또 가을 달과 흰 갈대꽃 있네.
【慧諶, 〈漁父詞〉】3)

　위의 작품은 고려의 승려였던 무의자(無衣子) 혜심(慧諶, 1178-1234)의
〈어부사(漁父詞)〉를 옮겨놓은 것이다. 물론 이 작품은 『악장가사』소재
〈어부가〉에 차용된 한시는 아니지만 일반적인 〈어부가〉가 보여줄 수 있
는 사색적인 깊이를 잘 보여줄 수 있는 좋은 예에 해당하기 때문에 선택
했다.

　이 작품의 묘미는 작가가 승려였던 만큼 조각배에 몸을 싣고 낚시를
하는 동안 느끼는 관조와 깨달음에 있다. 첫 수를 보면 배를 띄우고 곧은
낚시를 드리운 채로 물고기들이 오고가는 것을 보는 것으로 시작하고 있
다. 그리고는 시선을 돌려 자연스럽게 푸른 산과 달빛 등을 보며 영욕의
부질없음을 언급하고 세 번째 수에서 세상과의 인연을 끊고 자유롭게 노
닌다고 하고 있다. 그리고 끝으로 맑은 하늘과 출렁이는 물이 한 빛깔을
이루었다고 하며 무심히 흰 달과 흰 갈대에 시선을 멈추며 맺고 있다.
가을이라는 고즈녁한 계절과 달밤이라는 차분한 시공이 어우러지는 가운
데 무욕의 삶과 주변의 자연환경을 일치시키는 시적 감성이 돋보이는 작
품이다. 낚싯대를 드리우고 앉아서 천천히 주변의 경물과 조우하는 흐름
이 인상적이다. 하지만 『악장가사』소재 〈어부가〉의 흐름은 다른 양상을
보인다.

───────────────

　3)　慧諶(김달진 역), 『眞覺國師語錄』附錄, 세계사, 1993.

> 셜빗어옹(雪鬢漁翁)이 듀포간(住浦間) ᄒ야셔
> ᄌ언거슈(自言居水)ㅣ 승거산(勝居山)이라 ᄒᄂ다
> 빗뻐라 빗뻐라
> 조됴(早潮)ㅣ ᄌ락(纔落)거늘 만됴(晚潮)ㅣ 리(來) ᄒᄂ다
> 지곡총 지곡총 어ᄉ와 어ᄉ와
> 일간명월(一竿明月)이 역군은(亦君恩) 이샷다
>
> 청고엽샹(靑菰葉上)애 량풍(凉風)이 긔(起)커를
> 홍료화변(紅蓼花邊)에 빅로(白鷺)ㅣ 한(閑) ᄒᄂ다
> 닫 드러라
> 동뎡호리(洞庭湖裏)예 기귀풍(駕歸風) ᄒ리라
> 지곡총 지곡총 어ᄉ와 어ᄉ와
> 일싱종젹(一生蹤跡)이 지챵랑(在滄浪) ᄒ두다
> 【작자미상, 〈어부가〉 ①,②】

위의 예는 총 12수의 〈어부가〉 가운데 앞의 제1, 2수에 해당한다. 첫 번째 작품에서는 귀밑머리 허연 노인이 물가에 살며 산에 사는 것보다 낫다고 한다며 시작하고 있는데, "빗뻐라 빗뻐라"라는 조흥구를 통해 역동적인 삶의 공간을 이끌어내고 있다. 두 번째 작품에서는 백거이(白居易)의 〈어부(漁父)〉에서 차용한 한시구인 "청고엽샹(靑菰葉上)애 량풍(凉風)이 긔(起)커를 홍료화변(紅蓼花邊)에 빅로(白鷺)ㅣ 한(閑) ᄒᄂ다"는 어구를 통해 푸른색과 붉은색이 대비를 이루는 강한 이미지의 주변환경을 보여준 뒤 역시 '닫 드러라'라는 조흥구로 이어가고 있다.

매 수마다 작품의 시작은 칠언의 한시구를 통해 어부가 처한 주변의 상황이나 모습을 보여주지만, 곧이어 실제 고기 잡는 어부의 행위가 이어지기 때문에 정중동의 역동성을 엿볼 수 있다. 이러한 정중동의 느낌은

대단히 이질적인 두 요소의 결합 때문이라고 할 수 있겠다. 순수 장르의 측면에서 볼 때 칠언한시는 상층의 기록문학에 해당하지만, 조흥구는 어업노동요에 해당하는 하층의 구비문학에서 연유한다. 그리고 작품 전반을 연결시키는 결합의 역할은 바로 실제로 고기를 낚는 과정과 긴밀하게 연결되는 것이다.

사실 『악장가사』 소재 〈어부가〉는 근원을 파악하기 어려운 작품이다. 『악장가사』에 수록된 여타의 작품들처럼 실제로 궁중음악으로 채택되었는지도 불분명할 뿐만 아니라,4) 집구된 한시에 초점을 맞추면 사대부 취향이라고 할 수 있지만 어떻게 어부의 일상을 연상시키는 조흥구가 포함될 수 있었는지는 설명하기 어렵다. 다만 현재로서는 이들 조흥구가 포함됨으로써 얻을 수 있는 특이점에 관해 주목할 수 있을 뿐인데, 궁극적으로 『악상가사』 〈어부가〉는 소흥구를 동원함으로써 자용된 한시 구설의 연속성을 차단하고 새로운 활력을 불어넣는다고 할 수 있다. 차용된 한시들은 어부의 형상과 주변 이미지를 여타의 한시 어부가와 동일한 형태로 이끄는 역할을 한다. 하지만 그 이상의 기능, 즉 아름다운 주변을 통해 사색을 유도하는 역할까지 이어지지는 않는다. 대신 중간 중간에 개입되는 조흥구의 연속성을 통해 고기 잡는 실제 행위를 연상하게 되고 새로운 흥을 느낄 수 있는 것이다.

따라서 『악장가사』 소재 〈어부가〉에는 두 가지 요소, 즉 대개의 한시 어부가들이 보여주는 물가 풍경의 아름다움 및 차분한 관조의 측면과 아울러 보다 역동감 있는 고기잡이 현장의 활력의 측면이 동시에 개입된 양면성이 있다고 할 수 있다. 이와 같은 양면성은 작품에 개성을 부여하는 역할을 했고, 궁극적으로 윤선도의 〈어부사시사〉가 나올 수 있는 단초

4) 양태순, 『고려가요의 음악적 연구』, 이회, 1997, 38면.

를 제공했다고 할 수 있을 것이다.

  그리고 이러한 익명의 원〈어부가〉는 지속적으로 후대에 영향력을 행사했다. 농암 이현보가 개작했다는 〈어부가〉의 경우도 마찬가지이다. 특히 장가 형식인 9장의 〈어부가〉는 많은 부분이 전작과 비슷해서 더 말할 필요가 없을 것이다. 하지만 이현보의 〈어부단가〉는 물가의 이미지 혹은 상황과 고기 잡는 행위를 연상시키는 조흥구의 이분법적 구분을 없애면서 자연스럽게 두 요소를 아우르고 있어서 주목할 필요가 있다.

> 구버는 千尋綠水 도라보니 萬疊靑山
> 十丈紅塵이 언매나 ᄀ롓는고
> 江湖에 月白ᄒ서든 더욱 無心ᄒ얘라
>
> 靑荷애 바볼 ᄡᄂ고 綠柳에 고기 ᄢ여
> 蘆荻花叢에 비 미야 두고
> 一般淸意味를 어늬 부니 아ᄅ실고
> 【이현보, 〈어부단가〉 ②, ③】

  위의 작품은 〈어부단가〉 중 두 번째 수에 해당한다. 초장의 '千尋綠水, 萬疊靑山'과 같은 한자어구는 상투적이지만 '구버는, 도라보니'와 같은 우리말을 통해 보다 자연스러운 구어체의 감각을 느낄 수 있다. 그리고 굳이 '빈뼈라 빈뼈라' 등의 의식적인 조흥구를 삽입하지 않고, 종장에서 "江湖에 月白ᄒ거든 더욱 無心ᄒ얘라"라고 맺는 가운데 세사의 욕망과 더러움에서 벗어난 심리상태를 부각시키며 맺고 있다.

  아래의 작품을 보면 초장과 중장이 바쁘게 연결된다. "靑荷에 밥을 싸고, 綠柳에 고기를 꿰어 蘆荻花叢에 배 매어두고"는 행위의 연속이다.

이러한 행위는 분명 물가의 풍경 자체와는 분리되는 것으로서 어부의 움직임을 시적으로 정제된 형태로 보여준다.

이와 같은 〈어부단가〉는 물가의 풍경과 어부의 행위가 분리된 채로 결합되었던 『악장가사』 소재 〈어부가〉의 도식적인 양상을 뛰어넘어 보다 자연스러운 어부 노래의 일단을 제시하는 장점을 지닌다. 〈어부단가〉는 제1수에서 배를 띄운 이후에 배의 이동과 정박 그리고 다시 이동하는 과정을 보여주는 가운데 한시에 크게 의존하지 않고 우리말 어구결합 양상을 통해 배경의 아름다움과 시적 자아의 심리를 잘 전달하고 있다.

어부의 노래는 퇴계의 〈도산육곡〉이나 율곡의 〈고산구곡가〉와 달리 풍경과 내면적 깨달음만으로는 충족될 수 없는 자연시조이다. 반드시 배를 띄우고 낚시를 드리우는 어부의 행위가 동반되기 마련이다. 이와 같은 어부의 행위와 물의 흐름에 따른 배경의 변화를 어떻게 포착하고 표현하느냐에 따라 작품의 생동감이 결정되는데, 이러한 생동감이야 말로 진정한 우리말 어부 노래의 관건이라고 할 수 있을 것이다.

2. 〈어부사시사〉의 미적 완결성과 어부가의 공간

고산(孤山) 윤선도(尹善道, 1587-1671)의 〈어부사시사(漁父四時詞)〉는 보길도의 수려한 경치 속에서 탄생한 대작이다. 고산은 병자호란 당시 해남에서 제주도로 가던 중 우연히 보길도를 발견하고 빼어난 경치에 이끌려 정착한 후, 일대를 부용동(芙蓉洞)이라 이름하고 낙서재(樂書齋)를 비롯하여 세연정(洗然亭), 회수당(回水堂) 등 여러 건물을 마련했다. 그리고 이어서 새롭게 발견한 금쇄동(金鎖洞)을 가꾸어 놓았다. 그 후 정치적으로 불안정한 삶을 지속하는 가운데에서도 부용동과 금쇄동은 풍류의 근거지가 되었고, 덕분에 고산은 〈산중신곡(山中新曲)〉을 비롯한 많은 작품을 창작할 수 있었다. 그 중 〈어부사시사〉는 비교적 고산이 정신적 안정을 누리던 만년(1651년)에 지어진 작품이다. 경제적 여유와 아름다운 주변환경 그리고 비록 서인과 계속 대립하고는 있었지만 잠시나마 평화를 누리는 가운데 탄생한 〈어부사시사〉는 춘하추동의 순서에 따라 각기 10수씩 지은 총 40수의 시조가 방대하면서도 짜임새 있게 어우러진 자연시조의 진면목을 보여준다.

〈어부사시사〉는 가장 전형적인 어부노래의 진수를 보여주면서 동시에 아름다운 우리말 노래의 진수를 보여준다는 찬사를 받는 작품이다. 우선 전형적인 어부노래라는 장점은 고기 잡는 실생활과 동떨어지지 않은 어부 행위를 기반으로 하는 구성에서 찾을 수 있다. 아침에 배를 띄워 나갔다가 저녁에 되돌아오기까지의 과정을 충실히 보여주기 때문이다. 그리고 한 편 『악장가사』 소재 〈어부가〉에서부터 익숙했던, 어로 행위 과정을 연상시키는 조흥구를 다시 이용하고 있기 때문에 역동적인 현장감을 재현하는 데에 장기를 발하는 것이다. 아울러 우리말의 진수를 보여준다는 장점은 기존의 원〈어부가〉에서 볼 수 있었던 한시구를 풍부한 우리말 어구로 옮겨놓음으로써 가능했다. 예를 들어 '진일범쥬연리거(盡日泛舟煙裏去)'와 같은 어구는 고산의 〈어부사시사〉에서 완전히 사라졌을 뿐만 아니라, 단어 역시 가능한 순우리말로 대체하는 노력을 아끼지 않았다.

어떻게 보면 〈어부사시사〉는 원〈어부가〉가 추구했던 양면성을 일관성으로 바꾸어 놓음으로써 빛을 발하게 되었다고 할 수 있을 듯하다. 앞 장에서 언급했던 『악장가사』 소재 〈어부가〉의 특징, 즉 배경 및 이미지를 제시한 측면과 흥겨운 조흥구를 통한 고기잡이 과정을 제시한 측면을 모두 수용하되, 다만 〈어부사시사〉는 풍경 묘사를 순 우리말로 바꾸어 놓음으로써 배경 이미지와 어부 행위가 자연스럽게 통합되어 인식되도록 했던 것이다. 따라서 〈어부사시사〉는 우리말 어부노래의 전통을 이으면서도 새로운 지평을 열 수 있었던 것인데, 세부적인 특성을 보자면 아래와 같다.5)

▌ 가상의 묘사

조윤제는 고산이 "실로 詩歌로 因하야 朝鮮語의 美를 發見하고 그를 그의 詩歌上에 直接 試驗하야 보았다"6)라고 했을 정도로 고산 시조의 시어는 세련되다. 그의 시조는 후대의 순수시라고 하는 것과 일치하는 경지에 이르렀다는 평가를 받을 정도인데7) 자연을 상기시키는 소제 역시 이와 같은 시어의 공교함 속에 포함되어 있다.

> 날이 덥도다 믈우희 고기 떧다 (닫드러라 닫드러라)
> 굴며기 둘식세식 오락가락 ᄒᆞ느고야 (至匊恩 至匊恩 於思臥)
> 낫대ᄂᆞᆫ 쥐여잇다 濁酒ㅅ甁 시럿ᄂᆞ냐
> 【春詞 ②】

> 년닙희 밥싸두고 반찬으란 쟝만마라 (닫드러라 닫드러라)
> 靑蒻笠은 써잇노라 綠蓑衣 가져오냐 (至匊恩 至匊恩 於思臥)
> 無心ᄒᆞᆫ 白鷗ᄂᆞᆫ 내좃ᄂᆞᆫ가 제좃ᄂᆞᆫ가
> 【夏詞 ②】

---

5) 지면상 〈어부사시사〉 40수를 수록하는 것은 생략하고자 한다.
6) 조윤제, 『한국시가사강』, 을유문화사, 1954, 341면.
7) 조동일, 『한국문학통사3』(제3판), 지식산업사, 1994, 295~96면.

위에 예를 든 두 작품은 〈어부사시사〉 가운데 춘사(春詞)와 하사(夏詞)의 두 번째에 해당한다. 그 중 춘사 ②는 배를 띄우고 나가 고기들이 수면으로 모습을 드러내고 막 낚시를 시작할만한 시각의 정황인데 '오락가락'과 같은 의태어를 이용하여 발랄한 현장성을 잘 드러낸다. 아울러 '고기', '굴며기', '낫대' 등의 어휘를 통해 낚시하는 모습을 상기시키는데 종장의 '濁酒ㅅ甁'이라는 어휘는 흥감을 유발하고 있다. 그리고 하사 ②에서는 종장에서 '無心흔 白鷗는 내좃는가 제좃는가'라고 하며 나와 백구가 일체가 되었음을 '좃는가'라는 어구의 반복을 통해 효과적으로 드러내고 있으며, 아울러 '靑蒻笠', '綠蓑衣', '년닙희 밥', '반찬'과 같은 단어가 현장의 상황을 잘 전달하고 있는 것이다.

그런데 이들 작품에 등장하는 '굴며기, 綠蓑衣, 白鷗' 등의 단어들은 물가 풍정이나 혹은 은일을 대변하는 소재로서 공식적으로 사용되는 것들임에도 불구하고 작품 속에서 단순한 심상의 차원을 넘어선 생동감을 획득하는 면을 주목할 필요가 있다. 이러한 생동감의 원인으로는 우선 앞서 언급한 바와 같이 수식의 묘미를 빼놓을 수 없을 것이다. '굴며기'가 등장할 때도 '둘식세식 오락가락' 한다는 표현이 부가됨으로써 단지 '굴며기'라는 소재의 공식성만이 아닌 정황의 묘사가 뒷받침하고 있기 때문이다.

또한 여기서 그치지 않고 함께 염두에 둘 주요한 요인은 바로 소위 가어옹과 그가 처한 가상현실이다. 자칫 공식적인 매너리즘에 빠지기 쉬운 단어들도 어부의 실제 행위에 결부된 상황 혹은 배경의 일부로 자리매김할 때는 새롭게 인식될 수 있다. 사실 〈어부사시사〉에 쓰인 '보리밥 픗나물'이며 '년닙희 밥' 등은 '蓬窓', '뛰집', '사립', '낫대', '一葉片舟', '松間石室', '蝸屋' 등과 함께 인공적인 자연 내지 자연적인 인공이라는 지적이 있는데8) 인공적이란 인간의 삶의 체취가 배어있다는 뜻일 것이다. 즉 어부로서 자연의 일부로 살아가는 삶의 단면을 연상시키기 위해 세심하게 배려된 자연물이 등장함으로써 어부가는 새로운 활기를 띠는 것이다.

일찍부터 어부 형상화는 문예활동에서 주요하게 다루어져 왔다. 예컨대 회화에서는 은일(隱逸)과 어민(漁民)의 주제의식이 다양하게 포함되고는 했는데,9) 〈어부사시사〉에서도 마찬가지로 궁극적으로는 은일을 지향하고 있지만 어민 즉 어부로서의 행위를 표방하며 작품을 구체화하고 있다.

銀脣玉尺이 멋치나 걸럳ᄂᆞ니 (이어라 이어라)
蘆花의 블부러 ᄀᆞᆯ희야 구어노코 (至匊恩 至匊恩 於思臥)
ᄃᆡᆯ병을 거후리혀 박구기예 브어다고
【秋詞 ⑤】

漁父醉	어부가 취하여
簑衣舞	도롱이를 입고 춤을 추는데
醉裏却尋歸路	취중에도 귀로는 찾아간다
輕舟短棹任斜橫	가벼운 배 짧은 노 뒤뚱기리는 대로 두었다가
醒後不知何處	술 깨어보면 어디인지 모른다네

【蘇軾, 〈漁父〉 ②】

위의 두 작품은 각기 〈어부사시사〉 중 추사(秋詞)의 다섯째 수와 소식(蘇軾)의 〈어부〉 중 둘째 수에 해당한다. 이들 작품은 모두 어부, 그리고 술과 관련된 흥취를 드러내고 있다. 그런데 소식의 〈어부〉가 술에 취한

---

8) 김열규, 「孤山作品論」, 『고산연구』 창간호, 고산연구회, 1987, 5면.
9) 김주연, 「조선시대 漁父圖에 대한 연구」, 『미술사학연구』 103, 한국미술사학회, 2001.

어부의 거리낌 없는 모습을 통해 세사를 초탈한 은자의 모습을 적극적으로 보여주는 데에 반해, 〈어부사시사〉는 낚시를 마친 후 현장에서 불을 피워 물고기를 굽고 술을 기울이는 어민으로서의 개연성 있는 장면을 연출하여 은일의 측면을 이면에 감추어 놓고 있다. 따라서 이런 상황 속에 등장하는 '銀脣玉尺', '蘆花'와 같은 자연물은 당연히 구체적인 물상에 속한다고 할 수 있을 것이다. 하지만 여기에서 염두에 둘 것은 이들 단어가 구상을 지향한다고 해서 〈고산구곡가〉에서와 같이 실제로 존재하는 물체의 일종은 아니라는 점이다. 다만 고기를 잡는 삶이라는 가공의 범위 안에 있으리라 예측 가능한 구상으로 궁극적으로는 가상적인 자연공간을 보다 그럴싸하게 하는 요소들이다.

이처럼 〈어부사시사〉에 등장하는 자연물은 어민의 실생활 속에서 보고 체험할 수 있는 개연성과 결부되며 우리말의 아름다운 표현과 어우러지고 있다. 그런데 한편 이러한 생동감을 유발하는 요인을 문장의 특성에서 찾자면 표면적으로는 대구의 사용이 두드러진다.

> 東風이 건듯부니/ 믉결이 고이닌다// (돈ᄃ라라 돈ᄃ라라)
> 東湖룰 도라보며/ 西湖로 가쟈스라// (至匊悤 至匊悤 於思臥)
> 압뫼히 디나가고/ 뒷뫼히 나아온다//
> 【春詞 ③】

위의 작품은 〈어부사시사〉 중 春詞 ③에 해당하는 것인데, 초·중·종장이 모두 대구를 사용하고 있다. 이처럼 시조 작품의 3장 전체가 대구로 이루어진 예가 있을 정도로 〈어부사시사〉에서 대구는 흔히 쓰였는데 위의 작품에서도 각 장은 대구로 이루어져서 '東風, 믉결, 東湖', 뫼와 같은 각각의 물상이 음악적인 리듬감을 잃지 않고 부각 되었다.

〈어부사시사〉에 쓰인 대구는 가히 작품의 표현특성을 좌우한다고 해
도 과언이 아니다. 예컨대 전체적인 시상이 한시의 영향 아래 형성되었을
경우에도[10] 그 가운데에서 대구를 이용해 개성을 드러낸 사례를 발견할
수 있기 때문이다.

> 芳草룰 불와보며 蘭芷도 뜨더보쟈 (비세여라 비세여라)
> 一葉片舟에 시른거시 므스것고 (至匊恩 至匊恩 於思臥)
> 갈제는 니뿐이오 올제는 둘이로다
> 【春詞 ⑦】

> 秋江에 밤이 드니 물결이 츠노미라
> 낙시 드리치니 고기 아니 무노미라
> 無心흔 돌빗만 싯고 븬 비 저어 오노라
> 【月山大君,『청구영언』(진본)】

> 千尺絲綸直下垂   기나긴 낚싯줄 호수에 드리우니
> 一波縱動萬波隨   한 물결 여울져 끝없이 농울지네
> 夜靜水寒魚不食   고요한 밤 차가운 물결 입질마저 끊겨
> 滿船空載月明歸   빈 배에 가득 허공 싣고 달빛 아래 돌아온다
> 【船子和尙, 〈漁父詞(6수)〉 ②】

예를 든 것과 같이 〈어부사시사〉의 춘사 ⑦의 종장에 등장하는, '갈제
는 니뿐이오 올제는 둘이로다'라는 어구는 선자화상(船子和尙)의 〈어부사
(漁父詞)〉 중 둘째 수에 해당하는 작품의 '滿船空載月明歸'와 상통하며,
동일한 시구를 이미 월산대군(月山大君)이 그의 시조에서 '無心흔 돌빗만

---

10) 박완식,『韓國 漢詩 漁父詞 硏究』, 이회, 2000, 298면. 참고.

싯고 뷘 비 저어 오노라'라고 차용한 바가 있다. 낚대를 드리웠으되 고기잡이에는 마음이 없었고 밤에 빈 배를 몰고 돌아오는 모습은 은일 어부가로서의 극치를 보여준다.

그런데 선자화상과 월산대군의 작품이 낚시를 드리웠다가 물고기 대신 달빛을 싣고 되돌아오는 지극히 정적인 분위기를 유지했다면 고산의 작품은 리듬감을 느낄 수가 있다. 바로 대구의 사용 때문인데 기존연구에서는 특히 〈어부사시사〉의 대구는 우리말의 아름다움과 고시가의 전통적인 표현 방식을 표현하는 데에 적절히 사용되었다고 한 바 있다.[11]

그런데 한 가지 주목할 점은 〈어부사시사〉에 쓰인 대구는 그 자체로 대상을 부각시키는 데에서 그칠 뿐 작품 구조 속에서 의미의 확장을 꾀하지는 않는다는 것이다. 예컨대 〈도산육곡〉에서는 병치가 많이 쓰이면서 상호간 의미의 상승 작용 내지는 완결을 지향하여 종장에서는 그 내용이 통합되는 것을 지적했다. 하지만 〈어부사시사〉에서는 춘사 ③에서 특별히 살펴본 바와 같이 대구를 사용한 각 장이 내용상 독립되어 있다. 고산의 시조에서는 초·중·종장이 각각 고립된 심상을 이루며 한 공간 안에 동시에 놓임으로써 그리움의 심리적 깊이를 강조하는 경향이 있다는 지적이 있었다.[12] 〈어부사시사〉에서의 대구는 그 문장이 길어질 수 없고 한 장 안에서 완결되는 구문병치를 지향하며 작품 속에서 제 기능을 소화하고 있는 것이다.

그리고 대신 〈어부사시사〉에서는 묘사를 통해 가상의 자연 배경을 부각시키고 있는데, 지금까지 언급한 시어의 정련과 대구 구문을 통해 자연물이 등장하는 양상을 한 수의 작품을 통해 종합적으로 살펴보면 아

---

11) 김대행, 「〈漁父四時詞〉의 外延과 內包」, 『고산연구』 창간호, 고산연구회, 1987.
12) 고정희, 「윤선도와 정철 시가의 문체시학적 연구」, 서울대 박사논문, 2001, 74면.

래와 같다.

우는거시 벅구기가 프른거시 버들숩가 (이어라 이어라)
漁村 두어집이 닛속의 나락들락 (至匊恩 至匊恩 於思臥)
말가흔 기픈소희 온간고기 뛰노는다
【春詞 ④】

위의 작품을 보면, 초장은 '우는거시 벅구기가 프른거시 버들숩가'라는
대구로 시작하고 있다. 지적한 바와 같이 짧막한 구문병치에서 그치고
내용상 함의나 확장을 꾀하지는 않는데, 대신 궁극적으로 읊고 있는 '벅
구기', 푸른 '버들숩'이라는 자연물의 섬세한 묘사를 지향하고 있다고 할
수 있다. 다음으로 중장을 보면 '나락들락'이라는 의태어가 주목되는데
어촌 마을이 물결 속에서 보였다 사라졌다하는 광경을 역시 잘 표현하고
있다. 그리고 종장은 '소' 즉 물을 '말가흔', '기픈'이라는 이중의 우리말
수식을 통해 표현하며 '고기'를 '온간' 종류의 것이고, '뛰노는다'라고 하여
맑고 깊은 물속에 여러 종류의 물고기들이 떼지어 있는 모습을 드러내고
있다.

춘사 ④에는 〈어부사시사〉가 지향하는 단어와 어구의 핵심 요소들이
결집되어 있는 듯하다. 그런데 이 작품을 통해 주목할 점은 이러한 어구
결합은 제시된 사물의 생동감 있는 표현을 위한 묘사에 치중된다는 것이
다. 배를 띄우고 수면 위를 움직여 나아가며 순간적으로 마주치는 '벅구
기', '어촌', '고기' 등이 차례로 언급되는 가운데 정련된 언어의 수식을
통해 새롭게 태어나기 때문이다. 그 소재들은 도학적인 깨달음이나 일관
된 시선의 흐름 속에 통일된 맥락을 형성하지는 않는다. 따라서 한 시조
내에서도 초·중·종장은 내용상 연계되지 않는다. 하지만 분리된 각각의

소재들은 그것을 발견한 당시의 순간적인 인상과 생동감을 전달하는 묘사들을 통해 물상 그 자체로 부각된다. 결국 〈어부사시사〉의 구상으로서의 자연물은 묘사의 과정을 통해 작품화 된다고 할 수 있는데 다양한 묘사의 일단을 보자면 아래와 같다.

> 묽ㄱ의 외로온솔 혼자어이 싁싁ㅎ고 【冬詞 ⑧】
> ㄱㄴ눈 쁘린길 블근곳 홋터딘더 【冬詞 ⑩】
> 岸류 汀花ㄴ 고븨고븨 새룹고야 【春詞 ⑥】
> 고운볕티 쬐얀ㄴ더 믉결이 기름ᄀ다 【春詞 ⑤】

우선 동사 ⑧을 보자면, '솔'은 '묽ㄱ'에 있으며 '외로온' 즉 한 그루만 있을 뿐인데 그 기상이 '싁싁'하다고 했다. 동사 ⑩에서는 'ㄱㄴ눈'과 '블근곳'이 대비 되며 부각되었다. 이 외에 '고븨고븨' 새룹게 느껴지는 언덕의 꽃, 볕을 받아 기름처럼 반짝이는 물결 등 다양한 표현들이 가히 수사의 박람회와 같은 느낌을 준다. 이처럼 〈어부사시사〉는 고기를 낚으러 이동하는 과정을 전제로 그 가운데 접했을 법한 자연물을 감각적으로 묘사하고 부각시키는 것을 장기로 하고 있는 것이다.

최진원은 한 마디로 율곡의 작품은 담박(淡泊)인 데 비해 고산의 작품은 단아(端雅)하다고 하며 그 이유를 이이의 작품은 아예 수사를 하지 않은 데 비해 고산의 작품은 형사(形寫)를 밑바닥에 깔고 있기 때문이라고 지적한 바 있는데,[13] 형사 즉 있는 그대로의 형태의 묘사를 통해 고산의 〈어부사시사〉 역시 새로운 생명력을 부여 받고 있는 것을 실감할 수 있다.

---

13) 최진원, 「高山九曲歌와 淡泊」, 『(증보판)한국고전시가의 형상성』, 성균관대학교 대동문화연구원, 1988, 61면.

▍ 심미적 장면의 중첩

자연시조 가운데 작품 내에 구현된 경관이 가장 돋보이는 경우를 고르라면 단연 〈어부사시사〉를 꼽을 수 있을 것이다. 앞 장에서 살펴본 것과 같이 가상의 상황을 뛰어나게 묘사한 〈어부사시사〉는 미려하고 섬세하게 배경으로서의 공간을 부각시키고 있기 때문이다.

> 白雲이 니러나고 나모긋티 흐느긴다 (돋ᄃ라라 돋ᄃ라라)
> 밀믈의 西湖ㅣ오 혈믈의 東湖가쟈 (至匊悤 至匊悤 於思臥)
> 白蘋紅蓼ᄂ 곳마다 景이로다
> 【秋詞 ③】

위의 작품을 보면 초장에서는 흰구름이 일어나고, 나무 끝은 흔들리고 있는 상황이다. 중장에서는 밀물과 썰물이 교차하는 가운데 서호(西湖)로 동호(東湖)로 가자고 추임새를 넣고 있다. 그리고 종장에서는 흰 마름과 붉은 여뀌가 곳곳마다 아름답다고 하고 있어서 무엇보다도 현란한 색채감에 도취될 수밖에 없는 상황이다. 그런데 이 초·중·종장의 장면들은 유기적인 구성면에 있어서는 뜻밖에 취약하나.

앞서 살펴본 〈고산구곡가〉에서는 초·중·종장이 계기적으로 좁혀지는 가운데 원근감을 획득하며 궁극적으로 하나의 경관으로 통합되는 것을 확인할 수 있었는데, 〈어부사시사〉의 각 장은 하나의 장면으로 간주할 수 있는 배경들이 산발적으로 존재한다. 바로 이러한 존재방식 속에 〈어부사시사〉의 특성이 내포되어 있다고 할 수 있을 것이다.

> 낙시줄 거더노코 篷窓의 둘을보쟈 (닫디여라 닫디여라)
> 흐마 밤들거냐 子規소리 몱게난다 (至匊悤 至匊悤 於思臥)

나믄 興이 無窮ᄒ니 갈길흘 니젓땃다
【春詞 ⑨】

위의 작품을 보면 초장에서는 낚시줄을 걷어놓고 달을 본다고 하고 있다. 따라서 시각적인 감각 중심으로 감성이 고조되고 있는데 이어서 중장에서는 밤이 되니 자규 소리가 맑게 들린다고 해서 청각적인 감각중심으로 감성이 다시 고조된다. 그리고 종장에서는 남은 흥이 무궁하다고 하고 있다. 따라서 달을 보고 새 소리를 듣고 하는 각각의 장면을 통한 복합적인 감각의 작용들은 사색이 아닌 감정을 유발하는 데에 치중하고 있음을 알 수 있다. 그리고 전반적인 경관의 분위기는 동적으로 형성되고 있는 것이다.

사실 〈어부사시사〉는 한시와 가장 흡사한 의상 구조를 형성하고 있는데 그 근본적인 원인은 색채의 대비나 혹은 색채감의 부각에 있을 것이다. 그런데 한시에서 색채의 대비는 미에 대한 감각을 일깨우는 대표적인 정적인 의상(意象)으로 인정하는데[14] 반해서 〈어부사시사〉는 동적이라는 점을 주목할 필요가 있다.

　荊溪白石出　　형계 냇물에 흰 돌이 드러나고
　天寒紅葉稀　　날이 차니 붉은 잎조차 드물구나
　山路元無雨　　산길이 본디 비도 오지 않았는데
　空翠濕人衣　　텅 빈 산 기운이 이 내 저고리 적시누나
　【王維, 〈山中〉】

녑ᄇ람이 고이부니 드론돗긔 도라와다 (돋디여라 돋디여라)

---

14) 王國瓔, 『中國山水詩硏究』, 臺北: 聯經出版社業公司, 1986, 311면.

暝色은 나아오디 淸興은 머러읻다 (至匊恩 至匊恩 於思臥)
紅樹 淸江이 슬믜디도 아니흔다
【秋詞 ⑥】

　앞의 한시 작품은 중국 산수시의 대가인 왕유(王維, 701-761)가 지은 것
으로 망천(輞川)에 은거하며 자연과 하나가 된 생활을 옮겨놓은 것이다.
작품 서두에서 백석(白石)과 홍엽(紅葉)이라는 흰색과 붉은 색을 대비하
여 강렬한 시각을 부각시킴으로써 작자가 거주하는 곳을 인상적으로 보
여주고 있다. 그리고 작품의 후반에서 가을이 깊은 산 속에서 텅 빈 기운
이 스며드는 것을 느낀다고 하여 자연과 동화되어 살아가는 단면을 느끼
게 해준다.
　반면에 뒤의 〈어부사시사〉에서는 초장에서는 바람이 부는 장면을, 중
장에서는 어둠이 밀려드는 장면을, 종장에서는 홍수(紅樹)와 청강(淸江)이
싫지도 않다고 해서 마지막으로 색채의 대비를 부각시키고 있는 것이다.
　앞의 한시 속에 포함된 백석과 홍엽은 그 색채가 통합됨은 물론이거니
와 의상 역시 통합되어 산수간의 모습을 대표한다. 그리고 궁극적으로
저자에게 산기운을 느끼게 하는 배경으로 자리잡고 있어서 전체를 지향
하며 정적인 성향을 보인 반면에, 아래의 〈어부사시사〉에서의 홍수와 청
강은 앞의 장면과 내적으로 연결되어 있지 않다. 물론 왕유의 한시는 산
을, 〈어부사시사〉는 물가를 배경으로 하는 차이점을 배제할 수는 없지만
자연묘사를 위한 색채의 대비에 초점을 맞추어볼 때 전체적인 분위기상
의 개성을 확연히 감지할 수 있다.
　이처럼 〈어부사시사〉에서 각각 독립적으로 드러나는 자연 배경들은
현상으로서의 성격을 지향할 뿐 질서와 법칙 혹은 우주적 통합체로 발전

할 가능성은 낮다. 앞서 살펴보았던 〈고산구곡가〉와 〈도산육곡〉의 자연
은 모두 독자적인 생성 원리 아래 경관을 형성하고 시조작품에 독자적인
이미지를 형성하고 있는데 반해서 〈어부사시사〉에서의 자연경관은 통합
적인 이미지로 부각되지 않는다. 대신 심미적인 완결성을 지니는 독자적
인 장면들이 중첩됨으로써 정서를 홍기시키고 있다.

하지만 〈어부사시사〉가 갖추고 있는 심미적 차원의 문학적인 가치는
매우 높게 평가받고 있다. 예를 들어 〈어부사시사〉는 한시와 같이 감각적
차원의 세계 포착과 강렬한 인상적 재현의 형상화 방식을 통한 심미성을
갖추고 있으며, 이러한 작품에서 느껴지는 자연인식은 사색적이라기보다
직관적이라고 하거나,[15] 단지 추상화된 강호가 아니라 대상에 대한 개성
적인 인식이나 파악이 시작되는 단계에 있다고 하거나,[16] 눈앞에 펼쳐진
강렬한 색채의 구도에서 작중 인물의 고양된 홍취가 선명하게 시각화된
다고 하거나,[17] 시각과 청각, 원(遠)과 근(近)의 통각적(統覺的) 조합에서
이루어진 입체적 구성의 경관이 형성되었다고 하는[18] 등 많은 연구자들
은 〈어부사시사〉가 지향하는 강호라는 공간의 재현 방법에 관련된 문학
적 기법을 높이 평가했다.

여기에서 〈어부사시사〉가 지향하는 경관의 특징, 즉 여러 배경이 문학
적인 기교를 통해 현란하고 역동적으로 부각되어 세련된 풍류의 극치를
보이는 이러한 개성의 가치는 무엇인가 생각해볼 필요가 있다. 이민홍은

---

15) 이형대, 「漁父形象의 시가사적 전개와 세계인식」, 고려대 박사논문, 1997, 137면.
16) 김대행, 「<漁父四時詞>의 外延과 內包」, 『고산연구』 창간호, 고산연구회, 1987, 34면.
17) 김흥규, 「「어부사시사」에서의 '興'의 성격」, 『욕망과 형식의 시학』, 태학사, 1999,
166면.
18) 최진원, 「高山九曲歌와 淡泊」, 『(증보판)한국고전시가의 형상성』, 성균관대학교 대
동문화연구원, 1988, 62면.

〈도산육곡〉의 현장인 '도산'과 〈고산구곡가〉의 현장인 '고산'은 '物外'가
아닌 '인간'인 반면, 〈어부사시사〉의 현장인 보길도 부용동은 분명히 물
외에 해당한다는 지적을 한 바 있다.[19] 율·퇴의 은거지가 인간세상과
이어진 것에 반해 고산의 은거지는 인간세상과 분리되었다는 것인데, 작
품 속에서 어떤 작용을 통해 인간세상과 분리 되었는지 또 분리를 통해
얻을 수 있는 가치는 무엇인지 의문이 아닐 수 없는 것이다.

　그런데 이점에 관해 고산이 지향한 자연의 성격은 바로 작품에 묘사된
사물을 통해 구현되었다고 할 수 있다. 앞서 〈어부사시사〉의 경관은 통합
되지 못하고 각 장면마다 독립되어 개체적으로 존재 한다는 것을 강조했
는데, 이 각 장면들은 문학적인 윤색에 치중하는 허구이기 때문에 가능하
다. 바로 이처럼 표면에 드러난 색채의 미나 감각으로만 느낄 수 있는
허구의 세계가 〈어부사시사〉에는 현실화되어 있는 것이다. 심미적인 형
상성이 지배하며 실현성이 부족한 공간이지만, 그 공간과 공간이 이어지
면서 〈어부사시사〉의 자연경관은 완성된 것이다. 앞서 〈도산육곡〉에서
도 경관의 형성원리가 공간과 공간의 결합에 있다는 지적을 했었다. 하지
만 그 경우는 기호적인 상징성을 지향하는 공간들의 결합이었기 때문에
대립적인 양 항이 통합되어 새로운 가치의 세계를 창출하고 있었다. 반면
에 〈어부사시사〉의 공간들은 가시적인 감각을 지향하는 가운데 실제 공
간으로서의 사실성이나 가치창출의 가능성을 배제하고 있다. 감각적인
장면들은 사실상 서로 통합되기 어렵고, 또 반드시 상보적인 두 개의 공
간이어야 한다는 법칙도 없다. 하지만 이러한 감각적인 허구의 세계가
복수 체계로 공존함으로써 만들어내는 환상의 세계, 이것이 〈어부사시

---

19) 이민홍, 『(증보)사림파문학의 연구』, 월인, 2000, 261면.

사)에 나타난 경관의 핵심이라고 할 수 있을 것이다. 따라서 이 허구는 굳이 인간세상과 연결시킬 필요가 없는 물외이며 이 물외는 인간 세상과 멀어짐으로써 무한한 즐거움을 누리고, 세사를 잊은 즐거움의 증거가 바로 흥으로 나타나는 것이다.

> 丹崖翠壁이 畫屏갇티 둘럿눈딕 (비셰여라 비셰여라)
> 巨口細鱗을 낟ᅳ나 몯낟ᅳ나 (至匊悤 至匊悤 於思臥)
> 孤舟簑笠에 興계워 안잣노라
> 【冬詞 ⑦】

위의 작품을 보면 초장에서 공간적 배경이 등장하고 있다. 그런데 이 배경은 단애취벽(丹崖翠壁)이 병풍같이 둘렀다고 해서 역시 감각적 형상화를 통해 드러나고 있다. 그리고 중장에서는 거구세린(巨口細鱗)을 낚거나 못 낚거나 상관이 없다고 해서 고기를 낚는 일 자체에는 흥미가 없음을 나타낸다. 그리고 종장에서 외로운 배에서 홀로 흥에 겨워 앉아 있노라며 끝맺고 있는 것이다. 이 작품을 보면 고기를 잡는 인간의 일이 잘되어서 흥이 나는 것이 아니고, 고기가 낚이건 안 낚이건 그림 같은 절벽가에 배를 띄워놓은 그 자체로 흥이 난다고 했으니 궁극적으로 〈어부사시사〉는 인간세와는 관련이 없다는 것을 실감할 수 있다.

그런데 한편 이처럼 가상으로부터 배태된 허구의 세계가 연시조의 형식 아래 통합될 수 있는 근거는 무엇인지 또한 의문이 아닐 수 없다. 연시조는 여러 시조가 전후 연계성을 통해 이어지기 때문에 통합성을 완전히 배제할 수 없기 때문이다.

> 水國의 ᄀᆞ올히드니 고기마다 술져잇다 (닫드러라 닫드러라)

萬頃澄波의 슬ᄏ지 容與ᄒ쟈 (至匊悤 至匊悤 於思臥)
인간을 도라보니 머도록 더욱됴타
【秋詞 ②】

우선 위의 작품을 보면 중장에서 만경징파(萬頃澄波)라는 말을 통해 배경을 부각시키고 있다. 그리고 때마침 가을이 되어 고기들도 여유로운 상황인데, 종장에서 인간을 돌아보니 멀수록 더욱 좋다고 해서 아득한 거리감을 유도하며 맺고 있는 것이다. 앞에서 〈어부사시사〉는 허구의 세계가 무작위적 중첩을 통해 인간세를 벗어난 흥겨움을 표현한다고 했는데, 이 작품에서는 인간 세상이 멀수록 좋다고 하고 있어서 개체적인 장면들이 일종의 거리를 형성하기 때문에 눈여겨 볼 필요가 있다.

그리고 여기에서 잠시 〈어부사시사〉가 춘·하·추·동 4계와 하루의 순차적 질서를 지향하는 사시가를 표방한다는 점을 상기할 필요가 있다. 사시가는 사시의 시간적 질서라는 주기적 순차성과 체계성에 기반하여 영원한 회귀와 항구성을 지향한다. 그런데 〈어부사시사〉에서는 하루라는 시간의 질서에 따라 어부가 출항을 했다가 되돌아오는 과정을 반복하기 때문에 시간과 공간이 동시에 순환하고 있는 것이다.

말하자면 아침에 어부가 인간 세상이라는 하나의 거점을 떠나가서 감각적인 아름다움을 선사하는 세계로 갔다가 해가 지면 다시 거점으로 회귀하는 반복 구조 속에는 시간의 순환과 공간의 순환이 공존하는 것이다. 〈어부사시사〉는 춘·하·추·동 각 편이 5장을 경계로 해서 물의 노래와 뭍의 노래로 나뉜다는 지적처럼[20] 뭍과 물을 끊임없이 왕래하는 과정이 내포되어 있다. 그리고 고산이 궁극적으로 화합하고자 지향한 세계는 자

---

20) 김대행, 앞의 논문, 16면.

연과 사회를 포괄한 개념의 우주적 자연이라 할 수 있다는 지적처럼[21] 이 인간 세상과 강호를 함께 아우름으로써 비로소 전체로서의 세계를 구성하는 것이다.

〈어부사시사〉의 경관은 바로 이러한 거점 회귀를 통해 내·외적으로 완성된다고 할 수 있을 것이다. 인간 세상을 떠나갔다가 다시 되돌아오는 것은 혼탁한 세상을 떠났다가 다시 되돌아온다는 상징성을 포함하기 때문이다. 따라서 〈어부사시사〉는 심미적인 독자성을 지니는 장면들이 중첩되는 가운데 이동의 과정 속에 전체를 관통하는 일관된 질서를 마련하고 더 나아가 세상을 바라보는 시선을 형성할 수 있다. 덕분에 각기 개성이 두드러지는 이미지들 속에서도 공간적 배경이 각기 분리되지 않고 통합적인 총체적 질서를 유지할 수 있는 것이다.

> 蝸室을 ᄇ라보니 白雲이 둘러잇다【夏詞 ⑩】
> 그러기 ᄯᅥᆺᄂᆞᆫ밧긔 못보던뫼 뵈ᄂᆞ고야【秋詞 ④】
> 松間石室의가 曉月을 보쟈ᄒᆞ니【秋詞 ⑩】
> 江村 온갓고지 먼빗치 더옥됴타【春詞 ①】

위의 예를 보면 백운(白雲)이 둘러있는 와실(蝸室)을 바라보고, 새벽달을 바라보는 등 여러 종류의 사물들을 멀리서 바라보고 있다. 이러한 시선은 바로 뭍에도 물에도 정착하지 않고 인세를 거점으로 반복적으로 회귀하는 가운데 접하는 수많은 세상 풍정을 담고 있는 것이다. 이들 자연은 율·퇴의 시조에서처럼 자연의 본질에 대해 규명하고 숙고할 수 있는 단서를 제공하지는 않지만 공간 회귀라는 존재 방식의 틀 안에서 만날

---

21) 성기옥, 「고산 시가에 나타난 자연인식의 기본 틀」, 『고산연구』 창간호, 고산연구회, 1987, 33면.

수 있는 독자적인 대성이다.

　이처럼 경관을 통해 살펴볼 수 있었던 〈어부사시사〉의 존재원리는 사시사라는 제목에서 암시하듯 시간적 질서를 표방하고는 있지만 실제로는 공간적 순환에 있다는 것을 알 수 있다. 이러한 원리는 〈고산구곡가〉와 정반대의 입장에서 형성된 것이다. 〈고산구곡가〉는 구곡이라는 제목을 통해서 공간적인 배열의 원리를 예상할 수 있었지만 실제 작품을 관류하는 원류는 시간적인 계기적 질서에 있었다. 따라서 사시의 질서 체계를 근간으로 구곡이라는 공간이 부각 되었는데 〈어부사시사〉는 정반대의 경우에 해당하는 것이다. 〈고산구곡가〉와 〈어부사시사〉는 시적 대상이 되는 배경이 지속적으로 이동한다는 점 그리고 가시적인 자연 경관이 중시된다는 점에서 공통점을 지닌다. 하지만 각 작품이 시사하는 가시적인 경관의 본질이나 시적 완결성을 주도하는 세부적인 구성원리에 주안점을 두고 살펴보면 각각의 차이를 분명히 발견할 수 있다.

▌ 탈속의 실현

　어부가의 배경이 되는 곳은 물가로 산수와는 근본적으로 다른 이미지에서 출발한다. 같은 은일처라도 산수 간에 숨어사는 이는 고사(高士)이지만 그 외에 거하는 이는 그저 초동어부(樵童漁夫)로 여겨질 정도로 산이라는 공간이 갖는 신비감을 물가는 갖추지 못하고 있기 때문이다. 하지만 물이란 소재 자체에 부여한 근원적인 느낌이나 의미가 부정적인 것이 아니었던 사실은 "智者는 물을 좋아하고 仁者는 산을 좋아한다"[22]고 하거나 "上善若水"[23]라고 했던 대목에서 확인할 수 있다. 물은 동적인 역

---

22) 知者樂水, 仁者樂山, 智者動, 仁者靜, 智者樂, 仁者壽. [『論語』,「雍也」]

동성·생명력과 함께 고요함·순응과 같이 다소 상반되는 성향을 아우르는 것을 알 수 있는데 뿐만 아니라 흐름과 순환, 생명의 근원, 道 등 물의 덕목은 여러 가지로 정의할 수 있다.[24]

그런데 위와 같은 물의 덕목은 산수와 어우러진, 즉 산의 일부로서의 물일 때에 적용될 가능성이 많고 실상 물가라는 공간이 주는 느낌은 다르다는 점을 부인할 수 없다. 서양의 시인이 구가했던 주된 공간이 바다인 반면, 동양의 시인이 구가한 주된 공간은 산이었다는 지적처럼[25] 동양 문학에서 바다는 생소한 대상이고, 강도 주로 이별의 장소일 경우가 많다. 마찬가지로 물가는 산처럼 덕성을 함양하고 깨우치며 구가할 만한 곳이 아니었고 주로 헤어짐을 위한 곳으로 여겨졌는데, 특별히 속세와의 단절 즉 탈속을 지향함으로써 그 의미를 확장한 점을 간과할 수 없다. 이러한 탈속의 느낌은 고사에 따른 이미지와 함께 하는데, 예컨대 후한(後漢) 시대 엄자릉(嚴子陵)이 낚시질하던 부춘강(富春江)이나, 태공망(太公望) 여상(呂尙)이 세월을 낚던 위수(渭水) 등에서 연유했다고 할 수 있겠다.

후대의 어부사에서 찾아볼 수 있는 강호한정은 어부의 피세적 은둔에 굴원의 고결한 정신을 혼합한 것이라는 지적처럼[26] 동양 특유의 은일 문화와 결신(潔身)의 의지 등이 혼합되는 거대하고 지속적인 변화 속에 어부가류 시조는 정착되었다. 이러한 변화의 일단을 살펴보기 위해 우선 굴원의 〈어부사〉를 떠올려볼 필요가 있다.

---

23) 上善若水. 水善利萬物而不爭, 處衆人之所惡. 故幾於道. 居善地, 心善淵, 與善仁, 言善信, 正善治, 事善能, 動善時. 夫唯不爭, 故無尤. [『老子』 8장]

24) 민주식, 「물의 표정 : 미학의 과제로서의 물」, 『미학』 34, 한국미학회, 2003. 참고.

25) 조동일, 「동서시인의 정신세계, 산과 바다」, 『한국시가의 역사의식』, 문예출판사, 1993.

26) 박완식, 『韓國 漢詩 漁父詞 硏究』, 이회, 2000, 17면.

굴원이 벌써 추방되어 상수의 못에서 노닐고 연못가를 걸으며 시를 읊고 있었는데, 안색이 병에 걸린 듯 파리하고 몸은 몹시 야위어 있었다. 어부가 그를 보고 물었다. 말하기를, "당신은 삼려대부가 아닌가? 무슨 까닭으로 여기에 왔는가?" 굴원이 말하기를, "온 세상이 모두 혼탁할 때 나 홀로 맑았고, 뭇 사람들이 모두 술에 취해 있을 때 나 홀로 술에서 깨어 있다가 이 때문에 추방당하였습니다." 어부가 말하기를, "성인께서는 어느 한 가지 세상일에 얽매이지 아니하시고 세상의 일에 따라서 어울려 지낼 수가 있도다. 세상 사람 모두 흐리면 어찌하여 당신은 그 흙탕물을 튕겨서 물결도 일으켜보고 사람들이 모두 술에 취해 있거든 당신도 술지게미를 배불리 먹고 밑술을 들이마시지 아니하오? 무슨 대단한 이유가 있다고 깊이 생각하며 고고하게 처신하면서 스스로 버림받게 되있는가? …… 어부는 빙그레 웃으면서 노로 뱃전을 두드리며 떠나갔다. 【屈原,〈漁父〉中】[27]

너무나 잘 알려진 굴원의 〈어부사〉는 굴원이 추방당한 뒤 초췌한 몰골로 강호를 거닐다기 우연히 만난 어부와의 대화를 통해 각기 다른 인생관을 보여준다. 굴원과 어부는 모두 혼탁한 사회 현실에 대해서는 동의하고 있다. 하지만 어부는 그럼에도 불구하고 세속의 법칙을 따를 것을, 즉 화광동진(和光同塵) 할 것을 주장하는 반면에 굴원은 고결한 정신을 유지할 것을 주장하고 있다. 이러한 굴원의 〈어부사〉에서는 자연시조에서와 같이 자연을 벗삼아 즐기는 여유로움은 찾아볼 수 없다. 다만 현실 속에서 어떻게 처신할 것인가에 대한 다소 진지한 의견이 피력되어 있는 것이다. 그런데 〈어부사〉에서와 같은 정황과 처세에 대한 논리는 후대 어부가

---

27) 屈原既放, 游於江潭, 行吟澤畔, 顔色憔悴, 形容枯槁. 漁父見而問之, 曰子非三閭大夫與 何故至於斯 屈原曰 擧世皆濁我獨淸, 衆人皆醉我獨醒, 是以見放. 漁父曰 聖人不凝滯於物, 而能與世推移. 世人皆濁, 何不淈其泥而揚其波. 衆人皆醉, 何不餔其糟而歠其醨 何故深思高擧, 自令放爲……漁父莞爾而笑, 鼓枻而去……[屈原, 『楚辭』]

의 기틀이 되었다고 할 수 있다. 즉 삼려대부인 굴원을 꾸짖고 세상을 살아가는 방법에 대해 한 수 위의 가르침을 베푸는 초탈한 현자로서의 어부의 이미지와 역할은 후대까지 지속적으로 이어졌으며 또 관리로서 정계에 나아가고 물러나는 처신의 문제는 암암리에 어부가류 작품에 포함되어 있는 것이다. 그리고 이러한 양상이 종합되어 있는 공간이 바로 물가 혹은 강호로 설정되고 있다.

> 남방의 오랑캐가 나를 알아주지 않으니, 아침에 나는 장강과 상수를 건너노라. 악저에 올라서 뒤돌아보며 추동의 찬바람을 애타하는도다. 산 연못가에 나의 말을 천천히 몰아서 큰 숲에서 나의 수레를 멈추노라. 창 있는 배를 타고 원수에 오르고 오지방의 노를 저어서 물결을 가르노라. 배는 느릿느릿 나아가지 않고 회오리 물에 멈추어 머물러 있네. 아침에 왕저를 떠나서 저녁에 진양에서 머무노라. 진실로 나의 마음이 바르고 곧으니, 비탈지고 멀어도 어찌 마음 아프리요? 서포에 들어가서 머뭇거리나니 아득하여 나는 어디로 가야 할는지? 【屈原, 〈涉江〉】[28]

그런데 위의 예에서 굴원은 〈어부사〉에서 제시했던 것처럼 극단적인 결신에의 의지를 굽히지 않고 전형적인 단절의 공간으로서 강을 선택하고 있다. 〈섭강(涉江)〉이라는 제목이 암시하는 것과 같이 굴원은 초나라의 오랑캐로부터 떠나와 강 위에 배를 띄웠다. 그런데 배는 앞으로 나아가지 못하고 소용돌이치는 물 위에서 표류할 뿐이다. 즉 목적지를 정하지 않고 무작정 현실로부터 떠나왔을 뿐이기 때문에 이러지도 저러지도 못

---

28) 哀南夷之莫吾知兮, 旦余濟乎江湘. 乘鄂渚而反顧兮, 欸秋冬之緖風. 步余馬兮山皐, 邸余車兮方林. 乘舲船余上沅兮, 齊吳榜以擊汰. 船容與而不進兮, 淹回水而疑滯. 朝發枉陼兮, 夕宿辰陽. 苟余心其端直兮, 雖僻遠之何傷. 入溆浦余僡佪兮, 迷不知吾所如. [屈原, 『楚辭』]

하고 머물고 있는 것이다. 어떻게 보면 굴원이 택한 고결한 결신에의 의지는 이루지 못할 이념이며 이상적인 구호에 그칠 수밖에 없는 것 같다. 극단적인 처세가 빚은 고립의 공간이 바로 굴원이 선택한 최종 기착지일 것이다. 하지만 후대의 풍부한 어부사와 어부가들은 바로 굴원을 나무라던 어부의 처세를 근간으로 이루어졌다.

우리나라에서 어부가 계열 시조의 공간 인식을 엿볼 수 있는 단서는 권근(權近, 1352-1409)이 자신의 벗 어촌(漁村) 공부(孔俯, 1352-1416)에 대해 쓴 글에서 찾아볼 수 있을 것이다. 공부라는 인물이 직접 자연시조 창작에 연루된 것은 아니지만, 그의 호가 어촌일 정도로 환로에 있으면서도 강호한정을 즐겼던 사람이기에, 소위 어부가 계열의 전반적인 시작품들이 추구하는 자연공간의 특성을 그의 강호체험을 통해 유추하는 데에는 무리가 없을 것이기 때문이다. 공부는 그의 조부 공소(孔昭)가 고려에 귀화함으로써 고려인이 되었는데, 나라의 멸망과 신흥 왕조의 발흥과정을 지켜보면서 당시의 번민을 어부의 흥취에 기탁했던 사람이다. 그리고 〈어촌기〉는 바로 고려 멸망 직전인 1385년에 공부의 친우였던 권근이 지은 것으로 공부의 처세관이 잘 드러나 있다.

> 나의 뜻은 어부에 있다. 그대는 어부의 낙을 아는가. 강태공은 성인이니 내가 감히 그가 주 문왕과 만남과 같은 일을 기필할 수는 없다. 엄자릉은 현인이니 내가 감히 그의 조촐함을 바랄 수는 없다. 갓쓴 자와 아이들을 데리고 갈매기를 벗하며 어떤 때는 낚싯대를 잡고, 어느 때는 외로운 배를 노저어 조류를 따라 오르고 내리면서 그 가는대로 맡겨두고, 모래가 깨끗하면 뱃줄을 매어두고, 산이 좋으면 그 가운데를 흘러간다. 살찐 물고기는 요리하고 생선은 회를 하여 술잔을 주고 받는다. 만약 해가 지고 달이 나왔으며 바람은 잔잔하고 물결은 고요한 때를 당하면 배에 의지하여 길게 휘

파람을 불며, 돛대를 치고 큰 소리로 노래를 부른다. 흰 물결을 일으키고 맑은 빛을 헤치면, 멀고 멀어서 마치 星槎를 타고 하늘에 오르는 것 같다. 만약 강의 연기는 아득히 멀고 그늘진 안개는 가늘비 같을 때면, 도롱이와 삿갓을 걸치고 그물코를 치켜 돌면 금빛 같은 누른 비늘과 옥같이 흰 꼬리를 가진 물고기가 가로세로 펄펄 뛰는 모습은 넉넉히 눈을 즐겁게 하고 마음을 기쁘게 한다. 밤이 깊어진 때가 되면 구름은 어둡고 하늘은 캄캄하여 사방을 둘러보아도 망망하기만 하다. 어촌의 등불은 가물거리는데 배의 뜸[篷]에 빗소리는 울어, 성기기도 하고 빠르기도 하여 우수수하고 쏴하는 소리가 차갑고도 슬프다. 배 가운데에 누워 쉬노라면 심신은 텅비어 넓은 허공에 노닌다. 창오에서 (죽은 순임금을) 생각하고, 상수에 죄 없이 빠져 죽은 (굴원의 혼)을 조상하는 것은 본래부터 지금 당한 때의 일을 느끼어 멀리 (옛 일을) 생각하는 것이다.【權近,「漁村記」中)29)

위의 예에서 공부는 자신을 알아줄 사람을 만나기 위해 때를 기다리는 고상한 취미를 지향하지는 않는다고 했다. 그리고 다만 본인이 어부에 기탁하는 것은 어부의 즐거움 때문이라고 밝히고 있는데, 그 즐거움이란 여러 사람들과 함께 갈매기를 벗하고 낚싯배에 올라 물결이 흘러가는 대로 맡겨두며 낚시를 하다가 물고기를 요리하거나 달구경을 하며 노래를 부르는 등 무작위의 생활 그 자체에 있다. 배를 타고 물결을 가르는 즐거움은 마치 성사(星槎) 즉 옛날 장건(張騫)이 타고 하늘에 다녀왔다는 뗏목을 타는 듯 하다고 해서 도선적인 초탈을 지향함을 알 수가 있다. 강가의

---

29) 予之志在於漁, 子知漁之樂也夫, 太公聖也, 吾不敢必其遇, 子陵賢也, 吾不敢冀其潔, 携童冠侶鷺鷗, 或持竹竿, 或棹孤舟, 隨潮上下, 任其所之, 沙晴繫纜, 山好中流, 炮肥膾鮮, 擧酒相酬, 至若日落月出, 風微浪恬, 倚船長嘯, 擊楫高謌, 揚素波而凌淸光, 浩浩乎如乘星査而上霄漢也, 若夫江煙漠漠, 陰霧霏霏, 揚簑笠擧網罟, 金鱗玉尾, 縱橫跳踢, 足以快目而娛心也, 及夜向深, 雲昏天晦, 四顧茫茫, 漁燈耿耿, 雨鳴編篷, 疎密間作, 颼颼瑟瑟, 聲寒響哀, 息偃舟中, 神遊廖廓, 懷蒼梧而弔湘累, 固有感時而遐想者矣. [權近,「漁村記」,『東文選』, 권78]

아름다운 모습 속에서 눈이 즐겁고 마음이 즐거운 가운데 궁극적으로 심신이 텅 비어 넓은 허공에 노닌다고 했으니 세사의 영욕을 떨쳐버리고 노니는 공간이 강호이다. 하지만 그 속에서도 순임금과 굴원을 생각한다고 하여 완전히 관료로서의 정체성을 벗어버리지 않는 중간자로서의 태도를 발견할 수가 있다. 다만 부유하는 것, 즉 무작위를 바탕으로 하는 정신적인 자유를 지향하는 것으로 이해할 수 있는 것이다.

〈어촌기〉에서는 굴원의 〈어부사〉에서 볼 수 있었던 굴원과 어부의 처신에 대한 논쟁이 새로운 방향으로 정립되고 있다. 세상이 흐릴 때 홀로 맑다고 탄식하는 굴원과 흙탕물에 동화되라고 했던 어부의 극단적인 태도가 아니고 일단 흐르는 배에 몸을 맡기고 세상으로부터 멀어지는 방법을 택한 것이다. 그리고 심신이 자유자재한 가운데 굴원을 떠올리고 있다. 하지만 〈어촌기〉에 드러난 공부의 태도가 완전히 세상과 분리된 것은 아니다.

> 양쪽 언덕에 꽃이 밝게 되면 몸이 그림 가운데 있고, 장마가 끝나면 차가운 못물에는 배가 거울 속을 가는 것 같다. 뜨거운 햇빛이 불꽃을 흘려보내는 것 같은 여름날에도 버드나무 늘어진 낚시터에 미풍이 불고, 겨울 하늘에 눈이 나릴 때면 차가운 강물에서 홀로 낚시를 드리운다. 사계절이 차례로 바뀌건만 어부의 즐거움은 없는 때가 없다. 저 영달에 얽매여 벼슬하는 자는 구차하게 영화에 매달리지만 나는 만난 바에 편안하다. 빈궁하여 고기잡이를 하는 자는 구차하게 이익을 계산하지만 나는 스스로 自適함을 즐긴다. 상승하고 침몰하는 것은 명을 믿고, 펴는 것과 걷는 것은 오직 때를 좇을 뿐이다. 부귀 보기를 뜬구름과 같이 하고 공명을 버림을 헌신을 벗어버리듯이 한다. 그리하여 스스로 세상의 물욕 밖에서 방랑하는 것이다. 어찌 시세에 영합하여 이름을 낚시질하고, 환해에 빠져들어 생명을 가볍게 여기며 이를 취하다가 스스로 심연에 빠지는 자와 같겠는가. 이것이

내가 몸은 관복차림을 하였으나, 뜻은 강호에 두어 매양 노래에 의탁하는 까닭인 것이다. 【權近, 「漁村記」 中】30)

위의 예를 보면 사계절 내내 어부의 즐거움은 끝이 없음을 말하고 있다. 강호의 공간은 봄에는 꽃으로, 여름에는 맑은 물과 미풍으로 늘 기쁨을 선사한다. 그런데 이러한 기쁨이 가능할 수 있는 이유는 나의 처지에 있다. 즉 벼슬에 얽매이는 관인은 영달 때문에 구차하고, 고기잡이로 연명하는 어부는 현실의 가난 때문에 구차하지만 나의 마음은 어부의 무욕의 마음이되 몸은 환로에 있기 때문에 그 어느 쪽의 어려움에도 얽매이지 않는다. 그래서 "몸은 관복차림을 하였으나, 뜻은 강호에" 둔다는 표현이 적실하게 된다.

"상승하고 침몰하는 것은 명을 믿고, 펴는 것과 걷는 것은 오직 때를 좇을 뿐"이라는 표현은 당대 즉, 여말선초의 정치적 상황에 대한 입장 표명임을 알 수가 있다. 공부는 정도전을 위시한 개혁세력이 주도권을 장악하는 현실 속에서 정몽주·이색 등과 교유했음에도 불구하고 현실의 추이에 거스르지 않았고 조선 건립 이후 계속 관직에 있었던 인물이다. 하지만 그의 내면은 몸을 떠나 초탈하려고 했던 의지를 〈어촌기〉를 통해서 읽을 수 있다. 현실을 떠나되 단절하지는 않고, 단지 잠시 떠나 현실을 잊고 강호의 즐거움을 맘껏 누리는 것뿐이다. 따라서 〈어부사시사〉에서 끊임없이 현실로 회귀하는 현상을 보인 것과 같이 항상 떠나되 아주 떠나

---

30) 花明兩岸, 身在畵中, 潦盡寒潭, 舟行鏡裏, 畏日流炎, 柳磯風細, 朔天飛雪, 寒江獨釣, 四時代謝而樂無不在焉, 彼達而仕者, 苟冒於榮, 吾則安於所遇, 窮而漁者, 苟營於利, 吾則樂於自適, 升沈信命, 舒卷惟時, 視富貴如浮雲, 棄功名猶脫屣, 以自放浪於形骸之外. 豈若趨時釣名, 乾沒於宦海, 輕生取利, 自蹈於重淵者乎, 此予所以身簪紱而志江湖, 每托之於歌也. [權近, 「漁村記」, 『東文選』, 卷78]

지는 못하고 방랑하는 것이 어부의 세계가 되는 것을 발견할 수 있다.

물론 이러한 성향에는 공부의 개인적인 기질이 많이 발휘되었다는 점을 간과할 수는 없다. 공부는 조선 태종 때 정식으로 중국에서 도교의식을 배워왔고 기우제를 지내는 등 도가적인 성향을 드러냈던 인물이다. 또한 무학선사비(無學禪師碑), 이색(李穡)의 묘비의 글씨를 쓸 정도로 서예에 출중하여 예술적인 소양도 풍부했던 것으로 기록되어 있다.31) 어지러운 세속에서 한 발 물러나 자신만의 영역을 구가할 수 있었던 공부에게 강호는 초탈의 공간이요 완전한 즐거움을 공간일 수 있었다.

> 아득한 강물 유유한데
> 빈 배 중류에 띄우노라
> 밝은 달빛 싣고 홀로 떠나감이여
> 애오라지 한 세상 마치며 하염없이 노니리라
> 【權近,「漁村記」中】32)

> 창랑의 물이 맑으면
> 내 갓끈을 씻을 만하고
> 창랑의 물이 흐리면
> 내 발을 씻을 만하네
> 【屈原,〈漁父〉中】33)

위의 예는 〈어촌기〉와 굴원의 〈어부〉의 끝 부분으로 어부가 떠나가며

---

31) 오세창 편, '공부',『國譯 槿域書畵徵』, 시공사, 1998.
32) 渺江海兮悠悠, 泛虛舟兮中流, 載明月兮獨往, 聊卒歲而優游. [權近,「漁村記」,『東文選』, 권78]
33) 滄浪之水淸兮, 可以濯我纓, 滄浪之水濁兮, 可以濯我足. [屈原,『楚辭』]

부르는 노래에 해당한다. 〈어부〉에는 강호에 대한 공간적인 암시는 부재
한다. 그런데 〈어촌기〉에서의 어부가 구가하는 세계에는 아득한 강물,
빈 배, 밝은 달빛이 있는 노닐 수 있는 세상이 되고 있는 것이다. 따라서
이러한 공간 속에서 자유자재할 수 있는 삶을 공부는 추구했다. 하지만
공부와는 다른 어부의 세계가 공존하고 있었기에 살펴볼 필요가 있다.

> 어촌을 즐긴 자는 백공이고, 백공의 낙을 즐기는 자는 권양촌이다. 나는
> 백공의 어부사를 듣고 권양촌의 어촌기를 읽노라면 아득히 나의 마음에
> 와 닿는 게 있다. 그러니 나는 두 사람의 낙을 즐기는 자라 말해도 또한
> 괜찮을 것 같다. 아! 이 한 몸이 산다는 게 넓은 바다에 한 톨의 낟알과
> 같다. 의당 그대와 이 세상을 뜬구름처럼 노닐고 강호에 빈 배를 타보고자
> 하지만 결국 이를 즐길 자는 누구일까? 아! 그는 없을 것이다. 【鄭道傳, 「題漁
> 村記後」 中】[34]

위의 예는 공부가 즐긴 강호의 즐거움에 대해 평하는 정도전의 글이다.
정도전은 자신도 공부나 권근과 같이 강호의 낙을 즐기는 부류의 사람이
라고 하고 있다. 그런데 이 세상을 뜬구름처럼 노닐며 강호의 빈 배에
몸을 싣겠다고 하지만 그 것이 현실이 될 수는 없음을 꼬집고 있다. 탈속
적인 어부의 낙은 그저 표면적인 구호에 불과할 뿐 실현 가능성은 없음을
지적하는 대목이다. 그래서 신흥왕조 창건에 적극적으로 나섰던 정도전
과 관망 했던 공부와의 처세의 차이를 극명하게 드러내고 있다.
  이 대목에서 굴원의 〈어부사〉가 어떻게 살 것인가에 대한 대립적인

---

34) 夫樂漁村者, 伯共也, 樂伯共之樂者, 可遠也, 道傳 聽伯共漁父詞, 讀可遠漁村記,
   有悠然而會於心者, 謂予能樂二子之樂, 亦可也. 嗟乎! 俯仰此身, 滄海一粟, 當與二
   子, 浮雲乎斯世, 虛舟乎江湖, 竟不知樂之者 誰也? 嗚呼 微哉! [鄭道傳, 『三峰集』
   卷4]

견해를 드러내는 묘미가 있었던 반면에 여말선초의 어부사에서는 어부가 거처하는 강호라는 곳에 대한 의미와 가치가 확대되어 있음을 다시금 확인할 수 있다. 즉 낚시배를 타고 떠나갈 수 있는 곳, 그 공간 자체에 대한 해석과 의미 강조되어 있다고 할 수 있는 것이다. 그리고 그 공간에 대한 의미는 더욱 확장되고 있다.

뱃사공이 말하였다. "아, 길손은 이 점을 생각해보지 못했는가. 사람의 마음이란 조심과 방심이 일정하지 않다. 평지를 밟으면 태평스럽고 사치로우며 험난한 처지에서는 두려워하고 방황하게 된다. 두려워하고 방황하면 조심해서 보존할 수 있지만 태평스럽고 사치스러우면 반드시 방탕하고 위태롭게 된다. 나는 차라리 험난한 처지에서 항상 조심할지언정 태평스럽게 살면서 스스로 거칠어지기는 원하지 않는다. 더구나 나의 배는 떠있는 것이 일정하지 않다. 만일 한쪽에 치우치면 그 사세는 반드시 기울게 된다. 왼쪽으로나 오른쪽으로 치우치지도 않고 무겁거나 가볍지도 않는다. 나는 그 만속함을 지키면서 중도로써 그 저울대를 가져야만 어느 한쪽으로 기울지 않는다. 이렇게 나의 배는 수평을 지키면서 험한 풍파에 맡겨두니, 어찌 나의 편안한 마음을 뒤흔들 수 있겠는가. 또한 인간 세상이란 하나의 큰바다이며 세상 인심이란 하나의 큰 바람이다. 나의 미미한 몸으로서 아득히 그 가운데 표류하는 것이 마치 한 잎새의 배로 만 리 창공에 떠 있는 듯하다. 나는 온 세상 사람들이 그 편안한 생활을 가지고서 욕심을 방자히 하여 그 끝을 생각지 않음으로써 모두가 빠져서 허우적대는 것을 수없이 보아왔다. 객은 이 점을 걱정하지 않고 도리어 나를 위태롭게 생각하는가"【權近, 〈舟翁說〉 中】[35]

---

[35]　翁曰 嘻嘻, 客不之思耶. 夫人之心, 操舍無常. 履平陸則泰以奢, 處險境則慄以惶. 慄以惶, 可儆而固存也. 泰以奢, 必蕩而危亡也. 吾寧蹈險而常儆, 不欲居泰而自荒. 況吾舟也, 浮游無定形. 苟有偏重, 其勢必傾. 不左不右, 無重無輕. 吾守其滿, 中持其衡. 然後不倚不側. 以守吾舟之平, 縱風浪之震蕩, 詎能撓吾心之獨寧者乎. 且夫人世一巨浸也. 人心一大風也. 而吾一身之微, 渺然漂溺於其中, 猶一葉之扁舟, 泛

위의 예는 권근이 지은 〈주옹설〉이다. 일찍이 공부와 교유하며 〈어촌기〉를 지었던 권근이 지은 어부의 변인데, 어부가 아닌 주옹이라고 한 것처럼, 여기에서는 강호가 아닌 배에 주안점을 두고 있어서 성격이 〈어촌기〉와는 많이 다른 것을 발견하게 된다. 내용을 보면 지나가던 객이 뱃사공에게 묻기를, 풍파를 예측할 수 없는 강물 위에 일엽편주를 띄워놓고 광풍 속에 위태로움을 무릅쓰면서 돌아오지 않는 까닭은 무엇이냐고 질문을 하고 있다. 여기에서 작품의 배경으로서의 물가는 아름다운 볼거리와 즐거움을 선사하는 강호가 아님을 알 수 있다. 오히려 위태롭기 그지없는 장소이다. 그러자 주옹은 사람이 살아가면서 두려워하고 주의할 것은 광풍이 아니라 마음속의 태만이나 방탕에 있다고 하여 인생을 살아가는 방법에 대한 교학적인 가르침을 베풀고 있다.

주옹은 차라리 험난한 처지에서 항상 조심하는 것이 낫지 태평스러운 환경 속에서 거칠어지기를 원치는 않는다고 했다. 여기서의 거칠어진다는 것은 심성이 거칠어진다는 의미에 해당할 것이다. 그러면서 나의 배는 왼쪽이나 오른쪽으로 치우치지 않고 늘 중도에서 수평을 지키며 풍파에 맡겨두기 때문에 나의 마음은 늘 편안하다고 하고 있다. 중도 즉 어디에도 치우치지 않는 균형잡힌 태도로 나는 세상을 살고 있는 것이다. 그리고 주옹은 세상에 대해 말하기를, 인간 세상이란 하나의 큰 바다라고 표현함으로써 안전하다고 자부하며 지나가는 객이 처한 세상도 결국은 바다, 즉 풍랑이 몰아치는 거친 곳임을 상기시키며 차라리 중도를 지키며 배 안에 있는 본인이 더욱 현명하게 살아가고 있음을 말하고 있다.

萬里之空濛. 盖自吾之居于舟也, 祇見一世之人特其安而不思其患, 肆其欲而不圖其終, 以至淪胥而覆沒者多矣. 客何不是之爲懼, 而反以危吾也耶. [權近, 『陽村集』 卷21]

〈어촌기〉의 강호가 현실적인 낚시터이면서 오히려 세사와 분리된 탈속의 공간을 지향했다면 〈주옹기〉의 바다는 완전히 관념적인 곳에 해당함으로써 오히려 세속 그 자체를 의미하게 되었다. 그래서 두 작품은 내용이 판이하게 달라지고 있다. 어부가 어떻게 살아야하는가 하는 처세의 문제에 대해 논하는 것은 어부가류 작품의 근간이라고 할 수 있을 것이다. 그런데 '어떻게'라는 방법과 공간의 성격에 따라 작품의 성향은 달라질 수 있음을 실감하게 된다. 공부의 방법을 따르자면 세사를 벗어나서 노장적인 탈속의 경지, 즉 유유자적 노닐며 강호와 속된 세상 사이를 오가게 되는 것이고 권근의 방법을 따르자면 유교적인 근신을 추구하며 세사의 물결을 타나가야 하는 것이다. 예컨대 〈어초문답(魚樵問答)〉[36]에서와 같은 근신주의와 동궤에 놓이는 것이다. 따라서 노장적 탈속 지향과 유교적 세속 지향은 여말선초 어부사의 양대 주류를 형성하고 있다고 할 수 있을 것이다.

그런데 위와 같이 여말선초에 구가되었던 강호공간 가운데 공부가 추구했던 탈속과 초월의 경지가 바로 어부가류 자연시조에 구현되었던 것이다.

---

36) 나무꾼이 물었다. "나는 나뭇짐을 지고서 작대기를 짚고 높은 봉우리와 산등성이를 갈 적에는 일찍이 엎어지지 않는데 평지에서 엎어지는 것은 무엇 때문인가." 어부가 대답했다. "자네만 그런 것이 아니라 나 역시도 그렇다네. 나는 일찍이 광풍의 파란에 빠져본 적이 없었는데 오히려 얕은 개울에서 자빠진 경우가 많네. 그것은 가벼이 생각한 데에서 비롯된 일이네. 『주역』에 이르기를 '그렇게 하면 망할까, 그렇게 하면 망할까 염려해야 뽕나무 떨기에 묶어두는 것처럼 군건하다' 하였고, 또한 '두려운 마음으로 시종 일관해야 잘못이 없어진다'하니 이를 두고 말한 것이야. (樵子曰, 吾負薪扶杖, 多行高峰絶頂, 未嘗顚仆, 或仆於平地, 何也, 漁者曰, 非獨子爲然, 吾亦有然, 吾未嘗陷於狂瀾, 而多跌於淺灘, 以其禍生於所忽, 易曰, 其亡其亡, 繫于苞桑, 又曰, 懼而終始, 其要無咎, 其此之謂歟. [崔鏘翰, 「魚樵問答」, 『艮窩文集』 卷4])

오직 우리 농암 이선생만은 나이 70이 넘어서 벼슬을 그만두고 멀리 떠
나 汾水의 굽이로 와서 한가히 지내되, 나라에서 누차 불렀으나 나아가지
않았으며, 부귀를 뜬구름처럼 여기고 회포를 세상 물정 밖에다 붙이고서
항시 小舟短棹로써 물결 속에서 자유로이 노니고 釣石의 위에서 이리저
리 다니며, 갈매기를 친근하여 마음을 담담하게 갖고 물고기를 구경하며
물고기의 낙을 알게 되었으니, 그 강호의 낙에 있어서 그 참다움은 얻었다
고 할 만하다. 【李滉, 「書漁父歌後」 中】37)

위의 예는 이황이 쓴 「서어부가후(書漁父歌後)」의 일부인데 농암 이현
보가 汾水가에서 배를 띄우고 음풍농월하던 삶은 궁극적으로 세사를 등
지고 물욕을 버리는 것에서 시작되었음을 강조하고 있다. 부귀를 뜬구름
처럼 여기고 자유로운 물결에 몸을 맡겼다는 상황 설정은 공부의 경우와
적실하게 일치하고 있다.

정치적 시류에 어떻게 대처해야할 것인가 하는 문제로 고민하던 여말
선초 사대부들에 의해서 문학사적으로 대두하게 된 어부의 공간은 사림
들에 의해 무욕과 탈속의 공간으로 취택됨으로써 새로운 유형의 자연시
조가 가능하게 된 것이다. 그리고 이러한 성향은 후대의 단형시조에서도
잘 드러나고 있다.

> 아히야 그믈 내여 漁舡에 시러 노코
> 덜 괸 술 막 걸너 酒樽에 다마두고
> 어즈버 비 아직 노치 마라 둘 기다려 가리라
> 【미상, 『청구영언』(진본)】

---

37) 惟我聾岩李先生 年踰七十 卽投紱高蹈 退閑於汾水之曲 屢召不起 等富貴於浮雲
寄雅懷於物外 常以小舟短棹 嘯傲於煙波之裏 徘徊於釣石之上 狎鷗而忘機 觀魚
而知樂則 其於江湖之樂 可謂得其眞矣.. [李滉, 「書漁父歌後」, 『退溪集』, 卷13]

단형의 자연시조 속에 가장 빈번히 등장하는 공간이 바로 강호인데 예컨대 위의 작품을 보면 초장에서 그물을 내어 출항을 서두르고 중장에서 술병이 등장해서 세사에 초탈한 흥취를 드러내고 아울러 종장에서 굳이 때를 기약하지 않고 달이 뜨기만을 기다리는 무작위성을 드러내고 있다. 그 가운데 어부가류 시조의 탈속의 여유를 느껴볼 수가 있다.

▌무심과 흥취의 자연공간

〈어부사시사〉는 어떻게 살아갈 섯인가 하는 처세에 주안점을 두고 탄생된 것인데, 인간과 자연과의 관계의 차원에서 〈어부사시사〉를 살펴보자면 무엇보다도 "인간을 도라보니 머도록 더옥됴타"(추사 ②)는 어구를 떠올리게 된다. 치세에 기반을 둔 〈어부사시사〉의 자연은 관조를 지향하는 자연시조처럼 자연이 내면적인 깨달음을 위한 도구로 작용하는 것이 아니고 시적 자아와 직접 관계를 맺고 있는 구체적인 배경으로 간주할 수 있는데, 작품에서 알 수 있듯이 인세와는 멀리 떨어질수록 그 진가가 발휘되는 것이다. 〈어부사시사〉는 뭍에서 멀어졌다가 다시 가까워졌다 하는 반복적인 공간 순환을 하고 있다. 그 가운데 시적 자아가 진정으로 추구하고자 하는 자연은 인세로부터 멀리 떨어질수록 가까워지는 것이다.

이러한 자연의 모습은 앞서 언급했듯이 가상으로 인식할 수 있는 것으로 인간과는 본질적으로 분리된 것에 해당했다. 그런데 이처럼 거리를 둔다는 것에 대해 좀더 명확히 하자면 〈고산구곡가〉에서와 같이 인간으로부터 원거리의 위치에서 자족적으로 존재한다는 뜻이 아니고, 그야말로 탈속적인 세계를 의미하는 것이다.

따라서 인간과의 교융의 차원을 살펴보자면, 〈어부사시사〉는 무엇보다도 무심(無心)의 요건을 필요로 할 수밖에 없다. 자연과 혼연일체가 되기 위해 마음을 비우는 것은 관조를 지향하는 자연시조에서도 공통적으로 필요한 과정이었다. 〈도산육곡〉이나 〈고산구곡가〉에서 마음을 비운다는 뜻은 인욕을 제거하고 진정한 나를 찾는다는 유가적인 의미에 부합하는 것이었다. 하지만 〈어부사시사〉에서의 무심은 인간계와는 완전히 다른 차원의 자연으로 이동하는 과정에서 순간적인 황홀경에 빠지는 것과 일치한다.

그래서 깨달음을 통해 이치에 접근하는 것이 아니고 현실을 벗어나 초탈하는 경지에서 느낄 수 있는 즐거움은 주로 흥이라는 구체적인 증거물을 남기고 있다. 〈어부사시사〉의 흥감은 이미 여러 논자들에 의해 지적된 바 있지만, '나믄 興이 無窮ᄒᆞ니'(춘사 ⑨), '기픈 興을 禁못홀돠'(하사 ①), '四時興이 ᄒᆞᆫ가지나'(추사 ①) 등 각 시조에서 등장하는 흥은 주체하지 못할 감정의 고조 상태를 여과 없이 드러내고 있다. 흥의 미학에 내재해 있는 미적 원리로는 정서의 상승작용, 현실에 대한 적극적 지향의식, 갈등과 긴장이 없는 편안함, 놀이적 요소 등이 지적된 바 있는데[38] 〈어부사시사〉에서는 특히 정서의 상승작용에 의해 형성된 순정한 기쁨이 표현된다.

　　구즌비 머저가고 시냇믈이 붉아온다(비뗘라 비뗘라)
　　낫대를 두러메니 기픈興을 禁못홀돠(至匊悤 至匊悤 於思臥)
　　烟江疊嶂은 뉘라셔 그려낸고
　　【夏詞 ①】

---

38) 신은경, 『풍류—동아시아 미학의 근원』, 보고사, 1999, 105면.

臨湖에 비를 씌워 赤壁으로 나려가니
限 업슨 風景이 눈 압히 버려 잇다
우리도 東坡의 남은 興을 이여 놀려 ᄒ노라
【金重說, 『악학습령』】

위의 예에는 모두 흥이라는 어휘가 포함되어 있는데, 각기 성격이 다르다. 〈어부사시사〉를 보면 흥을 느끼는 경위가 그저 궂은비가 그치고 시냇물이 맑아오는 가운데 낚싯대를 둘러메는 어부로서의 일상 중에 흥감을 느낀다고 하고 있다. 하지만 아래의 단형시조를 보면 소동파의 남은 흥을 이어서 놀겠다고 해서 스스로 느끼는 흥감도 아니며 또 취락을 전제로 하고 있다는 것을 알 수 있다. 조선 후기 단형시조에는 취흥(醉興)이 많이 부각되는데 마찬가지로 아래의 시조도 일종의 취흥에 해당하는 것이다. 이러한 취흥과 〈어부사시사〉의 흥은 흥감에 빠지는 경로도 다르거니와 궁극적인 성질이 다르다고 할 수 있다. 앞서 언급한 것처럼 취락의 요소가 배제된 그저 있는 그대로의 자연을 통해 순정한 흥감에 빠져드는 것이 바로 〈어부사시사〉의 흥인 것이다.

따라서 이러한 흥감을 유발시키는 것이 자연이라는 것을 상기하며 자연이란 무엇인가 하는 질문을 해보면, 〈어부사시사〉의 세속과 결별된 자연은 세사를 잊고 초탈할 수 있는 절대적인 이상에 해당한다고 할 수 있다. 그런데 자연이 절대적이고 완전한 성격을 지향한다는 점에서는 〈도산육곡〉의 자연과 동일한 점이 있는데, 결정적으로 〈어부사시사〉의 자연과 〈도산육곡〉의 자연이 달라지는 것은 선이라는 가치가 배제된 절대미라는 점에 있을 것이다. 세상의 혼탁함, 부조리와 정반대에 있는 절대적인 질서와 조화가 바로 〈어부사시사〉에 해당하지만 그 조화는 도덕적 합목적성과는 상관 없이 아름다움 그 자체로 표출되는 것이다. 앞에서

〈어부사시사〉에 드러나는 이미지 중심의 아름다움을 언급한 바 있는데, 아래와 같은 한시에서도 마찬가지 현상을 발견할 수 있다.

西塞山前白鷺飛 서새산 앞자락에 백로는 날고
桃花流水鱖魚肥 복사꽃 흐르는 시내 쏘가리 살 오르네
青篛笠   푸른 삿갓
綠蓑衣   새파란 도롱이
斜風細雨不須歸 저문 바람 가랑비에 일어서지 않으려 한다
【張志和,〈漁父詞〉中】

중국 당나라 장지화(張志和)의 〈어부사〉 가운데 잘 알려진 한 수이다. 그런데 작품을 분석해 보면 무엇보다도 앞의 두 구절은 경관을 묘사한 것으로 절묘한 솜씨로 한 폭의 그림과 같은 강남의 봄 풍경을 보여주고 있다. 서새산(西塞山)과 백로(白鷺)가 난다는 것은 멀리 보이는 원경이며 도화유수(桃花流水)는 중경이며 궐어비(鱖魚肥)는 근경일 수도 있고 상상 속의 세계일 수도 있다. 그리고 서새산 앞의 백로와 도화유수궐어(桃花流水鱖魚)는 정적인 것과 동적인 것이 어우러지는 아름다운 풍경이다. 그리고 뒤의 구절에서는 어부가 등장하고 있는데, 푸른 삿갓과 푸른 도롱이를 걸쳐서 문명의 흔적은 찾아볼 수 없고, 백로·도화 등 자연물과 푸른색이 조화되어 아름다운 광경과 어부는 일체가 되어 있다. 그래서 도가적 초탈로서의 자연 귀일적인 면을 엿볼 수가 있는 것이다.

위의 작품을 통해 알 수 있듯이 강호는 색채감, 정중동의 묘미 속에 진정한 아름다움으로 표현되고 있는데, 이러한 공간이 바로 어부가 계열 시조가 궁극적으로 지향한 자연이라고 할 수 있을 것이다.

3. 어부시가의 향방

시가사에서 윤선도의 〈어부사시사〉에 양적, 질적으로 비견할 만한 어부가는 찾아보기 어렵지만 어부 노래의 전통은 지속되었다. 특히 자연시조에서 가어옹은 자주 출현했기 때문에 굳이 어부가라고 따로 분리하지 않아도 초창기부터 여러 작품에서 어부의 모습을 종종 발견할 수 있었다. 예를 들어 맹사성의 〈강호사시가〉와 같은 경우는 강호를 배경으로 직접 "小艇에 그믈시러 흘리 씌여 더뎌두고/ 이몸이 消日히옴도 亦君恩이샷 나"라고 읊고 있어서 어부 한적의 면모를 세내로 느낄 수 있다. 이 뿐만 아니라 제목에 '강호'를 표방한 가운데 어부 한적을 수용한 작품은 적지 않으며, 직접 '어부'를 내세운 경우에도 보편적인 자연시조 전반의 특성을 유도히는 것을 발견할 수 있다. 그 가운데 일단 제목에서 '어부'를 표방한 자연시조 작품을 정리하자면 아래와 같다.

작가	작품명	출전
작자미상	〈어부가〉	『樂章歌詞』
李賢輔(1467-1555)	〈漁父歌〉	『聾巖先生文集』
李賢輔(1467-1555)	〈漁父短歌〉	『聾巖先生文集』
尹善道(1587-1671)	〈漁父四時詞〉	『孤山遺稿』
李重慶(1599-1678)	〈漁父詞〉	『壽軒先生文集』
李重慶(1599-1678)	〈梧臺漁父歌〉	『壽軒先生文集』
李重慶(1599-1678)	〈漁父別曲〉	『壽軒先生文集』

위의 작품 가운데 『악장가사』 소재 〈어부가〉에서 이현보를 거쳐 윤선도로 이어지는 계보와 특성은 이미 앞에서 살펴본 바와 같다. 그런데 이 중경(李重慶)의 〈어부사〉와 〈오대어부가〉는 이들 작품과 비교해볼 때 이

질적인 성향을 드러내고 있어서 주의를 요한다. 이중경은 고산과 거의 비슷한 시기를 살았던 17세기의 인물인데, 운문산(雲門山)을 유람하다가 승경처를 발견하고 봉서정(鳳棲亭)을 짓고는 구곡을 경영했다. 그래서인지 〈오대어부가〉를 보면 어부가를 표방하면서도 1곡부터 9곡까지를 설정한 특이점을 발견할 수 있다.

一曲
勝溪山의 生涯를 브텨두고
魚樵을 일을삼아 百年을 보내리라
어저워 武夷九曲이 예도 긘가 ㅎ노라

二曲
釣漁舟를 碧波에 픠워가쟈
아희야 놀저어라 石齒예 걸릴셰라
뎌우희 綠苔磯頭의 白鷗훈더 가리라

三曲
一竿竹을 夕陽의 빗기들고
淸江을 구어보니 白魚도 하고 할샤
이만술 世上 人間의 제 뉘라셔 알리오
【李重慶, 〈梧臺漁父歌〉 ①, ②, ③】

위의 작품 가운데 첫 수를 보면 빼어난 계산(溪山)에서 어초(魚樵)를 일삼아 평생을 보내리라고 하면서 무이구곡이 이곳인가 한다며 즐거움을 읊고 있다. 아름다운 산수를 배경으로 어부와 초동의 소박한 삶을 본받아 살고 싶다는 의지를 피력하는 가운데, 이곳이 곧 무이구곡이 아니겠느냐는 자부심을 드러내고 있는 것이다. 그런데 이 〈오대어부가〉의 일곡(一

曲)을 보면 마치 자연시조의 종합물을 접하는 느낌이 든다. 승계산(勝溪山)이라는 배경과 어초(魚樵)라는 삶의 모델 그리고 무이구곡이라는 이상적 지향점이 총망라되어 있기 때문이다.

그리고 이어지는 이곡(二曲)을 보면 드디어 벽파(碧波)에 낚싯배를 띄운다고 하고 노를 저으라고 명하는 가운데 백구(白鷗)에게 가겠다며 흥취를 드러내고 있다. 배를 띄우고 노를 저어 나가겠다는 의지를 보이는 가운데 어부의 모습을 본격적으로 드러내는 것을 발견할 수 있다. 그리고 다음 삼곡(三曲)에서는 석양을 배경으로 푸른 강을 바라보고 있다. 일간죽(一竿竹)을 들고 물을 굽어보며 백어(白魚)가 많기도 하다는 독백은 지극히 여유롭고 풍요로운 느낌을 선사한다.

위의 예를 통해 살펴볼 때 〈오대어부가〉는 딱히 구곡가의 전통을 따랐다고도 하기 어렵고, 그렇다고 직실하게 어부가의 전통을 따른 것도 아니다. 게다가 일곡부터 삼곡까지의 노래가 일관성을 염두에 두지 않고 편의대로 읊어졌다는 느낌마저 주고 있다. 다만 산수를 배경으로 누릴 수 있는 배경의 아름다움과 심리적인 여유 그리고 선행 작품들 속에서 쉽게 발견할 수 있는 관습적인 이미지들이 모여서 여러 요소가 한 데 어우러진 복합적인 자연시조로 완성된 것을 확인할 수 있다.

생각해보면 주자의 〈무이구곡도가〉가 일곡에서부터 배를 띄워 구곡까지 흐르는 가운데 절경을 굽어보는 구성을 하기 때문에 일정 부분은 어부가의 면모를 지닌다고도 할 수 있다. 따라서 이중경이 〈오대어부가〉에서 어부가를 표방하면서도 일곡부터 구곡까지의 과정을 읊은 것이 아주 어색하다고만은 할 수 없을 것이다. 하지만 적어도 〈무이구곡도가〉 이전에 이미 형성되었던 보편적인 한시 어부가의 전통이나 특히 윤선도의 〈어부사시사〉를 통해 완성되었던 국문시가 어부가의 전통을 염두에 둘 때 〈오대어부가〉를 통해 적실한 어부가의 모습을 확인하기는 어렵다. 구곡가도 아니고 어부가도 아닌 〈오대어부가〉는 구곡을 경영하는 실생활 속에서 어부의 삶에 대한 동경과 강호의 이미지와 염원이 복합적으로 구성된 종합적인 형태의 자연시조라고 할 수 있을 것이다.

한편 다음의 〈어부별곡(漁父別曲)〉은 육가 형식을 염두에 두고 있어서 또 다른 각도에서 접근할 필요가 있다.

> 이런들 뉘 울타ᄒ며 져려ᄒᆞᆫ돌 뉘 외다ᄒ료
> 올거나 외거나 나도 내 일 모ᄅ노라
> 世上이 是非ᄅᆞᆯ 마라 漁父ㅣ 므슴 그ᄅ리
>
> 蒼山은 놉고놉고 流水ᄂᆞᆫ 길고길고
> 山高 水長ᄒ니 긔아니 죠홀소냐
> 山水間 一閒人되여 허믈업시 사노라.
> 【李重慶, 〈漁父別曲〉③,⑥】

이중경의 〈어부별곡〉은 전,후 3장으로 이루어진 여섯수의 노래인데, 서문에서 도산(陶山) 어부사(漁父詞)를 취하고 그 체를 본빈겠다고 했다.[39] 위의 작품을 보면 "이런들 뉘 울타ᄒ며 져려ᄒᆞᆫ돌 뉘 외다ᄒ료"라고 시작하고 있는데, 〈도산육곡〉 가운데 첫수에 나오는 "이런들 엇더ᄒ며 져런들 엇더ᄒ료"를 모방한 흔적이 역력하다. 다음 시조의 "靑山은 놉고놉고 流水ᄂᆞᆫ 길고길고"라는 대목 역시 "靑山ᄂᆞᆫ 엇뎨ᄒ야 萬古애 프르르며/ 流水ᄂᆞᆫ 엇뎨ᄒ야 晝夜애 긋디 아니ᄂᆞᆫ고"라는 〈도산육곡〉 제11수의

---

39) 是取陶山漁父詞而歌之亦足以見先賢之得意於山水而樂 …… 師其體而倣 其前後三章並六章 則省其六曲之合爲十二者而取其半也 〈漁父別曲〉自序『壽軒先生文集』.

초·중장과 많이 닮아 있다. 하지만 〈어부별곡〉이 지향하는 내용이 퇴계의 그것처럼 학문이나 내면 수양을 염두에 두고 있지는 않다. 〈오대어부가〉와 마찬가지로 강호에서 노닐고 생활하는 여유로운 생활의 면모를 드러내고 있을 뿐이다.

그리고 이외에도 이중경은 〈어부사(漁父詞)〉 5장을 남기고 있는데, 작품의 예를 들면 아래와 같다.

> 漁父 漁父 들하 네 내오 내 네로라
> 네 버지 내어니 내 너룰 모룰소냐
> 此中의 閒暇흔 生涯는 너와 나와 있도다
>
> 功名도 내 몰래라 富貴도 내 몰래라
> 虛浪흔 人生이 世事도 내 몰래라
> 아마도 이 江山아니면 내몸 둘듸 업세라
> 【李重慶, 〈漁父詞〉 ①, ④】

이 작품 역시 어부의 현실을 근간으로 하거나, 고기 잡는 과정에 몰두하는 작품은 아니다. 첫 수를 보면 어부를 부르며 자신과 어부가 벗임을 강조하는 가운데 한가한 생애를 보내는 공통점을 언급하고 있다. 그리고 아래의 작품을 보면 공명과 부귀를 관심 밖에 두고 세사에 무심한 채 오로지 강산에 몰입하고 있다고 읊고 있다.

이처럼 비록 고산과 동시대를 살았던 인물이지만 이중경의 〈어부사〉는 어부가로서의 일관된 특성을 보이지 못했다. 뿐만 아니라 〈오대어부가〉는 구곡가를 염두에 둔 흔적이 역력하고, 〈어부별곡〉은 육가를 염두에 두고 창작된 작품이다. 그러면서 공히 제목을 통해 어부의 노래임을

명시하고 있어서 완벽한 구곡가 계열도 육가 계열도 아닌 작품들이 어부
노래의 행세를 하는 것을 알 수가 있다.

그리고 이후에도 어부의 노래는 계속 존재했지만 18세기 이후 지극히
속화된 양상을 보이는 가운데 정격의 자연시조로부터 멀어져 갔다. 이형
상(李衡祥, 1653-1733)의 〈창부사(傖父詞)〉나 이한진(李漢鎭, 1732-?)의 〈속
어부사(續漁父詞)〉가 전작을 답습하는 등 복고풍에서 벗어나지 못하는 동
안 어부가는 잡가의 형태로 풍류방 문화에 편승하여 유희요로서 명맥을
유지할 수 있었다.

어부의 노래는 비교적 문학적 스펙트럼이 넓다. 한시와 민요 즉 한문학
과 구비문학을 동시에 점령하는 가운데, 한시 어부가는 승려와 사대부들
이 애호했으며 어업노동요는 노동의 현장에서 긴요하게 제 역할을 다 했
다. 하지만 이러한 한시와 민요 사이에는 간극이 너무 크기 때문에 작자
층의 신분은 물론이거니와 향유 방식이나 지향점 등에서 교차될 수 없는
평행선만 그었을 것이 분명하다. 그런데 자연시조 가운데 어부시가는 바
로 이와 같은 간극을 극복하고 교집합을 만들어냄으로서 새로운 가능성
을 선보일 수 있었다. 고산의 〈어부사시사〉에서는 극단의 관념적 어부와
노동현장의 현실의 어부가 언어의 미를 통해 교묘하게 어우러져서 지극
히 아름답고도 흥겨운 자연시조로 탄생할 수 있었던 것이다.

따라서 현실적으로 생각해볼 때 자연시조 어부시가는 독자적인 장르
의 완결성보다는 대극적인 성향을 조화롭게 배합할 수 있는 시인의 개성
적인 안목이나 시적인 표현력에 작품의 핵심이 놓여 있다고 할 수 있다.
아마도 어부시가의 전통이 오래 지속되지 못한 것은 아마도 이러한 작시
과정의 어려움이 큰 요인이 되었을 것이다.

V. 전원시조의 현실과 낭만

1. 농경문화와 귀거래 의식

17세기 이후 창작된 자연시조에는 소위 전원시 계열의 작품이 많다. 전원시조는 기존의 자연시조와 달리 자연을 관념이 아닌 노동의 실현처로 간주하고,[1] 작품 속에서 이념적 공간으로서의 특징보다 구체적인 생활의 모습을 부각시킨[2] 일련의 작품을 일컫는다. 즉 도학적·사색적 측면이 축소되거나 제거된 자연시조라고 할 수 있다. 하지만 그럼에도 불구하고 전원시조는 직접 농사 현장에서 부른 노동요나 혹은 농민시 등에 견주어볼 때 농가의 현실을 반영하는 사실성이나 농민의 심정을 대변하는 진정성이 상대적으로 부족한 것이 사실이다. 그만큼 전원시조 이외에도 농경 혹은 농가와 관련된 작품은 폭넓게 존재했음을 상기할 필요가 있다.

농경문화권에 속해 있는 우리에게 농사는 가장 신성시 되는 일이기도 했고, 때로는 소박한 청빈을 대표하기도 했고, 또 때로는 가장 핍진한 현

---

1) 신영명, 「17세기 강호시조에 나타난 田園과 田家의 형상」, 『한국시가연구』 6집, 한국시가학회, 2000.
2) 권순회, 「전가시조의 미적 특질과 사적 전개 양상」, 고려대 박사학위논문, 2000, 12면.

실이 되는 등 어떤 시각에서 접근하느냐에 따라 결과가 달라질 수 있었
다. 때문에 농업과 관련된 작품의 층위는 상당히 다양하다. 위로는 왕으
로부터 관료와 사대부 문인들이 농사짓는 일이나 농가의 모습 등에 관련
된 작품을 향유하거나 직접 작품 창작에 참여하기도 했다. 그리고 농민들
스스로 현장에서 농요를 향유했던 것은 두말할 나위가 없을 것이다.

　제왕의 경우 직접 작품을 창작하지는 않더라도 지속적으로 농민의 현
실을 잊지 않도록 별도의 노력을 기울였는데, 예를 들면 아래와 같다.

> 　晝講에 나아갔다. 영의정 金壽恒이 함께 입시하였다. 임금이 바야흐로
> 豳風詩를 강독하는 것을 인해서 말하기를, "당 태종의 無逸山水圖 전후
> 가 다른 것은 단지 한결같은 마음으로 나태함을 경계한 것입니다. 병조판
> 서 李翻의 집안에 농가사시의 그림 병풍이 있는데, 관람하기에 적합하게
> 갖추어져 있습니다. 청컨대 玉堂으로 하여금 들여오게 하여 본을 떠서 병
> 풍을 만들어 올리게 하소서" 하니 임금이 옳게 여겼다.3)【肅宗實錄 卷 12】

　위의 내용은 숙종 때 영의정 김수항(金壽恒)이 『시경』의 빈풍시(豳風
詩)를 강독하는 자리에서 임금에게 백성을 위하는 마음을 잊지 않을 것을
당부하는 대목이다. 그 가운데 특히 당 태종이 〈무일산수도(無逸山水圖)〉
를 통해 나태함을 경계했던 것처럼 농가의 사시를 그린 병풍을 가까이
두고 감상할 것을 권하고 있다. 여기에서는 구체적으로 병조판서 이숙(李
翻)이 소장한 그림이 좋으니 이를 본뜰 것을 제안하고 있는데, 이외에도
홍문관에서 〈농가십이월도〉를 바쳤다는4) 기록 등을 볼 때 여러 종류의

---

3) 御晝講 領議政金壽恒同入 因上方講豳風詩 言唐宗無逸山水圖 前後之異 只在一
　念怠 兵曹判書李翻家 有農家四時圖屛 宜備觀覽 請令玉堂取入移模作屛以進 上
　可之 [肅宗實錄 卷12]
4) 弘文館進農家十二月圖 仍上箚陳戒 上優答之 賜以豹皮. [肅宗實錄 卷16]

작품이 향유되었음을 알 수 있다.

군주는 대개『서경』「무일(無逸)」편을 형상화한 〈무일도(無逸圖)〉 혹은 『시경』의 「빈풍(豳風)」〈칠월(七月)〉을 염두에 둔 〈빈풍칠월도〉를 가까이 했다. 모두 백성들의 생업의 어려움을 깨닫고 바른 정치를 하도록 유도하는 감계(鑑戒)적 성격의 그림들인데, 〈빈풍칠월도〉는 특히 농업과 잠업(蠶業)을 중심으로 농사짓는 어려움을 일깨우기 위해 마련된 것으로, 구체적이고 친근한 일상의 모습을 담고 있어서 풍속도로서 민간에서도 다양하게 향유되었다. 〈경직도(耕織圖)〉, 〈사시풍속도(四時風俗圖)〉, 〈빈풍도(豳風圖)〉 등이 모두 같은 맥락에 속하는 것으로 조선후기에는 민화의 형식으로 제작되어 보급되는 등 그 수요가 다양했다. 그리고 통치자의 경우에『시경』의 시를 직접 읽는 것보다 농사짓고 누에 잣는 장면을 침전(寢殿)에 설치하는 방법을 통해 훨씬 용이하게 백성의 현실과 스스로의 책무를 떠올렸을 것을 짐작할 수 있다. 이처럼 왕실에서 농가의 사시를 그린 그림을 아꼈던 것은 농민과 농업의 소중함을 잊지 않는다는 의무감을 전제로 한다. 농경사회의 주축이 되는 농사짓는 백성을 사랑한다는 의식이 없이는 이루어질 수 없는 일이었다.

한편 사대부들은 직접 작품 창작을 통해 애민의식을 적극적으로 드러냈다. 일찍이 이규보(李奎報)나 김극기(金克己)의 한시를 보면 알 수 있듯이, 스스로 농민의 생활에 관심을 갖고 농가의 삶을 반영하는 작품을 써서 한층 현실에 접근한 태도를 엿볼 수 있다. 고려이후 조선시대에도 지속적으로 농가의 모습은 한시에서 반복적으로 형상화 되었는데, 농민들의 비참한 생활이 직접 드러나는가 하면 농가의 소박한 삶이 주는 여유와 멋에 이르기까지 다양한 결과를 낳았다. 그들은 제왕과 달리 농업의 현장에 비교적 가까이 있으면서 사시사철의 변화를 목격하거나 근황을 듣거나 혹은 농사에 참여할 수도 있었기 때문에 훨씬 더 다양하고도 현실적인 작품을 선보일 수 있었다.

반면 농민들은 농사짓는 현장에서 농업노동요를 향유했다. 이 경우에는 굳이 농가의 모습을 부각시키기보다는, 노동의 신고를 달래는 서정적인 노래이거나 혹은 지루한 반복노동 가운데 흥을 돋우기 위한 흥겨운 내용이나 조흥구 등이 주로 해당된다. 농민들은 자신들의 일상 속에서 노래를 부르기 때문에 굳이 거리를 두고 농가의 모습을 바라볼 필요가 없었을 것이다.

농경문화권에 속한 우리에게 농업은 어업에 비해 더욱 친근하고도 중요한 일이었다. 어업은 특수계층의 일이거나 아니면 생계와 관련이 없는 소일거리일 확률이 높았다. 따라서 관련 작품 역시 지극히 관념적인 정적인 분위기나 현장 분위기를 전달하는 동적인 분위기라는 대극적인 양 성향 아래 구성되는 것이 보편적이었다. 하지만 농업과 관련된 작품은 위로는 왕공귀족에서 아래로는 농민에 이르기까지 폭넓은 결과를 낳았고 향유의 양상도 보다 다양했던 것이다.

그런데 그 가운데에서도 농촌의 모습을 형상화하는 측면에서 적당한 거리두기를 통해 가장 다양하고도 현실적인 결과물을 선보이는 것은 바로 사대부들의 작품이라고 할 수 있다. 아무래도 왕들이 접근할 수 있는 농가의 모습은 막연하고 추상적일 수밖에 없었을 것이다. 따라서 직접 시를 짓거나 노래를 부르기보다는 시각적 재현 효과를 노린 그림 감상을 선호했을 법하다. 반면에 농민들의 경우에는 작품 표현에 있어서 객관적인 농가의 모습을 전달하기보다 직접 심정을 토로하거나 노동현장에서의 효용성에 치중할 확률이 높기 때문에 이 역시 특이한 점이 있다.

하지만 사대부들은 애민시나 농민시의 측면에서 농가의 현실을 핍진하게 반영하는 것뿐만 아니라, 보다 여유로운 전원생활의 즐거움에 접근하는 등 개연성을 확보하면서도 문학적인 윤색이 가능한 범위에서 다양한 농촌의 모습과 즐거움을 두루 표출할 수 있었다. 그 가운데에서도 특히 도연명이 그랬던 것처럼 정치현실에 환멸을 느끼고 무욕의 삶으로 돌아가고자 하는 소망을 표출하는 가운데 소박한 전원생활을 동경했던 것은 대단히 중요한 문학적 동기가 아닐 수 없었다. 덕분에 전원이 그 어느 곳보다도 풍요롭고 낭만적인 곳으로 투사된 이래, 전원시가 주는 안정감과 낭만은 큰 영향력을 행사할 수 있었던 것이다. 소위 귀거래(歸去來) 의식으로 집약되는 회귀의식은 일년사시의 흐름에 순응하며 성실한 노력의 대가에 만족하는 소박한 삶에 대한 동경이자, 즐거운 삶의 과정에 대한 그리움을 동반한다. 그것은 충분히 실현 가능성이 있는 소망이지만 현실이 가로막고 있어서 실현 불가능한 아이러니일 경우가 많아서 더욱 아련한 정서적 자극을 유도하기 마련이다.

이처럼 귀거래 의식을 근간으로 하는 사대부들의 문학은 적당한 거리두기를 하는 가운데 농가의 현실에 바탕을 두는 개연성을 확보하면서도 향수를 자극하는 안분자족의 즐거움을 통해 개인적인 정감을 풍요롭게 했다. 덕분에 소위 전원이라고 불리우는 농촌의 모습은 산수나 강호 못지않게 풍부한 시적 모티브를 제공할 수 있었던 것이다.

전원시조는 바로 이와 같은 전원문학과 귀거래 의식의 전통 속에서 탄생할 수 있었다. 그런데 특히 전원시조의 주인공들은 실제로 낙향하여 향촌에 자리잡고 있었기 때문에 단순히 전원의 동경에 그치는 것이 아니라 현실의 단면을 구가할 수 있었고, 결과적으로 다양한 전원생활의 면모는 물론이거니와 세밀한 심리까지 표출할 수 있었다. 개중에는 지극히 평화로운 농촌생활이 주가 되는가 하면, 개인적인 고뇌가 표출되기도 하고 때로는 실제 농부에 버금가는 농가체험을 드러내기도 했다. 그 중에서 이 책에서는 농가의 모습을 보다 핍진하게 드러냄으로써 전원시조만의 개성을 부각시켰던 위백규의 〈농가〉를 중점적으로 살펴보고, 이어서 전후 맥락을 고찰하게 될 것이다.

2. 〈농가〉의 미적 완결성과 전원시의 공간

위백규(魏伯珪, 1727-1789)의 〈농가(農歌)〉는 전남 장흥 출신인 저자가 과거를 단념한 이후 1767년부터 1780년까지 약 15년간 방촌의 문중 사회에서 독경(讀耕)병행의 운동을 전개하며 농경 행위의 의미를 확인하고 노동의 흥취를 고취하기 위해 지은 작품이다.5) 위백규는 천문지리, 역술 등 역례(易禮)학에도 출중했으며 유학자로서의 본연의 모습과 역할을 자각하며 살았던 인물이다. 하지만 그가 지은 〈농가〉는 단순히 관망하는 입장이 아니고 농사짓는 현장과 밀착되어 있으며, 현실속에서 자연의 순환에 거스르지 않는 성실한 삶의 본보기를 보여주는 장점을 지닌다. 따라서 〈농가〉는 여타의 전원시조 가운데에서도 농민들의 실상과 농가의 현실을 잘 반영했다는 평을 듣는데, 작품의 예와 세부적인 특징은 다음과 같다.

〈農歌〉(九章)
① 朝出
셔산의 도들볏 셔고 굴움은 느제로 내다

---

5) 김석회, 「存齋 魏伯珪의 生活詩에 관한 연구」, 서울대 박사학위논문, 1992.

비 뒷 무근 플이 뉘 밧시 짓터든고
두어라 츠례지운 닐이니 미는다로 미오리라

② 適田
도롱이예 홈의 걸고 쇌 곱은 검은 쇼 몰고
고동플 쫏머기며 깃믈갓 느려갈 제
어듸셔 픔진 벗님 홈ᄭᅴ 가쟈 ᄒᆞ는고

③ 耘草
둘러내쟈 둘러내쟈 길춘골 둘러내쟈
바라기 역고를 골골마다 둘너내쟈
쉬 짓튼 긴 스래는 마조 잡아 둘너내쟈

④ 牛憩
쏨은 듣는 대로 듯고 볏슨 쐴 대로 쐰다
쳥풍의 옷깃 열고 긴 파람 흘리 불 제
어듸셔 길 가는 소님니 아는ᄃᆞ시 머무는고

⑤ 點心
힝긔예 보리 ᄆᆞ오 사발의 공닙치라
내 밥 만흘셰요 네 반찬 젹글셰라
믹은 뒷 흔숨 쫌 경이야 네오내오 디흘소냐

⑥ 夕歸
돌라가쟈 도라가쟈 히 지거단 도라가쟈
계변(溪邊)의 손발 싯고 홈의 메고 돌아올 제
어듸셔 우배초젹(牛背草笛)이 홈ᄭᅴ 가쟈 비아는고

⑦ 初秋
면홰는 세 다래 네 다래요 일윈벼는 피는 모가 곱는가
오뉴월이 언제 가고 칠월이 븐이로다
아마도 하ᄂᆞ님 너희 삼길 제 날 위ᄒᆞ야 삼기샷다

⑧ 嘗新
아히는 낙기질 가고 집 사름은 저리치 친다
새 밥 닉을 짜예 새 술을 걸러셔라
아마도 밥 들이고 잔 자불 싸여 호흥(豪興) 계워 ᄒ노라

⑨ 飮社
취ᄒᄂ니 늘그니요 웃는 이 아희로다
흐튼 순비 흐린 술을 고개 수겨 귄홀 께여
뉘라셔 흐르장고 긴 노래로 ᄎ례 춤을 미루ᄂ고

▌실상의 제시

〈농가〉는 노동현장의 순차적인 진행과정에 밀착되어 있는 작품이다. 아침에 밭으로 나가 일을 마치고 돌아오는 과정 동안 겪게 되는 일이 주가 되는데, 구체적인 작품을 보면 아래와 같다.

西山의 도들볏 셔고 굴움은 느제로 낸다
비 뒷 무근 플이 뉘 밧시 짓텃든고
두어라 ᄎ례 지운 일이니 빈는 대로 미오리라 ① 朝出

위의 작품은 〈농가〉 중 첫 작품 '朝出'로 아침에 일터로 나가는 장면을 담았다. 하루 일과를 시작하는 단계인데, 작품에 동원된 자연물을 지칭하는 소재를 보면, '西山', '플', '도들볏', '비' 등을 꼽을 수 있다. 그런데 이들은 주로 하루의 시간변화 혹은 기후와 결부된 특성을 지닌다. 예컨대 비온 후 변화한 대상인 '비 뒷 무근 플'처럼 이들 자연물은 기후환경에 따라 등장하는 가변적인 속성을 지향하며, 현실 즉 실상을 부각시키는 것이다.

자연시조에 주로 등장하는 자연물은 갈매기나 달 등 작중 화자와의 심리적 조응관계에 있거나 혹은 눈(雪)이나 꽃, 기암괴석 등 특별한 미적 가치를 유발하는 것이 대부분이었다. 하지만 전원시조에서의 자연물은 작중화자의 내면과는 상관없이 독립적인 위치에 놓여 있는, 하루 혹은 한 해의 일부로서의 대상물일 뿐이다. 따라서 이들이 구체적인 물상이라는 것은 두말할 나위가 없거니와 더 나아가 하루하루의 삶과 밀착되어 있다.

일찍이 〈농가〉는 표현의 기교를 넘어선 소박한 생활어의 구사가 한결 더 친밀한 향토감을 자아내게 하고 있다거나[6] 또 〈농가〉의 언어는 한자가 완전히 배제되고 한자어일 경우에도 순국문과 마찬가지로 이해에 어려움이 없는 어휘들이 사용되고 있어서 농부의 일상적인 언어가 침투해 있으며, 표준어가 아닌 사투리가 차용되고 있다는 지적이 있었다.[7] 위백규의 〈농가〉를 중점적으로 볼 때에 농민의 실제 삶과 밀착된 소박한 언어가 쓰였음이 공통적으로 지적되었는데 이러한 언어 속에 소박한 현실적 환경으로서의 자연물도 자연스럽게 포함되었다고 할 수 있겠다.

> 비묻어오네 비묻어오네
> 건장산 중허리에 비묻어오네
> 【옥구 김매기 소리】[8]

위의 예는 민요의 한 토막인데 '건장산'과 '비'같은 예가 자연소재 어휘

---

6) 이종출,「魏伯珪의 時調「農歌」攷」,『師大論文集』1, 조선대학교, 1970, 44면.
7) 임주탁,「魏伯珪「농가」에 관한 硏究」,『관악어문연구』15, 서울대 국문과, 1990, 249~53면.
8) 브리태니커,『팔도소리』3, 뿌리깊은 나무사, 1989.

라고 할 수 있겠다. 그냥 비가 오는 것이 아니라 비가 묻어온다는 표현이나 산허리라는 표현에서 일상속의 구어를 접할 수 있으며 비는 기후 변화를 암시하고 있다.

따라서 농민들이 현장에서 불렀을 민요와 〈농가〉는 상당부분 상통하는 것을 예상할 수 있는데, 그럼에도 불구하고 〈농가〉에 쓰인 자연물을 지칭하는 어휘와 민요에 등장하는 단어에는 차이가 있다. 예를 들어 민요에서 주로 사용된 제재를 보면 남녀간의 정에 관한 것이 가장 많고, 그 중 천지자연에 관련된 것은 달, 비, 지는 해 등을 통해 인간의 정서를 대변하는 것이 많다.9) 그리고 특히 민요에서는 의미의 유사관계에 따른 어휘 설정이 많아서 무지개는 희망, 기러기는 질서, 국화는 절개, 구름은 수심, 호박꽃은 추녀, 백일화는 충신 등10) 단순한 의미의 연접이 흔히 이루어졌다.

이처럼 민요에서 보편적으로 쓰였다는 인간의 소망이나 감성을 투영한 자연물과 관련된 단어들을 〈농가〉에서는 찾아볼 수 없다. 다만 농사를 짓는 현장에서 접할 수 있는 기후나 시각의 변화에 따른 물상이 주가 되는 것이다. 농민들은 군이 작위적으로 농사 현장을 떠올리는 단어보다는 노동의 신고를 달랠 수 있는 자연스러운 감성을 선호했기 때문에 군이 농사와 관련된 단어를 의식하지는 않았던 것 같다.

하지만 〈농가〉의 문장 결합을 양상을 보면 민요의 요소가 차용된 것을 발견할 수 있는데, 예를 들면 아래와 같다.

둘너내쟈/ 둘너내쟈/ 길츤골 둘너내쟈/

9) 김재영, 「민요의 제재와 그 의미」, 최철 편, 『한국민요론』, 집문당, 1986.
10) 좌혜경, 『민요시학 연구』, 국학자료원, 1996, 26~30면.

바라기 역괴를 골골마다 둘너내쟈/
쉬 짓튼 긴 스래는 마조 잡아 둘너내쟈/ ③ 耘草

돌아가쟈/ 돌아가쟈/ 히지거다 돌아가쟈/
계변의 손발 싯고 홈의 메고 돌아올 제
어듸셔 牛背草笛이 홈믜 가쟈 비아는고 ⑥ 夕歸

　　위의 두 작품은 〈농가〉의 셋째와 여섯째 수에 해당하는 시조들인데,
작품③에서는 '둘너내쟈'라는 어구를 초장에서 세 차례나 반복한 뒤, 중
장과 종장에서도 연이어 '둘너내쟈'라는 어구를 쓰고 있다. 그리고 작품
⑥에서도 마찬가지로 '돌아가쟈'라는 어구를 초장에서 반복하고 있다.
〈농가〉의 초장은 제1구와 제2구가 모두 타동사 구문이거나 자동사 구문,
또는 계사 구분이어서 대체로 동사적인 일지를 보여준다는 지석이 있었
는데,[11] 이처럼 "둘러내쟈"의 반복이라든가 각 행마다의 동일어구의 반
복과 거기에 사용된 어휘들은 민요에서나 흔히 볼 수 있는 기법과 어휘들
이다.[12] 따라서 적어도 〈농가〉라는 전원시조 속에서는 민요의 영향력이
남아 있다고 할 수 있다.
　　그런데 민요적 성향의 구체적인 단서가 되는 동일어구의 반복은 위에
예를 든 두 작품에서만 찾아볼 수 있고 여타의 작품에서는 오히려 등위접
속에 의한 문장 결연 양상이 더 두드러진다.

　　도롱이예 홈의 걸고 쌀 곱은 검은 쇼 몰고

---

11) 정승철, 「魏伯珪의 <農歌>考」, 김완진 외, 『문학과 언어의 만남』, 신구문화사, 1996,
　　307면.
12) 임주탁, 앞의 논문, 251면.

고동플 뜯머기며 깃 믈灵 ᄂ려갈 제
어듸셔 픔진 벗님 홈끠 가쟈 ᄒᄂ고 ② 適田

위의 〈농가〉②에서는 '도롱이예 홈의 걸고/ 쏠 곱은 검은 쇼 몰고/ 고
동플 뜯머기며..'라고 하여 접속에 의한 문장의 결연양상이 두드러진다.
이러한 내용은 노동의 신고(辛苦)나 농민의 애환 혹은 정서를 직접 드러
내는 것은 아니다. 또 노동의 효율성을 유도할 수 있는 단순 반복어구와
도 관련이 없고, 그보다는 농사짓는 현장의 활기를 숨가쁘게 전달하는
데에 치중하는 것을 알 수 있다. 이러한 현상은 즉 〈농가〉와 같은 전원시
조가 민요를 대체할 수 있을 정도의 특성을 지닌 것은 아니라는 점을 시
사한다. 대신 농촌의 모습을 객관적으로 제시하며 그 가운데에서의 흥취
를 전달하는 데에 유리하다고 하는 것이 옳겠다.

압 너에 고기 낙고 뒷 뫼헤 山菜 키야
아춤 밥 됴히 먹고 草堂에 누어시니
지어미 좀 씨야 니르되 술 맛 보라 ᄒ더라
【무명씨, 『악학습령』】

위의 작품은 작자 미상의 단형시조인데 〈농가〉와 같이 핍진한 농촌의
모습을 전달하지는 못하되 전원에서의 행위를 부각시키고 있어서 함께
견주어볼만 하다. 그런데 '…고기 낙고…山菜 키야', '…밥 됴히 먹고…누
어시니'라는 초·중장의 어구에서 볼 수 있듯 역시 접속사를 이용한 연결
어구로 이어지고 있다. 이처럼 전원시조로 간주할 수 있는 농촌에서의
생활을 그려낸 자연시조는 일반적으로 가쁜 어조로 접속사를 이용하여
삶의 단면을 가감 없이 제시하는 공통점을 지닌다는 것을 알 수 있다.

물론 위의 작자미상의 시조는 시상이 공식화된 면이 있다는 것은 부인할 수 없지만 전원에서의 행위가 연속적인 장면으로 연출된다는 공통점을 보여주는 좋은 예라고 할 수 있다.

결국 전원시조는 삶의 단면을 부분부분 포착하여 연속적으로 제시하는 장점을 지닌다. 그것은 인간 정서의 발현과는 직접 관계되지 않는다. 앞에서 전원시조에 등장하는 자연물은 인간의 감성을 투영한 것이 아니고 농사 짓는 현장에서 기후나 시각의 변화에 따라 접할 수 있는 구체적인 물상이라는 지적을 했는데 이러한 물상은 바로 대등하게 연결되는 구문 속에서 제시되는 것이다. 예컨대 〈농가〉는 설명이나 묘사는 제거하고 일하는 사람의 노래를 그대로 옮겨다 놓았다는 지적처럼,13) 물상 그 자체에 대한 수식보다는 제시 자체가 중요한 것이다.

〈농가〉는 농사짓는 현장의 모습을 핍진하게 진달하는 것을 지향하는 작품군으로, 소박한 언어구사와 단순반복어구의 이용 등에서 민요적 수법을 차용하기도 한다. 그리고 한편 노동현장과 결부된 기후, 혹은 시간 등의 환경적 요소를 자연물로 등장시켜서 작자의 심리적 여과 과정을 거치지 않은 구체적인 자연물을 그대로 제시하고 있으며, 아울러 이러한 환경 요소와 노동의 과정 등이 순차적으로 대등하게 연결되어 더욱 현장성이 돋보인다.

▌ 현실적 장면의 포착

전원시조에 등장하는 자연물은 미적으로 형상화될 개연성이 여타의 자연시조에 비교해볼 때 가장 낮다. 관념의 대상이 아닌 노동의 대상으로

---

13) 조동일, 『한국문학통사 3』(제3판), 지식산업사, 1994, 302면.

서의 자연 쪽으로 한걸음 다가간 17세기 이후 자연시조의 일반적인 특성상,[14] 시각적 완성을 지향하는 배경과는 거리가 멀기 때문이다. 앞서 지적한 바와 같이 작자의 심리적 여과과정을 거치지 않은 구체적인 자연물이 등위접속문에 의해 노동현장의 진행과정에 따라 순차적으로 대등하게 연결되어 있기 때문에 자연물의 재구성을 위한 시각이 틈입하기 어렵다고도 볼 수 있을 것이다. 따라서 배경으로서의 전원시조의 공간은 있는 그대로의 현실에 머무를 가능성이 더욱 높아진다.

하지만 그렇다고 전원시조의 배경이 완전한 농촌의 현실과 부합한다고는 볼 수 없다. 시조에서 형상화된 노동의 현장은 있는 그대로의 자연의 일부로 제한될 뿐 사회적인 장으로 확장되지는 않기 때문인데, 예컨대 정약용은 〈농가〉 속에 농촌의 고달픈 현실을 끌어들였음에 반해 위백규의 〈농가〉는 궁핍한 현실을 형상화하지는 않는 것을 확인할 수 있다.[15]

> 씀은 듯는 대로 듯고 볏슨 쐴 대로 쐰다
> 靑風의 옷깃 열고 긴 파람 흘리불 제
> 어딘셔 길 가는 손님 아는 드시 머무는고 ④ 午憩
>
> 棉花는 세 드래 네 드래요 일은벼는 픠는 모개 곱는 모개
> 五六月 어제런 둣 七月이 ㅂ롭이다
> 아마도 하느님 너희 삼길 제 날 위ㅎ야 삼기샷다 ⑦ 初秋

위의 예는 위백규의 〈농가〉에 실현된 노동의 과정 중에 순수한 현실

---

14) 신영명, 「17세기 강호시조에 나타난 田園과 田家의 형상」, 『한국시가연구』 6, 한국시가학회, 2000.

15) 임주탁, 앞의 논문, 263면.

배경이 중첩되는 작품에 해당한다. 〈농가〉④는 오후 휴식 때의 광경인데 초장에서 뙤약볕이 내리쬐는 가운데 잔뜩 땀을 흘리는 농부의 모습을 담았다. 그리고 중장에서는 맑은 바람이 부는 가운데 옷을 헐렁하게 하고 쉬는 모습을 그려서 한여름의 무더운 햇발과 그 가운데에서 즐길 수 있는 시원한 바람을 포착하고 있다. 〈농가〉⑦은 초가을의 광경으로 목화송이와 벼이삭을 등장시켜 신성한 노동의 대가를 대견한 듯 드러내고 있다. 종장에서는 '아마도 하느님 너희 삼길 제 날 위ᄒᆞ야 삼기샷다'라고 하여 한 여름의 신고를 넉넉하게 보상받는 여유로운 감정을 드러내기도 하고 있다.

稻田洩水須種麥　무논에 물 뺀 후에 보리를 심고
刈麥卽時還揷秧　보리 베년 끝이어 모내기하세
不肯一日休地力　지력을 하루라도 놀릴 수 있으리요
四時嬗變色靑黃　푸른색 누런색 철따라 아름답네
【丁若鏞, 〈耽津農歌〉 中】16)

　그런데 위의 정약용의 〈탐진농가〉를 보면 논에 물을 뺀 후에는 보리를 심고, 보리를 베고 나서는 모내기를 하는 휴식의 여지가 없는 노동의 과정을 부각시키고 있다. 그리고 땅을 놀릴 수 없다고 하여 다분히 실리적·경제적인 측면을 강조하는 것도 접할 수 있다. 푸른색 누런색이 철따라 아름답다고 했는데 이 아름다움은 아마도 고단한 노동의 대가이기 때문일 것이다.
　〈탐진농가〉와 같은 작품에 비교해 볼 때 전원시조는 있는 그대로의

---

16) 丁若鏞, 『與猶堂全書』 卷1.

농촌의 현실이 실질적인 배경이 된다고는 해도 작품내 경관의 요소로 취택되는 것은 사회현실적, 특히 경제적 요소가 제거된 부분에 한정되는 것이다. 전원시조의 자연배경은 사회현실적인 요소를 배제한 채 바로 자연의 섭리에 따른 순간적인 감동을 가감 없이 포착함으로써 자연미의 실현을 가능하게 하고 있다. 이들은 군이 심미안을 동원하여 비약적으로 대상을 재해석하거나 화려한 수식을 통해 자연배경을 시각적으로 재배치하지 않는다. 다만 노동의 현장에서 계절의 순환에 따른 결과물을 문득 발견하여 작품 내에 옮겨 놓음으로써 여타의 자연시조와는 구별되는 자연 경관을 형성하는 것이다.

하지만 그렇다고 이처럼 여유로운 농촌의 배경이 비현실적인 낙원으로 굳어진 것은 아니고 다분히 있을 법한 개연성을 확보하고 있는 점을 간과할 수는 없다. 예컨대 김극기의 농촌을 배경으로 한 한시 작품을 살펴보면 현실의 고달픔과 함께 여유로운 농민의 생활상이 잘 표현되고 있는데 그러한 한가로움이 전원시조에 비견할만하다.

遲日杏花紅　　　해는 긴데 살구꽃은 붉었고
暖風菖葉綠..　　바람은 따뜻한데 창포 잎은 푸르렀네..

鴻鴈已肅肅　　　어느새 기러기는 펄펄 날고
蟋蛄仍啾啾..　　쓰르라미는 이내 쓰르람 울어대고..
【김극기, 〈田家四時〉(五言古詩)】[17]

草箔遊魚躍　　　풀밭 아래 고기들이 뛰놀고
楊堤候鳥翔..　　버들 뚝에 철새가 날아오네..

---

17) 『동문선』 권4.

柳郊陰正密　　　버들 들판에 녹음이 우거지고
桑壟葉初稀..　　(누에 먹이느라) 뽕나무 밭에 잎이 드문드문..
【김극기, 〈田家四時〉(五言律詩)】[18]

　위의 예는 김극기의 2종의 〈전가사시(田家四時)〉 중 일부로 전원시조
에서의 여유로운 자연환경과 상통하는 바가 있다. 〈전가사시〉에는 비교
적 장형을 유지할 수 있는 형식의 특성상 주변의 상황이 전원시조에서보
다 자유롭게 전달되었는데 실질적인 전원을 중심으로 하는 환경이 잘 나
타나 있다. 그런데 오언고시에서처럼 해가 길고 살구꽃이 붉은 것은 봄의
모습이고 기러기는 날고 쓰르라미가 우는 것은 가을의 모습이다. 마찬가
지로 오언율시에서도 계절의 변화에 따른 자연환경이 잘 나타나는데 모
두 자연의 순리에 따르는 과정에서 얻을 수 있는 소박하면서도 아름답기
그지없는 모습들이다. 바로 이러한 형상과 상통하는 면모가 전원시조에
실현된 경관이라고 할 수 있는 것이다. 이들은 모두 농가의 일상 중에
공존하는 것이되, 문득 그 존재를 깨닫고 발견할 때 다가오는 것들이다.
전원시조의 자연경관은 가장 무작위적인 성향을 지니되, 문득 계절의 변
화를 발견하며 천지와 조우하는 관점이 중시되는 성향이 있다.
　따라서 〈농가〉의 경관을 좌우하는 근간은 공간뿐만 아니라 시간에 크
게 의존한다. 예컨대 "靑風의 옷깃 열고 긴 파람 흘리" 부는 배경은 한여
름이라는 시간이 있기에 그 기후 조건 아래서 생활하면서 가능한 것이기
때문이다. 위백규의 〈농가〉의 구성을 보면 1~6연에서는 '아침에 집을
나서서 농구를 갖추고 들에 나가 김을 매고 점심 때 잠깐 쉴 참을 즐기다
가 점심을 먹고 저녁에 집에 돌아오는 과정'을 읊고 있다. 7~9연에서는

---

18) 『동문선』 권9.

'초가을에 들판을 순례하는 감회, 햇곡식의 맛을 보는 감회, 음주회의 감회와 홍취'를 그리고 있으며, 농번기의 하루 일과를 그린 전6연이 긴밀한 한 편의 구조로 완결되어 있다. 가을의 충만감을 그린 후 3연이 독립성을 갖추면서 전6연에 얹혀 있는 구조로 되어 있다는 지적처럼[19] 시간 속에 다시 시간이 중첩된 구조임을 알 수가 있다.

이처럼 〈농가〉를 지배하는 자연 질서의 근간은 시간에 시간이 중첩된 형태에 있다. 그런데 이처럼 공간성을 배제하고 시간성에 전적으로 의존하는 자연은 무의식적인 영원성을 지향하는 경향이 있다. 앞서 〈도산육곡〉이나 〈고산구곡가〉, 〈어부사시사〉에 구현된 자연의 질서는 각기 '공간 + 공간', '공간 + 시간', '시간 + 공간'으로 이루어져 있었는데, 그 가운데 공간이라는 요소는 무엇보다도 자연을 구체화함으로써 인간들이 이해하고 향유하기 쉬운 형태로 변모시키는 것을 발견할 수 있었다. 하지만 시간 안에 다시 시간을 내포하는 〈농가〉는 인간들이 인위적으로 간섭하거나 자신 안에 끌어들일 수 있는 자연이 아니고 저절로 자신의 논리에 의해 부단히 운행하는 영원성을 지향한다고 할 수 있을 것이다. 따라서 어떻게 보면 '시간+시간'안에 자연스럽게 영원성을 지향하는 전원시조의 자연은 문학작품으로서 가장 인위적인 완결성이 떨어진다고도 할 수 있을 것이다. 하지만 대신에 자기 완결체로서 부단히 운행하는 원리로서의 자연을 가장 잘 인식하고 있는 것이다.

▌ 입속의 실천

전원시조에의 자연은 궁극적으로 궁경가색(躬耕稼穡)이 가능한 곳이

---

19) 김석회, 『존재 위백규 문학 연구』, 이회문화사, 1995, 161~66면.

다. 직접 밭 갈고 생활을 영위할 수 있는 곳, 이곳은 농업문화권에서는 가장 기본적인 장소로 시골 혹은 향촌이라고 일컬을 수 있는 전체에 해당하며 은사문화와도 각별하게 연관되어 있다.[20] 왜냐하면 생활과 문화가 동시에 가능한 요건을 갖추었기 때문이다.

농촌을 배경으로 하는 작품은 농촌생활 가운데에서도 고달픔과 즐거움을 모두 포괄할 수 있는데, 그 가운데 대개의 전원문학은 현실속의 이상을 추구한다. 전원시조 역시 자기 회복을 위한 소망충족적 상상의 세계로서 서구의 전원시(pastoral)와 견줄 수가 있었다.[21] 물론 서양의 목가적 세계는 꿈의 공간을 근거로 펼쳐지는 환상인 반면에 전원문학의 세계는 밭 갈고 김매는 현실 공간이 바탕이 되는 차이가 있지만, 애민시 혹은 농민시와는 달리 소박한 농가의 생활 속에서 이상적인 즐거움을 발견한다.

富貴非吾願	부귀는 나의 소원이 아니며
帝鄕不可期	신선의 땅을 기약할 수 없도다
懷良辰以孤往	좋은 날씨 바라며 홀로 나아가
或植杖而耘耔	지팡이 세워 둔 채 김을 매리라
登東皐以舒嘯	봄 언덕에 올라 휘파람 불고
臨淸流而賦詩	맑은 물결 임하여 시도 지으리
聊乘化以歸盡	애오라지 조화를 따라 돌아가리니
樂夫天命復奚疑	천명을 즐거워하니 다시 무얼 의심하겠는가

【陶淵明, 〈歸去來兮辭〉 中】

위의 예는 동양의 전원문학의 비조로 여길 수 있는 도연명의 〈귀거래사〉 끝 부분이다. 그런데 부귀는 나의 소원이 아니며 신선의 땅을 기약하

---

20) 馬華·陳正宏(姜炅範·千賢耕 譯), 『중국은사문화』, 동문선, 1997, 121~28면.
21) 김병국, 「강호가도와 전원문학」, 『한국 고전문학의 비평적 이해』, 서울대출판부, 1995.

지도 않는다고 해서 환로에 나서서 관리가 되는 것을 바라지 않고, 그렇다고 완전한 초탈을 바라지도 않는다고 입장을 분명히 하고 있다. 탈속을 지향했던 어부가의 공간에 비해 전원시를 구현하는 공간은 세속이되 혼탁한 정치적 현실과는 분리된 그런 세속에 해당하는 것이다.

그리고 그 공간 속에서의 구체적인 생활을 언급하고 있는데 날씨가 좋기를 바라며 밭으로 나가 김을 매고 아울러 시를 짓기도 하는 여유로운 생활을 보여주고 있다. 이 소박한 즐거움이야말로 동양의 전원문학이 지향한 이상향의 근거라고 할 수 있을 것이다.

그리고는 궁극적으로 소박한 생활이 즐거움일 수 있는 이유를 분명히 하고 있는데, 바로 조화를 따라가서 천명(天命)을 즐길 수 있기 때문이라고 했다. 지금까지 앞서 살펴보았던 〈도산육곡〉·〈고산구곡가〉·〈어부사시사〉의 자연 공간은 그 곳을 가꾸고 발견하고 다가가는 등 접근하기 위한 별도의 노력이 수반되는 곳이었다. 하지만 전원시에서는 그저 현실의 시골 생활에 몰입해 자족할 줄 알면 바로 천명을 깨달을 수 있다. 전원시조에서는 여타의 자연시조와 달리 속(俗)이 곧 만족을 줄 수 있는 자연 공간과 동일시 될 수 있는 특성을 지니고 그 공간에는 독자적인 형상이나 접근을 위한 제한성이 내포되어 있지 않다.

> 안음현에 마을이 있으니, 그 이름을 영송이라 한다. 산과 물은 맑고 고우며, 토지는 살지고 넉넉하다. 여기는 전씨가 옛날부터 대대로 살던 곳인데, 시내 위에 정자를 얽어 자못 그윽하다. 내 장인 권공이 귀양살이에서 돌아오자, 온 집안을 이끌고 남으로 가서 이 마을에 우거하면서, 이 정자를 매우 즐기어 새벽에 가서 저녁이 되어도 돌아오기를 잊었었다. 그러다가 내게 글을 보내어, 정자 이름과 거기에 따른 시를 청하였다. 나는 그 곳의 훌륭한 경치를 실컷 듣고 한 번 가고자 하였으나, 뜻을 이루지 못한지 이제

10년이 되었다. 생각하면, 촌에서 살면서 즐길만한 것은 한 가지만이 아니다. 거기서 여러 사람들과 함께 즐길 수 있고, 또 혼자서도 즐길 만한 것을 구한다면, 농사짓기와 누에치기, 고기잡이와 나무하기의 네 가지가 있다. 그래서, 정자 이름을 四樂이라 하고, 그에 따른 시를 쓴다. 【이황, 〈寄題四樂亭 并序〉】[22]

위의 예는 영송이라는 보다 구체적인 전원 환경과 관련된 이황의 작품을 옮겨놓은 것이다. 영송은 바로 이황의 장인이 귀양살이를 끝낸 후 낙향한 곳인데, 산수가 좋을 뿐 아니라 토지가 비옥하다고 앞에서 부각시키고 있다. 일반적인 강호자연의 배경이라면 산수에 대한 언급만으로도 충분히 그 가치가 전달이 되었을 것이다. 그런데 가솔들을 이끌고 낙향한 영송이라는 곳은 산수의 아름다움뿐만 아니라 생활의 기반이 될 수 있는 토지에 대한 언급이 없을 수 없는 것이다.

이어서 영송에서의 생활은 여러 가지로 즐겁다고 하고 있는데, 그 즐거움은 크게 두 가지로 나누어지고 있다. 하나는 정자를 찾아 유유자적하는 생활이 그것이고 또 농사짓기, 누에치기 등의 노동이 곧 즐거움이라고 하고 있는 것이다. 문화생활과 농경생활이 동시에 즐거운 곳, 이곳이 바로 시골이며 궁극적으로는 전원시조의 구체적인 배경이 되는 향촌인 것이다.

我識田家樂	나는 전가의 즐거움을 아나니
春耕破土烟	봄에 갈면 흙 부수는 연기가 일고
苗生時雨後	모종은 때를 맞춘 비 뒤에 나고

---

22) 安陰縣有村曰迎送, 山水淸麗土地沃饒, 有全氏世居之舊構亭, 溪上頗幽絶, 外舅權公自謫所歸, 攜家南往寓居是村, 得是亭而說之, 晨往而夕忘歸, 以書抵京求亭名與詩, 余飽聞勝槩, 欲一往而不得者今十年矣, 顧以村居之中可樂者非一, 求其可與衆樂者又可以獨樂者, 惟農桑漁樵四者爲然, 故名亭曰四樂而係以詩. [<寄題四樂亭 并序>『退溪集』]

禾熟晚霜前	벼는 늦서리 오기 전에 익으며
玉粒充官稅	옥 같은 쌀은 세를 내기에 충분하며
陶盆會俗筵	오지 술동이는 마을 사람을 모아 자리를 만드나니
何如金印客	금인을 찬 사람
憂患送流年	근심과 걱정으로 일생을 보내는 것과 그 어떠한가

【李滉,〈寄題四樂亭 幷序〉中】

위의 작품은 영송에서의 생활 중 농사짓기와 관련된 내용을 옮겨놓은 것이다. 작품의 서두에서 전가의 즐거움을 안다고 단언을 하고 있는데, 이어서 봄에는 흙을 갈고, 비가 온 후에는 싹이 돋고, 그렇게 농사를 지어 늦서리 오기 전에 벼를 베면 세금을 내기에 충분한 요족한 상태가 되어 소박하게 오지 술동이에 술을 담아 마을사람들과 정감을 나눈다고 하고 있다. 전가의 즐거움이란 사시의 순환에 거스르지 않는 생활 그 자체에 있지 별다른 노력이 수반되지 않는다는 것을 알 수가 있다. 그 생활이 곧 천명이니 그보다 더한 즐거움은 아마도 없을 것이다. 그래서 금인을 찬 관료들의 환로에서 전전긍긍하는 삶과 전원에서의 생활은 견줄 수 없다고 하며 작품을 맺고 있다.

그리고 전원에서 얻을 수 있는 즐거움에는 사시 자연의 순환 혹은 천연의 비옥한 토지 속에서 얻을 수 있는 요족함이 포함되어 있기 마련이고, 암암리에 개인적인 유토피아를 희구하는 정서가 내포되어 있다.

檗溪之北小薇源	벽계 북쪽 작은 미원은
仇池武陵可弟昆	구지 무릉과 짝할 만하다
七十五家皆種樹	일흔 다섯 호가 모두 밭갈아 살았는데
就中多花稱沈園	그 가운데 꽃 많은 집이 심씨 뜰이란다
沈本京城宦家子	심씨는 본디 서울 사대부가 자제로

蚤年遊學求乘軒	일찍부터 태학에 노닐어 높은 벼슬 꿈꾸었으나
一朝賣家歌蔽佩	하루아침에 집 팔아 秦風 終南 시를 노래하고
扁舟渺然思林樊	한조각 배로 아스라이 林宗과 樊川 풍모를 사모하여
徑投此地結衡宇	곧바로 이 곳에 들어와 집을 얽고선
連筒引水開荒原	죽통을 이어 물을 끌어다 거친 들을 개간하니
稻粱會計饒積著	벼며 조를 회계하면 저축할 만큼 많고
僮指分耕列成村	동복들은 둔덕 나눠 경작하여 마을을 이뤘다
石墻瓦屋整位置	돌담 기와집이 번듯번듯 늘어서고
齎經駝書學滋蕃	경서를 안전하게 실어와 학문이 번성하였네
......	
家無鹽井百物具	집안엔 소금나는 우물 없어도 온갖 물건 구비하여
祭祀燕飮不出門	제사와 연희 때 문을 나지 않아도 된다네
......	
吁嗟此老利肥遯	아아, 이 노인은 주역 遯卦의 肥遯을 이롭게 여겨
天公餉福眞殊恩	하느님이 복 주시니 특별한 은혜로세
我生已誤無可及	내 삶은 이미 그르쳐 그를 쫓지 못하니
聊述狂歌示子孫	애오라지 미친 노래나 지어 자손에게 보이리

【정약용, 〈薇源隱士歌〉中】23)24)

위의 작품속에서 우리는 전원 생활을 배경으로 한 상당히 구체적인 개인 유토피아의 전형을 확인할 수 있다. 이곳은 꽤 규모가 있는 공간인데 미원이라는 곳은 무릉과 짝할 만한 그런 곳이라고 하면서 주인으로 심씨를 거론했다. 서울 사대부가의 출신이라고 했으니 낙향을 한 경우가 아니고 본인이 적극적으로 나서서 미원이라는 곳을 개척한 인물이다. 거친

23) 정약용, 『與猶堂全書』1集 19卷.
24) 심경호, 「茶山의 薇源隱士歌에 담긴 歸田園 意識에 대하여」, 『정신문화연구』15권3호(통권48호), 한국정신문화연구원, 1992. 참고.

들을 개간해서 곡식이 여유롭게 되었으며 동복들이 마을을 이루어 번듯한 집들이 들어섰으며 경서를 들여와 학문도 번성하게 되었다. 따라서 온갖 물건을 구비하고 있기 때문에 굳이 바깥 세상과 교유할 필요가 없이 자족적으로 문화와 경제를 누릴 수 있는 것이다. 그리고 이 노인은 은둔의 뜻을 귀하게 여겨 전원생활을 시작했는데, 그 삶을 요족하게 한 것은 하늘이라고 하고 있다.

이 작품에는 다분히 조선 후기 실학적인 사상이 포함되어 있는 것을 부인할 수 없다. 하지만 또 한편 간과할 수 없는 것은 천명을 받들고 깃들어 생활할 수 있는 전원이 제공하는 노동의 즐거움과 경제적 혜택, 정신적 여유로움 등은 전원을 표방했던 자연시조가 누리고자 했던 근본적인 이상과 상통한다는 점이다. 그리고 마찬가지로 후대의 단형의 자연시조에서도 전원을 배경으로 한 작품의 경우에는 자연의 질서와 그에 따르는 인간의 생활 그리고 즐거움이 잘 나타나고 있다.

> 실별 디쟈 동다리 썻다 호뮈 메고 스립 나니
> 긴 숩풀 챤 이슬에 뵈잠방이 다 젓는다
> 兒孀야 時節이 됴홀쓴 옷시 젓다 關係ᄒ랴
> 【이명한, 『청구영언』(육당본)】

위의 작품을 보면 새벽녘 샛별이 지고 호미를 메고 일터고 나간다고 했다. 아직은 이른 시간이라 풀잎의 이슬 때문에 옷이 젖지만 시절이 좋은 때라고 오히려 즐거워하고 있다. 시적 자아는 자연의 섭리에 순응하며 참된 즐거움을 누리고 있는 것을 확인할 수 있다. 직접 전원이니 천명이니 하는 말이 동원되지는 않았지만, 실생활의 단면을 통해 순환하는 시절의 질서와 함께하는 사심 없는 농부의 즐거움을 드러냄으로써 전원시조의 특징을 잘 보여주고 있는 것이다.

▌작용하는 현실의 자연공간

전원시조 계열은 자연시조 가운데에서도 지극히 세속적인 성향을 지향한다. 하지만 그렇다고 해서 전원시조의 자연이 있는 그대로의 현상계는 아닌 것이, 어디까지나 소위 "돌아가고자"하는 이상공간의 성향을 배제할 수 없었기 때문이다. 어부가류는 멀리 떠나감으로써 진정한 자연을 발견할 수 있었는데, 전원시류는 반대로 멀리에서 돌아가야만 진정한 자연을 발견할 수 있었다. 그런데 이 때 돌아간다는 말에는 과연 돌아갈 곳이 어디인지, 어떻게 돌아가야 할 것인지에 대한 난제가 포함되기 때문에 전원시의 지향의식을 이해하는 것 역시 만만한 일이 아니다.

추상적인 인간과 자연과의 관계 차원에서 보면 전원시조의 자연은 인간과 분리된 것이 아니다. 특별히 전원시조에서는 궁경(躬耕)의 요소가 중시되었기 때문에 인간이 몸담고 생활하며 살아가는 곳이 바로 자연이기 때문이다. 따라서 자연과 일치되는 방법은 이미 곁에 두고 있는 자연을 자각하는 것이라고 할 수 있다. 앞에서 언급했던 바와 같이 전원시조에서 자연을 자각한다는 것은 노동과 문화생활을 영위하는 가운데 무자각적으로 천명을 깨닫는 것이다.

[예1]
世與我이 相違ᄒ니 田園에 도라와셔
悅親戚 樂琴書와 朋友有信 일 삼무니
두어라 樂夫天命이니 復奚疑를 ᄒ리오
【『청구영언』(육당본)】

[예2]

시니 흐르는 골에 바회 지혀 草堂 짓고
달 아리 밧츨 갈고 구룸 속에 누어시니
乾坤이 날드려 닐으기를 함긔 늙자 ᄒ더라

【『청구영언』(육당본)】

[예3]

東山에 布穀새 울고 南林에 倉庚이 운다
農夫는 보리를 갈고 村婦는 쏭 눈을 본다
아마도 太平한 百姓은 田家인가

【『樂府』(高大本)】

위의 작품들을 보면 [예1]에서는 나와 세상의 뜻이 서로 어긋나 전원에
돌아왔다고 하고 있다. 앞서 언급했던 어부의 공간처럼 속세에서 멀리
떠나감으로써 진정한 자연을 발견하는 것이 아니고 그 반대로 돌아왔다
고 표현하여 잊고 있었던 자연을 재발견했음을 명시하고 있다. 그리고
그 속에서 낙향하여 함께하는 친척들과 돈독한 즐거움을 나누고, 벗들과
즐기는 생활을 하여 천명을 발견한다고 하고 있다.

[예2]를 보면 산간에 초당을 짓고 밭 갈고 구름 속에 있으니 건곤(乾坤)
즉 천지가 나와 하나가 되어 함께 늙자고 하고 있다. 직접 전원이라는
배경이 등장하지는 않았지만 밭을 갈며 생활하는 가운데 나도 모르게 자
연과 동화되는 상황은 소위 전원시조가 지향하는 자연과의 일체감을 잘
드러내고 있다.

그리고 마지막 [예3]을 보면 천명이니 건곤이니 하는 말은 등장하지 않
지만 한창 농사지을 계절에 주변에는 새가 울고 농부와 아낙은 일에 몰두
하고 있으니 곧 전가의 농민은 태평하다고 하며 더할 나위 없이 만족스러

운 상황을 잘 연출하고 있다. 이처럼 전원시조에서 자연을 자각하는 방법은 자연을 굳이 의식하지 않고, 생활에 충실하여 스스로 즐거워지는 무욕의 경지에서 이룰 수 있는 것이다.

자연이란 무엇인가에 대해 생각해보면, 전원시조의 자연은 관조의 대상이나 초월하여 다다를 다른 차원의 것이 아니라 바로 현실 속에 공존하되, 다만 세사를 잊고 돌아가 은둔해야 하는, 즉 세상의 혼탁한 부조리 속에서 발견하고 가꿔야 하는 것이었다. 따라서 생활 속에 포착할 수 있는 것인데, 인간이 발견해야 하는 전원 속의 자연의 본질은 끊임없이 운행하는 자족적인 섭리로서의 천명이었다. 전원시조의 자연의 본질은 내면적인 관조를 통해 깨달음으로써 획득할 수 있는 도체는 아니었다. 또 속세로부터 가능한 멀리 떨어진 곳에 있는 절대적인 조화와 아름다움도 아니었다. 다만 인간의 인위적인 노력이나 의식적인 작용과는 전혀 상관없이 사시의 순환에 따라 저절로 운행하며 부단히 변화하는 것이 전원시조에서 추구하는 자연의 본질이었다. 그래서 인간은 그 질서에 부응하여 살아가다가 문득 하늘의 묘한 순행의 질서 속에 깃들어있음을 즐거워하게 되고 그 과정을 표현한 것이 전원시조라고 할 수 있을 것이다.

3. 향촌의 일상과 문학적 진정성

위백규의 〈농가〉가 보여준 핍진한 농민시적인 성향은 전원시조 가운데에서도 독특한 것이었다. 비교적 후기에 지어진 이휘일의 〈전가팔곡〉역시도 농민시로서의 경향을 드러내기는 했지만, 그럼에도 불구하고 애민시적인 성향을 완전히 배제하지 않고 있기 때문에 〈농가〉만큼 절실한 현실 재현에는 못 미친다고 할 수 있다.

여기에서 한번쯤 점검해야 할 것은 전반적인 자연시조에서 보여줄 수 있는 농가의 현실은 아무래도 절대적인 것일 수는 없다는 사실이다. 〈전가팔곡〉 뿐만 아니라 18세기 〈농가〉 이전의 자연시조는 때로는 대외적으로 훈민시 혹은 애민시로서의 역할과 무관하지 않은 일면이 있으며, 때로는 대내적으로 작자자신의 내면을 표현하는 서정적인 측면을 간과하지 않는다. 그러면서 때로는 농가의 삶이라는 현실이 표출되는 것이기 때문에 전원시조 전반의 성격은 다분히 복합적인 양상으로 드러난다고 할 수 있다. 즉 전원시조는 사대부로서의 훈민의지나 한 인간으로서의 일상의 여유나 고뇌, 그리고 농가의 실상을 두루 포괄했던 것이다. 따라서 정확히 어떤 작품을 전원시조로 분류할 것인가는 상당히 어려운 문제가 아닐 수 없다. 귀거래 의식을 근간으로 소박한 농촌의 생활에 몸담고 유유자적하는 모습을 읊은 작품은 한 둘이 아니기 때문에 상당히 많은 작품을 전원시조로서 포괄할 수 있는데, 이 책에서는 일단 다음과 같은 작품을 추려보았다.

작가	작품명	출전
黃 喜(1363-1452)	〈四時歌〉	『珍本靑丘永言』
趙存性(1553-1627)	〈呼兒曲〉	『珍本靑丘永言』
金得硏(1555-1637)	〈山中雜曲〉	『葛峯先生遺墨』
辛啓榮(1557-1609)	〈田園四時歌〉	『仙石遺稿』
金光煜(1580-1656)	〈栗里遺曲〉	『珍本靑丘永言』
李徽逸(1619-1672)	〈(楮谷)田家八曲〉	『存齋集』
魏伯珪(1727-1798)	〈農歌〉	『三足堂歌帖』

위의 작품을 보면 비교적 오랜 기간 동안 전원시조가 창작되었던 것을

확인할 수 있는데, 이들을 하나로 묶어주는 공통요인으로는 공명을 버리고 향촌에서 은거하며 누리는 소박한 삶이라고 할 수 있다. 이러한 요건은 어떻게 보면 자연시조 전체를 통괄하는 대단히 범박한 특성이라고 할 수 있다. 그런데 그 중에서도 가장 전형적인 전원시조를 꼽자면 춘하추동의 계절에 따라 순차적인 농가의 일상을 전하는, 위백규의 〈농가〉를 비롯한 황희의 〈사시가(四時歌)〉와 신계영의 〈전원사시가(田園四時歌)〉 그리고 이휘일의 〈전가팔곡(田家八曲)〉을 언급할 수 있다.

> 삿갓세 되롱이 닙고 細雨中에 호미 메고
> 山田을 홋민다가 綠陰에 누어시니
> 牧童이 牛羊을 모라다가 줌 든 날을 씨와다
> 【黃喜, 〈四時歌〉 ②】

> 봄날이 졈졈 기니 殘雪이 다 녹겄다
> 梅花는 발서 지고 버들가지 누르럿다
> 아해야 울 잘 고치고 菜田 갈게 하야라
> 【신계영, 〈田園四時歌〉 ① 春】

> 西山애 희지고 플긋테 이슬난다
> 호뮈를 둘너메고 돌듸여 가쟈ᄉ라
> 이中의 즐거운 뜻을 닐너무슴ᄒ리오
> 【李徽逸, 〈田家八曲〉 ⑧ 夕】

우선 황희의 〈사시가〉는 전원시조가 대체로 17세기 이후의 작품을 염두에 둔 용어라는 점을 감안할 때 이른 시기의 작품이라 다소 생소할 수는 있지만 적어도 농가의 모습을 다루었다는 점에서 초기의 전원시조로 간주했다. 간단하게 봄부터 겨울까지 총 4수로 이루어진 〈사시가〉는 각 계절마다 특징적인 행위를 부각시키며 바쁜 생활 속에서도 느낄 수 있는 삶의 묘미를 부각시킨 매력을 지닌다. 그 가운데 위의 예는 둘째 수인 여름에 해당하는 것이다. 초장에서 '도롱이 입고-, 호미 메고-'라고 쓰인 바와 같이 농촌에서 볼 수 있는 행위의 연속을 접속문을 통해 제시하고 있다. 앞 장에서 이미 언급했던 바와 같이 이러한 노동행위의 연속제시는 전원시조의 전형적인 표현방법에 해당한다. 그리고 등장하는 자연물은 세우(細雨), 산전(山田), 녹음(綠陰) 등으로, 세우는 하루의 기후를 암시하며 산전은 노동의 장소, 녹음은 노동의 신고를 달랠 수 있는 장소에 해당한다. 따라서 비교적 충실하게 농가의 현실을 전달하면서도 그 속에서만 느낄 수 있는 낭만적 여유를 부각시키는 것을 발견할 수 있다.

신계영의 〈전원사시가〉는 춘하추동의 모습이 각각 2수에 표현되어 있으며, 끝으로 제석(除夕)이라는 제목 아래 2수가 연계된 총 10수의 작품이다. 그런데 이 작품은 사계에 따른 노동의 현장을 직접 보여주기 보다는 농가를 지켜보는 입장이라고 하는 것이 옳을 것 같다. 위에 든 예는 〈전원사시가〉 가운데 첫 수인데, 초장의 봄날이 점점 길어지니 남은 눈이 다 녹겠다는 언급이나, 중장의 매화는 벌써 지고 버들가지가 누르렀다는 표현은 계절의 변화를 관망하는 자세를 반영한다. 그리고 종장에서 울타리 잘 고치고 밭 갈게 하라는 언급은 타인에게 일을 시키는 입장이라는 것을 시사한다.

〈전원사시가〉는 여름에는 "殘火 다 진 後 에 綠陰이 기퍼간다"③, 가을에는 "흰 이슬 서리되니 가을이 늦어 잇다"⑤, 겨울에는 "北風이 노피 부니 압 뫼희 눈이 딘다"⑦에서와 같이 춘하추동의 흐름을 관망하고 그 속에서의 흥취를 부각시키고 있다. 따라서 신계영의 시조는 농가의 현실과는 비교적 거리가 먼 작품으로 간주할 수 있다. 일년사시의 흐름은 때에 따라 놓치지 말아야 하는 노동과 결부되는 것이 아니라 지속적으로 변화하는 우주의 조화로운 운행으로 여겨지는 것이다. 다만 그러한 조화로운 운행 속에서 멋스러운 흥취를 느끼는 것, 그것이 〈전원사시가〉가 추구하는 진정한 전원의 가치라고 할 수 있을 것이다.

  이휘일의 〈전가팔곡〉은 저자가 저곡(楮谷)에 은거하면서 쓴 작품으로 춘하추동의 순서를 따르고 그 다음에는 신(晨)·오(午)·석(夕)의 노래를 마련하여 그 두 가지 시간을 병존시킨 특징을 지닌다. 그만큼 세부적으로 현실적인 농가의 모습을 전달하고자 했던 의지를 엿볼 수 있다. 하지만 그럼에도 불구하고 중간중간 사대부로서의 입장을 삽입시키고 있는데, 예를 들면 첫 수의 종장에서 "이 中의 憂國誠心은 年豐을 願ㅎ노라"① 라고 읊은 것이 대표적이다. 농민의 입장에서는 우국(憂國)이라는 개념을 힘든 노동의 과정에서 떠올리기 어려울 것이다. 그보다는 이휘일이 갖고 있는 우국 애민의식이 개입된 것으로 봐야 하겠고, 그 외에도 곳곳에 여유로운 심정을 드러내는 등 온전히 농민의 것이 아닌 사대부로서의 작자의 개인적인 감수성이 표현된 것을 확인할 수 있다. 위에 예를 든 작품을 봐도 하루해가 저물고 이슬이 맺힐 무렵 일을 마치고 되돌아오는 모습인데 종장에서 이 즐거운 뜻을 일러 무엇 하겠느냐며 맺고 있어서 여유로운 흥취를 부각시키고 있다. 〈전가팔곡〉의 후기를 보면 작가의 의도가 잘 나타나는데 후기의 내용은 아래와 같다.

  위의 전가팔곡은 저곡 병은이 지은 것이다. 병은은 농사에 힘쓰는 사람이 아니지만, 전원에서 오래 사는 동안에 농사짓는 일을 잘 알아, 본 것을 노래로 나타냈다. 비록 그 소리의 울림이나 장단이 절주와 격조에 맞지는 않지만, 그것을 시골의 음란하고 태만한 소리에 견준다면 거리가 있다. 이에 아이들로 하여금 배워서 노래하게 하면서 때로 즐겨 산중의 고사로 삼고자 한다.【李徽逸, 「田家八曲 後」】25)

후기에서 피력하듯이 비록 농사짓는 사람은 아니지만 오랫동안 농사일을 지켜보아 그 일을 잘 알게 되었으므로 노래로 짓는다고 했다. 그리고 농촌 생활에 대한 별다른 해석이나 의미부여보다는 그 노래가 비록 격에 맞지는 않을지라도 음란하거나 태만한 측면을 배제한 순정한 측면이 있기 때문에 가치가 있음을 언급하고 있다. 이러한 언급은 〈전가팔곡〉이 교훈이라는 시적 효용에 주목하고 있으며 암암리에 농사가 가장 평범하면서도 천리에 부합하는 행위라는 점을 시사한다. 농사와 관련된 일을 노래로 만들어 아이들에게 익히게 해도 무관하다는 말은 농촌 환경이 주는 여유로움과 그 생활 속에서 저절로 체득할 수 있는 이법의 가치를 분명히 하고 있는 것이다.

결국 이휘일의 〈전가팔곡〉에는 대외적 가치를 염두에 둔 훈민시적인 성격과 대내적 가치에 충실한 일반 자연시조로서의 성격이 혼효되어 있는 것을 알 수 있다. 그리고 마찬가지로 대부분의 전원시조에서 이러한 혼효현상을 누루 확인할 수 있는 것이다. 위에 소개한 작품들은 일년사시의 흐름에 따라 농사짓는 현장을 따라가고자 했던 것들이다. 하지만 그럼에도 불구하고 복합적인 성향이 내재되어 있어서 전원시조가 농촌의 실제의 모습에 기반하고 있지만 그 실상만이 전부는 아니라는 점을 시사한다.

---

25) 右田家八曲者 楮谷病隱之所作也 病隱非力於農者 久伏田間 熟知稼穡之事 因其所見而發之於歌 雖其聲響疎數 未必眞合於節奏調格 而比之里巷哇謠怠慢之音 則爲有間矣 於是使侍兒軍習而歌之 時聽而自樂之 遂以爲山中故事云 甲辰四月日 楮谷病隱書 [李徽逸, 「田家八曲 後」]

그리고 한편 사시가를 지향하지 않는 대부분의 전원시조들을 보면 농가의 현실 보다는 전원 속에서 누리는 삶의 단면을 개성적으로 보여주는 특징을 분명히 한다. 따라서 작품 하나하나를 놓고 보면 세밀한 차이점을 드러내지만, 포괄해서 보자면 귀거래 의식을 바탕으로 하는 평범한 은자의 일상으로 그 성향을 집약할 수 있다.

> 아히야 되롱삿갓 출화 東澗에 비 지거다
> 기나긴 낙대에 미놀 업슨 낙시 민야
> 져 고기 놀나지마라 닉 興계워ㅎ노라
> 呼兒將出綠蓑衣 東澗春霏灑石磯
> 籊籊竹竿魚自在 爲他溪老已忘機
> 【趙存性,〈呼兒曲〉② 東澗觀魚】

> 山中에는 白雲이 잇고 山外예는 綠水이 잇다
> 구롬 츠자 ᄂᆞ몰 씨고 믈ᄀᆞᆺ 조차 고기 낫가
> 一身이 한가히 둔니니 萬事이 無心ᄒᆞ야라
> 【金得研,〈山中雜曲〉⑦】

> 茅簷 기나긴 희에 희올 일이 아조업서
> 蒲團에 낫줌드러 夕陽에 지자 씨니
> 門밧긔 뉘 ᄋᆞᄒᆞ며 낙시가쟈 ᄒᆞᄂᆞ니
> 【金光煜,〈栗里遺曲〉⑦】

위에서 제시한 조존성의 〈호아곡〉을 볼 때 가장 먼저 눈에 띄는 점은 전원시조가 어부노래와 많이 닮아 있다는 사실이다. 다만 제 홍에 겨워 미늘 없는 낚시를 하고자 하니 고기야 놀라지 말라는 시구를 통해 고기 낚는 일 자체에 목적을 두는 것이 아니라는 점을 알 수 있는데, 하지만 그렇다고 해도 농가의 바쁜 일상과는 괴리감을 느낄 수밖에 없는 것이 사실이다. 〈호아곡〉은 '西山採薇' '東澗觀魚' '南畝躬耕' '北郭醉歸'라는 소제목 아래 총 4수로 구성되어 있는데, 각기 독립적인 상황 속에 고사리 뜯고, 고기 낚고, 밭 갈고, 술취해 돌아오는 가장 전형적인 전원생활의 낭만의 재현하는 특징을 지닌다.

김득연의 〈산중잡곡〉은 원래는 모두 53수인데 현재 49수만이 완전한 작품으로 간주되는 대작이다. 그런데 연시조라고는 하지만, 실상은 다양한 생활과 감정을 나열하고 있어서 통일감을 찾아보기 어렵다. 세부 주제를 보면 강호한정을 비롯해서 때로는 학문과 수양에 관련되는가 하면 탄식류가 포함되는 등 그야말로 자연시조의 총집합체라고 해두 될 정도이다. 그 가운데 위에 제시한 작품을 보면 역시 고기를 낚고 세사에 무심한 채 일신이 한가히 다닌다고 하고 있어서 〈호아곡〉에서와 같은 형상을 볼 수 있다. 물론 여기에서도 본격적인 어업은 아니고 단지 소일거리로서의 낚시가 부각되었을 뿐이다. 그리고 초장을 보면 산중에는 흰 구름이 있고 산 밖에는 푸른 물이 있다고 해서 공식적인 산수의 일단을 엿볼 수 있다. 따라서 보다 다양한 상황을 포괄했고 그리고 보다 공식적인 산수시의 면모를 보여주고는 있지만 결국 전형적인 농가의 모습과는 거리를 두는 작품이라고 할 수 있겠다.

김광욱의 〈율리유곡〉 역시 농가의 현장성에는 미치지 못한 채 전원생활의 풍류를 복합적으로 보여주는 작품이다. 김광욱은 정계에 나갔다가 계축옥사에 연루되는 등 고초를 겪고 결국 고양(高陽)에 은거했던 인물이다. 훗날 인조반정 후 복관되기는 했지만, 그의 은거생활과 〈율리유곡〉의 감성은 긴밀하게 연결될 수밖에 없었을 것이다. 강호인으로 돌아와 소박한 생활을 영위하는 가운데 한가로우면서도 복잡한 심사를 〈율리유곡〉을

통해 잘 드러내고 있다. "功名도 니젓노라 富貴도 니젓노라"②라는 표현
은 왠지 반어적인 느낌을 주기도 한다. 하지만 어쨌든 작품 전반은 강호의
풍경을 즐기는 가운데 포단(蒲團)에 낮잠이 들거나⑦, 가마에 샘물 길어
팥죽을 쑤거나⑤하는 지극히 소박한 생활이 전원의 삶을 대변해 준다.
위에 든 예시에서와 같이 할 일이 없어 낮잠이 들었다가 낚시가자는 소리
를 듣는다는 장면은 소탈한 무욕의 정황을 잘 보여준다. 〈율리유곡〉은
첫 수에서 "陶淵明 주근 後 에 쏘 淵明이 나닷말이"①라는 어구로 운을
뗀다. 소위 전원시조라고 통칭되는 많은 작품들이 도연명을 염두에 두고
있듯이 귀거래의 여유와 안도감이 작품을 지배하는 것을 알 수 있다.

　이상 살펴본 작품들은 모두 전원시조라고 분류할 수 있지만, 체계적인
농경의 현장이 주가되는 것이 아니고 은일자의 소일하는 모습이 부각되
는 공통점을 지닌다. 여유로운 낚시 장면이 개입되어 있어서, 삼시 선원
시조가 왜 어부노래와 혼용되어 있는가 하는 착각이 들 정도이다. 이처럼
전원시조는 향촌의 소박한 일상과 관계된다고 해도 그것이 모두 위백규
의 〈농가〉처럼 핍진한 농촌의 실상을 전하는 것은 아니다. 그보다는 귀거
래 의식에 입각하여 향촌에서 청빈한 삶을 향유하는 포괄적인 작품군으
로 이해할 수 있다.

　따라서 자연시조 가운데에서 가장 분류하기가 편하면서도 동시에 가
장 까다로운 범주를 고른다면 당연히 전원시조를 손꼽을 수 있을 것이다.
애초에 전원시조는 강호가도라는 정격의 자연시조가 아닌 여타의 작품들
을 두루 포괄했던 것을 상기해보면 쉽게 이해할 수 있는 대목이다. 결국
위에서 예를 들지는 않았지만, 강익(姜翼)의 〈단가삼결(短歌三関)〉을 비
롯하여 권호문(權好文)의 〈한거십팔곡(閑居十八曲)〉이나 강복중(姜復中)
의 〈수월정청흥가(水月亭淸興歌)〉 그리고 윤선도(尹善道)의 〈산중신곡(山

中新曲)〉 등 변격의 강호가도로 분류할 수 있는, 다양한 해석이 가능한 작품들을 전원시조의 범주에 포함시킨다 해도 크게 무리는 아닐 것이다. 그만큼 전원시조는 함의가 큰 작품군이라고 할 수 있다.

앞에서 농경문화권에 속한 우리에게 농업과 관련된 문화는 작품이나 향유방식 그리고 작자층에 이르기까지 대단히 다양한 양상을 보인다고 언급한 바 있다. 따라서 향촌의 소박한 실제의 삶에 기반하는 전원시조 역시 스펙트럼이 상당히 넓을 수밖에 없다. 아울러 향촌의 일상이 전원시조의 진정성을 좌우하는 근거라고 할 때, 과연 어떤 일상을 염두에 둔 것인지 보다 세부적으로 검토할 필요가 있다. 땀흘리는 노동의 과정뿐만 아니라 질박한 생활의 단면, 그리고 무욕의 소요를 비롯한 여러 가능성들을 세심하게 고려할 일이다.

Ⅵ. 자연시조의 추이와 의의

1. 자연시조의 원형과 변이형

초창기 강호가도는 시조와 가사가 나란히 발전하는 양상을 보였다. 하지만 자연시조는 조선중기 이후에도 지속적으로 분화·발전했던 반면에, 강호가사의 창작 열기는 오래 지속되지 못했다. 이와 같은 사정의 원인을 짚어가자면 가사라는 장르의 특성 및 시대적 상황 등을 두루 감안하지 않을 수 없겠지만, 상대적으로 자연시조는 다양한 창작 범주가 기반이 되었기 때문에 꾸준히 발전할 수 있었던 것이 아닐까 생각해볼 필요도 있다. 이 책에서 지금까지 살펴보았던 자연시조의 네 범주는 자연시조의 원형이 되는 모델을 형성했고 덕분에 많은 작품들이 사실상 이들 범주에 속한 상태에서 나름의 개성을 드러내는 가운데 공존할 수 있었다. 이들은 향촌에서 유유자적하는 현실의 삶을 바탕으로 자연 속에서 느끼고 체험한 바를 노래로 옮기는 공통점을 지니지만, 각기 다른 문학 공간을 창출하는 가운데 독자성을 드러낼 수 있었다.

자연시조는 자연을 통해 현실의 삶을 초탈하는 것이 아니라, 각각의 독자적인 미적 범주 안에서 자연과 시적 자아가 소통하는 삶의 질서체계를 투영했다. 순간적이고 감성적인 흥기가 아니라 物의 가치와 我의 지향점이 대등하게 만나서 독자적인 미적 존재 원리를 구축한 결과인 것이다. 따라서 안정된 작품 기반 아래 조선후기까지 지속적인 창작이 이루어질 수 있었던 것으로 추정할 수 있다.

하지만 자연시조가 특정 범주에 기반하여 발전했다고 해도 모든 작품이 원형적인 공통분모의 틀에 부합한 것은 아니었다. 애초에 1장에서 제시했던 자연시조의 목록이 모든 자연시조를 포괄할 수 없었을 뿐더러, 그 목록에 포함된 작품이라고 해도 네 범주로 도식화한 원형의 속성에 정확히 부합하는 것은 아니기 때문이다. 예를 들어 권호문의 〈한거십팔곡〉을 산림처사의 변격의 강호가도로 이해할 수 있는 것과 같이, 적지 않은 작품들이 특정 유형을 의식하지 않고 자연과 교감하는 지극히 개인적인 정서와 표현을 근간으로 하고 있다. 이러한 자연시조 작품이 한 둘이 아니기 때문에 지금 이 자리에서 개별적인 성향들을 모두 언급하는 것은 불가능하지만, 다만 개성이 두드러지는 다음과 같은 두 부류의 자연시조의 분화 양상을 살펴보고자 하는데, 첫째는 경물중심의 자연시조이고 둘째는 말기의 변이형 자연시조가 그것이다.

작가	작품명	출전
朴仁老(1561-1642)	〈立巖〉	『蘆溪集』
金起泓(1635-1701)	〈寬谷八景〉	『寬谷先生實記』
南極曄(1736-1804)	〈愛景堂十二月歌〉	『愛景言行錄』
柳 璞(1730-1787)	〈花庵九曲〉	『花庵隨錄』

▌경물중심의 자연시조

박인로의 〈입암〉과 김기홍의 〈관곡팔경〉은 한 자리에서 논하기가 다소 억지스럽게 느껴질 수도 있는 작품이다. 그만큼 작가 개인의 개성이 많이 반영되었고, 자연시조 일반과는 차별되는 특성을 지니는 작품들이다. 대개의 자연시조는 작자가 유거하는 삶의 공간을 기반으로 하고, 구체적인 자연물은 시적 의도에 따라 부분적으로 부각되는 것이 일반적이다. 따라서 퇴계의 〈도산육곡〉에서는 지극히 관념적인 자연물이, 율곡의 〈고산구곡가〉에서는 현실적인 자연물이 각각 개성적으로 등장했던 것을 기억할 수 있다. 하지만 〈입암〉이나 〈관곡팔경〉은 적극적으로 특정 경물을 표면에 내세우고 있는 작품들이라 사정이 조금 다르다.

우선 박인로의 〈입암〉 29장은 작자의 거주공간을 근거로 지어진 작품이 아니다. 작품의 서두에 여헌(旅軒) 장현광(張顯光, 1554-1637)이 입암에 은거하는데 그곳을 찾았다가 대신하여 읊었다고 기록하고 있어서,1) 작자 자신의 유거공간이 배경이 되지 않는다는 점을 밝혔다. 그리고 각 작품을 보면 〈정사(精舍)〉, 〈계구대(戒懼臺)〉, 〈토월봉(吐月峰)〉 등 소제목을 통해 특정 경물을 배경으로 하는 자연경치와 그 경치를 보고 느끼는 감흥을 적고 있다. 그리고 박인로의 〈입암〉에 수록된 적지 않은 시조가 영물시적인 성향을 지니고 있어서 더욱 자연물이라는 개별적인 소재를 중시하는 작품이라는 것을 실감할 수 있다.

김기홍은 관곡지방으로 이주하여 만년을 보내며 〈관곡팔경〉을 지었다. 그런데 흥미로운 점은 저자는 관곡을 배경으로 부근의 경치를 팔경으로 나누었으며 그에 따라 한 수씩의 시조를 남겼다는 사실이다. 앞에서도 이미 언급한 바 있지만, 팔경은 시적자아가 자연속에 몸담고 살아가는 동안의 행위나 체험을 근거로 하지 않는다. 그보다는 예술적 감수성을 근간으로 특정 시공간 속의 사물을 복합적으로 배합한 결과물로 이해하

---

1) 時旅軒張先生寓居本郡北立巖 公嘗從遊 代旅軒作此歌 『蘆溪集』 卷3.

는 것이 타당하다. 따라서 향촌체험을 중시하는 자연시조 일반의 성격과는 다르다는 것을 확인할 수 있다.

하지만 그럼에도 불구하고 흥미로운 점은 박인로의 〈입암〉과 김기홍의 〈관곡팔경〉이 보여주는 요족한 안식처로서의 공간의식이다.

> 名利예 쓰지 업서 비오시 막더 집고
> 訪水尋山ᄒ야 避世臺예 드러오니
> 어즈버 武陵桃源도 여긔런가 ᄒ노라
> 【〈立巖〉⑰ (避世臺)】

> 杜鵑花 어제 디고 躑躅이 오늘 픠니
> 山中 繁華ㅣ야 이 밧긔 ᄯᅩ 이실가
> 힝호나 流水에 흘러 消息 알가 ᄒ노라
> 【〈寬谷八景〉③ (山頭躑躅)】

위의 두 작품은 모두 시적 대상이 되는 이 공간이 바로 무릉도원이라는 의견을 피력하고 있다. 〈입암〉에서는 명리에 신경쓰지 않고 비옷에 막대 짚고 깊은 산중에 찾아들어오니 바로 이곳이 무릉도원인가 한나고 읊고 있다. 그리고 〈관곡팔경〉에서는 두견화와 철쭉이 앞서거니 뒤서거니 피는 산중의 화려함을 즐기며 혹시 그 꽃잎이 흘러내려가 세상에 이와 같은 은둔처가 알려질까 두렵다고 하고 있다. 두 작품은 모두 자신이 처한 곳의 진정한 아름다움과 가치를 도연명의 〈도화원기〉에 나오는 무릉도원에 비교하고 있는 것이다.

물론 두 작품의 시적 공간에서 느낄 수 있는 위와 같은 감성은 비교적 짧은 순간에 지나지 않기 때문에 유거하는 여유를 찾아보기는 어렵다. 〈입암〉에서는 마침 피세대(避世臺)를 방문한 그 때를, 〈관곡팔경〉에서는 마침 꽃이 흐드러진 봄날을 맞아 느꼈던 감동을 전달하는 것이기 때문이다. 하지만 비록 시간은 짧았지만 그동안이나마 나만이 진미를 아는 은일 공간에서 물아일체의 기쁨을 누렸다는 점을 주목할 필요가 있다.

이들 작품은 시각적 경물을 주대상으로 읊어진 자연시조로서 유거하는 공간중심의 자연시조와는 분명 성격이 다르다. 하지만 한편 영물시와 같이 시적 대상이 되는 자연물에 몰두하는 자연시조와도 성격이 다른 것이다. 비록 생활공간을 배경으로 삶의 과정 속에서 자연의 질서를 체현하는 자연시조는 아니라고 할지라도 경물이라는 시각적 대상을 통해 시적 자아와 자연이 합일의 경지를 느끼는 자연시조 역시 눈여겨 볼 필요가 있는 중요한 연구 대상이다.

▌후기의 변이형 시조

〈화암구곡〉과 〈애경당십이월가〉는 시기적으로 매우 늦은 때에 지어진 작품들이지만 표면적으로는 향촌의 은둔 생활이 기반이 되어 유유자적하는 사대부의 일상을 연시조의 형태로 풀어낸 전형적인 자연시조라고 할 수 있다. 하지만 작품의 실상은 사연시조 원형이 보여주는 특성과는 조금 다르기 때문에 본질을 파악하기가 다소 까다로운 대상이다.

〈화암구곡〉과 〈애경당십이월가〉는 제목에서 각기 구곡이라는 공간적 순차성과 십이월이라는 시간적 순차성을 암시하는 연시조이다. 〈화암구곡〉은 '구곡가'를, 〈애경당십이월가〉는 '월령체가'를 표방함으로써 작품 전체가 통일된 구성을 지향하리라 예상할 수 있다. 그런데 과연 이들 작품이 각기 공간과 시간의 순차적 질서에 충실한 가운데 구곡가 및 월령체 계열 시가의 원형에 부합하는 구성을 지향했는지는 의문이다.

우선 유박의 〈화암구곡〉을 보면 일반적인 구곡가가 추구하는 일곡에서 구곡까지의 대상규정이 생략되어 있다. 총 9수의 시조 가운데 곡(曲)이라는 공간설정을 찾아볼 수 없으며, 특히 장소 이동의 징후가 드러나고 있지 않다. 이와 같은 현상은 여타의 구곡가 계열의 구성상의 특징과는 크게 어긋나는 것이다. 예컨대 〈고산구곡가〉에서는 반복적으로 "~曲은 어디미오"라고 시작하고 있는데 이러한 점을 상기하며 〈화암구곡〉의 초장 첫 구절을 차례로 나열해보면 아래와 같다.

"쏘아 주란 層石榴ㅣ오 → 風淸 月白夜에 → 마당의 보리 들고 → 草堂에 낫줌 쌔여 → 梧桐에 雨滴ㅎ고 → 막대 집고 나 건니니 → 夕陽에 白鷗還ㅎ고 → 시름 계워 長醉ㅎ고 →白水에 벼을 갈고"

위의 간추린 예에서 볼 수 있듯이 〈화암구곡〉은 구성상 공간 설정의 통일성을 염두에 두지 않았을 뿐만 아니라, 자연 환경과 관련된 행위 및 소재들이 자유자재로 쉬여 있다. 이 가운데에서 과연 어떤 기준을 근거로 완결 형태를 지향했는지 표면적인 측면에서는 단서를 찾아내기가 쉽지 않다.

한편 남극엽의 〈애경당십이월가〉는 정월부터 12월까지의 시간적 단위가 잘 설정되어 있기 때문에 월령체가의 전통을 이행한 것으로 간주할 수 있다. 하지만 문제는 시간의 순차성은 그렇다 치더라도 그 시기를 대표하는 제재 설정에 있어서 일반적인 월령체가의 전통을 충실히 지키고 있는지 의문이라는 점이다.

사실 월령체가는 사대부 시가의 전통보다는 민요풍의 기층 정서에 기반하고 있는 작품군이다. 똑같이 시간의 흐름에 따른 체험을 읊은 작품이라 할지라도 한시 및 연시조를 지향했던 사대부들은 계절의 순환을 완상함으로써 사시가 계열의 작품을 선호했던 반면에, 월령체가는 민요 중심의 서민 가요가 주를 이루고 있다.[2] 따라서 〈애경당십이월가〉는 사시가가 아닌 월령체가를 지향했다는 것만으로도 일반적인 자연시조와는 다르다는 것을 알 수 있다. 하지만 어쨌든 월령체가의 속성에 주목해 보면, 월령체가는 주로 인간의 생활과 관련된 절기와 풍습을 반영함으로써 특히 세시풍속이 주요 모티브가 되는 것이다.[3] 그런 만큼 각 달을 대표하는 절기에 따른 풍속의 설정은 월령체 작품의 구성에 있어서 큰 영향을 끼치는데, 〈애경당십이월가〉의 소제목을 모아 보면 민속적인 절기를 크게 염두에 두고 있지 않다는 것을 알 수 있다.[4] 물론 성월의 망월(望月)과 같은 설정은 정월 대보름을 연상할 수 있는 여지를 남기고는 있지만, 전반적인 제목들은 계절의 변화에 따른 개인적인 향유의 면모를 반영하고 있다. 2월을 대표하는 강가의 새벽안개나 11월을 대표히는 눈 덮인 외로운 소나무 그리고 12월의 바람 속에 춤추는 대나무와 같은 설정은 고상한 선비 취미를 드러낸다. 물론 5월의 농가(農歌) 혹은 8월의 도화(稻花) 등에서 농경 문화의 일단을 엿볼 수는 있지만 대세는 아니라고 할 수 있을 것이다. 전반적으로 보면 다분히 개인적인 자연체험의 일부분을 계절감과 어울리게 적절히 배열했음을 짐작할 수 있다. 〈애경당십이월가〉는 제목만

---

2) 김신중, 「한국 사시가의 연구」, 전남대 박사학위논문, 1992, 9~14면.

3) "東國歲時記"에서 찾아볼 수 있는 각 달의 주요 절기와 그에 따른 풍속이 월령체가 작품의 핵심적인 모티프가 되고는 한다. 예를 들어 다음과 같은 것이 그것이다. [正月(元日,上元) 二月(朔日,淸明) 三月(三日,淸明) 四月(八日) 五月(端午) 六月(流頭,三伏) 七月(七夕) 八月(秋夕) 九月(九日) 十月(午日) 十一月(冬至) 十二月(臘,除夕) [洪錫謨(李錫浩 역), 「東國歲時記」,『朝鮮歲時記』, 동문선, 1991] 참고].

4) 正月 載山望月 → 二月 江郊曉霧 → 三月 東崗花卉 → 四月 山亭鶯聲 → 五月 古棧農歌 → 六月 大堤觀漲 → 七月 瑞石淸嵐 → 八月 四野稻花 → 九月 北嶽丹楓 → 十月 塭邊潤水 → 至月 雪裏孤松 → 臘月 風前舞竹

으로는 농촌의 실상을 반영한 것으로 생각할 수 있으나 실상은 고상한
취향을 배제하지 않고 있는 양가적 성향의 작품이라고 할 수 있다.

이처럼 〈화암구곡〉과 〈애경당십이월가〉는 제목에서 구곡가 계열과 월
령체가 계열을 표방하고는 있지만, 통일성을 좌우하는 작품의 질서를 따
르고 있지는 않다. 그런데 한편 이들 작품의 기반에는 '화암'과 '애경당'이
라는 거주와 관련된 특정 장소가 자리한다는 흥미로운 공통점이 있다.
이미 제목에서부터 시사하고 있는 화암과 애경당이라는 존재는 작가들의
삶의 저변을 대표하고 있기 때문이다.

화암은 유박이 거처했다는 황해도 배천군 금곡포(金谷浦)를 가리킨다.
그 곳에서 작자는 남의 집에 기이한 화초가 있다는 말을 들으면 무슨 수
를 써서라도 들여놓았고, 심지어 외국 가는 배편에 부탁을 하는 등 계절
에 따라 온갖 빛깔의 화초를 기르는 낙을 즐겼다고 한다.5) 한편 애경당은
전남 담양의 애경 남극엽이 거했던 처소를 일렀음을 짐작할 수 있다. 행
장을 보면 그곳에서 작자는 인륜을 실현하는 모범적인 삶을 지향하며 사
족으로서의 본분을 지키는 삶을 살았다고 한다.6)

그런데 문제는 '화암+구곡', '애경당+십이월'이라는 합일점이 만들어내
는 자연체험에 있다. 이미 언급했듯이 구곡이나 십이월이라는 범주 설정
은 작품의 내용을 좌우하는 기반은 아니었다. 다만 구곡 그리고 십이월이
라는 제목의 대표성을 이용하여 화암과 애경당에서의 각종 체험을 나열
하는 전체 틀로 사용했을 뿐이라고 짐작할 수 있다. 따라서 이들 작품의
자연시조로서의 실질적인 내용은 화암과 애경당에서의 독자적인 자연체

5) 정민, 「<花庵九曲의 작가 柳璞과 『花庵隨錄』」, 『한국시가연구』 14, 한국시가학회,
   2003 : 안대회, 「꽃의 달인, 유박」, 『신동아』, 2004(11월호). 참고.
6) 이상보, 「애경 남극엽의 시가 연구」, 『조선시대 시가의 연구』, 이회문화사, 1993, 67면.

험에 크게 무게가 실릴 수밖에 없다. 그리고 실제로 〈화암구곡〉과 〈애경
당십이월가〉를 살펴볼 때 가장 먼저 눈에 띄는 것은 화암과 애경당에서
의 생활을 대표하는 독자적인 자연물이나 자연체험에 해당한다.

> 쏘아 즈란 層石榴ㅣ오 트러 지은 古槎梅ㅣ라
> 三峰怪石에 둘닌 솔이 늙어시니
> 아마도 花庵 風景이 너 쑨인가 ᄒᄂᆞ라
> 【〈花庵九曲〉①】

> 시리산 저 미 우의 반가울샤 샹원둘이
> 풍연 쇼식 씌워다가 내 창 압폐 몬졔 왓다
> 아마도 이 밤 소혼 경의 노지 안코 무슴ᄒᆞ리
> 【〈愛景堂十二月歌〉(右正月 載山望月章)】

위의 시조는 〈화암구곡〉 총 9수 가운데 제1수이며, 아래의 시주는 〈애
경당십이월가〉 총 12수 가운데 제1수로서, 작품 전체의 성향을 잘 드러내
고 있다. 층층이 쏘아 자란 석류와 고목이 다 된 매화 그리고 괴석 가운데
자리 잡은 솔을 대표로 내세우며 그들이 곧 화암의 풍경이라고 하고 있
다. 다음 작품에서는 시리산[7]이라는 특정 지명을 언급하고 그 산 위에
떠오른 보름달을 부각시키며 달이 창가에 비치는 가운데 한 해의 풍요를
감지하며 즐거워하고 있다. 여기에서는 화암과 애경당에 대한 단서를 석
류와 매화, 솔 그리고 시리산과 창가의 달을 통해 드러내고 있는 것이다.
이 자연물들은 보편적인 소재라고도 할 수 있겠지만 한편 작자가 살아가
고 있는 주변 환경과 그 곳에서 지향하는 소박한 삶의 단면을 명확히 부

---

7) 시리산은 작가가 거처하는 곳에 위치한 산의 명칭인 듯 하나 정확하게 어느 곳인지는
   확실하지 않고, 다만 '지리산'의 오기가 아닐까 추측이 가능하다.

각시키고 있다. 그냥 자란 것이 아니라 꼬아 자라고 트러 지었으며 괴석에 달린 석류와 고사매와 솔 그리고 익숙한 시리산 위에 떠서 내 창가에 빛을 드리우는 달은 개별적인 소유와 감수성을 통해 부각되는 자연물임이 분명하다. 〈화암구곡〉과 같은 경우는 특별히 작가가 백화암에서 누리는 원예취미를 기반으로 하기 때문에 각별히 애정을 쏟는 식물들이 소재로 등장하거나 그 가운데에서 누리는 만족감이 흥취로 표현될 경우 자연체험의 독자성이 보장될 수 있는 가능성이 높다고 할 수 있다. 그리고 〈애경당십이월가〉는 평범한 향촌생활을 근거로 하고는 있지만 특별히 12월이라는 시간의 흐름 속에서 작가의 서정을 자극하는 지극히 개인적인 항목을 설정하고 있기 때문에 일반적인 풍광 속에서도 개체화된 자연체험이 포착되고 있는 것이다.

이처럼 〈화암구곡〉과 〈애경당십이월가〉는 적극적으로 부각시키는 자연물이나 자연체험의 단면을 개인적인 성향의 것으로 귀속시킴으로써 내용의 독자성을 유지하는 것이다. 따라서 이들 작품에 등장하는 경물이나 경관은 곧 자재한 작자의 감정으로 이어지는 경우가 많다. 즉 다른 자연시조와 달리 독립된 개개의 자연물이 〈화암구곡〉과 〈애경당십이월가〉에서 차지하는 의미는 비교적 큰 편이다. 하지만 그렇다고 해서 영물시와 같이 감정이입을 유도하는 핵심적인 대상은 아니고 일반적인 자연시조와는 달리 개체화된 자연물이 비교적 큰 비중을 차지하며 작가의 삶 속에서 각인되고 있는 것이다.

지금까지 살펴본 바와 같이 〈화암구곡〉과 〈애경당십이월가〉는 향리에 은거하는 유거의 상황 속에서 유유자적하는 내용을 읊었다는 점에서 기존의 자연시조와 공통점을 보이지만, 한편 이들 작품들이 속한 범주의 시조가 지향했던 보편적인 성향과는 거리가 멀다는 점에서 독자성의 단서를 보였다. 그리고 더 나아가 개별적인 자연물의 측면에서 살펴볼 때 제재로 선택된 자연물의 개체성이 두드러지며, 게다가 직접 시적 자아와 연결되어 다양한 감성을 자극한다는 측면에서 범주 중심의 전통적인 자연시조와 거리를 두는 개성적인 작품으로 분화 발전했음을 감지할 수 있었다.

자연시조는 중국자연시의 영향에서 벗어나 자국어시를 통해 새로운 미적 지평을 창출하는 가운데 우리만의 특성을 지닌 자연문학으로 자리매김할 수 있었다. 하지만 시대의 흐름에 따라 조선 말기에는 이미 자연시조가 발랄한 생명력을 잃어가고 있었는데, 그럼에도 불구하고 몸담고 있는 향촌의 자연에서 개인적으로 가꾸는 자연으로 초점을 옮기면서 〈화암구곡〉이나 〈애경당십이월가〉 같은 변이형 작품이 탄생할 수 있었던 것이다.

2. 유거와 탐승의 자연체험

자연시조는 근본적으로 유거 공간에 기반하는 자연문학이다. 유거란 그윽한 곳에서 조용히 머무는 것으로, 이곳에서의 자연체험은 가꾸고 생활하는 가운데 가능하다. 하지만 유거 이외에도 탐승 체험은 또다른 유형의 자연문학을 선보이는 동력이 되어 왔다. 탐승이란 빼어난 경치를 찾아서 이동하는 체험이 기반이 되는 것으로, 특정 배경이 되거나 극적인 감흥을 주는 자연을 발견함으로써 현실화된다. 그리고 이들 유거와 탐승의 체험은 작품 속에서 각기 다른 풍경을 만드는 가운데 자연문학을 풍성하게 하는 데에 협력해 왔다. 그런데 시조의 경우는 손가락으로 꼽을 만한 몇몇 작품을 제외하고는 대부분 유거 체험에 의존하고 있는 반면에, 가사

장르는 유거와 탐승을 모두 선보이는 차이점을 보인다. 특히 강호가사는 유거를 기행가사는 탐승을 근간으로 하면서, 자연시조와는 일부 상통하면서도 다른 특징을 선보이기 때문에 비교해서 살펴볼 필요가 있다.

▌ 자연시조와 강호가사의 유거

자연시조와 자연가사 특히 강호가사는 피세현인이나 천인합일 등으로 압축되는 강호의 삶을 유거의 공간을 통해 표현한다는 점에서 동일한 부류에 속한다. 하지만 작자들은 자신들의 기호나 전통에 따라 시조 혹은 가사를 선택했다. 예를 들자면 16세기 호남의 풍류객들은 강호가사를 즐겨 창작했고, 이황의 뜻을 받드는 후대인들은 지속적으로 육가계 시조를 향유했는데, 이러한 양상은 자연시조와 강호가사가 공통적인 지향점을 지니면서도 실질적인 향유의 측면에서는 서로 차별되는 독자성을 견지했음을 암시한다. 마찬가지로 공간성의 실현이라는 작품 내적 측면에 주목해 보아도 자연시조와 강호가사는 각기 다른 양상을 지니며 배타적인 가운데 공존했다.

자연시조의 공간성을 강호가사와의 상대적인 관점에서 조망하면 한마디로 응집성을 지향한다고 할 수 있다. 시조에서의 공간성은 단형시조는 물론이고, 연시조의 경우도 작품 하나하나가 독립성을 지니면서도 아울러 전체적인 완결 구조 속에 연계된다는 점에 주목할 때 응집성을 지향한다고 할 수 있다.

[예1]

뒷 뫼혜 쎄 구름 셰고 압 내에 비 져 온다

굴 삿갓 숙이 쓰고 고기잡이 가자스라

아희야 날 볼 손 오시거든 긴 여흘노 술와라

【미상, 『악학습령』】

[예2]

白雲 깁흔 골에 靑山綠水 둘넛는듸

神龜로 卜築ᄒ니 松竹 間에 집이로다

每日에 靈菌을 맛 드리며 鶴鹿 홈긔 놀니라

【金黙壽, 『청구영언』(육당본)】

[예3]

七曲은 어드메오 芙蓉壁이 奇絶홀샤

百尺 天梯의 鶴唳를 듯즈올 듯

夕陽의 泛泛孤舟로 오락가락 ᄒᄂ다

【權燮, 〈黃江九曲歌〉 中 '龜潭'】

[예1]은 가어옹이 세계를 지향하는 전형적인 강호가도를 표방하는 단형시조라고 할 수 있다. 초장에서 뒤와 앞, 뫼와 내, 구름과 비를 대비시킴으로써 시적 자아가 처한 상황 및 배경의 전체 구도를 설정하고 있다. 그리고는 종장에서 여흘이라는 장소로 집약시킴으로써 단선적인 어부의 공간이 부각되는 것을 확인할 수 있다.

[예2]는 육당본 『청구영언』 혹은 『가곡원류』와 같은 19세기의 가집에 전하는 시조로, 영균(靈菌)이나 학록(鶴鹿)과 같은 종장의 어휘에서 도선적인 분위기를 풍기는데, 공간적인 응축성은 더욱 두드러지고 있다. 초ㆍ중장에 걸쳐서 '白雲 깊은 골→청산녹수→松竹間→집'으로 순차적으로 공간 범위가 좁혀지고 있어서 심산유곡에 위치한 은밀함을 엿보게 한다.

그리고 [예3]은 권섭의 〈황강구곡가〉 중의 한 수로 황강구곡 중 제7곡인 부용벽을 화려한 수식을 통해 부각시키고 있다. 그런데 암묵적으로

7곡은 1곡부터 9곡이 전체를 이루는 가운데 일부분으로 인식되기에, 기절(奇絶)한 장관은 그 자체로 완결되면서 동시에 부분으로 작용하는 것이다.

이처럼 자연시조에서의 공간이란 작품 하나마다 독자적으로 응축되는 단일성을 지향하고 있는데, 시조라는 짧은 서정시가 갖고 있는 특성에서 비롯된 것으로 이해할 수 있다. 연시조 작품도 사정은 마찬가지이다. 앞서 살펴본 각 계열의 작품들에서 그랬던 것처럼 작품을 이루는 근간은 시조 한 수에 있으므로 한 수의 작품이 독자적으로 완성된 후 다시 앞뒤 시조와 연계되는 만큼 그 공간의 실현도 역시 부분의 독자성 속에서 이루어지는 것을 확인할 수 있었다. 따라서 자연시조의 공간은 궁극적으로 하나의 구심점을 지니는 단일공간이라고 할 수 있을 것이다.

하지만 가사는 시조와 같은 서정이 아닌 교술장르이며 길이의 제약이 없기 때문에 시조의 단일 공간성과는 다른 양상을 유도했을 것을 미루어 짐작할 수 있다. 우선 강호가사의 일반적인 구성을 염두에 둘 필요가 있다. 그 구성은 서사, 전개, 결사로 이루어져 있어서 서사에서는 강호에 묻혀 살게 된 까닭을 밝히고, 전개에서는 산수 간에 초옥과 정자를 짓고 밭을 가는 생활환경과 음풍농월하며 유유자적하는 경지를 옮기고 결사에서는 강호생활의 만족감과 성은에 대한 감사라는 이중적 장치를 마련한다는 지적이 있었다.[8] 이러한 구성요소가 모든 가사 작품을 만족시킨다고는 할 수 없지만, 대체로 자연가사에는 강호에 입지를 마련하고 이어서 그 안에 거처를 마련한 뒤, 주변으로 공간을 이동하는 경향이 보편적이라고 할 수 있다.

---

8) 정재호, 「江湖歌辭小考」, 『韓國歌辭文學論』, 집문당, 1982, 241~255면.

① 葛巾 布衣로 故園을 차자가니/
山川은 녯빗치요 松竹이 새로왜라

② 數間 茅茨 下의 집자리 一立 깔고/
興을 겨워 閑暇이 누어시니
滿地 紅蓮花난 庭邊에 어리엿다/

③ 냇노리 가자셰라 夕釣을 말야 하고/
되롱이 몸의 걸고 簑笠을 젓게 쓰고
ᄀ물을 두러메고 시내로 차자가셔/
黃犢을 침터 타고 夕陽을 띄여가니

④ 日落咸池하고 月生東谷커늘/
입떠들머 곱떠들머 柴門을 자자오니
稚子는 扶醉하고 瘦妾은 歡迎이라
【〈還山別曲〉中】

예를 들어 위의 〈환산별곡〉을 보면 작품 서두의 예인 ①에서 벼슬을
버리고 갈건(葛巾) 포의(布衣)로 고원(故園)을 찾아간다고 하며 낙향하게
된 자신의 모습을 적극 부각시키고 있다. 그래서 고원이라는 전반적인
공간을 설정할 수 있는 것이다. 하지만 여기에서 그치지 않고 수간(數間)
모자(茅茨)라는 보다 구체적인 소유공간을 재설정하고 이어서 ③에서 도
롱이와 사립을 쓰고 시내로 가자고 해서 상황의 변화에 따라 작품내의
공간이 자연스럽게 변모하는 것을 알 수가 있다. 그리고 ④에서는 거처로
되돌아오는 모습을 그림으로써 강호생활의 여유를 여실히 드러내고 있는
것을 확인할 수 있는 것이다.

위의 작품인 〈환산별곡〉은 여타의 강호가사처럼 일단 작품 서두에서 낙향하게 된 전체 공간과 그 곳에서 거하게 되는 장소를 명시한 후, 이어서 하루 동안의 이동을 집중적으로 작품화한 예에 해당한다. 그래서 작품 중반이후에는 거주지인 집에서 낚시질하며 음풍농월할 수 있는 시냇가로 그리고 다시 집으로 작품의 공간이 시간의 흐름에 따라 자연스럽게 이동하는 것을 발견할 수 있었다.

그런데 한편 〈환산별곡〉처럼 하루 동안의 비교적 단순한 이동을 하는 경우가 있는가 하면, 〈성산별곡〉과 같은 작품에서는 1년 사시의 변화에 따른 공간이동이 두드러져서 주목할만하다.

① 梅窓 아젹 벼틱 香氣예 잠을 끼니/
　仙翁의 히욜 일이 곳 업도 아니ᄒ다…
　芒鞋ᄅᆞᆯ 뵈야 신고 竹杖을 훗더디니/
　桃花 핀 시내 길히 芳草洲의 니어셰라

② 南風이 건듯 부러 綠陰을 혜텨내니/
　節 아는 괴꼬리는 어드러셔 오돗던고…
　鸕鷀巖 건너보며 紫微灘 겨틱 두고/
　長松을 遮日사마 石逕의 안자ᄒ니
　人間 六月이 여긔는 三秋로다

③ 梧桐 서리ᄃᆞ리 四更의 도다오니/
　千巖萬壑이 나진들 그러ᄒᆞᆯ가…
　짝 마존 늘근 솔란 釣臺예 셰여두고/
　그 아래 비ᄅᆞᆯ 씌워 갈 대로 더뎌두니
　紅蓼花 白蘋洲 어느 ᄉᆞ이 디나관딕/
　環璧堂 龍의 소히 빗머리예 다하셰라

④ 空山의 싸힌 닙흘 朔風이 거두 부러/
　　쎄구름 거느리고 눈조차 모라오니…
　　앏 여흘 ᄀ리 어러 獨木橋 빗겻는디/
　　막대 멘 늘근 즁이 어니 뎔로 간닷 말고
【鄭澈, 〈星山別曲〉中】

　　너무나 잘 알려진 정철의 〈성산별곡〉은 서하당(棲霞堂)과 식영정(息影
亭)을 중심으로 계절마다 변하는 주변의 공간을 읊은 대표적인 강호가사
이다. 위의 예를 보면 ①은 봄을 읊은 경우인데, 거처의 밖으로 나와 복숭
아꽃 핀 시내 길을 거닐고 있다. 그리고 ②는 여름으로 노자암(鸕鷀巖)과
자미탄(紫微灘) 근처 소나무 아래에서 피서하는 모습을 엿볼 수 있고, 가
을의 경치인 ③은 환벽당(環璧堂)을 중심으로 한 경관이며 끝으로 겨울인
④에서는 얼음이 언 앞 냇가를 배경으로 읊었다.

　　이처럼 〈성산별곡〉에서는 하루가 아닌 일년을 단위로 하여 주변의 공
간이 더욱 다각적으로 표출되는 것을 확인할 수 있다. 〈성산별곡〉과 같이
누정을 중심으로 하는 누정가사의 공간은 그 주변이 시·공간의 제약 없
이 작자의 생활에 따라 파상적으로 포괄됨으로써 개인적 소유지로서의
성격이 강하다.9) 실제로 〈성산별곡〉을 사계절이라는 시간적 질서를 논
외로 하고 공간에만 주목해본다면, 그야말로 무작위적이라고 해도 지나
치지 않을 주변의 모습이 포괄되는 것을 실감하게 된다.

　　자연가사 역시 자연시조와 마찬가지로 그 공간의 기반은 강호라는 추
상적인 대상으로서의 자연의 본의를 추구하고 한가로이 유락하는 가운데
이상을 실현시키는, 은일과 출사의 축10)에 있다. 하지만 실상 작품을 통

---

9) 권정은, 「樓亭歌辭의 공간인식과 미적 체험」, 『한국시가연구』 13, 한국시가학회, 2003,
　214~221면.

해 구현되는 자연가사의 구체적이고 세부적인 공간과 그 공간의 질서는 전혀 다른 면모를 지니는 것을 확인할 수 있었다.

그렇다면 이렇게 단일공간과 변화공간을 지향하는 자연시조와 강호가사의 공존은 자연시가사 전체에서 어떤 의미가 있는 것이며 이 책에서 주목한 자연시조가 지향하는 공간성의 본질은 무엇이었으며 또 공간성에 주목해볼 때 자연시조는 어떻게 부침했는가에 주목할 필요가 있을 것이다.

조선조에 자연시가가 탄생하기에 앞서, 그 이전의 작품에서 인식되었던 자연은 탈속과 탐미 즉 원시와 문화를 대변하는 극단적인 위치를 점했다고 할 수 있다. 이는 자연이 어떠한 형태로든 인간계와 구별되는 경배의 대상이었다고 이해할 수 있는데, 조선조의 자연시가에 와서 자연은 반원시 반문화의 새로운 형태를 지향하며 인간 생활 속에 보다 개연성 있는 존재로 자리매김하게 되었다. 자연시조와 강호가사는 바로 이처럼 생활 속으로 한 걸음 다가온 자연의 경지를 표현한 작품군이다.

그런데 그 가운데 변화공간을 추구하는 강호가사는 보다 현실적인 생활 그 자체에 충실한 경우에 해당한다고 할 수 있을 것이다. 앞서 예를 든 〈환산별곡〉이 하루라는 단위의 시간에 결부된 연속적인 공간을 그려냈고 〈성산별곡〉이 일년이라는 단위의 시간에 결부된 연속적인 공간을 그려냈던 것처럼, 작품의 문면에 드러나는 공간을 지배하는 기초 질서는 그 속에서 생활하는 작자의 실체험의 시간이 지배하기 때문이다. 반면에 자연시조의 작품 속에 등장하는 자연공간은 작품 속에서 가공된 세계가 주도적으로 지배하고 있는 것이다.

이처럼 조선의 시가문학에서 강호가사와 자연시조는 각기 상반되는

10) 윤덕진, 「강호가사 연구」, 연세대 박사학위논문, 1988, 11~34면.

공간적 실현 가능성을 내포하며 공존했는데, 강호가사를 즐겨 창작한 부류는 실제 체험했던 자연공간을 비교적 충실히 투사함으로써 만족감을 느꼈던 반면, 자연시조를 창작한 부류는 자신만의 자연공간을 만들고 발견해가며 성취감을 느꼈던 것이다. 강호가사와 자연시조는 자연공간을 작품화하는 과정에서 각기 독자적인 성취감을 제공하며 공존했음을 짐작할 수 있다.

그래서 강호가사는 무욕의 삶을 그대로 드러냈다면, 자연시조는 무욕을 가장한 치밀한 욕망의 세계를 구현한 작품군이라고 할 수 있으며, 이러한 성격은 작품이 변화·발전하는 과정과 긴밀하게 연결되어 있다고 볼 수 있다.

우선 강호가사를 살펴보자면 작품속의 배경은 작자의 처소에 따라 늘 변화했지만 실상 작품을 구성하는 내용이나 성격에는 큰 변화가 없었다. 그래서 예컨대 15세기 작품인 정극인의 〈상춘곡〉에도 19세기 작품인 조성신(趙星臣, 1765-1835)의 〈개암정가(皆巖亭歌)〉에도 한결같이 자신이 몸담고 살아가는 곳에 대한 찬사와 그 곳에서의 생활의 즐거움이 주가 되어 작품의 실질적인 성격은 크게 달라지지 않는 것을 확인할 수 있다.

엊그제 겨을지나	새 봄이 도라오니
桃花杏花는	夕陽裏예 퓌여 잇고
綠楊芳草는	細雨中에 프르도다
칼로 몰아낸가	붓으로 그려낸가
造化神功이	物物마다 헌스롭다
수풀에 우는 새는	春氣를 못내 계워 소리마다 嬌態로다
物我一體어니	興이익 다룰소냐
柴扉예 거러보고	亭子애 안자보니

逍遙吟詠ᄒ야   山日이 寂寂ᄒ디
閒中眞味롤   알니 업시 호재로다
【丁克仁〈賞春曲〉中】

上下洞 너른들에   一水를 中間하고
壁前에 暗暗하니   가지가지 寄景일다
뭉울뭉울 저녁煙氣   洞定湖에 피여나고
아른아른 새벽별은   銀河列宿 씩도앗다
鷄鳴狗吠 가잣스니   太平聖代 氣象이요
漁歌牧笛 和答하니   如康衢風化로다
硯滴峯에 달이쓰니   江村漁火 나려간다
無心出岫 저 구름은   너는 어니 써이스며
天飛地環 이 새들아   너는 어니 나럿던고
【趙星臣〈皆巖亭歌〉中】

〈상춘곡〉은 잘 알다시피 정극인이 말년에 전남 태인으로 낙향하여 그
곳에서의 생활을 읊은 것이고, 〈개암정가〉는 조성신이 경북 영양에 은거
하며 실명 전에 보았던 개암정과 그 주변을 읊은 것이다. 이 작품들에는
공통적으로 작자의 주변의 경물체험이 주가 되고 있다. '綠楊芳草'와 '수
풀에 우는 새', '저녁 煙氣', '새벽 별' 등으로 점철되는 환경 속에서 한가로
운 만족감을 맛보는 상황은 시대를 초월하여 자연가사를 구성하는 기본
요소가 되고 있다. 두 작품 사이에는 15세기와 19세기라는 시간의 간극뿐
만 아니라 전라도와 경상도라는 지역적 간극까지 존재하는데, 이러한 시
간적·지역적 차이점은 자연가사의 창작에 큰 문제가 되지 않는 것을 실
감할 수 있다.

강호가사는 무욕의 삶을 그대로 드러낸다고 지적했던 것처럼, 시대적
인 변화 추세에도 불구하고 작품의 기본 성향은 크게 변화하지 않고 있으

며 조선후기의 경물을 중심으로한 물질계에 대한 관심은 오히려 기행가사와 같은 여타의 작품군에서 확인 가능하다.

하지만 실질적인 공간체험보다는 이념을 투사할 수 있는 새로운 공간을 기획했던 자연시조는 시대적 변화상에 부응하며 변모해갔다. 특히 17세기 이후 전원시류가 주로 창작되었음은 더 이상 언급할 필요가 없을 정도로 많이 거론된 사실인데, 실학을 비롯한 탈주자적 성향이 대두하는 정황에 따라 자연을 통해 투사하고자 했던 이상세계가 보다 세속적으로 변모되었기 때문이다.

지금까지 살펴본 바와 같이 공간성을 통해 개략적으로 살펴본 자연시조와 강호가사는 각기 다른 징후들을 보였다. 이러한 성향을 자연시조에 초점을 맞추어 내용을 정리해 보면, 자연시조는 몸담고 살아가고픈 자연을 반영했던 것이라고 할 수 있다. 자연시조의 자연은 집경제영시(集景題詠詩)에서처럼 이상적으로 전범화된 완성형의 경물도 아니고 완벽한 초탈의 경지도 아닌, 몸을 의탁하되 적정한 거리를 유지하며 완상할 수 있는, 당대 지식인의 소망이 발현된 이상향으로서 시대의 부침을 겪으며 존속한 것으로 이해할 수 있을 것이다.

▌ 강호가사와 기행가사의 유거와 탐승

산수 유람이 큰 비중을 차지했던 기행가사는 산수풍경의 구현에 있어서 장점을 지니는 대표적인 자연문학이다. 풍경이란 시각체험의 결과물로서 무엇보다도 기행가사에서 자주 등장하는 말이다. 예를 들자면 가사 작품을 통해 풍경(風景, 〈천풍가〉) 이외에도 형승(形勝, 〈관서별곡〉), 경계(境界, 〈관동별곡〉), 경치(景致, 〈연행별곡〉) 등과 같은 예를 찾아볼 수 있는데, 공통적으로 작자가 기행을 통해 확인하고 즐기는 경치와 조망의 권역을 지칭하고 있다. 하지만 풍경이라는 말은 단순한 경치라는 뜻을 넘어서 재현의 미를 실현시킨 장으로 폭넓게 이해할 수 있다. 풍경에는 기본적으로 시각적 조망권 내의 경치라는 뜻이 포함되어 있지만, 더 나아가 풍경은 단순히 순간포착의 부산물이 아니고 관조하는 주체의 시선과 그 시선에 포착된 대상들이 빚어내는[11] 종합적 결과물이라고 할 수 있다.

예를 들어 백광홍(白光弘, 1522-1556)의 〈관서별곡〉을 보면 소위 '형승'과 '풍경'의 차이점을 한 자리에서 확인할 수 있다. 작자는 약산 동대에 올라가 백두산에서 발원한 물이 굽이굽이 흘러가는 천연의 비경은 형승이라고 표현한 반면에, 그 비경 속에서 기녀들이 노니는 장면은 풍경이라고 했다.[12] 풍경은 보다 능동적인 작자의 시선과 보다 개방적인 시각적 향유 대상을 허용한다는 점을 확인할 수 있는 대목이다.

풍경미는 현상으로의 자연이 이념에 의해 매개되는 구조를 갖는다는 지적에서도[13] 짐작할 수 있듯이, 풍경은 단순히 시선이 머문 찰나에 그치지 않고, 시·공의 이동과 작자의 심리상태의 부산물을 포함하는 재현적 표상의 대표적인 예로 간주할 수 있다. 특히 유거와 탐승의 자연미를 파악하기 위해서는 작품이 빚어낸 재현의 풍경에 주목할 필요가 있기 때문에 비교해서 살펴보도록 하겠다.

탐승 체험의 풍경은 비교적 그 재현 과정을 따라가기가 쉽다. 이동한 경로에 따르는 거점 연결이 작품 구성의 골격이 되기 때문이다. 기행가사

---

11) 정선아, 「풍경, 정조(情調)의 형상화 장소」, 『불어불문학연구』 54, 2003, 508면.
12) 藥山 東臺에 술을 실고 올나가니……白頭山 니린 물이 香爐峯 감도라/ 千里를 빗기 흘너 臺 압프로 지너가니……<u>形勝도 コ이 업다 風景인달 안니 보랴</u>/ 綽藥 仙娥와 嬋妍 玉鬂이/ 雲錦 端粧ᄒᆞ고 左右의 버려 이셔 ……
13) 민주식, 「風景의 미학-풍경미의 원리와 구조」, 『미학』 31, 2001, 21면.

가 만들어 내는 풍경은 그 처음과 끝이 분명한 가운데 장시간의 경험을 거점 연결을 통해 재구성하고 있다. 물론 일반적인 기행가사의 전체 구성은 좀 더 복잡하지만,[14] 적어도 산수유람의 재현에 있어서는 장소와 장소를 이어감으로써 새로운 풍경을 창조하는 데에 큰 어려움이 없다.

하지만 실상 여기에서 주목할 점은 거점의 역할을 하는 장소의 독립적인 가치가 크게 부각된다는 사실이다. 예컨대 〈관서별곡〉을 보면 평양의 부벽루와 안주의 백상루 그리고 약산동대가 순차적으로 등장한다. 그런데 동일한 작품 내에 등장한다고 해서 이 지점들이 자연미를 감상하기 위해 통합적으로 인식될 필요는 없다. 그 장소들은 지리적으로 인섭해 있으며 인구에 회자된다는 작품외적 공통점이 부각될 뿐, 각 장면 마다 다른 감상이 가능하다. 각 장면들은 작자가 방문해서 아름다운 경관을 목격한 체험 덕분에 한 작품 속에 등장했지만, 예컨대 **부벽루**에서는 능라도와 금수산을 중심으로 하는 봄 경치를, 그리고 백상루에서는 세 갈래인 물의 형세를 중심으로 하는 경관을 각기 부각시키고 있는 것이다.

이와 같이 기행가사의 거점이 되는 장소들은 독자적인 자연미를 구가할 수 있는 기반을 마련하기 때문에 각각의 장소에 따라 개별적으로 작자와의 교감을 나눌 수 있는 가능성을 장점으로 하고 있다. 정철의 〈관동별곡〉에서 내금강의 만폭동에 이르렀을 때와 정점인 비로봉에 이르렀을 때, 그리고 외금강을 지나 동해의 의상대에 이르렀을 때에 작자가 자연경물에서 발견한 아름다움의 내용도 다르거니와 감정도 다르다. 작자가 자연을 통해 느끼고 인식한 내용도 각 거점을 따라 변화될 수 있기 때문이다. 〈관동별곡〉을 방황과 회귀라는 인간 생애의 보편적 역정으로 파악할 수

---

14) 기행가사의 내용은 출발 동기, 목적지까지의 노정과 느낌, 목적지에서의 체험, 회정의 4단 구성으로 보고 있다. [최강현, 「한국 기행문학 연구」, 고대 박사학위논문, 1981, 15면]

있는 것도[15] 거점의 변화에 따라 독립적으로 누릴 수 있는 독특한 미적 체험의 결과라고 할 수 있을 것이다.

반면에 유거에서 비롯된 풍경은 사정이 다르다. 거점 연결이 쉽지 않은 유거의 체험에서는 풍경의 배경이 되는 범주를 설정하는 것이 우선이다. 그래서 작품 서두에 작자가 거주하는 곳을 적극적으로 부각시키는 경우를 쉽게 접할 수 있다. 정극인의 〈상춘곡〉만 해도 "數間 茅屋을/ 碧溪水 앒패 두고// 松竹 鬱鬱裏예/ 風月主人 되여셔라"와 같이 간단하게나마 앞에는 푸른 시냇물이 흐르고 초가집에 소나무·대나무 울타리를 한 소박한 경치를 보여주고 있다. 그리고 정철의 〈성산별곡〉에서는 작품의 서두에서 과객이 적막 산중에 숨어서 세상으로 나오지는 않느냐는 질문을 하자 유거하는 곳을 새삼 다시 보게 된다는 언지를 하며 그 곳은 "滄溪 흰 물결이 亭子 알퓌 둘러"있는 '仙間'이라고 언급하고 있다.

이처럼 대부분 유거의 배경으로 제시하는 풍경의 내용은 공식적이라고 할 수 있다. 서유구(徐有榘, 1674-1845)의 『임원경제지(林園經濟志)』에서 공식화된 것처럼[16] 산이 빙 둘러 있고 물과 숲이 좋은 곳에 정자를 만들고 대나무와 각종 식물을 심어 놓은 상황이 반복적으로 등장하기 때문이다. 풍수적 상상력과 무관하지 않은 이러한 배산임수의 지형은 그야말로 선간(仙間)으로 오랜 인문적 상상력 아래 형성된 은거 문화의 결정

---

15) 김병국, 「가면 혹은 진실」, 『한국 고전문학의 비평적 이해』, 1996, 57면.

16) 名山에 卜居하는 것이 불가능하다면 그 대신에 언덕이 빙 돌아 겹쳐져 있고, 林水가 아늑한 곳에 여러 畝의 땅을 개간하고 여러 칸을 집을 지은 다음 무궁화를 심어 울타리를 만들고 띠를 엮어 정자를 만든다. 一畝의 땅에 대나무를 심어 그늘을 만들고 다른 一畝에는 꽃과 과실수를 심고 二畝의 땅에는 채소를 심는다. 그리고 四壁은 넓게 비워둔다.(不能卜居名山, 卽于岡阜廻複及林水幽翳闊地, 數畝築室, 數楹揷樻, 作籬編茅爲亭, 以一畝陰竹樹, 一畝栽花果, 二畝種瓜蔬, 四壁淸曠空) [徐有榘, 「怡雲志」, 『林園經濟志』]

체라고 해도 과언이 아니다. 조선 후기에는 중국 문인이 은거하는 모습에 자신의 생활상을 대치시킴으로써 일종의 알레고리를 형성하는 산거(山居)의 그림이 유행했다는 지적처럼[17] 유거의 공간은 지속적으로 작품 속에서 불변의 이상향으로 공식화되어 있다고 할 수 있다.

그래서 실상 유거의 체험이 빚어낸 풍경의 핵심은 거주지의 제시에 이어 등장하는 자신만의 은거지에서 노니는 유희의 과정에서 더 두드러진다. 물론 이 과정도 어느 정도 예상이 가능하기는 하지만, 유유자적하는 생활상을 바로 목격할 수 있는 단서가 된다. 송순의 〈면앙정가〉에서 "봄으란 언제 줍고/ 고기란 언제 낙고// 柴扉란 뉘 다드며/ 딘 곳츠란 뉘 쓸려뇨"라는 대목은 무등산 자락의 길지에 자리 잡고 유거하는 작자의 자연체험을 생동감 있게 보여준다. 때문에 대개 유거의 체험에서 비롯된 자연시가는 춘하추동이라는 1년 사시 혹은 하루의 과정을 순차석으로 보여주는 것이 일반적이다. 즉 생활의 단면이 구체적으로 드러날 때 대개 공식적으로 범주화 되는 유거 공간의 틀에 갇히지 않고 자연과 교감하는 과정을 제대로 보여줄 수 있기 때문이다.

따라서 유거의 풍경은 전체적으로 볼 때 은거하는 공간과 그 곳에서의 생활체험으로 구분되는 2단 구성을 보여주는 경우가 많은데, 그럼에도 불구하고 작품의 배경이 되는 많은 요소들은 서로 통합되어 동일한 정서를 공유한다. 봄날 죽장 망혜로 도화 핀 냇가를 거닐고, 여름날 소나무 그늘 아래 쉬고, 가을을 지나 겨울에 이르기까지 작자의 생활은 변함 없는 일년 사시의 생활을 암시하는 가운데 은거지를 통해서 재현되는 삶 자체의 즐거움이 고스란히 드러난다.

---

17) 조규희, 「朝鮮時代의 山居圖」, 서울대 석사학위논문, 1998, 6면.

살펴본 바와 같이 풍경 전체가 동일한 성격을 구가하며 궁극적으로 하나로 연결되는 유거의 경우와 비교할 때 탐승의 풍경이 지니는 각 장면마다의 독립성을 보다 쉽게 이해할 수 있을 것이다. 그리고 더 나아가 이 독립성에서 파생되는 각각의 개성에 대해 주목할 수 있다. 유거의 각 장면은 저자가 몸담았던 곳이라는 공통점 아래에서 궁극적으로 같은 성격을 지향하지만, 탐승의 경우 각 거점들은 오히려 제각기 다른 모습을 드러내기 때문에 가치가 있다. 그래서 풍경을 이루는 각 거점들의 독자적인 물성이 두드러지고 나아가 그 물성을 간직한 명칭이 부각되는 점도 간과할 수 없다.

萬瀑洞 드러가니　　　　　銀フ툰 무지게
玉フ툰 龍의 초리　　　　섯돌며 뿜는 소리 …
외로올샤 穴望峰　　　　　하늘의 추미러
므스 일을 소로리라　　　千萬劫 디나도록
구필 줄을 모르는다 …
衆香城 브라보며　　　　　萬二千峰을
歷歷히 혜여호니　　　　峯마다 미처잇고
굿마다 서린 긔운　　　　묽거든 조치 마나
조커든 묽지 마나…
【정철, 〈관동별곡〉】

宛轉 龍潭는　　　　　　龍門 八折리오
十里平蕪는　　　　　　洛陽 天津이오
龍山 落帽臺는　　　　孟嘉 陣跡이오
撲地 閭閻은　　　　　騰王 古郡이오
麻浦 牙檣은　　　　　淇苑 綠竹이오
【허강, 〈西湖別曲〉】

위의 작품은 대표적인 탐승문학인 〈관동별곡〉 가운데 만폭동, 혈망봉, 만이천봉을 읊은 부분이다. 그리고 아래 작품은 허강(許橿, 1520-1592)이 벼슬하지 않고 강호에 은거하면서 서울의 서빙고 부근에서 배를 타고 마포 서강을 유람하며 한강의 풍취를 읊은 〈서호별곡〉의 일부이다. 〈서호별곡〉은 기본적으로 강호가사로 분류되는 작품이지만 유람의 과정을 읊었다는 점에서 일반적인 강호가사와는 달리 탐승의 문학과 일맥상통하는 면이 있지 않을까 하는 호기심을 자극하기도 한다.

그런데 위의 예를 보면 〈관동별곡〉은 만폭동, 혈망봉, 중향성과 만이천봉에서 저자의 시선이 무엇을 포착했는가를 잘 보여주는 가운데 그 명칭들이 부각되는 반면에 〈서호별곡〉은 사정이 다르다. 〈관동별곡〉을 보면 만폭동에 들어섰을 때 접했던 무지개와 뿜는 물줄기 소리는 다른 곳에서는 경험할 수 없는 것이었고, 마찬가지로 혈망봉의 외롭게 우뚝 선 모습과 만이천봉 각 봉우리들에 서린 기운은 제각각 그 어느 것과도 바꿀 수 없는 독자적인 풍경으로 살아 있다. 만폭동에서는 은같은 무지개와 옥같은 물이 낭만적인 정취를 더하고, 혈망봉에서는 홀로 하늘을 찌를 듯 서있는 봉우리에서 굽힐 줄 모르는 기개를 느끼고, 만이천봉을 헤어보면서는 매 봉우리마다 생동하는 생명력을 느낄 수 있다.

하지만 〈서호별곡〉[18]에서 찾아볼 수 있는 용담(龍潭), 용산(龍山), 마포(麻浦) 등에 관해 보자면 그와 결부된 구체적인 풍경을 살펴보기란 사실상 어렵다. 대신 중국의 고사 혹은 지명을 환기시키는 경우가 많다. 용담은 용문(龍門) 즉 우(禹)임금이 하수(河水)를 뚫은 곳으로, 용산은 낙모대(落帽臺) 즉 진(晋)나라의 맹가(孟嘉)가 모자를 떨어뜨린 곳으로, 마포는 기원(淇苑) 즉 위(衛)나라의 동산으로 환원되고 있는 것을 통해서 확인할

---

18) 〈서호별곡〉은 〈서호사〉를 악부에 올리기 위해 개작한 작품이라는 특이성을 지닌다.

수 있다. 이 때 독자는 용산과 마포 주변의 개성적인 모습을 떠올리는 것이 불가능할 뿐만 아니라 더 나아가 그 지명 자체도 사실상 별 의미가 없는 것을 발견할 수 있다. 한결같이 현실의 풍정에 주목하지 않고 중국의 경우에 결부시켜 궁극적으로 동일한 성격을 드러내고 있기 때문이다. 작자는 유람의 결과를 작품으로 남겼다고는 해도 애초 탐승 자체에 비중을 두지 않고 유람을 통해 그저 유유자적 본인이 몸담고 있는 곳이 무엇에 견주어도 부족하지 않은 풍류의 공간임을 확인했던 것이다. 따라서 용담이든 마포든 장면마다의 개성이 드러날 수 없기 때문에 탐승 체험에서 볼 수 있었던 각 거점 중심의 독자적인 풍경이나 명칭이 부각되는 현상을 찾아보기는 힘들다. 때문에 〈서호별곡〉이 강호가사에 속한다는 사실을 실감할 수 있다.

　살펴본 바와 같이 탐승의 체험은 각각의 거점에 비중을 두고 그 곳의 물성을 부각시키는 가운데 개개의 인상을 명확히 심어준다. 분산적인 풍경을 형성하는 것이다. 여기에서 우리는 탐승의 재현에서 어떻게 자연미를 추출할 것인가 고민하게 된다. 자연미는 주로 통합적인 이미지 혹은 사유를 통해 전달되기 때문이다. 예를 들어 산수시를 보면 대구를 통해 대립적 양상을 통합하여 미적 감각을 극대화 하는 것이 보편적이고,[19] 시조에서도 마찬가지 현상을 쉽게 확인할 수 있다.

　　　속니산 무한경을 곡곡봉봉(曲曲峰峰) 츠져보니
　　　쟝송(長松)은 낙낙(落落) 긔암(奇巖)이요 간슈(澗水)난 쟌쟌(潺潺) 두견(杜鵑)이라
　　　아마도 호즁명산(湖中名山)은 예뿐인가
　　　【이세보, 『風雅 大』】

_____

19) 王國瓔, 『中國山水詩硏究』, 臺北: 聯經出版事業公司, 1986, 355면.

위의 시조는 이세보(李世輔, 1832-1895)가 남긴 남도 기행시조 중의 한수이다. 그가 남긴 적지 않은 기행시조 가운데에는 풍경을 드러내는 여러가지 방법이 공존하지만, 위의 예와 같은 대구가 자주 눈에 띈다. 초장에서 작자는 곡곡봉봉(曲曲峰峰)의 무한경을 찾아갔노라고 말하고 있다. 그리고 중장에서 그 무한경을 한 마디로 "쟝송은 낙낙 긔암이요 간슈난 쟌쟌 두견이라"고 하며 소나무 드리운 기암괴석과 졸졸 냇물이 흐르는 정취로 압축시켜 보여주고 있다. 중장에서 보여준 수법은 자연을 지각적으로 함축하여 독자들이 쉽게 집중할 수 있는 여지를 마련하는 것으로, 경물의 미를 전달하는 대표적인 방법에 해당한다.

자연미의 전달은 주로 유거의 체험에서처럼 속세와 분리된 아름다운 곳에서 자연에 순응해 살아가는 과정에서 여유를 느끼고 자연의 법칙에 공감하거나, 위에서 예를 든 것처럼 자연이 제공하는 아름다운 장면을 이미지화 하여 순간적으로 몰입하거나 하는 방법을 통해 이루어진다. 하지만 기행가사에서 찾아볼 수 있는 자연미는 이 두 가지와는 별개의 제3의 것이라고 하는 것이 옳을 것이다. 위에서 제시한 두 가지의 자연미는 자연의 섭리와 심리적 안정 혹은 시각적인 강렬한 인상이라는 초점을 제시하는 보편적인 방법인 반면에, 탐승의 체험에서 비롯된 기행가사의 자연미는 지속적으로 출몰하는 경관 하나하나에 시선이 머물고 그에 따라 개별적인 의미를 부여하는 과정을 통해 통합되는 것이다. 이 때 주목되는 물상에 따라 나의 감정과 생각 역시 새롭게 대입된다.

〈관동별곡〉을 보면 개심대, 중향성을 지나 만이천봉을 내려다보며 "天地 삼기실 제 / 自然이 되연마는 / 이제 와 보게 되니 / 有情도 有情홀샤"라는 대목이 나온다. 여기에서 자연과 유정이라는 말의 상대성은 탐승에서 비롯된 자연미의 본질을 이해하는 데에 결정적인 단서를 제공한다고 할 수 있다. 자연은 저절로라는 뜻으로 인간사와는 상관 없이 하늘이 정한 원리에 결부되는 경지이다. 여기에 인간은 감히 관여할 수 없다고 생각했는데 막상 와서 보니 유정하다는 것은 곧 무궁무진한 경물의 조화가 작자의 감정을 흥기시킨다고 하고 있다. 따라서 "놀거든 쀠디마나 / 셧거든 솟디마나 / 芙蓉을 쏘잣는듯 / 白玉을 믓것는듯 / 東溟을 박츠는듯 / 北極을 괴왓는듯"이라고 표현하며 숨가쁘게 따라가는 내금강의 모습은 화려한 수식으로 되살아가는 경물의 재현일 뿐만 아니라 탐승의 과정에서 역동적으로 작용하는 감정의 재현이라 해도 틀리지 않을 것이다.

여기에서 우리는 탐승 체험의 자연미가 제대로 대접받지 못한 이유를 미루어 짐작할 수 있다. 전통적인 관점에서는 유정보다는 자연의 차원에서 자연미를 이해하려고 했기 때문에 저절로 이루어지는 우주의 만법과 연결되는 진정한 자연미를 맛보기 위해서는 순간적으로 그 경지에 접근할 수 있는 의경(意境)과 같은 것에 비중을 두었다. 반면 분산 풍경에서 비롯된 천변만화하는 경물의 아름다움은 자칫 단순한 유미주의로 여겨질 가능성조차 없지 않았을 것이다. 송강 정철과 같은 대문호의 작품이야 그 완성도만으로도 높이 평가받을 수 있었지만, 대개의 경우 탐승체험과 자연미가 결부되는 일은 쉽지 않았을 것이다. 하지만 그럼에도 불구하고 분명한 것은 매순간 새롭게 다가오는 경물이 시적 자아와 교감하며 만들어내는 경지가 분명 제3의 자연미로 존재하고 있었다는 사실이다.

지금까지 살펴본 바와 같이 탐승 체험의 자연미는 각각의 풍경이 부분의 독자성 속에 전체를 이루는 가운데 지속적인 감정의 변화상태를 유도해 낸다. 그래서 송강의 〈관동별곡〉에서는 경치가 곧 흥취로 작용한다는 지적도 있는데,[20] 이번에는 이 흥취의 성격과 내용에 주목할 필요가 있다.

---

20) 조동일, 「山水詩의 경치, 흥취, 주제」, 『국어국문학』 98, 국어국문학회, 1987, 17면.

유거의 체험에서도 홍취는 자주 등장한다. "物我一體어니 興이이 다 롤소냐"라는 〈상춘곡〉의 구절은 교태롭게 우짖는 산새와 봄의 정취를 공감하면서 느끼는 감정의 고양 상태를 잘 보여준다. 이뿐만 아니라 "술리 닉어가니 / 벗시라 업슬소냐 / 블닉며 투이며 / 혀이며 이아며 / 온가짓 소리로 / 醉興을 비야거니 / 근심이라 이시며 / 시룸이라 브터시랴"하는 〈성산별곡〉의 대목은 한 잔 술을 기울이며 세상의 근심을 잊고 여유를 부리는 작자의 호탕한 면모를 엿보게 한다. 취홍의 홍이든 물아일체의 교감의 홍이든 유거의 체험에서는 느긋하게 밝고 긍정적인 마음으로 현실과 교류하는 즐거움을[21] 곳곳에서 찾아볼 수 있는 것이다.

그런데 탐승 체험의 홍취는 유거 체험의 경우와 같이 편안한 심리적 만족감을 동반하는가 의문이다. 예를 들어 봄을 느끼며 헌사롭게 수풀에서 우는 새는 곧 시적자아로 치환되어 쉽게 교감을 나눌 수 있지만, 거대한 금강산의 비로봉이 곧 나로 치환된다는 것은 웬만한 호연지기로도 감당하기 어려운 노릇이다. 그보다는 오히려 우뚝 선 봉우리를 바라보며 그 경물에 다양한 상상력을 부여함으로써 평상시에 누리지 못했던 호사스러운 시각적 쾌감과 심리적 홍분 상태를 즐기는 편이 나을 것이다.

①
藥山東臺에 술을 실고 올나가니 眼底雲天이 一望에 無際로다
白頭山 닉린 물이 香爐峯 감도라 千里를 빗기 홀너 臺 압프로 지닉가니
盤回屈曲ᄒ야 老龍이 쏘리 치고 海門으로 드난 듯

②
形勝도 ᄀ이 업다 風景인달 안니 보랴

---

21) 신은경, 「홍의 미학」, 『풍류』, 보고사, 1999, 95면.

> 綽約仙娥와 嬋妍玉鬢이 雲錦端粧하고 左右의 버려이셔
> 거믄고 伽倻鼓 鳳笙 龍管을 부르거니 니애거니 ᄒᆞ는 양은
> 周穆王 瑤臺 上의 西王母 만나 白雲曲 브르난 듯
> 【백광홍, 〈관서별곡〉】

위의 예를 보면 약산에 술을 싣고 올라가 일망무제의 전망을 내려다보며 한껏 고양된 시적 자아를 접할 수 있다. 〈관서별곡〉 전체를 놓고 볼때 흥의 최고조 상태라고 할 수 있는 부분인데, ①에서는 백두산에서 발원한 물이 천리를 흘러 누대 앞을 구불구불 지나가는 모습이 마치 용이 힘차게 바다로 드는 것과 같다고 해서 강줄기로부터 약동하는 생명력을 즐기는 것을 알 수 있다. 하지만 여기에 그치지 않고 ②에서는 화려하게 단장한 기녀들의 풍류 속에서 마치 중국 양대산 꼭대기 요대(瑤臺)에서 노니는 서왕모(西王母)와 주(周)나라 목왕(穆王)을 연상함으로써 낭만적인 상상력이 작용했음을 엿보게 한다. ①과 ②는 모두 약산 동대에서 느꼈던 감성에서 비롯되는데, 바라보고 있는 대상 그리고 그 대상을 표현하는 방법이 다르다. 아마도 이와 같은 급변하는 상황에서 물아일체의 여유를 찾기는 어려울 것이다.

탐승의 체험은 비단 같은 장소에서도 다른 감성과 표현을 보여줄 수 있는데 하물며 거점이 이동했을 때는 더 말할 필요가 없다. 〈관서별곡〉에서 장소가 이동되어 압록강이 등장했을 때 작자는 "胡地山川을 / 歷歷히 지녀 보니 / 皇城은 언제 ᄡᆞ며 / 皇帝墓는 뉘 무덤고 / 感古興懷ᄒᆞ야 잔 고쳐 부어라"라고 하며 숙연해지는 태도를 보인다. 여기에서의 감성도 역시 흥이라고는 했지만 일반적인 밝고 경쾌한 흥은 아니다. '感古興懷'는 압록강을 중심으로 한 역사적인 배경과 관료로서의 자신의 직무를 동시에 떠올리며 다소 비장한 감정에 빠져들었음을 암시한다. 그리고 다

시 이동하여 기행이 끝나갈 무렵에는 "薄暮寒天의 鼓笛聲이 지지괸다 / 天高地廻ᄒ고 興盡悲來ᄒ니 / 이 ᄯᅥ히 어듸미오"라고 하며 흥이 다했다고 드러내어 작품이 마무리되는 단계임을 알려준다.

거점에 따라 때로는 힘차게 약동했다가, 때로는 숙연해졌다가, 때로는 흥이 다하는 변화하는 감성 중 어느 것도 전체로서의 〈관서별곡〉을 언급하는 데에 빼놓을 수 없다. 반면에 유거의 체험에서는 소요음영하며 누리는 흥의 성격이 일관되게 유지되기 때문에 여유와 평화를 시종 느낄 수 있는 것이다.

이처럼 탐승의 흥은 분산적인 풍경을 따라가며 시각적인 체험의 여건에 따라 들뜨고 비장하고 아쉬운 각종 감정 상태를 드러내고, 유거의 흥은 통합적인 경향의 풍경 내에서 안락하고 긍정적인 정서를 일관되게 유지한다. 이와 같은 차이는 탐승의 체험이 낯선 경물을 유한한 여건에서 접할 수밖에 없는 한계를 지니는 반면에 유거의 체험은 익숙한 경물을 사시사철 제한 없이 누릴 수 있는 장점을 지닌 것에서 비롯된다.

하지만 이러한 차이를 두고 어느 편이 더 좋고 더 우월하다는 상대적인 가치 평가를 내릴 수는 없다. 자연미에 접근하는 입장에서는 유거의 흥이 일반적으로 산수자연에서 얻고자 하는 것에 가깝다고 할 수도 있겠지만, 사실 유람시는 자연문학의 원형이라고 해도 과언이 아니다. 예를 들어 양(梁)의 소명태자(昭明太子, 501-531)의 『문선(文選)』을 보면 전체 항목 가운데 산수시라는 항목은 없고 산수시라고 할 수 있는 대다수의 작품을 대체로 행려(行旅)나 유람(遊覽)의 항목에 귀속시키는 것을 확인할 수 있다.[22] 산수문학이 정착되기 까지는 도(陶)·사(謝)의 작품이 출발

---

22) 蕭統, 『文選』, 上海: 上海古籍出版社, 1998. 참고.

하여 산수시가 보편화되고, 당(唐)의 유종원(柳宗元, 773-819)이 「영주팔기(永州八記)」에서 산수유기의 정형을 마련하고, 송(宋)의 주자(朱子, 1130-1200)가 武夷山 경영을 통해 이법을 체험하는 은거문학의 본보기를 수립하는 등 오랜 문학사의 진행이 필요했다. 그 과정에서 가능한 세련되게 인간의 정서를 순화하고 경관을 아름답게 표현하는 기법이 마련되었고, 후대 동양문화권에서는 이러한 혜택을 누리는 데에 익숙하게 되었다고 할 수 있다.

하지만 초기의 작품 선집인 중국의『문선』에서 볼 수 있듯이 본디 인간과 자연의 만남은 유람을 통해서나 가능한, 즉 어느 정도 거리를 두고 유한하게 조우하는 낯선 환경에서 출발한다. 이러한 상태에서는 바로 기행가사에서 살펴본 바와 같이 동적인 활력을 맛볼 수 있다. 풍경이 지속적으로 변모하고 그 풍경을 조망하는 시적 자아의 감정이 변화하는 가운데 단순히 수사적인 화려함을 넘어서는 다양한 상상력이 동원됨으로써 산수경물은 물성 그 자체로 거대하고 신기하며 때로는 거칠고 기괴한 성향을 잃지 않으면서 작품 속에 등장하는 것이다.

산수자연은 근본적으로 아름다운 정서 이전에 외경의 대상으로 인간이 심복할 수밖에 없는 거대하고 무한한 존재였다. 때문에 아무리 자연미라고는 해도 오직 아름답고 안정적인 것만으로는 자연이 갖고 있는 특장을 모두 드러내기에 역부족일 것이다. 그 외의 상반되는 성향도 보여줄 수 있을 때 오히려 풍부한 감상의 여지를 마련할 수 있다. 그리고 이와 같이 아쉬운 측면을 기행가사가 보완하고 있는 것이다. 기행가사는 익숙한 곳을 떠나 낯설지만 새로운 것을 접하고 싶은 인간의 원초적인 성향과 개방적인 자유의지가 빚어낸, 다양한 상상과 발산적인 감정의 결과물로서의 자연미를 구가하기 때문이다.

지금까지 살펴본 바에 의하면 유거와 탐승의 체험에서 비롯된 자연미
는 정반대의 상반적인 성격을 드러낸다. 작품 내적 풍경의 구성은 물론
이거니와 감성의 표출과 지향하는 흥취에 이르기까지 대립적이다. 그런
데 잠시 이와 같은 유거와 탐승 체험의 대립양상이 조선시대 전·후기의
성리학적 미와 천기론적 미의 대립이나, 서양에서의 고전주의 미와 낭만
주의 미의 대립과 같은 대안적이고 절대적인 분리의 형국인지 의문을 가
져볼 필요가 있다. 언뜻 보면 유거의 체험은 우주의 원리에 동화됨으로
써 변함없이 편안하고 즐거운 감정의 균일 상태를 지향하고, 탐승의 체
험은 시시각각 변화하는 시각체험의 양상에 따라 그 감정도 변화하기 때
문에 범박하게 전자는 성리학적 미 혹은 고전주의 미에, 후자는 천기론
적 미 혹은 낭만주의 미에 견주는 것이 큰 무리는 없다고 생각하게 될지
도 모른다. 하지만 여기에서 이런 질문을 던져볼 수 있다. 탐승의 체험에
서 비롯된 감정 가운데 공포나 분노와 같은 것도 존재하는가 하는 점이
다. 결론부터 말하자면 기행가사에서 극단적이고 소모적인 감정은 찾아
볼 수 없다.

천기론과 낭만주의 그리고 탐승체험의 공통점을 꼽으라면 해방이라고
할 수 있을 것이다. 그런데 조선 중기 이후의 천기론(天機論)의 경우를
보면 재도론(載道論)에서 추구했던 절대적 법칙에 반기를 들고 인간의 개
성과 꾸밈없는 정감을 옹호하는 가운데 비애나 절망과 같은 감정도 마다
하지 않았고,[23] 서구의 낭만주의 운동은 혁명의 부산물로 기성세대에 대
한 자유의 투쟁일 뿐만 아니라, 전통과 권위 그리고 규칙이라는 원칙 자
체에서 벗어나기 위한 해방 투쟁이 되면서[24] 파격적이고 파괴적인 측면

---

23) 장원철, 「조선후기 문학사상의 전개와 천기론」, 한국정신문화연구원 석사학위논문,
    1982. 참고.

까지 서슴없이 수용했다. 천기론과 낭만주의의 해방은 기존의 보수주의에 대한 반동작용으로서의 해방이기 때문에 때로는 분출하는 인간 정서를 그대로 보여주기도 한 것이다.

하지만 탐승 체험의 해방은 상황이 다르다. 잠시 일상의 단조로움에서 벗어나고자 하는 것뿐이다. 그리고 탐승은 오히려 일상과 거주의 공간이 있기에 가능한 것이지 그렇지 않다면 아예 방랑이 되어버려서 본질이 훼손될 우려마저 있다. 기행가사에서 더 이상 나아갈 곳없으니 돌아가는 것이 어떻겠느냐며 아쉬움을 남기면서 끝맺는 것은 완전한 일탈이나 방랑과는 거리가 먼 탐승문학만의 특징을 잘 보여주는 예가 될 것이다.

그래서 탐승의 체험이 추구하는 것은 해방감에 기반하고 있되 극적인 일탈과 방랑은 아니다. 즉 특정 조건에 대한 반응이 아니라 오히려 인간이라면 누구나 간직하고 있는 보편적인 자유에 대한 갈망과 새로운 것에 대한 호기심에 기반하고 있고, 이러한 욕구를 충족시키는 데에 산수자연이 역할을 하는 것이다. 따라서 경물에 따라 감정이 변화한다고는 해도 극단적인 비애나 원망과는 거리가 먼 비교적 긍정적인 감정이 주를 이루고, 때로 애상감 같은 것이 표현될 때에도 정도가 지나치지는 않는다.

이렇게 보자면 탐승체험과 유거체험에는 공통점이 존재한다. 바로 현실에서 누리지 못하는 아쉬운 면을 충족시키기 위해 산수자연을 선택했고, 산수자연은 만족감을 안겨준다는 점이다. 다만 어떤 방법으로 만족을 주느냐 하는 방법상의 차이로 인해서 유거와 탐승 체험의 자연미는 다른 양상을 드러낼 뿐이다. 그래서 결국 두 자연미는 완전히 별개의 것이 아니라 상호보완적인 측면이 있다고 할 수 있다. 유거와 탐승에서 비롯된

---

24) 아르놀트 하우저(염무웅 · 반성완 역), 「낭만주의」, 『문학과 예술의 사회사』 3, 창작과 비평사, 1999, 202면.

자연미는 예술적으로 실현되는 양상과 정서가 다르지만 그럼에도 불구하고 인간이 몸담고 살아가는 문명권이나 일상의 굴레에서 벗어나 누구나 한번쯤 꿈꿔보는 동경의 대상이라는 공통점을 지닌다. 그래서 각기 독자적인 미를 추구하면서도 때로는 공존함으로써 자연과 인간 사이의 미묘한 미감과 정서를 드러내는 데에 일조하기도 하는 것이다.

3. 문명 속의 자연과 평화의 서정

자연시조는 18세기 이후 도시 중심의 풍류방 문화가 성행하는 가운데 새로운 돌파구를 찾지 못한 채 관습적으로 반복되다가 현대시에게 자연문학의 지위를 넘기게 되었다. 물론 현대시조 가운데에서도 직접적으로 전통적인 자연시조의 영향권 안에 드는 작품은 찾아볼 수 있다. 예를 들어 Ⅲ장에서 언급했던 현대의 구곡시조를 비롯하여, 가람 이병기(1891~1968)의 〈農村畵帖〉 연작이나 조운(1900~?)의 〈法聖浦 十二景〉 등이 그것이다. 이들 작품은 가능한 중세 자연시조의 미감을 훼손하지 않는 가운데, 구곡시조의 전통을 잇거나 농가의 생활상이나 경물의 아름다움을 전달하는 양상을 보였다. 하지만 그럼에도 불구하고 이러한 작품은 대단히 제한적이다. 그보다는 정형시의 틀과 공간적 특성을 허물고 새로 탄생한 현대시가 자연시의 주역을 대신하게 된 것이 20세기의 현실이다. 자연시조는 궁극적으로 향촌의 공간과 그 속에서 살아가는 내밀한 감수성 및 일상을 기반으로 하기 때문에 근대를 지향하는 새로운 환경은 끝내 낯설었을 것이다. 하지만 적어도 자연시조를 통해 발견할 수 있었던 자연미의 가치와 의의는 여타의 것으로 대체할 수 없는 독보적인 것으로 남아 있다.

자연시조에는 자연과 인간이 과연 어떻게 존재하는 것이 옳은가에 대한 나름의 해답이 포함되어 있다. 자연 속에서 조화로운 이상을 체득하는 희열은 곧 삶의 진정한 가치에 대한 질문과 대답을 수반한다. 궁극적으로 자연미를 지향하는 자연시조는 가시적인 자연과 관련이 있지만 단순히 경물의 차원이나 감성적인 동화의 차원에서 규정할 수 있는 것은 아니었다. 그저 자연을 동경하거나 혹은 직감적으로 체현하는 것이 아니고, 자연 속에서 생활하며 이상적인 삶을 발견하는 가운데 자연의 이법을 체득하는 과정과 즐거움을 표출한 일군의 시조작품이 바로 자연시조인 것이다. 따라서 자연시조는 단일한 창작의 규준이나 특성을 지향한 것이 아니고 각자 자연을 체험하고 자연과 동화되는 과정에서 느낀 감흥과 깨달음을 독자적으로 표출한 여러 유형을 포괄할 수 있었던 것이다.

따라서 지금까지 살펴보았던 각종 유형과 그리고 변이형에 이르기까지 자연시조의 결과는 실로 다양했다. 하지만 결국 이들은 인간과 자연물을 포괄하는 조화로운 우주로서의 거대한 자연을 발견하고 표현했으며 정서적으로 수용한 공통점을 지닌다. 이러한 공통점을 이 책에서는 생활 속의 미적 현실화, 물아일체, 조화로운 운행과 천리에의 순응으로 요약했다.

A. 생활 속의 미적 현실화

미라는 것은 일체의 관심과 실용을 배제한 취미판단에서 비롯되는 것이라고 했다.[25] 그런데 우리의 자연시조는 향촌의 생활 속에서 자연미를

---

25) I. 칸트(이석윤 역), 『판단력비판』, 박영사, 1974, 58~59면.

찾는다고 했으니 근대적인 규정으로 보면 제대로 된 미와는 조금 거리가 멀 수도 있을 것이다. 하지만 실질적인 가치를 따지고 보면 그 독자성을 파악할 수 있다.

자연시조에서 찾아볼 수 있는 가장 독보적인 자연미의 특성은 신비와 고독감을 배제하고 있다는 점이다. 대개의 경우에 자연미의 대상은 신화 속에 등장하는 절해고도나 혹은 인간의 발길이 닿기 어려운 곳에 있는 기암괴산과 같은 특정 장소로 지정된다. 이때에는 인간세와 단절된 곳을 체험하고 아름다움을 표현한다는 그 자체만으로도 일반인이 누릴 수 없는 특권에 해당한다. 즉 시적자아는 속세의 지극히 사소하고 평범한 것들을 벗어나 대단한 자연과 동격으로 격상되어 아무나 볼 수 없는 신비로운 것을 보고 느끼고 표현할 수 있는 특권을 누리는 것이다. 대신에 그 체험은 오래 지속될 수 없는 찰나적인 것이나 세한된 시간 안에서만 가능한 경우가 많다. 아니면 시적 자아의 고상한 지향이 인간세와 동화될 수 없는 고독감을 불러일으키는 경우가 많다. 따라서 결과적으로 신비와 고독을 수반하는 숭고미가 곧 자연미의 핵심으로 자리잡는 것을 흔히 경험해 왔다.

하지만 자연시조는 현실을 버리고 자연으로 가는 것이 아니라, 자연 속에 새로운 삶을 적용하는 것이다. 자연으로 간다고 해서 원시의 생활을 하는 것이 아니고 그 속에서 일년 사시의 삶을 보통의 방식대로 영위하기 때문에 어느 정도 문명을 자연 속에 끌어들일 수밖에 없다. 자연은 문명을 수용하고 문명에 양보하는 것이다. 동시에 시적 자아의 생활은 자연이 허용하는 소박하고 순수한 범위 안에서 이루어지기 때문에 문명 역시 자연을 수용하고 자연에 순응하는 것이다. 대개 자연미는 인간과 자연을 구별하는 차별과 속박에서 벗어나 자유자재한 무위의 상태에서 구가할 수 있다고 했지만, 자연시조에서는 무위가 아닌 유위를 통해서도 자연미를 구가하며 자연과 내가 하나가 되는 물아일체의 경지를 맛볼 수 있는 것이다.

B. 물아일체

일찍이 자연과 인간의 문제는 천인합일을 통한 심미적인 완성을 꾀하는 방향으로 결집되었다. 특히 노장적 사유 아래 자유와 무한에 도달하여 개체의 참다운 인간화와 미를 실현하려는 노력이 이론화되면서 허정(虛靜)한 마음의 자세와 미추를 초월하는 가치관을 통해 인간과 자연은 서로 동화되고 대립구도를 해소하며 새로운 세계를 개척할 수 있었던 것이다.[26] 그래서 주로 욕망과 지식의 속박에서 벗어나 주객의 간격이 없는 경지 속에서 자연미를 구가하고자 했다. 그런데 이러한 경우는 특히 문명이라는 허위를 털어버리고 자연을 본받고자 하는 태도를 지향했기 때문에 인간과 자연 사이에는 암암리에 부등식이 성립했다고 할 수 있다. 즉 윤리나 사회적 규범, 지식 등은 인간을 대표하는 것이고 일체의 규율을 벗어난 천연의 자율적 질서는 자연을 대표하는 것인데, 이 둘은 근본적으로 서로 대립하는 처지에 있다는 전제조건이 필요하다. 그리고 인간을 대표하는 인위적인 것들의 속박에서 벗어나 천연의 것들에 귀의할 때 비로소 인간과 자연 사이에 화해가 이루어지고 자연미가 구현될 수 있다는 것이 노장의 논리였다.

하지만 앞에서도 언급한 바와 같이 자연시조에서는 무위가 아닌 유위를 통한 물아일체의 경지를 꾀한 것이 자연시조이기 때문에, 노장 사상에

---

26) 徐復觀(권덕주 외 역), 「중국예술정신 주체의 呈現」, 『중국예술정신』, 동문선, 1990. 참고.

근거를 둔 자연미의 논리가 자연시조에서 유일무이한 절대적인 영향을 끼쳤다고는 할 수는 없을 것 같다. 물론 자연시조에는 노장이 추구했던 무욕의 가치가 대폭 수용되었다는 점은 두말할 필요가 없을 것이다. 하지만 자연시조의 미적 존재원리는 아(我)와 물(物) 중 어느 한 쪽에 비중을 두지 않고, 물아의 대등한 공존에 기반하는 것이다. 자연과 인간이 각각 개별적인 성향과 존재가치를 갖되 이들 중 어느 한 쪽에 치우치지 않고 아의 희구와 물의 성향이 공존하며 그 속에서 자연과 시적 자아는 조화롭게 일체가 될 수 있었다. 자연시조는 천인합일을 지향하되, 여기에서의 천인합일이란 자연에 대한 보편적 가치가 추상적이고 유일한 도체(道體)로서 점철되는, 무의식적·무목적적인 무위지미(無爲之美)로서의 자연체득이 아니다. 오히려 물의 가치와 아의 지향점이 공존하며 일종의 유위(有爲)로서의 미적 존재 영역과 가치를 구축했다고 할 수 있다. 그래서 자연시조는 궁극적으로 자연과 인간의 관계를 공존하는 가운데 합일하는 등식의 관계로 설정함으로써, 자연의 가치와 인간의 의지가 개성적으로 부각되는 새로운 자연미를 구가할 수 있었던 것이다.

C. 조화로운 운행과 천리에의 순응

자연시조는 시적 표현과 감성을 근간으로 자연과 인간의 진정한 화합을 꾀했다. 물아일치의 과정을 안정감 있는 공간으로 형상화함으로써 시적 완성을 꾀했을 뿐만 아니라 궁극적으로 조화로운 우주의 운행과 질서를 감득하고 그에 동화됨으로써 진정한 삶의 가치를 되새겼다. 그 과정에서 추구한 최종의 가치는 많은 자연시가 그렇듯이 우주의 조화로운 운행을 깨닫고 순응함으로써 느낄 수 있는 진정한 마음의 평화일 것이다.

결국 자연은 '저절로' 이루어지고 존재하는 추상과 구상의 총체이다.

그 가치를 깨닫고 수용할 때 인간 역시 저절로 평화를 누릴 수 있는 것으로, 바로 다음과 같은 노래와 같이 궁극적인 자연미의 함의를 깨달을 수 있다.

> 靑山도 절로절로 綠水도 절로절로
> 山절로 水절로 山水間에 나도 절로
> 그 中에 절로 ᄌ란 몸이 늙기도 절로 ᄒ리라
> 【송시열, 『악학습령』】

靑山自然自然	청산도 절로절로
綠水自然自然	녹수도 절로절로
山自然水自然	산도 절로 물도 절로하니
山水間我亦自然	산수간 나도 절로
已矣哉自然生來人生	아마도 절로 삼긴 인생이라
將自然自然老	절로절로 늙사오리

> 【김인후, 〈自然歌〉】[27]

위의 시조는 『악학습령』, 『(진본)청구영언』에 송시열 작으로 기재되어 있는 작품이다. 그리고 아래의 한시는 하서 김인후 작으로 알려진 〈자연가(自然歌)〉라는 제목의 작품인데, 이형상(李衡祥)의 작품으로도 대동소이한 한시가 있어서 꼭 누구의 창작이라고 지정하기 보다는 당대에 두루 유행하던 노래였을 것으로 추정할 수 있다. 두 작품 모두 청산녹수가 저절로 운행하는 가운데 그 속에 자연의 일부인 나도 저절로 늙는다는 동화와 순응의 태도 가운데 여유와 평화를 선사하고 있다. 이러한 성향은 결국 동아시아의 자연시가 추구했던 궁극적인 경지로 볼 수 있으며, 자연시

---

27) 金麟厚, 『河西集』別集.

조 역시 최종 귀착지는 이들과 동궤에 놓을 수 있을 것이다.

최근 현대사회에서 가장 관심을 끄는 자연은 생태로서의 자연이다. 인간과 동반자 관계에 있어야 할 환경이 훼손되었다는 점을 자각하고 복구과 보존을 촉구하는 것이 대세이다. 우리가 사는 지금 이 시대는 물아일체는커녕 인간이 자연 위에 군림하는 부등식이 성립하면서 문제가 생겼기 때문이 생태로서의 자연을 더욱 절박하게 인식하고 있는 것이다. 하지만 그렇다고는 해도 아직도 인간은 자연의 대재앙 앞에서 속수무책일 뿐이고 고작 1세기 전반 생각해보아도 맹금류의 습격으로부터도 자유롭지 못했던 것이 현실이었다. 어쩌면 인류는 늘 어떤 식으로든 자연과의 부등식이라는 긴장 속에 처해있어야 하는지도 모른다. 그리고 인간이 꾀하는 물아일체의 경지는 인문예술의 결과물에서나 있을 법한 이상적인 것인지도 모른다. 하지만 그럼에도 불구하고 인류는 영원히 인간과 자연의 진정한 등식관계를 꾀할 것이다. 왜냐하면 그 안에는 진정한 평화가 자리하고 있기 때문이다.

참고논저

I. 자연시조의 개념과 범위

고연희, 『조선후기 산수기행예술 연구』, 일지사, 2001.

권두환, 「영남지역 가단의 형성과 전개과정」, 『聾巖 李賢輔의 문학과 영남사림』, 안동대 안동문화연구소. 2001.

권정은, 「樓亭歌辭의 공간인식과 미적체험」, 『한국시가연구』 13, 2003.

김남기, 「三淵 金昌翕의 詩文學 硏究」, 서울대 박사학위논문, 2001.

김병국, 『한국고전문학의 비평적 이해』, 서울대출판부, 1995.

김석회, 『조선후기 시가 연구』, 월인, 2003.

김성룡, 『여말선초의 문학사상』, 한길사, 1995.

김신중, 『은둔의 노래 실존의 미학』, 다지리, 2001.

김열규, 「한국시가의 서정의 몇 국면」, 『동양학』 2집, 1972.

김종열, 「강호가도의 개념정립과 영남강호가단 연구」, 고대박사학위논문, 1989.

김종진, 「16세기 사림파 문학의 연구」, 성균관대학교 박사학위논문, 1992.

김준오, 「현대시의 自然考」, 백영 정병욱 선생 환갑 기념논총, 신구문화사, 1982.

김창원, 「16세기 사림의 강호시가 연구─강호의 미적 형상을 중심으로」, 고대 박사학위논문, 1997.

김태준 외, 『문학 지리, 한국인의 심성공간』, 논형, 2005.

김학성·권두환 편, 『고전시가론』, 새문사, 1984.

김흥규, 『욕망과 형식의 시학』, 태학사, 1999.

민주식, 「풍류도의 미학사상」, 『미학』 11, 1986.

백기수, 「美的 體驗에 있어서의 時─空間的 契機」, 『미학』 3, 한국미학회, 1975.

서준섭, 「조선조 자연시가의 구조적 성격」, 『한국시가문학연구』, 신구, 1983.

성기옥, 「申欽 시조의 해석기반 ─<放翁詩餘>의 연작 가능성」, 『진단학보』 81, 진단학회, 1996.

신연우, 『사대부 시조와 유학적 일상성』, 이회, 2000.

신영명 외, 『조선중기 시가와 자연』, 태학사, 2002.

신영명, 『사대부시가의 연구』, 국학자료원, 1996.

신은경, 『풍류, 동아시아 미학의 근원』, 보고사, 1999.

우응순, 「16세기 사림파의 내적분화와 그 문학적 지향」, 『문학과 사회집단』, 집문당, 1995.

우응순, 「16세기 정치현식과 시가문학」, 민족문학사연구소 편, 『민족문학사연구(상)』, 창작과 비평사, 1995.

이민홍, 『조선 중기 시가의 이념과 미의식』, 성대출판사, 1993.

이상우, 『동양미학론』, 시공사, 1998.

이어령, 『공간의 기호학』, 민음사, 2000.

이송묵, 『조선의 문화공산』, 휴머니스트, 2006.

이형대, 「<강호사시가>의 장르적 성격과 세계형상」, 『어문논집』 36집, 안암어문학회, 1996.

임형택, 『이조후기 한문학의 재조명』, 장작과 비평사, 1983.

임형택, 『한국문학사의 논리와 체계』, 창작과비평사, 2002.

정병욱, 『(증보)한국고전시가론』, 신구문화사, 1988.

정재호, 『가사문학에 나타난 자연관 연구』, 통문관, 1977.

정혜원, 『시조문학과 그 내면의식』, 상명여대출판부, 1992.

조동일, 『한국문학통사』(제4판), 지식산업사, 2004.

조동일, 『한국시가의 역사의식』, 문예출판사, 1993.

조윤제, 『國文學 槪說』, 탐구당, 1991.[東國文化社, 1955]

조윤제, 『朝鮮詩歌史綱』, 을유문화사, 1954.

조윤제, 『한국문학사』, 동국문화사, 1963.

최상은, 『조선 사대부 가사의 미의식과 문학성』, 보고사, 2004.

최웅혁, 「陶淵明 田園詩 연구」, 외국어대학교 박사학위논문, 1991.

최재남, 『사림의 향촌생활과 시가문학』, 국학자료원, 1997.

최진원, 『국문학과 자연』, 성대출판부, 1977.

최진원, 『한국고전시가의 형상성』, 성대출판부, 1988.

허균(이갑철 사진), 『한국의 누와정』, 다른세상, 2009.

볼프강 카이저(김윤섭 역), 『언어예술 작품론』, 예림기획, 1999.

스티븐 컨(박성관 역), 『시간과 공간의 문화사』, 휴머니스트, 2004.

에드워드 랠프(김덕현 외 역), 『장소와 장소상실』, 논형, 2005.

유리 로트만(유재천 역), 『예술 텍스트의 구조』, 고려원, 1991.

Benedetto Croce(이해완 역), 『크로체의 미학』, 예전사, 1994.

Christian Norberg-Schulz(김광현 역), 『실존 · 공간 · 건축』, 태림문화사, 2002.

Gaston Bachelard(곽광수 역), 『공간의 시학』, 동문선, 2003

G. W. F. Hegel(두행숙 역), 「자연미에 대하여」, 『헤겔 미학 I 』, 나남출판, 1996.

Hans-Georg Gadamer(이길우 외 역), 『진리와 방법 I 』, 문학동네, 2000.

H. Reichenbach(이정우 역), 『시간과 공간의 철학』, 서광사, 1986.

I. 칸트(최재희 역), 「선험적 감성론」, 『순수이성비판』, 박영사, 1972.

Maurice Blanchot(박혜영 역), 『문학의 공간』, 책세상, 1990.

Melvin Rader & Bertram Jessup(김광명 옮김), 『예술과 인간가치』, 까치, 2001.

R. G. 콜링우드(유원기 역), 「그리스의 우주론」, 『자연이라는 개념』, 이제이북스, 2004.

Wladyslaw Tatarkiewicz(이용대 역), 『여섯가지 개념의 역사』, 이론과 실천, 1990.

Yi-Fu Tuan(구동회 · 심승희 역), 『공간과 장소』, 대윤, 1995.

馬華 · 陳正宏(강경범 · 천현경 역), 『중국은사문화』, 동문선, 1997.

李澤厚(권호 역), 『華夏美學』, 동문선, 1990.

小尾郊一(윤수영 역), 『中國文學 속의 自然觀』, 강원대학교출판부, 1988.

朱光潛(정광홍 역), 『詩論』, 동문선, 1991.

Abrams, M. H., *The Mirror and the Lamp*, Oxford: Oxford University Press, 1953.

Cassirer, Ernst, "The Expression of Space and Spatial Relations", *The Philosophy of Symbolic Forms - volume one: language*, New Haven: Yale University Press, 1955.

Fitter, Chris, *Poetry, Space, Landscape*, Cambridge: Cambridge University Press, 1995.

Frank, Joseph, *The Idea of Spatial Form*, London: Rutgers University Press, 1991.

Hawes, Louis, *Presences of Nature - British Landscape 1780-1830* , New Haven: Yale Center for British Art, 1982.

Lefebvre, Henri, Donald Nicholson-Smith(Trans.), *The Production of Space*, Malden:

Blackwell, 1991.

Lovejoy, Arthur O., *Essays in The History of Ideas, Westport* : Johns Hopkins Press, 1948.

McCormick, Peter, 'Beardsley and Literary Structures', L. Aagaard-Mogensen & L. Ce Vos(Eds.), *Text,Literature and Aesthetics*, Amsterdam: Rodopi, 1986.

Ⅱ. 도산의 추상적 지향과 육가

고연희, 『조선시대 산수화』, 돌베개, 2007.

권영철, 「伴鷗翁時調와 陶山十二曲의 系譜」, 『연구논문집』, 효성여대, 1966.

권정은, 「도산과 고산의 예술적 계보와 향유」, 『비교문학』 43, 2007.

금장태, 『퇴계의 삶과 철학』, 서울대출판부, 1998.

金鍾烈, 「退溪의 <陶山十二曲> 창작에 관한 새 고찰-<李鼈六歌>와 관련해서」, 『퇴계학보』 73, 1992.

김광순, 「退溪文學에 있어서의 自然觀과 人間觀-陶山十二曲을 중심으로」, 『한국의 철학』 22, 경북대 퇴계 연구소, 1984.

김상진, 「安瑞羽의 <楡院十二曲> 재조명-강호인식과 연작성을 중심으로」, 『온지논총』 19, 온지학회, 2008.

김영숙, 「退溪 詩에 있어서 言志와 言學의 유형과 시적 형상」, 『동아인문학』 12, 2007.

김창원, 「"壺中天地"의 園林美學과 <陶山十二曲>의 江湖」, 『국어국문학』 118, 국어국문학회, 1997.

김창원, 「陶山十二曲의 형상 세계와 佛敎」, 『우리어문연구』 25, 우리어문학회, 2005.

김태환, 「퇴계의 <도산육곡> 언지 제6장 "四時佳興"의 해석」, 『어문연구』 49, 2005.

김형효, 「퇴계의 사상과 자연신학적 해석」, 『원효에서 다산까지』, 청계, 2000.

민주식, 「退溪의 美的 人間學」, 『미학』 15, 한국미학회, 1990.

박종석, 「육가계 시조 연구」, 고려대학교 석사논문(인문정보대학원), 2002.

변영섭, 『표암강세황회화연구』, 일지사, 1988.

서원섭, 「陶山十二曲과 高山九曲歌의 비교연구」, 『퇴계학보』 vol.28. no.1. 퇴계학연구원, 1980.

성기옥, 「<도산십이곡>의 구조와 의미」, 『한국시가연구』, 한국시가학회, 2002.

성기옥, 「<도산십이곡>의 재해석」, 『진단학보』 91, 진단학회, 2001.

손오규, 『산수미학탐구』, 부산대학교출판부, 1998.

손오규, 『퇴계 시가예술 연구』, 제주대학교 출판부, 2002.

송재소, 「퇴계의 은거와 '陶山雜詠'」, 『퇴계학보』 110, 2001.

송재소, 『퇴계 시가예술연구』, 제주대 출판부, 2002.

신연우, 『이황 시의 깊이와 아름다움』, 지식산업사, 2006.

신연우, 「조선조 사대부 시조의 理致-興趣 구현양상과 의미 연구」, 한국정신문화연구원 박사학위논문, 1994.

신영숙, 「육가계 시조 연구」, 충남대 석사논문(교육대학원), 2004.

유재빈, 「陶山圖연구」, 서울대 석사학위논문, 2004.

유탁일, 「李鼈六歌考」, 『논문집』 4, 부산대 교양과정부, 1974.

유호진, 「退溪 시의 이미지 연구」, 『퇴계학보』 116, 2004.

윤사순 편저, 『퇴계 이황』, 예문서원, 2002.

윤사순, 「存在와 當爲에 관한 退溪의   致觀」, 『한국유학사상론』, 일음사, 1986.

윤영옥, 「藏六堂六歌와 玩世不恭」, 『시조학논총』 25, 2006.

윤정화, 「18세기 향촌사대부의 '육가' 수용의 양상과 의미」, 『문창어문논집』 38, 2001.

윤진영, 「退溪 李滉과 陶山圖」, 『退溪 李滉 특강논문집』, 2002.

이가원, 「도산잡영과 산수지락」, 『퇴계학보』 46, 1985.

이광호, 「李退溪의 「聖學十圖」 연구」, 『태동고전연구』 4, 1988.

이민홍, 「<陶山十二曲>의 溫柔敦厚」, 『조선 중기 시가의 이념과 미의식』, 성대출판사, 1993.

이상원, 「17세기 육가형 시조 연구」, 『한국언어문학』 65, 2008.

이상원, 「六歌 시형의 연원과 '육가형시조'의 성립」, 『어문논집』 52, 2005.

이상원, 『조선시대 시가사의 구도와 시각』, 보고사, 2004.

이상은, 『퇴계의 생애와 학문』, 예문서원, 1999.

이상주, 「<西溪先生年譜와 「西溪六歌」「玉華六歌」의 창작연대」, 『서지학보』 21, 1998.

이상주, 「西溪九曲과 西溪八詠 詩」, 『교육과학연구』 vol.16, no.1, 2002.

이상해, 「陶山書堂과 陶山書院에 반영된 退溪의 書院 건축관」, 『퇴계학보』 110, 2001.

이우성 편, 『도산서원』, 한길사, 2001.

이정화, 『퇴계 이황의 시문학 연구』, 보고사, 2003.

이찬욱, 「退溪와 南冥 時調의 자연인식 양상」, 『시조학논총』, 2002.

이현자, 「六歌系 연시조의 변이양상 연구」, 『시조학논총』 18, 2002.

임주탁, 「우리말 노래 창작의 사상적 기반-주체와 타자에 대한 담론을 중심으로」, 『국문학연구』 16, 2007.

임형택, 「17세기 전후 六歌形式의 발전과 시조문학」, 『한국문학사의 논리와 체계』, 창작과평사, 2002.

임형택, 「국문시의 전통과 도산십이곡」, 『퇴계학보』 19, 퇴계학연구원, 1979.

전재강, 「陶山十二曲의 이기론적 근거와 내적 질서 연구」, 『어문학』 70, 2000.

정운채, 「退溪 漢詩 硏究-性理學的 思惟 構造의 詩的 實現을 중심으로」, 서울대 석사학위논문, 1987.

정재호, 「<도산십이곡>의 구조」, 『민족문화연구』 29, 민족문화연구소, 1996.

정혜원, 「권구의 屛山移居期 作品硏究」, 『시조학논총』 12, 한국시조학회, 1996.

조동일, 『한국문학통사』 2권(3판), 지식산업사, 1994.

조해숙, 「의성 김분의 시조 낙수 11수에 대하여」, 『관악어문연구』 19, 1994.

조해숙, 「전승과 향유를 통해 본 <開巖十二曲>의 성격과 의미」, 『국어국문학』 133, 2003.

조현진, 「시대 배경을 통해 살펴 본 육가계 시조의 수용과 전승」, 『전농어문연구』 19, 2007.

최기수·김영모, 「退溪集을 통하여 본 陶山書堂의 조영적 특성에 관한 연구」, 『한국조경학회지』 vol.21.no.1. 1994.

최재남, 「『심경』 수용과 <도산십이곡>」, 『배달말』 32, 배달말학회, 2003.

최재남, 「六歌의 受容과 傳承에 대한 고찰」, 『관악어문연구』 12집, 서울대 국문과, 1987.

최재남, 「藏六堂六歌」와 六歌系 시조 -藏六堂六歌의 복원」, 『어문교육논집』 7집, 부산대국어교육과, 1983.

최재목, 「퇴계의 '산림은거'가 갖는 철학적 의미」, 『양명학』 8, 한국양명학회, 2002.

홍우흠, 「退溪의 詩文에 나타난 山水觀」, 『한국한문학연구』18, 1995.

Antony Easthope(박인기 역), 「낭만주의의 연속성」, 『시와 담론』, 지식산업사, 1994.

Yuri M. Lotman(유재천 역), 『문화 기호학』, 문예출판사, 1998.

Hans Meyerhoff(김준오 역), 「경험과 자연」, 『문학과 시간현상학』, 삼영사, 1987.

王國瓔, 『中國山水詩硏究』, 臺北: 聯經出版社業公司, 1986.

兪崑 編, 『中國畫論類編』, 臺北: 華正書局, 1977.

Ⅲ. 무이구곡과 고산구곡의 공존

강신애, 「조선시대 무이구곡도 연구」, 고려대 석사논문, 2002.

강신애, 「조선시대 武夷九曲圖의 연원과 특징」, 『미술사학연구』 254, 2007.

강전섭, 「「高山九曲歌」 유형시조의 양식사적 고찰」, 『도남학보』 14, 1993.

강전섭, 「石門亭九曲棹歌의 양식사적 연구」, 『어문연구』 29, 1997.

고정희, 「<도산십이곡>과 <고산구곡가>의 언어적 차이와 시가사적 의의」, 『국어국문학』 141, 2005.

권석환 주편, 『한중 팔경 구곡과 산수문화』, 이회, 2004.

권성민, 「옥소 권섭의 국문시가 연구」, 서울대 석사논문, 1992.

김대행, 『시조유형론』, 이대 출판부, 1986.

김문기, 「九曲歌系 詩歌의 系譜와 展開樣相」, 『국어교육연구』 23, 국어교육연구회, 1991.

김문기, 『聞慶의 九曲園林과 九曲詩歌』, 한국학술정보, 2005.

김풍기, 「栗谷 李珥의 文學論 硏究」, 고려대 석사학위논문, 1988.

김병국, 『고전시가의 미학 탐구』, 월인, 2000.

김상진, 「고산구곡가의 성리학적 생태인식」, 『시조학논총』 20, 2004.

김수진·심우경, 「고산구곡에 나타난 율곡의 경관관」, 『한국전동조경학회시』 23권 4호, 2005.

김풍기, 「栗谷 李珥의 文學論 硏究」, 고려대 석사학위논문, 1988.

김혜숙, 「<고산구곡가>와 정신의 높이」, 『한국고전시가작품론』 2, 집문당, 1992.

김혜숙, 「<고산구곡가>의 미적 위상」, 『한국문학논총』 13, 한국문학회, 1992.

류재영, 「'이산구곡가'에 대하여」, 『한실 이상보 박사 회갑기념 논총』, 형설출판사, 1987.

문화재관리국, 「高山九曲詩畫屛」, 『動産文化財指定報告書』, 문화재관리국, 1987.

민주식, 「조선시대 지식인의 미적 유토피아-武夷九曲의 예술적 표현을 중심으로」, 『미학』 24, 한국미학회, 1999.

박요순, 「新發見 黃江九曲歌攷」, 『어문논집』 19·20, 고대국문과, 1997.

박요순, 『옥소 권섭의 시가 연구』, 탐구당, 1990.

박이정, 「18세기 예술사 및 사상사의 흐름과 권섭의 <황강구곡가>」, 『관악어문연구』 27, 2002.

송재소, 「응와 이원조의 「布川九曲次武夷櫂歌」에 대하여」, 경북대 퇴계학 연구소 편, 『응와 이원조의 삶과 학문』, 역락, 2006.

신은경, 『고전시 다시 읽기』, 보고사, 1997..

안장리, 『한국의 팔경문학』, 집문당, 2002.

유준영, 「谷雲九曲圖를 중심으로 본 17세기 실경도 발전의 일례」, 『정신문화』 8, 한국정신문화연구원, 1982.

유준영, 「九曲圖의 발생과 기능에 대하여 – 한국 진경산수화발전의 일례」, 『고고미술』 151, 한국미술사학회, 1981.

유준영, 「眞景山水의 연원으로서 九曲圖」, 『계간미술』 19(기을호), 중앙일보사, 1981.

윤진영, 「朝鮮時代 九曲圖 연구」, 한국정신문화연구원 석사논문, 1997.

윤진영, 「조선시대 구곡도의 수용과 전개」, 『미술사학연구』 217·218, 1998.

이기현, 「<고산구곡가>의 한역악부에 대한 일고찰」, 『한국학논총』 24, 1994.

이민홍, 『증보 사림파문학의 연구』, 월인, 2000.

이상원, 「<노봉가>와 <황강구곡가> 창작의 성지석 배경」, 『한민족어문학』 43, 한민족어문학회, 2003.

이상원, 「19세기 말 화서학파의 <고산구곡가> 수용과 그 의미」, 『시조학논총』 27, 2007.

이상원, 「조선후기 <高山九曲歌> 수용양상과 그 의미」, 『고전문학연구』 24, 2003.

이창식, 「권섭의 <황강구곡가> 연구」, 『시조학논총』 17, 2001.

장정수, 「<황강구곡가>의 창작배경 및 구성방식」, 『시조학논총』 21, 한국시조학회, 2004.

장진아, 「朝鮮後期 文人眞景山水畵 硏究」, 서울대 석사학위논문, 1997.

전일환, 「「駟山九曲歌」의 價値究明」, 『한국시가연구』 3, 1998.

조규희, 「<谷雲九曲圖帖>의 다층적 의미」, 『미술사논단』 22, 2006.

조규희, 「朝鮮時代의 山居圖」, 서울대 석사학위논문, 1998.

조동일, 『한국의 문학사와 철학사』, 지식산업사, 1996.

조성덕, 「武夷櫂歌의 수용과 변용에 대한 일고찰」, 성균관대학교 석사논문, 2004.

조지형, 「17~18세기 구곡가 계열 시가문학의 전개 양상」, 고려대 석사논문, 2008.

조태흠, 「고산구곡가의 구조와 의미」, 『국어국문학지』 24, 문창어문학회, 1989.

최기수, 「曲과 景에 나타난 韓國傳統景觀 구조의 해석에 관한 연구」, 한양대 박사학
　　　위논문, 1989.

穆云穠 譯註, 『芥子園畵傳』, 西安: 陝西人民出版社, 1999.

Ⅳ. 어부시가의 환상성과 풍류

강미영, 「고산 윤선도 「어부사시사」 연구」, 『배달말』 15, 1990.

강미정, 「《악장가사》소재 <어부가>의 문학치료적 효과」, 『국어교육』 101, 2000.

고정희, 「알레고리 시학으로 본 <어부사시사>」, 『고전문학연구』 22, 한국고전문학회,
　　　2002.

구수영, 「漁父四時詞의 自然背景攷」, 『고산연구』 4, 1990.

권경순, 「어부사 연구」, 서울대 석사학위논문, 1973.

권두환, 「尹孤山의 漢詩賦 硏究 序」, 『고산연구』 4, 1990.

김대행, 『시가 시학 연구』, 이대출판부, 1991.

김명준, 「江湖四時歌의 창작시기와 세계상」, 『고시가연구』 15, 2005.

김병국, 「<어부가>와 한적」, 『성균어문연구』 31, 1991.

김석회, 「윤선도의 자연관과 그 실현양상에 관한 한 고찰」, 『고산연구』 창간호, 고산연
　　　구회, 1987.

김선기, 「어부장가와 어부단가에 대하여」, 『어문연구』 14, 1985.

김신중, 「<漁父四時詞>의 공간과 시간」, 『석천강진식빅사화갑기념논총』, 1997.

김신중, 「고산문학의 성리학적 배경연구」, 『고산연구』 2, 고산연구회, 1988.

김용철, 「16세기 강호시조의 낭만적 성격」, 『우리어문연구』 19, 2002.

김흥규, 「<漁父四時詞>에서의 興의 성격」, 『고전시가작품론』 2, 집문당, 1992.

김흥규, 「漁父四時詞의 종장과 그 변이형」, 『고산연구』 4, 1990.

문영오, 「孤山 詩歌에서의 繪畵性 考究」, 『고산연구』 4, 1990.

박규홍, 「동아시아에 확산된 漁父形象의 유형과 그 특질」, 『비교한국학』 vol.12, no.1,
　　　국제비교한국학회, 2004.

박규홍, 「시조와 가사의 장르구분 -孤山의 <漁父四時詞>를 중심으로」, 『시조학논총』
　　　12, 1996.

박규홍, 「漁父歌類 시가의 詩的自我 漁父고찰」, 『어문학』 69, 2000.

박규홍, 「어부사 연구」, 『시조학논총』 14, 1999.

박규홍, 「어부사의 전승 양상 연구」, 『시조학논총』 16, 2000.

박규홍, 「어부사의 형성 연구」, 『시조학논총』 15, 1999.

박규홍, 「漁村 孔俯 연구」, 『한민족어문학』 34, 1999.

박규홍, 「張志和의 <漁父>와 『樂章歌詞』 소재 <漁父歌> 비교 연구」, 『비교한국학』 10, 2002.

박완식, 「<어부가>에 나타난 한시의 영향」, 『어문연구』 24·3, 한국어문교육연구회, 1996.

박완식, 『韓國 漢詩 漁父詞 研究』, 이회, 2000.

박준규, 「孤山의 <山中新曲>과 水晶洞」, 『국어국문학』 100, 1988.

박준규, 「孤山의 水晶洞苑林과 山中新曲」, 『고산연구』 2, 1988.

백지성 외, 「고산 윤선도 해남 수정동정원의 공간구성에 관한 연구(2)」, 『한국전통조경학회지』 vol. 17, no. 4, 1999.

서승옥, 「어부가 서문과 발문에 나타난 시가관」, 『이화어문논집』 8, 1986.

성기옥, 「고산 시가에 나타난 자연 인식의 기본 틀」, 『고산연구』 1, 1987.

송정숙, 「어부가계 시가 연구」, 부산대 박사학위논문, 1990.

송성숙, 「어부가의 詞的 성격」, 『국어국문학』 26, 부산대 국어국문학과, 1989.

심재완, 「시조작품의 校勘 問題 -《海東歌謠》와 《漁父四時詞》」, 『시조학논총』 20, 2004.

양태순, 『고려가요의 음악적 연구』, 이회, 1997.

양희찬, 「李賢輔 <漁父歌>에 담긴 두 현실에 대한 인식구조」, 『시조학논총』 19, 2003.

여기현, 「<어부가>의 표상성 연구」, 성균관대 박사학위논문, 1989.

여기현, 「<原漁夫歌>의 集句性」, 성균관대 인문과학연구소 편, 『고려가요의 현황과 전망』, 집문당, 1996.

윤영옥, 「<어부사> 연구」, 『민족문화논총』 2·3, 영남대 민족문화연구소, 1982.

이기현, 「어부가계 시가의 사적 전개」, 『한양어문』 15, 1997.

이상원, 「조선후기 어부사 전승연구」, 고려대 고전문학·한문학연구회 편, 『19세기 시가문학의 탐구』, 집문당, 1995.

이상원, 「<어부사시사>의 현실주의적 성격」, 『어문논집』 vol.34,no.1, 안암어문학회, 1995.

이우성, 「고려말, 이조초의 어부가」, 『성균관대 논문집』 9, 1964.

이현자, 「어부가계 시가 연구」, 『시조학논총』 15, 1999.

이형대, 「『악장가사』소재 「어부가」의 생성과정과 작품세계」, 『고전문학연구』 12, 1997.

이형대, 「어부가의 變轉과 <화방재사>의 세계인식」, 『민족문화연구』 32, 1999.

이형대, 「漁父形象의 시가사적 전개와 세계인식」, 고대 박사학위논문, 1997.

임미순, 「선유락과 어부사」, 『문헌과 해석』 8호, 문헌과 해석사, 1999.

임주탁, 「연시조의 발생과 특성에 관한 연구 : <어부가><오륜가><도산육곡> 계열
　　　연시조를 중심으로」, 서울대 석사논문, 1990.

장인진, 「새로 발굴된 李重慶의 梧臺漁父歌」, 『도서관학』 10, 한국도서관학회, 1983.

전재강, 「어부가계 시조의 구조」, 『문학과 언어』 8, 1987.

정동오, 「孤山 尹善道의 別墅生活과 芙蓉洞 苑林의 池苑에 대한 고찰」, 『고산연구』
　　　3, 1989.

정동오, 「尹善道의 芙蓉洞 苑林에 관한 연구」, 『고산연구』 1, 1987.

정무룡, 「농암 이현보의 장·단 <어부가>연구(1)」, 『한민족어문학』 42, 2003.

정무룡, 「농암 이현보의 장·단 <어부가>연구(2)」, 『한민족어문학』 43, 2003.

정민, 「<어부사시사>의 갈등상」, 『고전문학연구』 4, 1988.

정운채, 「『악장가사』 소재 「어부가」의 한시 수용 양상」, 김병국 외, 『장르교섭과 고전
　　　시가』, 월인, 1999.

조성래, 「오대어부가의 연구」, 『인문과학논집』 vol.25, 2002.

최동원, 「어부가의 사적전개와 그 영향」, 『어문교육논총』 8, 부산대 국어교육과, 1984.

최호석, 「<오대어부가>를 통해 본 17세기 강호시가의 한 양상」, 『어문논집』 36, 1997.

V. 전원시조의 현실과 낭만

구수영, 「蘆溪의 耕田生活과 문학」, 『어문연구』 18, 1988.

권순회, 「전가시조의 미적 특질과 사적 전개 양상」, 고려대 박사학위논문, 2000.

권순회, 「<短歌三関>의 창작 맥락과 시적 지향」, 『한국시가연구』 8, 한국시가학회,
　　　2000.

권순회, 「17세기 남원지방 재지사족의 동향과 정훈의 시가」, 『어문논집』 39집, 안암어
　　　문학회, 1999.

권순회, 「<栗里遺曲>의 창작기반과 시적 지향」, 『우리문학연구』 12, 우리문학회, 1999.

김상진, 「신계영의 <전원사시가>고찰-除夕의 의미를 중심으로」, 『시조학논총』 24,

2006.

김석회, 『존재 위백규문학 연구』, 이회문화사, 1995.

김신중, 「四時歌型 時調의 江湖認識 – 理想鄉 追求意識을 중심으로」, 『시조학논총』 8, 1992.

김용찬, 「위백규 <농가>의 구조와 작품세계」, 『어문논집』 48, 2003.

김창원, 「김득연의 국문시가」, 『어문논집』 vol.41, no.1, 2000.

김창원, 「조선후기 近畿 지역 강호시가의 지역성 – 김광욱의 『栗里遺曲』을 대상으로」, 『시조학논총』 28, 2008.

김창원, 「조선후기 士族창작 농부가류 가사의 작가의식 연구」, 고대 석사학위논문, 1993.

김홍규, 「16·7세기 江湖時調의 변모와 田家時調의 형성」, 『어문논집』 35, 1996.

나정순, 「김득연 시조의 문학성」, 『이화어문논집』 vol.17, 1999.

남정희, 「신계영의 <전원사시가>에 나타난 시간인식과 전원의 의미」, 『어문연구』 57, 2008.

문관수, 「송대 전원시 연구」, 성균관대 박사학위 논문, 1996.

송팔성, 「조선시대 향촌시가 담론의 구조 연구」, 서울대 박사학위논문, 2001.

신영명, 「17세기 강호시조에 나타난 田園과 田家의 형상」, 『한국시가연구』 6집, 한국시가학회, 2000.

신영명, 「전가시조인가 자영농시인가」, 『우리어문연구』 20, 2003.

심경호, 「茶山의 薇源隱士歌에 담긴 歸田園 意識에 대하여」, 『정신문화연구』 15권3호(통권48호), 한국정신문화연구원, 1992.

이건청, 『한국전원시 연구』, 문학세계사, 1986.

이상원, 「16세기말 17세기 초 사회동향과 김득연의 시조」, 『어문논집』 vol.31, no.1, 1992.

이상원, 「강복중 시조 연구」, 『한국시가연구』 1, 1997.

이종출, 「위백규의 시조 '농가'고」, 『사대논문집』 1, 조선대학교, 1970.

이현자, 「四時歌系 聯詩調에 나타난 江湖自然 認識」, 『시조학논총』 17, 2001.

이형대, 「조선조 국문시가의 도연명 수용양상과 그 역사적 성격」, 고대석사학위논문, 1991.

임주탁, 「魏伯珪 '농가'에 관한 연구」, 『관악어문연구』 15; 서울대국문과, 1991.

조성래, 「四時歌系 시조의 표현문체」, 『인문학논집』 23, 2001.

조해숙, 「농부가류에 나타난 후기가사의 창작의식과 장르적 성격 변화 연구」, 서울대
    석사학위논문, 1991.

최재남, 「체험시의 전통과 시조의 서정미학」, 『한국시가연구』 15, 2004.

최현재, 「조선중기 재지사족의 현실인식과 시가문학」, 선인, 2006.

한창훈, 「16세기 在地士林 江湖時調의 양상과 전개」, 『시조학논총』 22, 2005.

VI. 자연시조의 추이와 의의

국윤주, 「애경당 남극엽의 시가연구」, 전남대 석사논문, 2005.

김신중, 「한국 사시가의 연구」, 전남대 박사학위논문, 1992.

민주식, 「風景의 미학-풍경미의 원리와 구조」, 『미학』 31, 2001.

안대회, 「꽃의 달인, 유박」, 『신동아』, 2004.(11월호)

윤덕진, 「강호가사 연구」, 연세대 박사학위논문, 1988.

이상보, 『조선시대 시가의 연구』, 이회문화사, 1993.

장원철, 「조선후기 문학사상의 전개와 천기론」, 한국정신문화연구원 석사학위논문,
    1982.

정민, 「<花庵九曲>의 작가 柳璞과 『花庵隨錄』」, 『한국시가연구』 14, 한국시가학회,
    2003.

정민, 「18·19세기 문인지식인층의 원예취미」, 『한국한문학연구』 35, 2005.

정선아, 「풍경, 정조(情調)의 형상화 장소」, 『불어불문학연구』 54, 2003.

정재호, 「江湖歌辭小考」, 『韓國歌辭文學論』, 집문당, 1982.

최강현, 「한국 기행문학 연구」, 고대 박사학위논문, 1981.

최승호, 『한국적 서정의 본질 탐구』, 다운샘, 1998.

아르놀트 하우저(염무웅·반성완 역), 『문학과 예술의 사회사』 3, 창작과 비평사, 1999.

I. 칸트(이석윤 역), 『판단력비판』, 박영사, 1974.

徐復觀(권덕주 외 역), 『중국예술정신』. 동문선, 1990.

찾아보기

▌권정은(權正殷)

경기대학교 국어국문학과 졸업.
서울대학교 국어국문학과 석·박사과정 졸업.
서울대, 홍익대, 경원대 등 강사 역임.
논문으로 「조선후기 문학과 회화의 상호텍스트적 공존 양상」, 「문답형 자연시조의
유형과 존재 의의」, 「문화교육과 고전시가의 맥락적 정보」 등이 있다.
jekwon17@naver.com

한국시가문학연구총서 15
자연시조: 자연미의 실현 양상

2009년 11월 13일 초판 1쇄 펴냄
2010년 10월 7일 초판 2쇄 펴냄

저 자 권정은
발행인 김흥국
발행처 도서출판 보고사

책임편집 이경민
표지디자인 황효은

등록 1990년 12월 13일 제6-0429호
주소 서울특별시 성북구 보문동7가 11번지 2층
전화 922-5120~1(편집), 922-2246(영업)
팩스 922-6990
메일 kanapub3@chol.com
http://www.bogosabooks.co.kr

ISBN 978-89-8433-788-6 93810
ⓒ 권정은, 2009

정가 18,000원